东方生命修养文库·贰

掬水月在手

悟义 著

中国旅游出版社

序

知道与你的缘分，不止这一生。

蛰伏于十一月的温暖的阳光，足以使所有烦恼逝去。这个平常不过的冬日早上，在宾川县的一个小村庄里，一支马队正准备出发。今天，他们是要上山送蔬菜。这是一个很不起眼的村庄，传说这个村庄居民们是释迦牟尼父亲净饭王的弟弟白饭王的后裔，所以村庄的名字也特别有个白字，叫“白草龙村”。村子旁边的这座大山在当地人心中极为神圣，叫作鸡足山。鸡足山古时候叫九曲崖，又叫青巅山。因为前面伸出三座峰，后面拖着一条岭，酷似一只鸡爪，明朝时候改名叫鸡足山，梵语叫“屈屈咤播陀”。

相传，释迦牟尼十大弟子之一大迦叶尊者就在这里守衣入定，鸡足山也因此成为佛家弟子心中的圣地。据佛经记载，古老的恒河流域，摩揭陀国王舍城郊外有一个小村庄，叫摩诃娑罗陀村。村里有一家富豪夫妻苦无儿女，于是向毕婆罗树虔心祈求，果然如愿生下一个儿子，出生时这个男婴全身大放金光，他们叫他摩诃迦叶波，翻译成汉语，意思就是饮光，形容他身上的光能饮进其他的一切光芒。迦叶小的时候就喜欢离群独处，八岁起就开始学习祭祀、天象、书画、算术、文学等。由于他聪明过人，学过的知识无不精通。迦叶三十多岁时，遇见佛陀在王舍城北门大树下静坐，迦叶合十顶礼，佛陀伸出手，对他说了声“善来”，接受了他的皈依。在这之后的第八天，迦叶便证得阿罗汉果。佛法中称摆脱了一切欲念和烦恼，并且超越了三界生死的智者，为阿罗汉。

在释迦牟尼最亲近的弟子中，迦叶被称誉为头陀第一。头陀是苦行的一种，意思是去除尘垢烦恼，抛弃对衣、食、住等物质的贪执，以修炼身心。迦叶尊者选择了鸡足山作为他守衣入定的道场。这片土地和佛法的渊源可以追溯到两千五百年前。我一直认为叶子是树的语言，这里的古树说的都是哲人语，简且深。其实生命到了某种程度，说什么都是多余，所以更多时候，树是无言。就像两千五百年前灵鹫山的那次拈花微笑。

据佛经记载，佛陀曾多次提到东方丝绸。考古证明，公元前 4 世纪，川滇地区就有一条传奇的贸易古道，从蜀地也就是四川出发，经过云南、缅甸，最后到达当时被称为身毒的古印度，再把货物集散到中亚和欧洲地区，这条古道在汉代时被称为蜀身毒道，今天它以南方丝绸之路的美称为世人所知。《鸡足山志》记录，两千多年前，就有印度僧人追随古老马帮摇曳的铃铛声来到这里，传播智慧。这里的居民早已受到佛法的教导，一直到今天都未曾改变。这里的山路崎岖难走，马是唯一的交通工具。马帮祖祖辈辈都生活在山脚下，听老人们说，明朝的时候，有一名叫净月的和尚，他来到鸡足山，想建座寺院，却在无意中挖到了一块石碑，上面刻着："迦叶入定八冥王歌颂佛于此地"。从此，山里人都知道迦叶尊者在此，这片山林间到处充满了灵气。

唐宋年间，禅林中就有关于"世尊拈花"的传说，但一直未见出处，所以提到的人很少，最先说清楚拈花公案出处的是北宋的王安石，据《宗门杂录》载："王荆公（王安石）问佛慧泉禅师云：禅家所谓世尊拈花，出在何典？泉云：藏经亦不载。公曰：余顷在翰苑，偶见《大梵天王问佛决疑经》三卷，因阅之，经文所载甚详。"那么《大梵天王问佛决疑经》中说什么呢？说的是大梵天王在灵鹫山请佛说法，并把一朵金色的婆罗花献给佛。佛答应了请求，高升法座，手里持着婆罗花却一言不发。在座的人都茫然不解，唯有摩诃迦叶破颜微笑。世尊当众宣布："我有正法眼藏，涅槃妙心，实相无相，微妙法门，咐嘱摩诃迦叶。"这就是"拈花微笑"的来历，所以中国禅世系把摩诃迦叶列为"西天初祖"。

世尊将入涅槃，指定迦叶继承正法，并把平素自己所用的金襕袈裟和钵盂授予迦叶，嘱咐他守护衣钵，勿令朽坏。

我从大理经过了一个多小时的车程，终于来到了祝圣寺。阳光明媚，异香扑鼻。从这里向上望，若隐若现的是心中的圣地。世尊涅槃后，追随过他的五百比丘，公推大迦叶为上座。在王舍城外的七叶石窟集会，一同诵念、参研佛法。当时经藏、律藏和由此产生的论并未行诸文字，完全依靠口耳相传。这是对佛法的智慧进行的第一次全面的整理和参定，史称为"第一结集"。唐初，据玄奘《大唐西域记》记载，第一结集之后二十年，迦叶尊者知道自己将要寂灭入定，便把正法传给阿难，他自己来到云雾缥缈的鸡足山，来到华首门，打开石崖，劈作石门，携舍利佛牙，捧金襕袈裟，进入其中，并以大愿的力量使石门关上。

这传说是不是真的？我不清楚，但今天来到这里总让我觉得那门后有一个世界。华首门高四十米，一道垂直下裂的石缝把石门分为两扇。"华"是"花"的通假字，指八万四千法如花开放，"首"指根本。华首门指的是佛法如花开放之根本门。

我奔波一生终于来到这里，感觉累了，左脚迈出的黎明永远被右脚追随的黄昏赶上。时间里，季风一目十行扰乱我的心神，我不敢想象在无常的未来岁月里，我的足音能否继续铿锵？或许行年渐晚，深知在劳碌的世间，能完整实践梦想越来越不可得，触目所见多是各种碎片。然而来到这里，就想开了，就有一份欣欣然的心情，走到哪里，就安住到哪里。不问从何而来，不贪求更多。我不是一个矫情的人，也不善于用华丽的言语装饰自己。我只会很笨拙地把梦想埋在发间，让野风吹拂，雷雨浸润，看着它恣意野蛮生长，直到一把剪去满头的白发，然后在日渐冷清的年华里，看它重新发芽。情知对于生命的千般流转，尽须付予无尽的忍耐。深情即是一桩悲剧必得以死来报答，你真是一个让人无法拒绝的人，你的歌总是为我而唱。

回忆若能下酒，往事便可作一场宿醉，醒来时，天依旧清亮，风仍然分明，而光阴的故事终究无法一苇渡江。像每一滴酒回不了最初的葡萄，我回不到年少。你所在之处，便是我心心念念的家乡。树木不向天空起誓，荣枯随缘；海洋不对岁月承诺，遇合尽兴。连语言都应该舍弃，你我之间，是千年的约定。且让我们以这一山的空旷，诉说千年的沧桑，执著而无悔的你我，以飘零作归宿，以相知作彼岸。在经年累月的生命时辰里，我记载这一卷佶屈聱牙的经文，有朝一日，你会为我讲解。人生，如果得尝有过一回痛快淋漓的爱，与一个赏心悦目的人相遇，足矣。

你要听新故事吗？山风呼啸而过，仿佛在说：总有想家的人，总有不眠的夜，总有成长的路，总有分别的痛，总有未完成的领悟，总有狂歌当哭的梦……今天，你在华首门的一诺千金，壁立千仞之上沉腕拨镫，疾书“掬水月在手”。

光绪十五年（1889 年），虚云大师徒步翻越喜马拉雅山，前往印度朝礼。百城烟水，万里云霞，他写下了古今行脚参学的奇迹。归国后的第一站，他便来到了鸡足山，礼迦叶。虚云大师从山麓一直走到华首门。他站在门前，感慨不已，刹那已过数千年。此时冷风呼啸，青松摇曳，大师仰首凝视峭壁石门。他想，石门之后，一定就是瘦骨嶙峋的迦叶尊者，悠悠千年，不入涅槃，无论天翻地覆，海枯石烂，沧海桑田，也要正法永存世间。

敦煌榆林窟 25 窟的“弥勒经变”中有这么一个场景：若千年后弥勒菩萨从兜率天下生人间并在龙华树下悟道，诸天众来到鸡足山。只见鸡足山山峦叠翠，林木葱茏，小桥净庐，清泉蜿蜒，郁郁葱葱。弥勒用手避开山峰，唤醒定中的迦叶尊者。迦叶拜见弥勒后，并将金襕袈裟奉于他，完成嘱托。

来吧，就这样静静地坐在书房，和我一起遇到心灵深处的你自己，在飘雨的夜里或清明的月下，你我在书中相遇，超越千年，偶尔拍案而起，偶尔相视一笑，偶尔心思飘摇，偶尔欲罢不能，你我的对话，好像一个在上辈子，一个在下辈子。为什么你的名字像冬月的暖阳一般照耀我？为什么这本书里所有的文字都如华首门峭壁危崖一般直摩苍穹，猿猱难攀，幽谷深涧，云雾缥缈，深不见底，若置九霄？

感恩一切有缘！感恩所有遇到！感恩每时每刻的领悟让我们成长！

壬寅年冬月初七

于云南大理宾川鸡足山华首门

目录

在路上

水月集

从容录

在路上

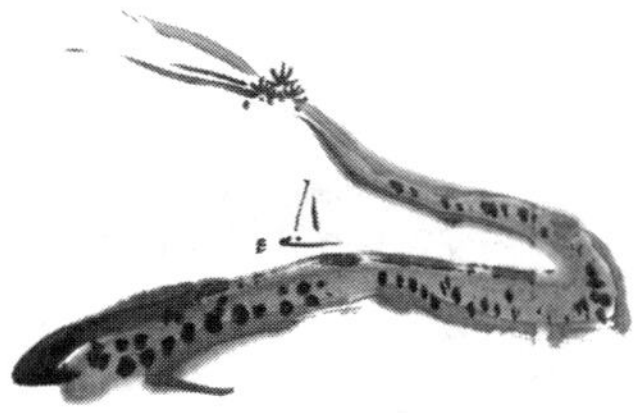

倒轉乾坤
雲

除夕

价值观决定了人生的走向；
视野和胸怀决定了能走多远；
和多少人一起走决定了路有多宽；
用什么工具走决定了行走的速度。
那么，为什么我们不一起走正道、行正法、
起正念、生正信呢？

2020 年除夕，我坐在奔驰的列车上。

已至春节，火车上人比平日见多，空气浑浊闷热。车厢有限的空间里挤满了五湖四海操着各种口音的人。旅客们有的在打鼾熟睡，有的聚集在一起打牌，有的在追热播剧，多数人对着手机要么打游戏，要么不停傻乐……这密闭的空间里到处都是嘈杂声，熙熙攘攘，此起彼伏。

我独自坐在窗边，窗外风景从阳光灿烂到暮色苍茫，再到漆黑一片。车声隆隆就像催眠曲一样，我看着远处清冷的天空上，亘古的星光映着周边黑漆漆一片。就想：窗外的世界去了哪里？田野、山川、河流、桥梁、城市都去了哪里？列车的轰鸣、众生的喧哗，此刻的一切是那么真实又那么虚幻。我的心空茫而平静，内心涌动着一种柔软的、淡淡的悲伤，平静和悲伤互不干扰地在体内流荡洗涤。我又想：众生身不由己地做些什么，自己是毫无所知的。列车的车速显示在前方的屏幕上，我们能精准测量出一个城市到另一个城市的距离。然而，现实到历史的距离呢，是用时间能计算的吗？人与人之间的距离呢，是物理、生理、心理能代表的吗？如果我们学会侧耳倾听，那么有没有一辆时光列车正逆行隆隆驶来？

嘈杂不仅是在这列车上，今天上午在火车站门口，到处可见抽烟喝酒、两眼迷茫的人。这些人举止随意，态度轻率，语言粗俗。在乌烟瘴气的各个商铺里，劣质喇叭一遍遍重复播放着的要么是降价大甩卖，要么是新春发财之类的应景歌曲，灰尘飞舞的广场里到处弥漫着精神的焦虑和贫瘠。所有人遭遇的、发生的、渴望的、经历的，被我们称为命运，这是自己无量劫、无数次因缘汇总的显现。欲望是潮水，没有精神的人在潮水退却后内心的荒芜就像荒凉的沙滩。这本无关贫富，只是富人有财力来转移内心的虚弱，百姓则以嬉闹玩笑来消磨无处安放的时间。

谁没有深不可测的恐惧？谁不经历着如坠深渊般的寂寞？所以多数人不敢停下来，总想不停地抓取些什么，让内心不被无以消除的恐慌淹没。人们喜欢大声说话，害怕冷场，迷恋醉酒狂欢，依赖聚会热闹，向往被认可和赞同，忙着炫耀名牌，习惯展现“幸福”，背后起决定因素的都是内心无时不在的孤独感。

孤独有能将人扼死的力量，让人总是在静下来后就感觉无法呼吸。不明真相的人的自我折磨实在太沉重。“我”很恐惧、“我”很寂寞、“我”很受伤、“我”很期待、“我”很不安、“我”很担心、“我”很难受、“我”很激动……然后就是“我”需要证明给 ×× 看，“我”要出人头地，“我”要衣锦还乡，“我”要留下遗产给子孙……除非肉体死亡的那一刻，这些永无止境的精神枷锁、肉身负担、心理牢笼、意识禁锢，都通过“我”来承载。“我”不堪重负，消化不良，故而不断渴望向外寻求依靠、寄托、安慰和信仰。

意外是因自我选择性之“意”而显出其外的，故而所谓的不可把握、无法避免之类的话，不过是世人高高兴兴、糊糊涂涂、不求甚解地在自欺欺人。意外只产生在侥幸之外，而非业力之外、因果之外、命运之外。谁不是被业力带着起起伏伏地生活？被业力牢牢束缚着的人生，哪有业外，哪有意外？自己的意不够宽广，自然意识不到微细业力的生灭来往。

车厢里弥漫着难闻的气息，想起多少年前，我亦是如此。那时的我肥腻臃肿，生活太过现实和沉重，身心正在加速腐烂。我常在夜深人静时能闻到自己身上的臭气。就像腐烂的水果，不自觉地散发出腐朽的味道。看着自己如烂泥一般地活着，庸庸碌碌，原地踏步，我知道自己在浪费生命。年轻时的梦想、激情早已烟消云散，生命不知何时被某种说不清的东西卡住。我意识到了这样下去不对，却又不知如何改变，所以痛苦更甚，我试图挣扎，试图寻找，试图解脱，但每一次都在现实面前碰得头破血流。于是我知道，凭我自己的有限认知、有限理解、有限能力、有限条件，是无法突破这个密不透风的牢笼的。

然而我的内心深处似乎有个回音谷，回音柔柔软软地总会在心情失落的时候跳出来抚摸我，如海难坠海后被巨浪卷上沙滩，瘫倒在沙滩上无力可使时，阳光却一寸寸地亲吻着脚踝、手臂、腹胸、头面。直到我恢复精力，懒懒地睁开眼，乍见万里晴空，浪花翻滚，海鸥飞翔，微风荡漾。年轻的我仿佛有挥霍不完的热情，炽热得足以经历无数次海难而不放弃。我厌倦一切的循规蹈矩、一板一眼，厌倦那一眼能看穿尽头的无趣生活。回音谷总有一种召唤的声音在回响，它躲在山峦背后，躲在月亮背后，躲在天空背后，一次次像潮汐一般召唤着我离“家”出走，去过一种未知的生活，过自主的人生。这声音的力量经久不息，一次次地唤醒我。谁能用斧头砍伐巨浪呢？谁能用烈火烧灭回音呢？

过去我爱照镜子，不是为了美，是每一次照镜子，我都似乎能看见另一个“我”。就常想：镜子里的我，是“我”吗？想着想着就会对着镜子发呆，过去没有思想，也不懂思想。现在想来少年时期我已经在实相和幻相的旋涡里尝试思考，在不经意地寻找两个我之间的关联。两个“我”之间的关联，也曾发生在我和腹中的胎儿之间。记得第二次产检做B超的时候，医生告诉我，腹中那个黑点是个女儿，我信以为真地回去了。到了夜晚，睡梦中看到一个小孩子向我跑来，对我说：“妈妈，我是个男孩！妈妈，我是个男孩！！”我急忙奔过去追他，追得浑身是汗，眼看追上了，一把抓到他的衣服，他转过头来，居然，看不见脸。

我腾地从床上坐起，周围一片黑暗，明亮的月光透过窗棂洒落在床边。那一刻，我对着月光发了一夜的呆。腹中的胎儿是另一个“我”吗？直觉是回音谷心声的变现吗？儿子两岁那年，有一次，朋友带着一位精于紫微斗数的大师来玩，问我要他的生辰八字，非要给他算一卦。我盛情难却，将信将疑地听着大师的话，心里却充满疑惑。彼时我尚不明白人的命，怎么能被人掐指一算给算出来？

近年遇到有一位学生曾和我提到相同经历，想起往事，不禁哑然失笑。要说人生的开始，怎能是离开母体的那一刻？吉和歹在胎儿着床时，一个马拉松冠军的精子和一个守株待兔的卵子之间的相遇，才是生命之缘发生时。八字，该以着床的时刻为准吧？可是，谁知道着床的那一刻究竟是哪一刻？可笑多少痴心的父母，为了孩子生于“吉时”，选择剖腹产。岂不知，生命是自然而然的事情，母亲生子之痛，虽痛入骨髓，但却是生为女子脱胎换骨的良机。生产时，母亲的疼痛犹如体内生出一种移山倒海的力量，一阵一阵，渐次密集，继而强悍，终至山崩地裂，万箭齐发。这种疼痛虽痛彻心脾，但一定在人类可承受的范围。就像人生的种种困厄，虽艰难困苦，却一定在人类可突破的界限内。冲破它，就是一次次的脱胎换骨；困于它，就是一个个监狱。母亲此时会忘记一切，过去所有的事件、经历、爱恨、烦恼、意识、杂念全消，会体会什么是全心全意，在疼痛的被动引导下，每位母亲都是在经历一场修行。

胎儿的出生，对于胎儿来说，虽是瓜熟蒂落的过程，但小小的胎儿要学会配合母亲的力量，顺着母亲之力，自己主动穿越逼仄的、黑暗的、看不见尽头的通道，弱小的身躯要经过一阵阵剧烈的挤压。隔着通道，胎儿听到的第一种人生之音是母亲撕心裂肺的吼叫、哀号、怒斥、咆哮。仿佛在说：这是人生之苦，这是生存之苦，这是世间之苦，孩子你要知道！最后母子齐心，经过电闪雷霆死去活来的鏖战，迎来两个新生。胎儿对自己的出生，报之以啼哭，预示着入世之苦，预示着和母亲同体受苦。这啼哭声像一把利箭射中了母亲的心，母亲都会报之以笑，人生不就是这样苦乐交替的吗？谁能想到母子间爱的传递居然会以撕心裂肺般的痛和啼哭来激活？以无以复加的痛来铭记？以惊天动地的痛来表达？经历刻骨铭心之痛的那刻，有智慧的人能读取在虚空中悠悠荡荡了亿万年的那份“真实”，并将此真实契入深刻的人生体会中。而无智之人，永远浑浑噩噩，抱着孩子轮回入迷茫之途。人生亦是，人能经历多大的痛苦，才能承受多大的喜悦。人能读取多大的信息，才能觉悟多大的境界。人的能量是多大级别，才能对应相等的反应速度。

母亲所经历的苦难，身心的所有疲惫，会在看到婴儿的那一刻，嗅到婴儿体香的那一刻忘却。爱，会在那一刻被激发成一股洪流。相遇，是无数因缘的集合，各种因缘聚集到了一起，才有了相遇。相遇是一条通道，让彼此释放出各自的业力，深藏不露的业一直在激发各种缘。它们本来就在人的意识里、血液里、呼吸里、细胞里深藏。谁都不知道自己内在藏了什么种子，但无论什么种子，人都渴望它发芽。所有的相遇，就是一次次因缘集合的释放。相遇不是偶然的、独立的，而是被无以计量的时间、空间下一切可能的交叠，各种力的交互作用推动着生命中各种机遇的发生。

世人无知，以为生便是喜，岂不知，无知无明的生命，生即是苦。生，是茫茫轮回路上的一个坐标，没有觉悟，它带来的是业力的反噬。然而，生也是一种机会，让生命可以以此为基，突破业力而清净。有偶然吗？两个或多个不自知、不相知的人，在人生旅途的某个节点相遇，有时一见钟情，有时心摇神驰，有时厌恶憎恨。各种隐藏的缘分是自身发出信号、去读取对方的频率。婴儿，是一个因缘，是一种信号，是一份传递。没有偶然出生的缘分，只有无穷无尽的业缘。无明的人，识不透缘分的微妙和变化、起伏和显隐。

能引发人内心最美好、最柔软的部分，往往是婴儿的体香。每个人心底都有真善美，而婴儿就是活生生的真善美，每个人都爱婴儿，这种集体共感能丰沛成大江大河，滔滔不绝。成人爱婴儿，是“复元”。婴儿那么小，为何带来的爱力那么大？爱，是大是小？大小之间的坐标模糊，其实对某些敏感的人是好事，能帮助其从僵化的固有的思维模式里抽出，看世界的尺度会发生变化。空间感、时间感都会随之而变，心情亦是。婴儿一个突如其来的微笑，会让父母手舞足蹈，激起无限欢愉。世上没有一种香水能和婴儿的奶香相比，那不是牛奶糖的甜腻，而是飘自于极乐净土百花园里的幽香，这香气是生命源头之气，是纯洁纯真之气。香气本来为了净化世俗的浊气，让烦躁的妄心复归于纯净的稳定气流。任何人，无论有多大的仇恨苦恼，有多少贪心权欲，只要俯身深深嗅闻婴儿的体香，内心就会情不自禁地有一丝回暖的气流在奔流，就会不自觉地露出笑容。那神情如此安详，犹如春日溪涧的欢畅。婴儿是天地间未曾污染的灵宝，是让俗人回心转意而至专气致柔的信号。

人的内心本是真诚和善良的，万事万物最深处隐藏的秘密是相通的。身心的触角绵密而纤细，众生之间有无形无数的能量密码能沟通、疏导、链接和传递。您想见这些能量吗？它就在心中，不必想起，不用证明，不可思议。

不管是乌云密布的天空还是空谷回响的鸟鸣，不管是清晨挂在小草上的露珠还是一个婴儿的诞生，背后的关联都隐藏着真理，不生不灭的能量场永恒，这是一切众生至纯至臻的汇合处、涅槃处、归去来兮处。它一直就在我们心里，流经每一个细胞、每一次呼吸、每一念爱恨、每一个当下。

成年后，我们陷入世俗的沼泽地里不能动弹，浑身上下散发的酸腐之味，多少人能自己闻到？这庸庸碌碌的世俗社会如同烧开了的热水锅，沸沸腾腾地翻滚着各种欲望，用感官声色刺激来加料，煮成一锅大杂烩。各种新科技问世令人更加会享受，更希求快捷便利，更享受功名利禄，工作投资、赚钱赔钱、男欢女爱、吃喝欢乐、生老病死，忽而狂喜，忽而消沉，有几人不被物质利益所奴役？有的人幻想青春永驻，有的人幻想名垂青史，有的人幻想福禄寿全，“不论平地与山尖，无限风光尽被占。采得百花成蜜后，为谁辛苦为谁甜？”有几人能明白时间都被自己消陨在琐事上了？生，不知为何生，死，不知为何死，这样的活着和死去有什么两样？婴儿是种信息，让成人看到本来的自己。如果活着的人看不清人生所在的位置，何异于为一块面包屑而奋斗的蚂蚁？当人生被无足轻重、微不足道的琐事占领后，挡住双眼的是自己的大脑。如同春蚕，捆绑自己的恰是自身辛苦吐出的丝。

有些人知道人生应该脱离泥潭，却和我过去一样时刻感觉无能为力。我看到有人很努力地在读书学习，从《易经》、儒释道、阿育吠陀、吸引力法则等无一不认真学；也有的人很用功地学冥想、内观、辟谷等，无一不试；还有人频繁地四处参观古迹、转山许愿、放生念咒等，无一不做。这些人像海绵一样地好学、好动、好奇，试图用各种道理、神迹填饱空虚的精神，可这一切能满足无止境的大脑吗？会说道理的人不知道，道理不能帮助人成道，道理只是一扇门，需要博学之、审问之、慎思之、明辨之、笃行之，需要在曲折变化的过程中能明白如何不偏离道，唯有在正道上不偏离才能通过闻道、思道、修道、证道而至悟道。整天高谈阔论各种理论和境界而缺乏行动的人，懂得再多对自己又有什么帮助呢？人性的脆弱、无以消除的疑惑、黑暗的力量，哪一件不能令人感觉到心中有如地狱一般的熊熊烈火在燃烧？道理能灭火否？

记起《大智度论》中有说悟道者必先以无量布施、持戒、禅定为基础，其心柔软，众结使薄，然后空性智慧自发。有邪见人，欲跳过布施功德，妄想在空中建楼阁。这譬如无智人从不识盐，见人用盐做肉菜吃，问:“为什么那样做？”答:“盐能使食物味美。”此人便想：盐能使食物变得美味，那我只吃盐便是。谁知吃后咸苦伤口，便疑他人欺骗，说:“那么难吃的东西，你为什么说盐好味？”答:“痴人，此当筹量多少，并和食物掺和，哪能纯吃盐？”无智人听说般若空性是妙法莲花，能使人解脱，却不想脚踏实地布施，行众功德事，怕苦怕累，不想切实实修，就想一步登天，此如同水中捞月。真正的布施没有任何的目的、预期和动机，随缘自在地去布施才有功德。随缘是何意？就是因缘来了，无论善缘、恶缘，都能待之以欢喜，化解之、导引之、善用之。因缘散了，便马上忘记。智者由果而显的万事、万物、万法皆可忘，唯有常行布施之因不忘。

有成就的人对时空的观念和世人不同，世人觉得生命只有一次，故而重视及时行乐，所谓“生命不虚度”，想要在此生尽可能地满足各种欲望，便是享受人生。这种无知的观念导致世人不明因果，时刻造业而不自知。智者认为此生不过是无量生、无量劫、无垠时空的一个标记，在宇宙大洪流中，能量取之不尽，生命生生不息。生命的玄妙有太多未知，世人被欲望蒙蔽而不见，看不见因缘的变化，看不见意识的升降，看不见业力在如何操纵。所谓业力是过往一切意识、行为的总和。人之能见度，是内心之度。心有多大，所见多大。离苦得乐，得究竟解脱本不是小部分人的愿望，而应是一切众生的共同愿望，然而众生却没有这种愿望，这是被迷惑了，故名“众生”。人生在世，不仅有生命，还要有使命。修行人的使命是开启众生慧命，把颠倒的扶正，使被覆盖的显现，让迷途的知返，为前行者指路。使命在、愿心在，黑暗中的灯塔就一直屹立不倒，能在茫茫大海中，在巨浪滔天的风暴里给过往的旅船以方向。灯塔只是引路，引路就有无量功德，它还会需要什么目的、计划、指标吗？

想起上个月进山的日子，天地间仿佛只有我。山上树影斑驳，古树参天，青苔湿滑，高大的樟树、松柏散发着幽香，每一步踩在落叶上都嘎嘎作响。山谷远处有一座寺庙，边行边能听到时断时续的钟声，钟声浑厚而清明，像一股电流直冲入耳，其声遍满时空。每次听到，我就会停下脚步，屹立不动，心中诚挚地默念。不时有五彩的黑嘴鸟来头顶咔咔鸣叫着飞过，鸟飞过后，万籁寂静。从白天走到黑夜，通常进山，我会背两个背袋，一个装简单的个人用品，另一个一边走一边装牛粪。

当一轮明月当空时，我来到一个瀑布边休憩，在一块大石头上用牛粪点燃一堆篝火，然后拿出一个大茶壶架在石头上开始煮茶，我从贴身的袋子里掏出砖茶、酥油、盐巴、小苏打细心地调制，经过精心烹制的茶水不一会儿就芳香四溢。当茶水在火上扑腾扑腾地翻滚时，我面对瀑布开始吟唱，整个山谷仿佛都在回应。这时候，我会被一种大宁静包裹，这种天地人合一的感受会渗透我、穿越我、启发我、净化我。

事实上，我不是一人在唱，而是十方虚空无量的生命、山川河流里的山神地气在一起合唱。这神奇的场景唯有身临其境的人才能感受，如梦如幻般的天地大合唱，每一个微妙音都丝丝入心，越能契合极微的能量，越能在这音声海里随波逐流。在有意无意间、有形无形间、有知无知间，我变成一切生命内在组成的一部分。朗月之下，心展现出本来的纤毫未染，天心月圆，以心传心。

空气清寒，石头上有些许冰霜。天空像暗蓝色幕布，和眼前的火焰相映成趣，火花朵朵好似能飞入银河的凤凰。山峦静谧，带着花香的晚风吹着身后的树枝沙沙作响。树影摇曳，清冷的月华随瀑布流淌，时间在火苗里跳舞，空间在银河里消失。黛黛青山层峦叠嶂，在眼边呈现出深浅不一、高矮不一渲染般的水墨画。当人的心意识被调御到清净、皎洁、慈悲、平等、柔软时，是无比恬淡的。在天地大化里被抚慰、被唤醒、被触动，心灯于此发出明亮的光辉。

这一切好像一场梦。而我们谁不是在梦里？梦从未散场，我们不过是在层层叠叠的梦里重逢。

春天花开得密密簇簇，蜜蜂和蝴蝶会围着花心飞舞。花儿谢了又开，开了又谢，蜜蜂和蝴蝶紧追花心不舍，花心的这股能量是活的。无论春夏秋冬如何运转，蜜蜂和蝴蝶围绕芳香浓郁的花心是天性，每年花开，它们就来。花之花香，蜜蜂之蜜，谁在布施，谁不在布施，谁需要记住谁，谁能离得开谁？活的吸引力就是彼此之间的关系。

知识本是为了人能在关系中圆融，能有智慧处理好生命、众生之间的关系。不能启发智慧，不能帮助人建立社会、自然、生命良好关系的知识是无益的，只会令人越发清高。我们再看看世人，有几人明白什么是死的关系，什么是活的关联？是在活生生、赤裸裸的现实社会中学会如何一心一意地保持初心，如何能灵活运用而不背离根本。人世间才是对生命能量、境界，运用最彻底、最究竟、最完整的考场。

人世间虽有那么多荒诞不经、不公不正、不明不白，然而这就是平常生活的组成啊！智慧便是助您度过此波澜壮阔、暴风骤雨、惊涛骇浪不断的人生之河的乘船。智慧不是名词，而是活生生的力量！

我，继续在闹哄哄的列车上安坐，窗外天光渐亮。这一夜，我仿佛穿越了时光隧道，穿越一个个过去，过去是不是真的已经过去，穿越一个个未来，未来是不是真的还未来，穿越一个个现在，现在是不是还在？我的存在、我的心态、我的想法决定着窗外风景和内心交感的互动变化。人类文明通过语言文字来传递，语言文字是中性的，可以传播智慧，也可以分享邪见。

火车上有不少人带着口罩，病毒会通过空气传播，这速度比阅读文字快得多。自然界有些生物靠繁殖取胜，有些生物靠传染变换宿主。文化，是国家、民族、群体间差异性的特色表现。文明，是国家、民族、群体间普适性的传承共识。社会变成什么样子，人类是进化还是退化，取决于我们每个人在分享什么、传播什么、传承什么、欣赏什么、尊重什么、转化什么、赞扬什么。

价值观决定了人生的走向；视野和胸怀决定了能走多远；和多少人一起走决定了路有多宽；用什么工具走决定了行走的速度。那么，为什么我们不一起走正道、行正法、起正念、生正信呢?

我还在思索中，突然天边出现了一道彩虹，这突如其来的彩虹虽真实可见，却又抓取不得。虽远在天边，却又近在眼前。彩虹的一头是烦恼，另一头是清净；一头是世间，另一头是解脱；一头是自我，另一头是觉悟……哦，这两头不是彼此相连、不可分割的吗?没有了链接，只剩下一头的时候，就只是片段。彩虹便不能称为彩虹，人生便不能称为人生。

玉女穿梭

带着空间，一起穿梭

旅游是讲空间移动的，
可是回味真正要让你经验的是时间，
是时间的反复循环，
这才叫流连忘返。

在冬寒料峭的冬天来到温暖如春的海口。闲时泡上一大碗茶，边品尝着清香扑鼻的味道，边看向窗外，绿油油的椰树成林，错落有致。鸡蛋花、大榕树，还有好多叫不上名字的树和叽叽喳喳的翠鸟。

外面传来了老师们排练舞蹈的声音，闭目静听，笑声不断，我们扬起的土都是星尘，故而每一声中，我们呼应的是整个宇宙。这次的课程是圆相舞，古人一鼓开天地，一舞定乾坤。鼓者，执桴击鼓，矫健奋发，威震四海。舞者，腾挪跳跃，伉音赴节，艺展八方。在抑扬顿挫中悟天人合一，在起承转合间循“生生不息”。我们在舞中超越所见，打开身心固有的僵化和堡垒，无碍无遮。有碍无爱，爱即无碍。

我们随着音乐翩翩起舞，我们不是我们的肉体，不是我们的思想，不是我们的情绪，更不是我们六根感官见闻和五蕴的积集。此刻的我，是当下万缘和合的有机体，承载着宇宙的初始代码，每一个行为意识里都蕴含着个体生命的地缘、血缘、族群、驳杂文化衍生嬗变的所有信息，它们本来无碍交融在我的生命里，只是，不被僵死的生命所能解读。

舞，是一条向上求索的路，百转迂回，风光旖旎。是不断走出个体感官舒适欲望的无碍方所，是起点，也是归宿，这本是一趟无程之旅。神无方而易无体，以身存，有始有终，生灭不已，以神在，无在不在，周流无碍。疾风暴雨的舞蹈如同接受自然的清洗，生命蒙润发华、生长、孕育、繁荣、代谢、循环，生生不息。

《毛诗序》中还有这样一段话："诗者，志之所之也，在心为志，发言为诗，情动于中而形于言，言之不足，故嗟叹之，嗟叹之不足，故咏歌之，咏歌之不足，不知手之舞之足之蹈之也。"先民们慢慢发现，歌舞不仅可以振奋精神、解除疲劳、强身健体，还可以治病。

中国舞蹈历史悠久，经历了若干阶段的发展、演变，逐渐形成具有中国特色形态和神韵的艺术。在原始时代，歌舞是文化的基本形态。举凡狩猎、战争、婚嫁、生产、祭祀、祈祷等，先民们都是通过歌舞来表达。比如在内蒙古阴山地区新石器时代的岩画上，刻画着狩猎舞的形象。

传说中人首蛇身的伏羲、女娲，是以"龙"为图腾的华夏部落先祖。伏羲氏舞名《凤来》，唱《网罟》之歌；女娲舞名《充乐》，是颂扬伏羲氏发明网罟，教民捕捉鸟兽和女娲制定婚配、嫁娶业绩的歌舞。传说中牛首人身的炎帝，是以"羊"为图腾的古代羌人先祖，炎帝的乐舞名《扶犁》，唱《丰年》之歌，歌颂炎帝教民播种五谷，发明农业的功绩，后人尊称他为神农氏。阴康氏舞名《大舞》，教民众强身健体。葛天氏舞名《广乐》，三人操牛尾而歌八阙，祈求五谷丰登，鸟兽繁殖。黄帝以"云"为图腾，《云门》是黄帝氏族的舞蹈；"凤鸟天翟"是帝喾时的舞蹈；"击石拊石，百兽率舞"，是帝尧时的舞蹈。这些充满着活力的远古舞蹈，反映了中华文明原始时期民众的文化方式。

据《吕氏春秋》记载：尧舜时期洪水泛滥成灾，阴雨连绵，空气湿冷、沼泽遍地。这种气候让人心情阴郁，由于长期生活在潮湿阴冷的环境中，人们体内气血瘀滞、筋骨萎缩、腿脚发肿、行动困难。为了缓解人们的病痛，尧帝便编排了一种舞蹈，手动为舞，足动为蹈，人们用舞蹈的方法疏通经脉、宣导气血、祛除湿气。

从祭祀的巫舞到民间俗乐，兴盛在两汉，其实秦代已有了乐府。汉高祖刘邦喜好民间的楚声、楚舞，并把俗乐舞用于宫廷。汉武帝扩大了“乐府”机构，大力采集民间乐舞。为了政治上的需要，还演出大角抵招待外国宾客。角抵年年增变，内容日趋丰富，因而又称为百戏。百戏包括的项目有：一、杂技——寻橦、跳丸、走索、冲狭等；二、幻术——吞刀、吐火、易牛马头等；三、武术——棍舞、剑舞、刀舞、对打等；四、形舞——凤舞、鱼舞、龙舞等；五、舞蹈——巾舞、鞞舞、铎舞、鞞舞、长袖舞、盘鼓舞、巴渝舞、建鼓舞、双人对舞等；六、歌舞戏——东海黄公，总会仙倡等。由此可知舞蹈在百戏中所占的比重。

中国舞蹈第二次高潮是在西域乐舞的传入时期。汉初时，宫中已有《于阗乐》。汉武帝派张骞通西域，带回《摩诃兜勒》曲，协律都尉李延年因胡乐更造新声二十八解。班固的《东都赋》描写了汉代四夷乐舞齐集洛阳表演的盛况，有东夷的《矛舞》，西南夷的《羽舞》，西夷的《戟舞》和北夷的《干舞》。东汉灵帝好胡乐胡舞，《盘鼓舞》把中原大地的优美典雅和西域的热烈奔放在舞蹈中相交融，形成了汉舞的特征。中原和西域乐舞交流的另一成果，产生于北朝的征战时代。西晋丧乱，关中人士纷纷避难于凉州，带去了汉魏传统乐舞。氐族吕光和匈奴族沮渠蒙逊把平西域获得的《龟兹乐》与传于凉州的中原旧乐相合，产生了新型乐舞《西凉乐》，后经鸠摩罗什大师再一次汇编。我们至今在敦煌石窟壁画中还能看西凉乐舞的韵律神采。

南朝梁武帝制“善哉”“大乐”等，名为正乐。北方重胡舞，隋大业年间的九部伎中，西域乐部占有六部，至唐贞观时期，十部伎中又增《高昌乐》。盛唐健舞《胡腾舞》和来自康居的安禄山擅长的《胡旋舞》更是风靡一时。此外还有《柘枝舞》，一直到宋代还盛行不衰。当年从印度传入中国的佛教融入了中国文化并汲取了各个民族的舞蹈，进而与当地的民风民俗相融合，如今藏族寺庙中的“羌姆”、蒙古族寺庙中的“查玛”等皆如此。

魏晋南北朝时期，佛法得以迅速发展。丝绸之路上的克孜尔石窟、敦煌莫高窟、榆林窟等大量石窟寺里仍保留着当年精美的乐舞石雕与壁画。唐代佛事的重要组成部分也是舞祭，像著名的《菩萨蛮舞》就是典型的代表。唐代燕乐及其表演性的舞蹈中，如隋唐时期著名的宫廷燕乐《九部乐》《十部乐》中的《天竺舞》，还有《霓裳羽衣舞》也具有浓厚的西域特色。宋代的《风迎仙乐队》《菩萨献香花队》也都是典型的佛舞。现今留下的大量的石窟舞蹈形象，如新疆的克孜尔石窟，保存了公元 3~9 世纪的佛教舞蹈艺术壁画。舞姿轻灵、神韵动人，让人不由自主地沉浸于异域风情中。其中第 175 窟壁画中的一位乐伎，体态丰满，全身仅着轻纱。她正由半空落下，在足尖即将触地的一刹那，左臂轻扬，右臂下垂，神采奕奕，顾盼生情。佛经规定，在对佛的十种供养中必须要有“伎乐供养”，因此，供佛的《金刚舞》《飞天》等舞蹈自然是佛祭的组成部分。

唐代乐舞机构有太常寺、教坊、梨园、宜春院等，这些机构集中了大量技艺高超的乐舞伎人。这里既有南朝的清商乐舞，又有北朝的西凉、龟兹、高丽、天竺、康国、安国、疏勒等东、西方乐舞，汉胡交融，精彩纷呈。从九部伎、十部伎发展到坐部伎、立部伎，以规模宏大的三大舞——《破阵乐》《庆善乐》《上元乐》为代表，唐舞有的气势雄伟，有的安徐娴雅，有的充满浪漫色彩。三大舞之外，唐代的小舞、健舞和软舞也非常有特色。健舞中以《剑器》《柘枝》《胡旋》《胡腾》为代表，软舞中以《绿腰》《凉州》《春莺啭》《乌夜啼》为代表。此外唐朝还有四十六种大曲，节奏复杂、曲调丰富，结构严密，其中《霓裳羽衣舞》被誉为唐舞之冠。

那么何为圆相舞呢？圆相舞是一种韵律放松法，它继承发扬了唐舞特色，舞的核心在于在舞蹈的过程中要体悟圆相之内涵——“和”。所谓“阴阳相摩，天地相荡，鼓之以雷霆，奋之以风雨，动之以四时，暖之以日月，而百化兴焉。如此，则乐者天地之和也”。舞者以舞均调四肢百骸，疏通毛孔关窍，打开血脉性情，放大气息气场。舞者与人自和，谓之人乐；与宇宙天地皆和，谓之天乐。为什么要叫圆相舞呢？我们已经屡次提到圆相易筋瑜伽的心法以圆为轴心，圆是圆融、圆通、圆觉，以圆为心而化相，谓之圆相。领会这一点并将之放在舞中是非常重要的，每个动作必然以圆为轴，舞起来行云流水、优美大方，突出奔放豪迈又刚柔并济的风格。

中国原始舞蹈形态，在新石器时代、青铜时代凿刻的阴山崖画、内蒙古乌兰察布崖画中，有着生动真实的表现。祖先们还有很多模仿凶猛动物的舞蹈，如白鹰舞、熊舞、狮子舞、鹿舞等。舞蹈是通过人的形态、神态进行传情达意的艺术形式。《乐记·乐象篇》:

“诗，言其志也；歌，咏其声也；舞，动其容也；三者本于心，然后乐气从之。”班固《白虎通·礼乐篇》:“乐所以必歌者何？夫歌者口言之也，中心喜悦，口欲歌之，手欲舞之，足欲蹈之。”钟嵘《诗品·序》:“器之动物，物之感人，摇荡性情，形诸舞咏。”

舞蹈是以人体姿态、表情、造型，特别是动作过程为手段，表现人们主观情感为特征的。以肢体动作过程来展现心灵、表达感情、抒发情怀、感天动地。由此可见，舞最为重要的美学特征即人物内心的表露，而通过圆相易筋瑜伽修养通达内心，就是为了照见自己的本来面目。

在圆相舞中胸背、体态、韵律、放松、柔软是舞者内心感受的核心因素，是凸显其风格、塑造形象的根本之所在。通过舞蹈，我们卸除包裹的盔甲，卸除全身的拙力，激发对美的追求和向往，通过拉伸舒展而恢复优美的体态。胸背不直是现代人的普遍问题，舞的过程中放松、呼吸的有效练习，可以帮助我们纠正偏差，带动内心情感。舞者，跳舞时必着眼于内心的感受，将自己沉静于舞中，用心去体会、感悟内在的气息、节奏、风格、韵律、动作、呼吸等变化。最后达到挺而不僵、松而不懈，极大地扩展身体的可塑性。学习圆相舞，不是跳给别人看的炫技，而是内练一口气，外炼筋骨皮，每天将胸背练习的屈伸与呼吸紧密相连。屈，是运动环节绕额状轴转动，向前运动为屈，向后运动为伸。要学会练额状轴，左右方向垂直于矢状面的轴，还有矢状面，沿前后方向将人体纵切为左右两部分的切面。

学习舞的过程中要学会配合正确的呼吸法。呼，是把体内的气体排出体外；吸，是把气体引入体内。学生们在正确的呼吸法指引下，在上身挺直、双肩放松的前提下，呼与动作屈相应从腹肌开始，腹肌收缩，腹、胸、肩、颈依次地屈；伸与吸相对应，伸时也从腹肌开始，腹、胸、肩依次地放，最后双肩及背充分打开。熟悉了这一呼吸屈伸方法后，在双脚站定的状态上进行训练，使胸背的屈伸与呼吸、手臂动作协调一致。当能够最大限度地打开肩部时，胸部的表现力得以加强。之后我们再学习各种脚位、步伐、身体方向的变换，学习空间的充分运用。然后学习变换速度、力度、幅度，直至身体的屈伸与呼吸达到完美的结合。圆相舞的学习有一整套体系，由浅入深、由简到繁、循序渐进，每一位舞者通过这种学习都能最大限度地打开心胸，扩展视野，完善自我表现力，使气贯全身，气与动作协调一致，真正做到用气息带动自己内心的情感，自如地用肢体表达自己的感受。我们通过这种学习也同时在增强身体各部分骨骼、关节、韧带、肌肉的各种能力，如平衡力、张力、弹力、抖动力、平衡力、爆发力、持久力等。

随着动作的变换，舞者的肩、肘、腕、指各关节韧带及肌肉的前伸、后缩、回旋、环动、外展、内收、外旋、内旋等动作，使上肢众多的关节、韧带、肌肉群的各种能力得以苏醒。再通过各种开、关、屈、伸、跪、爬等练习，拉长身体各部位的关节、韧带、肌肉，增强肢体运动的力量、速度、弹性、韧性。加强舞者对肌体的控制力，使身体各部分骨骼、肌肉、韧带能够听从指挥，身心合一。最后能随心所欲地运用快慢、大小、高低、刚柔、沉浮与收缩等能力。自如地呼吸，动作即有张力又舒展，达到随心而舞的境界。

文化艺术的通性，就在于表达天地人和，舞者舞动身体表达盎然的生机，用肢体语言把天地人和之大美表现得淋漓尽致，了无遗蕴就是美的展现。其同时舞动的是一种气场，活力四射的气能动天地，感人心，撼心魔，祛病痛，摇荡性情，形诸歌舞。当盎然的活力跳跃其中时，舞者手舞足蹈，歌之咏之，声在耳目之内，情寄八荒之外，幻化成生命的精神力，蔚成酣畅饱满的生命力。当舞者肢体足以柔软刚健，劲气充满时，这是一种宇宙生意。将生命的美，以气韵生动的活力动态呈现出来，催动万物在自我中运转变化，让生命之流弥漫的灿然仁心与畅然机趣，生生不息圆成一相。

中国文化是一种“妙性文化”，为的是达到物我两忘，物我均调的合一态，其贵在擎幻归真。人与人、与自然、与自我能彼此相因，流衍互润，合成同情交感的中道之流。自我只有在这无隅大道不滞不住中，始能宣畅生命之圆相舞，这方式在西方很难找到。生命其实本就是一场舞蹈，举手投足须经过夸大和美化，把所有情绪、业力、魔障、烦恼按照韵律纳入身形，转化成优雅美妙，无始无终，无前无后的圆相之舞。在悠扬高雅的优美塑造中，促使人的本能、欲望、嗔恨、无明、妄想、执著转化成高洁优美的行为意识和意境。

无论多么暴烈的情绪，无奈的现实，无情的际遇，无论你多么血脉贲张，也能借生命之舞领悟万物间的轮回、圆的奥秘，领悟高潮和低落的统一，领悟成功和失败的相因。借此身体的释放，能抒情、能感怀、能释放、能舒缓，总持灵性，吐纳幽情，寄托遥思，放旷心胸，化运神情，以情擎情，以心摄念。由此修养法，人能凝神回望，而不再粗鄙鲁莽，达到陶冶美感，裁成乐趣，臻于生香活意的绮丽人生。

无限的生命来自无限之上，而面对无限，有限的生命如何绵延繁续。它从何处来，又往何处去？这大化流行中一期生命的变迁发展，运势流转，是怎样一种途径，是循序渐进，还是一念成佛？人生于自然之中，是偶然还是必然？自然乃是大化流行的境界，其神韵抒余蕴藉，盎然不竭，生命体之于生命洪流，如同一滴水汇入大海，即能一体俱融，也能同步奔进。没有一滴滴水，就不会有汪洋大海的波澜壮阔。而没有汪洋大海，一滴滴水不过是瞬间蒸发的微尘。生命与生命体，生命体与生命体，浩然同流，万物同源，融贯互通，浃化并进。你中有我，我中有你，犹如母子一般，足以共谱心声。

圆相舞是为生命而舞。通过身心合一的舞蹈，进入“言无言，终身言，未尝言，终身不言，未尝不言”的纯美境界，孔子说“惟天之命，于穆不已”。舞蹈中，洞见生命本来，洞见其几微，洞见生命玄秘。用肢体去体贴生命的伟大，生命之所以伟大，是它无论怎么变化，无论如何发展，总不会走到穷途末路。我们为何需要旅行？如果只有小溪沙丘，就很无趣。山之所以美，是有幽深的丘壑，有曲折的峰峦，千山万水之间，有气势雄伟，有深谷幽兰，有巍峨奥折；水之所以美，是有浩瀚的烟波，大江大河之间，烟云缠绵，清光往复。故而生命的美就在于往深处探寻，不同的风景里是意境的加深。有恐惧有释然，有担忧有解脱，圆相易筋瑜伽以舞修养的心情随着圆相之舞的深入而层层拨开。单调的生命就像沙漠里一粒一粒的散沙，平铺在大地上，不创造，不突出，不惊奇，不变化，这样的生命除了生老病死，还有其他乐趣吗？

美的修养在于发现美的过程，圆相舞用心去贴近那充盈于天地间的韵律，舞者用清风洗涤灵魂，沐浴在大自然的怀抱里，无思无虑，无求无证，无暇无蔽，混然于清明中。圆相舞是天空之舞，自然之舞，能陶醉在清凉的甘霖中，享受这美轮美奂的当下，在如同水波般的慈爱中悠然自得就是修养者向上一路突破的过程。舞者用全身心和天地的沟通交流，一切舞蹈动态中表现圆相的清静之境。念念当下，全无作意，自在逍遥，刚柔并济，优雅灵动。舞能让舞者气血通畅，让观者净化心灵。舞蹈本身有动有静，化繁为简，以导引为基础，接引太极之身法，结合瑜伽之灵动，呈现出生命的优雅平和。在这个自我探寻的旅程里，淋漓着生命的元气。风清幽地吹动着天籁，雨尽情地流淌着甘露，花的幽香，树的勃茂，一切都与我同在，一切都如此美好。我们悠悠哉其间，用圆相之舞去供养自然，逐水看山，见仁见智，见天见地，见他见己，最终以通达万物圆相之玄机。

圆相禅舞歌：

意婆娑，语音妙，

婀娜韵动舞逍遥，

风吹清音身轻曼，

千释此生烦恼意，

只留自性随风飘，

只留自性随风飘。

……

我心被下了魔咒，

把自己关进迷宫，

哈哈笑无师自通，

圆相禅舞显神功。

在头顶挖了个洞，

灵魂出来要透风，

这世界变得朦胧，

你就是一点即通。

每个细胞在跳动，
把一切心念放空，
心随意动步如风，
快让舞步来相融。

心中是四大皆空，
浑身是上下放松，
你怎能还不心动，
来来来，
心随意动步如风，
快让舞步来相融，
圆相禅舞显神功，
一切烦恼全放空。

生生不息之态，是一圆相，圆相是虚空态，也是宇宙的基态。千万不要以为极微尘就是“小”，如数学里，0 是最小吗，0 比 1 小吗？圆相，我们可以视为涅槃、清净，数学上说，零是一切坐标系变化的起始点。零不能用多少、大小、前后来表示，在整个宇宙万物、万事、万有中，不管是有形还是无形，信息还是意志，心念还是愿力，在零点时，在虚空态一切都是贯通的，也就是圆通的。也唯有在零点、在虚空，是一切贯通的圆。东方阿閦，南方宝相，西无量寿，北微妙声。诸天持护，在甚深微妙之圆相舞中圆通。

骨者，生于精气，而与筋连。筋之伸缩，则增力；骨之重者，则髓满，髓是人之静，筋之伸缩，骨之灵活，可以舞而通。筋络伸缩如弓弦，身劲动发若弦满，手出如放箭，灵动如抽丝，两手如撕绵。硬手软手，扭腰抖肩，开胯踢腿。舞动之时，手足挺劲力，迈步骨自坚，形其意摇首搅尾闾，动如飞龙升天，践似猛虎出林，纵跳凌空似猴猿，步法轻妙如猫行，四肢百骸随心所欲，我们沉浸其中，好不开心，好不自在。

如果是旅游，边看边走的那种，风景一览无余，群山连绵或许让你感觉它是伟大的，而圆相之舞却不是，它让你回归内在，把最细致、隐藏的生命美从内而外深度挖掘出来。一下就可以看完的风景不会是让人真正流连忘返的。旅游是讲空间移动的，可是回味真正要让你体验的是时间，是时间的反复循环，这才叫流连忘返。我们在舞中回到大唐，来到草原，登顶须弥，在无穷时间相里穿梭，一时一时，一世一世，带着空间一起穿梭，不可思议，不可预测，不可辜负的就是这一个个无与伦比的当下……

萬法一如

闻风坐相悦

生命的归处是什么？
不是长生不老，
而是要看见生命实相！
要见本来面目！
所以执著在一朵必将凋零的花上，
只能和花一样无常。

二月初八早课毕，突然忆起张九龄一首诗感遇：

兰叶春葳蕤，桂华秋皎洁。
欣欣此生意，自尔为佳节。
谁知林栖者，闻风坐相悦。
草木有本心，何求美人折？

修养，始于强身，继于懂劲，终于明心。其中的感悟是语言无法描述的。有道行的人不是发出与他人无关的神通异能，而是越修越无我。越慈悲，越增长共情，越能对他人有真挚的理解。

在这个凉爽的早晨，独自在庭院散步，清风如许，院子里飘过淡淡的梅花香，闭目感受这幽香阵阵。花儿月月如期枯荣交替，人生亦是。种子是因，要有阳光、雨露等等因缘，和合时，花儿便绽放，生命的活力就藏在生命里，不过是等待一切机缘的召唤。

凡是美的都没有家，流星、落花、萤火……谁见过人蓄养天空呢？谁能束缚着月光呢？一颗流星自有它来去的方向，爱的种子随风而去，落地生根随处会发芽。

要会爱自己、忙碌中不要忽略丰富自己的心，要时刻令自己专注清净，专注清净需要心能自由。心即是自由的，就只能是孤独的，它不会被固定在某处，被捆绑在某地。人会在成长中爱，又在爱中成长。

爱，是让心灵自由的滋养之源。真正的爱是双方心智上的共同成长，那么能滋养爱的一定是利于生命成长的因素，如自由、信任、包容、珍惜、体谅等，而扼杀爱的一定是不利于生命成长的因素，如嫉妒、要求、埋怨、计较、限制等。感情是七情六欲，是脆弱的，容易起伏和受伤的，而真正的爱是使得内心平衡和平静的，爱只能是相应，不能被固定，真爱永远应该是开放的、灵活的、珍贵的，是彼此一起成长，一起向上的，相爱的人是一起体悟生命奇迹的人。所以人人皆以为自己在爱，其实真正懂爱的寥寥，就像人人都会死，但真正活过的人寥寥。

出门去喝杯咖啡，记起来蒋捷的《梅花引》，哼唱了一路：

“白鸥问我泊孤舟，是身留，是心留？心若留时，何事锁眉头？风拍小帘灯晕舞，对闲影，冷清清，忆旧游。旧游旧游今在否？花外楼，柳下舟。梦也梦也，梦不到，寒水空流。漠漠黄云，湿透木棉裘。都道无人愁似我，今夜雪，有梅花，似我愁。”

慈悲不是慈善，慈悲是全然的一体不二。生命体都是一朵花，从盛开的那一刻开始凋零，不断地枯萎衰老。我们执著这个“体”，就只能和它一起凋零。唯有契合宇宙的生命洪流，才能超越这个“体”，忽略这个凋零。

生命的归处是什么？不是长生不老，而是要看见生命实相！要见本来面目！所以执著在一朵必将凋零的花上，只能和花一样无常。许多人误解我们练功是为了身体健康，为了无病、为了强壮，其实练功练的不仅一招一式的对抗，更多的是在功夫里见到自己的不足，见到天地的广阔，见到对彼此、对众生的信任和包容。“阴阳合，文武道；乾坤转，天下和”，文武之道，一阴一阳，一动一静，文张而武弛。负阴载阳，冲炁为和，以“静”安其心，以“动”养其身。中国功夫尽归道法自然，天人合一！

有老师问我，怎么放下？放下便放下了，没有怎么，就像担担子走路，担不动了就自动放下了，只不过，修者是主动放下，凡夫总是担不动才不得不放下。

爱和恨、明与暗、是与非、名誉和衰落、财富和贫穷，都是同等的虚幻。

我们的不安全感是就是基于我们荒唐的假设。我们把幻象当真，我们会不断被这些幻象欺骗。

吃饱喝足不需要大鱼大肉，一碗白粥就够了，是人自己给自己添置了许多“必须”，才越活越累，有越来越多的放不下。

被动地放下，不由自己，就像这个难忘的春天带来的领悟。

釋然

生命是那一树花开

心是每个人的翅膀，
心有多大，世界就有多大。
每个健全的人天生具备翅膀，
无拘无束地翱翔在天地间。
是欲望使心的翅膀沉落，
变得和蚂蚁一样在地面爬行。

为了避免对稳定物质的依赖，回归自然的生命状态，我常常在山里居住。

在山里我总是会遇见浓浓的幸福。这里的夜晚没有电视和电灯，但有烛火陪伴，还有虫鸟相知，那份超然的满足感是任何物质代替不了的。我想能从身边的细微之处体会到满足与感恩时，人生是圆满的。

幸福的感觉能让人体会生命如同花开，时时会散发出迷人的馨香。幸福和我们通常说的快感不同，快感属于身体，稍纵即逝；而幸福属于心灵，现代许多人都很聪明，可感受不到幸福，幸福属于心，其和物质无关，因为许多人都不知道自己的心在哪里，以为用物质可以满足心灵，于是越走越远，越跑越偏，那些想方设法用简单的快感来替代幸福的人，那些用物质条件来满足自己的人，心里剩下的都是空虚和空洞。

自知为愚者的愚者并不愚，而自以为聪明的取巧者往往是愚中之愚者。

我们见到的这个繁华世界不过是自己内心的反映。山花开得真好看，微风拂面，鸟语花香，幸福其实就那么简单。人生短短数十载，最紧要是活出自己，而不是讨好他人。一个不知自己生命意义的人，没有未来目标追求的人，无异于行尸走肉。世界说大很大，说小很小，大到弯路走了那么多年，才跟对的人相遇，小到看爱的人一眼，就看到了全世界。

人的脆弱和坚强，都超乎自己的想象。有时候，我可能脆弱得听你一句话就泪流满面；有时候，天崩地裂也淡定如常。世间快乐总是短暂的，并且夹杂着苦，是的，无论哪方面的快乐都掺杂着苦。因为世间的快乐里，参杂着许多东西。比如，觉得坐公交车不舒服、闹心、拥挤，还得等，就存钱或分期付款买车，到手后却增加了负担和开销，出行便利了吗？也没有，到处都堵车，坐地铁反而还快些。有车就有包袱：停到哪里？小偷会来偷吗？轮胎盖甚至气门针都有人偷，每个零部件都可能被偷，全是负担！

世间快乐都连带负担。买了房就有负担照顾、维修、保养，走到哪里都担心坏人来偷，全是负担。所以佛陀说，有田地就会因田地而苦，有牛就会因牛而苦。

对自己把握不了的人怀有本能的恐惧，对看不见、摸不着的东西也持有本能的怀疑在“得不到”和“已拥有”之间往往更珍视后者。因此不难理解为什么人甘于平庸，因为幸福和自由是他们还“得不到”的东西，而凑合着过却是现在拥有的东西。所以，就不难明白，为什么《肖申克的救赎》里被监狱驯化好了的犯人即使放他出狱也哪儿都不想去。

幸福虽然是每个人内心的向往和需求，然而只有在比较当中，幸福的重要性才能显现出来。比如，忙忙碌碌的平庸生活和有滋有味的爱情相比，身陷牢笼的囚徒和自由生活的人相比，躺在 ICU 的患者和活蹦乱跳的人相比，内心满是疑惑者和阳光灿烂者相比，那些尝试过聚光灯下光环的明星在发现自己毫无隐私可言的时候和普通老百姓相比……唯有当生命的价值不必用外在的成就来衡量时，唯有一个人不再用自我衡量他人的时候，才会真正明白幸福是什么。

当他不必受他人影响，不受心病操控时，唯有当他的理想不是出于满足任何人的评论和赞美，不是为了生计而奔波，而是他自发的、独特的主观能动时，幸福的光晕才能洒满整个人。

幸福其实是一种自然而然的产物，是一个人无意识地投身于某一利益他人而令自己内心安宁的伟大事业时产生的衍生品，为他人奉献时（注意，衣食住行不叫奉献，叫基本保障），你会油然而生一种幸福感，这就衍生出中国人爱说的：孝，什么是真正的孝？

孔子和他的学生有很多日常的问答。有一天，颜回、子路跟老师在一起聊天，孔子说："你们每个人都说说自己的志向吧！"

子路说："我的志向就是，衣服、车马这些好东西，能和朋友一起分享，就算用坏了也没有什么抱怨。这就是我的志向。"

颜回说："我的志向呢，就是能有个经常夸赞、也不经常宣扬自己的功劳，能够做到很谦逊就可以了。"

这个时候，学生们发现老师还没有说话，子路就对老师说："我希望听听老师的志向。"孔子就淡淡地说出了自己对人格理想的描述，很简单，就三句话："老者安之，朋友信之，少者怀之。"

每个人在这个世界上都不可能摆脱跟三种人的关系，那就是我们的长辈、平辈和晚辈。孔子先不去谈我要怎样治国平天下，建立多少功勋，而开口就说关系。人活在世上，其实经营的都是各种关系。我们首先是父母所生，故而长辈放在首位，安顿好老人的关键在安，老人特别容易不安，他们最突出的感觉就是孤独感、无助感和恐惧感。因为身体衰老，对死亡的恐惧是最大的不安。而子女不在身边，难免会有孤独感。在现实社会，各种信息更新迭代太快，老人应接不暇，也会有深深的无助感。这些都是不安的源头。

而平辈之间：夫妻、朋友关键在信，不信则无以致远。东晋时期，谢安的妻子刘夫人是一个贤淑的女中豪杰。她对谢安是既爱护又懂得节制，有一次，刘夫人挂起帷幕围着众婢女，叫她们在自己面前表演歌舞。当时谢安是朝中重臣，官居太傅，刘夫人也让谢安看了一会儿，便放下了帷幕。当谢安要求再打开帷幕看一会儿的时候，夫人却毫不犹豫地拒绝了，她说："夫君，这恐怕会损害您的美德。"

当代无论是男还是女，能这样设身处地地为家人考虑，尤其是从长养他的德行以及克制自身爱好、习惯、欲望方面去纠正的，无疑少之又少。如何处理家庭关系和亲密关系，而不是使对方一味戒除，而施加高压之态势，既能让他享受生活之美好也能把握度，在适当的时候懂得拒绝，坚定提醒他节制，这样明智而有分寸的把握，正是人际关系中十分难得之智慧所在。

我们考察自己平日的为人，常常要么是好心，要么是放弃，要么是敷衍，甚至经常将关心演变成了干预，变成唠叨和指责，将本应该赞赏的变成了评判，将关怀化作了分别，如此一来，不仅没有修亲修和，没有近悦远来，反而间接地拒人于千里之外，本该深化的善缘反而有了尖锐的对立和矛盾，这源于不懂得如何把握度，缺乏沟通的智慧。所以，懂得人际关系中这种微妙的留白，它是一种弹性，更是一种信任和一种默契。

亲密关系，无论是夫妻还是朋友，处在智慧的弹性之内，就不必过于干预，给足对方空间不是放纵，而是一旦觉察出它已经过度，就可以进行委婉而真诚地纠正。在过程中，依然对于对方保持十足的信任和尊重。这就是贵者之风度。

那么晚辈呢？就是树立良好的精神意识，让晚辈（注意不仅是看得见的，更主要是隔一代的、隔两代的晚辈），都觉得我这个人值得追慕和怀念。这就是三不朽：立功、立德、立言。

人生的意义在于能够让这三类人心中有种寄托，老者能安，平辈能信，晚辈能怀，也就是人生的意义了，也就是最幸福的人了。

我们今天再说说，在这里面摆在第一位的是“老者安之”。中华民族有一种美德叫孝敬，但是，我们理解什么是真正的孝吗？安顿老人现代社会有着多种方法，如买多大的房子，买什么样的车，带老人去什么地方旅游，让他穿什么样的衣裳，有什么样的饮食，多少存款？各种东西因人而异，但是这些能让老人真正心安吗？

很多学生曾经问孔子，什么叫作“孝”？《论语》中记载：“子游问孝。子曰：‘今之孝者，是谓能养。至于犬马，皆能有养；不敬，何以别乎？’”也就是说啊，子游去问老师：“什么叫作孝啊？”老师说：“现在所谓的孝，就是说能养活自己的老人就行了。但是，这真的就是孝吗？”孔子接着反问：“你看狗马这些动物都能够得到饲养，如果你只是做到让父母衣食无忧，但你对他们没有发自内心的尊敬，那么这跟饲养狗马有什么区别呢？”

还有记录“子夏问孝。子曰：‘色难。有事，弟子服其劳；有酒食，先生馔，曾是以为孝乎？”这里孔子的答案又是一个反问句：“曾是以为孝乎？”有吃有喝，你竟然认为这是“孝”吗？针对子夏问“孝”，孔子又说了一种现象，也就是做子女的要尽到孝，最难的就是对父母和颜悦色。当今社会，儿女多数只理解给父母提供更好的物质条件。可是当今社会的老年人幸福吗？空巢老人的问题日益严重，老年人的心理和精神问题日益严重，在风行物质行孝的同时，我们其实忽略了对父母的人文和精神关怀。

《论语》里有子游问“孝”，子夏问“孝”，孔子都铺陈了一些大家普遍认为是“孝”的行迹：比如，认真做事，赡养父母，有什么好吃好喝的让父母先吃先喝，有什么劳顿自己先担当，这些行为大家都认为是孝了。但是，孔子为什么都要反问一句：这些跟饲养动物有什么区别？你也养宠物啊，也给它买这买那啊，这些算是孝吗？孔子的反问令人深思。中国人常常将“孝”和“敬”连用，孝敬孝敬，孝为行，敬为心，关键是，我们真的尊重父母吗？

尊敬父母有两层含义：一是态度；二是自我成长，给父母荣誉。快节奏的生活容易让人身心疲惫，当今社会，面对父母，儿女们应该要问问自己：我们该如何自我成长并给父母带来荣耀？我们该如何让老人得到真正的安全感和幸福感呢？到底该怎样做，才是真正的尽孝呢？孝敬是一种美德，但是，它不是一种本能。

这个世界上，生物之爱都存在这样一个现象，这个现象很美好，但也近乎残酷：所有的爱都是下行的，许多儿女长大成人了，就不在乎父母的感受了，还有就是理所当然地认为自己是父母身上掉下来的肉，父母对自己怎么尽心都不为过，给多少房子、钱都是应该的。正是这种理所当然的心态，导致了两代人之间的关系变得越来越疏远，儿女们幼小时依赖父母，长大了忙于工作和自己的生活，不耐烦父母的感受。我们会发现，给的越多的父母得到子女的尊敬和理解常常成反比。

我们每天唯有心放松自在时，见到的一切都友善亲切；而心情烦躁郁闷时，遇到什么仿佛都面目可憎。这和事情多少没有关系，只和自己心里的承受力有关。

生命，是那一树花开，或安静或热烈，或寂寞或璀璨。日子，就在岁月的年轮中渐次厚重，那些纯洁的、躁动的、抑或沉思的心灵，就在这繁华与喧嚣的交替中，被刻上深深浅浅、或浓或淡的印痕。

心是每个人的翅膀，心有多大，世界就有多大。每个健全的人天生具备翅膀，无拘无束地翱翔在天地间。是欲望使心的翅膀沉落，变得和蚂蚁一样在地面爬行。

局限我们心灵的，不是周围的环境，也不是别人的言行，只是我们自己的意识。心找不到的时候，意识就被欲望带动，被环境带动，意识带动着我们的行为，使心被封尘。人因此活得越来越局限，看不开、听不见、忘不了、放不下，把自己囚禁在意识和观念的监狱里，如果不能打破这禁锢，即使给你整个天空，你也不会自由地飞翔。

丰足、贵重的物质永远没有尽头，有好的就一定有更好的，有流行就会有淘汰，人永远也追不上现代科技的变化速度。如果把生命活在点点滴滴细微之处，从非常小的事情里懂得品尝生活的点滴，以小见大，那一定就能收获满心的幸福了。幸福的心一定是充满欢喜的，时刻不抱怨，常常在微笑，无论多少烦恼，也都在微笑中化解。世界是有遗憾的，人生是有欠缺的，他人是有失误的，身体是有病痛的，这才是婆娑世界的本质，用挑剔的眼光看一切，处处都是烦恼，用欢喜的心看一切，处处都有成长的余地。

上个月，我到山下的集市里买了一些蔬菜种子，又在屋后面收拾出了一块空地，挖土、浇水，种子很快就发了芽，红色的辣椒、紫色的茄子、绿绿的油菜、沉甸甸的南瓜，个个都新鲜可爱。现在社会上好像关于爱、幸福之类又成了新的知识、理论，许多人参加如何找到爱和幸福的课程，我有时会看到一些关于这方面介绍的文章，但我认为这又成了新的学问和压力。

一个不识字、没有上过一天学的农夫，都会爱，会幸福的。当他看到阳光洒下稻田，稻浪翻滚时，会由衷地感到幸福；看到村庄里的老人和孩子在嬉笑玩耍，也会由衷地感到幸福；即便是自家猪圈里的母猪下崽，狗们撕咬撒欢都是他幸福人生的一部分。

生活中的幸福不因学历而不同，而过于复杂的人，理论知识太多，过于理性和条理的人反而会少了这份纯真，会忽略身边这些简单的幸福，因而人生显得处处都是烦恼。

周围树林里的山鸡和小鸟都是我的朋友，我们约好了每天午饭时见面。它们每天风雨无阻准时报到，从刚开始的畏畏缩缩、探头探脑到现在的旁若无人、大摇大摆。我给它们统统起了好听的名字，有一次呼唤两只小山鸡“清风”“明月”时，它们居然像听懂了一样，猛然抬头看着我。

已经有三条流浪狗和我一起生活了。中午时分，太阳透过树叶落在地上，像一朵朵盛开的白莲花。三条狗歪倒在脚下打盹，平时到了中午休息时，它们会懒洋洋地挨着，狗狗们似乎都喜欢我。有时候我就爱在这洒满阳光和欢乐的午后，捧着一杯清清的茶水，坐在门口的老榆树下，眼望着窗台上几盆清雅的兰花，耳听着远处小溪似有似无的潺潺水声。

我会想：

花儿们今天也开心吗？

溪水里的小鱼儿们今天的心情怎么样？

它们和我一样欢喜吗？

打坐的时候，我常常问自己，我到底是谁？

没有出生前我是谁？

死了以后我又是谁？

我为何来到这个世上？

……

哪怕是一瞬间，如果能越过不断流逝的时光，拨云见日，看到迷雾后灿烂的阳光，被阴霾层层笼罩的人生，将会豁然开朗。

如来如去

鸭汤店的老板娘

安稳而富足，平常而简单，
然而，他会过吗？
他愿意守着一个窝三十年不动吗？
他想，他是不会选择这种日子的。

厦门，这个集合了大城繁华和小城宁静的城市，既有旖旎的滨海风光，也有细腻的闽南街市风情，琳琅满目的各色闽台特色小吃，回响在小巷街坊间的古老南音，完美融合了南洋建筑风格与闽南地域特色的骑楼建筑，红砖瓦厝交错着百年历史的欧式洋房，让每一朵浪花都拍打着这个小城的浪漫与优雅。

他已经有二十多年没有来过莲花里了，故地重游，前边是熟悉的菲律宾领事馆，右边是热闹的莲花中学，后边是幽静的莲花公园，莲花公园有很不错的朱雀明堂水，大概是为了聚财。

他走在莲花里树荫茂密的小路上，那天的阳光薄薄的，凤凰树撑起浓荫，他看见有个人从对岸穿越马路，正好站在凤凰树下，她的脚旁起了一阵微风，落花清扬，吹开了他尘封的记忆。

二十多年了，忽然回来走在这既熟悉又陌生的路上，首先浮起的是哪一段，是离开的场景，还是记忆中的她，火焰木棉、槭树密云、凤凰展翅还是今天陌生人脚旁的落花？离开这么久，他甚至不记得哪家馆子好吃了，想起吃，对了，临近中午，是该找地方吃饭了。

这些年来，这里好像已经在记忆里消失，故友们音信全无，过了浓烈的青春，人总向往清淡自由的情谊，不通信并不代表不记得，反而意味着早已在心里安顿，无须透过口耳联系感情。

他一边走着，一边想着多年前置身于昔时的点滴，心里五味杂陈，仿佛此刻的他正站在路旁看着那时的他。那时的他意气风发，前呼后拥，自古英雄出少年，那时候，他是多么轻薄？他想，这份记忆是凤凰树反哺的，昔时他曾灌溉过它们，现在它们反过来唤醒他。从轻薄走向成熟，从懵懂走向了然。

虽然经久不见，然而这一截短短的街景和他依然存在一股奇妙的联系，在树与树间、此刻的他与年轻的他之间、过往与现时之间、记忆和想象之间，这股联系就是生命的不断再生。不管凤凰开花在什么季节，他再次经过那里都能感受到一种温热，他靠着这些与它们所有的一切，土地、空气、磁场、电光、花草、树木、认识不认识的人，都在进行各种无声的对话。

他想，请谅解二十多年迟迟不归，倒不是不愿在记忆的都市里故地重游，他是害怕触摸自己的过去。他不愿意一次次和各路老友交代自己的生活，这么多年漂泊四海，他其实什么都没有留下。也许有一天，他可以不必再蹲在旧地舔食记忆，不屑于用传奇的故事掩饰自己。他刻意回避二十多年来的主要情节，走过的是什么样的坎坷人生路，自己最明白。

走着走着，他看到一家熟悉的餐厅。脚步带着他走进去时，院子里站着一个丰腴的中年女人，挎着一个腰包正要出去的样子，短发精干，双目炯炯。看到他走进来，她只是上下打量了一眼，就平淡地说：“你怎么这么久才来？”

他张大嘴巴，惊诧不已。这么久？这么久是多久？二十多年了，莫非她还认识他?

她倒是没有一丝惊讶，看着他笑了笑，淡定地、缓慢地，拖出一个凳子，说:“怎么样？还是老三样？鸭汤、面线、炒猪腰？”

他忙说:“是的是的，麻烦你。”

她还是一笑，便扭身进了厨房，走着走着，突然回头用闽南腔跟他说:“这房子 75 万。我守了它三十年，三十年，就这老几样菜，靠的都是老客。我现在在厦门买了五套房，儿子住，我自己住这里。”

他听了不知如何作答。是啊，守着小饭店过三十年，也是一生。安稳而富足，平常而简单，然而，他会过吗？他愿意守着一个窝三十年不动吗？他想，他是不会选择这种日子的。想着想着，他不禁偷眼看了看在厨房里忙活的她。

厨房是她活生生的道场，她的青春、爱情、家庭、财富，一切都和厨房有关。她在里面忙碌着，充满着快乐和欢愉。那看上去乱七八糟的厨房，对她，是温暖且繁复的家园，她熟练地洗菜，并以各式刀具拍、切、剁、刨、剜……她熟悉各种煲汤、料理和炒菜，一台双口瓦斯炉及几个大汤锅，她便能让炒锅、炖锅、烤箱、电子锅……组成一支交响乐，让肥美诱人的气味飘浮在空气里：有鸭子汤和中药的香味，有猪腰娇嫩的呻吟、有面线糊上葱油的呼唤。哦，他都看呆了。

她熟练准备好各式相衬的餐具与配菜用的绿菜叶，并且端出一盘花生，盛放在描花青瓷小碟上，然后，她就笑盈盈地变戏法一样把这些一一呈现在他面前。

他迫不及待细致地品尝每一道菜的滋味，咀嚼，吞咽，感受食物滑入体内，沿着食道进入胃所引起的那股电流；他完全熟悉胃部蠕动的节奏，有时像被微风拂动的丝巾，有时特别贪婪的时候，他觉得自己的胃带了齿轮。

是的，这是他酷爱的乡味。

连最家常的面线糊都能让他一口气吞掉半锅，好似遇到烈火情人，那种温暖彷佛老朋友雪夜来看你，围炉夜话，酣畅不已。喝着老鸭汤，他的身体宛如触电一般，那不知名的中药味在鸭汤里飘荡。每一道菜，他都在邀请它与他一起用味觉唤醒回忆，那旧日秘密的味觉盛宴。

对他，吃的不只是食物，而是一种乡恋，是冬夜里的暖意。闽南长大的孩子，对老鸭和葱油面线这两种食物，记忆都非常深刻。他小时候每天能吃一碗鸭汤是一种奢想，有时早上喝到一碗面线糊，面线烧好浇上那又浓又香的葱油汤汁，到今天想起都会流口水，莫名其妙地高兴半天。

他十五岁上军校，家乡的味道挥之不去，他想当时最难为的恐怕是妈妈了，因为她时刻都在想如何为那简单贫乏的食物设计一些新花样，让孩子们不感到厌倦。他至今最怀念的还是妈妈费尽心机在食物上所创造的匠心和用心。

往年只有在过年过节时，才能吃到丰盛的晚餐，其中不可少的当然是老鸭汤，直到今天每次回家，妈妈也一定要煮老鸭汤给他喝。我想全天下，没有比妈妈的老鸭汤更好的味道了。就是在最冷的冬夜，它的每一口都是滚烫的。当年，一大群姊妹常常站立着围在灶边，细细享受母亲烹制的鸭汤，嬉嬉闹闹，吃完后才满足的回房就寝。

时光荏苒，姊妹们也都上了岁数了，老家也都搬了几次，有时候想一家人在大灶边一起吃一锅鸭汤，也都已成了奢想。现在人生活好了，还有什么吃不起的？可他依然想念那段用番薯、面线、牛肉羹堆积起来的成长记忆，想吃去年腌制的萝卜干吗？想吃油焖笋吗？想吃冰糖芋泥吗？想吃沙茶面、花生汤吗？有时想起这些，心中徒增一片惆怅，妈妈老了，老到什么都会忘，她现在煮的鸭汤味道也是不如从前了。无私的爱在困苦中是最坚强的，它纵然研磨成泥，每一口也都是滚烫的，是甜美的，在我们最初的血管里奔流。

他如今依然能保持闽南汉子恬淡的本性，常能在面对一堆堆变化无常的现实里知取舍变化，在烦闷发愁时不失去向前的信心，这确实与他童年质朴的生活有着密切的关系。

他吃着想着，老板娘在一旁笑眯眯地看着他吃，她就翘着脚坐在桌角边，一面剥花生，一面听收音机放着情感主播的问答。

他觉得她实在很有情调，她的丈夫一定很幸福。

心所在之处，便是日夜思念的天涯。

水月集

拨雲見日
雪

高山流水

看着他的背影渐行渐远，
想他自是流年轻扰，
正是飒爽英姿好年华，
归去吧！归去吧！

“这是新疆克里阳的雪菊，最下火。”我笑眯眯地将一杯热气腾腾的菊花茶递给他。

天蒙蒙亮，他一袭黑衣，高冠博带，眉目疏朗，丰颐直鼻，高而徐吟，声姿酣畅，肃肃如松下风，翩然而至。清晨的雾气还没散完，我眯着眼看他有些恍惚，有点不食人间烟火的恍惚。

我住的山上小屋附近犹如挂着一层纱帐，晨风把边上的几株老樟树吹得沙沙作响，满地的树叶翻卷着。雀鸟成群结队地穿帐而过，鸟语悠扬，如牧童的笛声；山溪酣畅，似天地的饮咽。夜色仿佛被人藏进了天空，微醺的天色如晕染的水墨般呈现出黛青色。今天早上，我早课未毕，未及汲水扫屋，他不知如何得到我山上的行踪，突然从天而降。

知道他这些年跟随一位老人家练太极拳去了，多年不见，他看上去变得庄严相好，剑眉隐于鞘，鼻峰似天台，双目炯炯神，在他轻撩长衣炫身就坐时，雾气在他身后犹如气圈，他从进屋到见礼就坐，整体动作行云流水，不急不缓，果真是站如松，行如风，坐如钟。

我请茶的“请”字一出，他躬身转腰一气呵成，左手奉杯犹如龙顶珠，右手抚盏好似凤含胎，英气扑面而来之际令人好不欢喜。然而再细品观，却发现他俊朗的表象下包藏着深深的晦气。

没等我问，他就开口了。“老师，我师父去世了，留下遗言要我接手他的事业，可学生们却说我偷了师父遗物，直接去报了案！老师，我是连夜逃出来的，只带了师父送给我的，他常抚的古琴。他们报案说我偷，说价值几百万元啊，如果被抓回去，没准要坐几十年牢。”

“雪菊是昆仑北麓的特产，其色如血，其香高寒，入口唇齿留香，久久不去。此花每年八月只开一次，只有几天时间可以乘着未开花的时候采胎菊，过了时间胚胎开了，菊花的灵气就发散了。快喝！”

“老师，我该怎么办？”

“这菊只生长在万山之祖的昆仑山，在海拔 3595 米至 4877 米的昆仑北麓暖温带中，冰雪融水让它拥有与众不同的灵性。当地的维吾尔族牧民深信，‘古丽恰尔’就藏身在雪菊里，千百年来维吾尔族牧民身上如有不适，就会找‘古丽恰尔’求救。‘古丽恰尔’是当地人的‘保护神’，它在冰峰峭壁中傲雪斗霜，吸纳天地之灵气，花朵是这种令人炫目的金黄，中间有点点棕色花蕾，犹如隐居山中不问尘世的仙人。一次偶然的机会科考队在克里阳地区发现了这种雪菊。自此，它改名叫‘克里阳雪菊’”。

“老师，他们这是栽赃！我真的不会偷东西！”

“雪菊因药效显著，价格不菲，日渐走俏，于是不少人开始打起了主意，在新疆、甘肃、云南等地广泛种植，这种雪菊本来只能产自昆仑北麓，并且一年一产，而人工种植则可以在低海拔种植，多打激素、农药变成一年多产，本来总量一年不超过 50 吨的雪菊，突然可以无限供应。”

“老师，我要是坐牢了，这太极拳不就白练了？”

“您练的是拳，不是太极。”

“啊？”

“人工养殖出来的雪菊，虽然长相和昆仑雪菊相似，但还是‘古丽恰尔’吗？”

他犹如迷惑在情天幻海的痴情少年受我当头一击，呆呆地看着我。

“举凡一切修炼，茶米油盐、担水烧柴、穿衣吃饭，行住坐卧乃至磬鼓之乐、梵呗之音、打坐冥想、拳脚功夫和太极修炼无异，皆为契合太极之道而设之方便。切忌弄假成真、执迷不悔，以文字戏论为真叫‘文字禅’，一切功夫皆为借假修真，以至于最终能于真真假假中如如不动，惊涛骇浪中能见鱼龙尽出而无碍。功夫修炼是为了息，息心之烦杂、躁动，而至平常，世道炎凉，人情冷暖，无不甘之若饴，受之淡然。好修为的人在炼的过程中，不断吮吸日月精华、经卷智慧，时刻转化旧日积习，放空自己方能感通宇宙万物的灵性，萌生出悲海缘生、利益一切众生的菩提心。故此修炼太极，当然不仅拳脚功夫，日用平常、言谈举止皆妙藏物色，如泥出瓷，如土出矿，如矿出金，如铅出银，忘相才能万相。”我缓缓地说。

“师父信任我，我跑了岂不是对不起师父？”他急着问。

我看了他一眼：“您师父教了您十年，究竟在教您什么？我听着您说的这些话，都是俗务，亏您看上去相貌堂堂，武功高强，却还愚痴那么深！好好的练功却陷入利益，您练的这些我都不用看，也不过就是花架子！您说自己练太极拳？老子一生从未和人技击，他是不是太极宗师？太极拳是清朝才创立的一种拳法，于民国之际兴盛，各位太极拳大师在各种拳论里提到的也是武德在武术之上，失去了德，光有术，只见皮毛就以为是真章，真是可笑和可惜。太极本是无始无终的大道，契合太极大道的方便是各种太极功夫，您，还是莫谈什么功夫。”

“老师，我没在谈功夫，是请教您，我被他们冤枉的事情该怎么办？”

“放下！”说完，我问：“我能看看您师父留下的这把琴吗？”

他打开琴套，取出琴，说："师父临终送给我这琴，可我也不会弹啊，也不知道为什么要送给我。"

我轻轻抚摸了一下琴身，其背微隆若薤叶，又正了正琴音，其声欲出而如龙吟，余韵缭绕，徘徊不去。试奏，其声宏松、润透、雄伟、深厚，开朗，真是一把难得的好琴。我就趁兴弹起了《流水》。

他听着听着，眼睛半睁半闭，紧锁的眉头逐渐舒展开来了。当琴声戛然而止，他抬起头，问："老师，您弹的是《流水》吗？师父也常弹，我不会弹，但是会听。每次听了感觉很舒服，以前总是想，炼武功为什么要学弹琴？现在有点明白了，琴是修心的妙器，心松才能体松。妙极！师父跟我说过，这首曲是描绘当年善弹琴的伯牙和樵夫钟子期相识的画面，据说伯牙弹琴能让水下之鱼跳出水面，子期惊为天籁之音，'知音'一词因此流传千古。子期死后，伯牙摔琴终身不再抚琴。他们俩相识，就是因为这首《高山流水》吧？"

我笑道："最怕您这种感觉自己懂一点，像是有文化的样子。传统是一条河流，有河就要流，不流就是死水了。我刚才弹的这首曲子确实是《流水》，不过可不是春秋时期伯牙与子期《高山流水》中的《流水》，而是晚清青城山道士张孔山的传本。清咸丰年间道士张孔山来到四川，他行走了几十年实在太苦太累了，突然想歇歇脚了。自从钟子期和俞伯牙逝后，再也没有出现过完整的《流水》曲谱，他花了三十几年心血倾注在《流水》一曲的整理上，但仍然茫无头绪。心力憔悴的他在岷江边的一间民宿里歇了下来，感觉昏昏入睡，但这一次当他从梦中醒来时好像突然心中一片清明，多年来心中淤积、堵塞、凝滞的烦扰一扫而过，一首乐曲像流水一样自然而然地流淌出来。他迫不及待地哼着曲谱，兴奋地抱起古琴就跑了出去。此时皓月当空，丹桂飘香，岷江水波澜壮阔，浩荡奔流，阵阵涛声似乎伴着张孔山一起开怀。他奔到江边拢发整冠，紧衣束带，盘膝坐下，一曲悠扬的《流水》自然地奔泻出来。始如潺湲滴沥，继而如幽泉出山，风发水涌，有汪洋浩瀚不可测度之势，到了滚拂阶段琴声具足蛟龙怒吼之象，令人目眩神怡，这就是您今天听到的共七十二滚拂的《流水》。”

他惊讶地问：“什么是‘滚拂’？”

我说：“双鸾对舞即‘滚拂’。”

他又问：“自古以来古琴不就是高雅艺术的代表吗？应该清淡和雅，为什么也会有怒吼？有壮烈？”

我说：“谁规定古琴只奏高雅音乐的？春秋战国时期，古琴不仅是士子，还是许多农夫、工匠都须臾不离身的修身之器，它作为中国最古老的弹拨乐器，主要有三种音：散音、泛音、按音。散音松沉而旷远，让人起远古之思；泛音则如天籁，有一种清冷入仙之感；按音则是手指下的吟猱余韵、细微悠长，时如人语，时如人心之绪，缥缈多变。泛音像天，按音如人，散音则同大地，称为天地人‘三籁’。从舜鼓五弦琴，以歌南风之诗到今天，古琴不仅能登大雅之堂，更是深入生活的清流，它承载的是中华文明的历史和文化。历史和文化有高雅和低俗之分吗？您说古琴高雅是人为地把古琴与生活与大众隔离，变成某些‘文雅人’炫耀的资本。古琴自古就具备了疏缓、浩荡、壮烈、悲酸、奇绝等多种元素，怎么可以一律以高雅言之？今天许多人像您一样误解古琴，把古琴变成了舞台艺术或者附庸风雅的道具，让古琴变得高不可攀。您看蔡文姬是怎么用琴声表达母子骨肉分离之苦的？那是多么刻骨铭心的悲痛？骨肉分离能弹得高雅吗？再看《史记》里的《刺客列传》，能弹得轻描淡写吗？当年中散大夫嵇康在临刑前奏响的《广陵散》，即古时的《聂政刺韩傀曲》，北宋《琴书·止息序》对此曲的描写是：‘即如幽冥鬼神之声。邕邕容容，言语清冷。及其怫郁慷慨，又亦隐隐轰轰，风雨亭亭，纷披灿烂，戈矛纵横。’据《晋书》记载：‘康将刑东市，太学生三千人请以为师，弗许。康顾视日影，索琴弹之，曰：昔袁孝尼尝从吾学《广陵散》，吾每靳固之，《广陵散》于今绝矣！时年四十。海内之士，莫不痛之。帝寻悟而恨焉。初，康尝游于洛西，暮宿华阳亭，引琴而弹。夜分，忽有客诣之，称是古人，与康共谈音律，辞致清辩，因索琴弹之，而为《广陵散》，声调绝伦，遂以授康，仍誓不传人，亦不言其姓字。’由此又引出嵇康学曲的典故。”

他望着我，瞪大眼睛看。我笑了笑，继续说：“嵇康年轻时，英俊潇洒，风流倜傥，爱好抚琴，不过弹的是华而不实的高雅清音。一次他夜宿洛西华阳亭，看云淡风轻，雅兴顿起不由得抚起琴来。不知不觉更鼓三敲，夜已经深了。他刚要收琴，突然发现身后立着一位老者，专心致志地听他弹奏。老人佝偻着身躯，眼睛灰暗无光。嵇康随口问道：老人家也会弹琴？请指教一二。老人微微一笑，说：老朽略知一二。年轻气盛的嵇康甚为自负，心里瞧不起老者，便说：我的琴艺是否有不足之处？请老人家指点一下。老人说：您指法虽娴熟，可惜无情！把悲壮的古曲弹得柔弱婉转，实乃无病呻吟！嵇康万没想到其貌不扬的老人会这么说，顿时涨红了脸，刚想辩解，一转念觉得老人讲的也有道理，遂诚恳起身见礼求教。老人也不推辞，让嵇康重新点起一炉紫檀香，自己净了手，整了衣冠，盘膝坐好，却先不弹琴，而是闭目沉思，调息良久。之后，老人从容拨动琴弦，琴发出了一阵阵沉闷的响声，仿佛黑云压城，嵇康感到窒息一样透不过气。继而老人奏出铿锵有力的旋律，犹如拨云见日一般，云舒月朗，嵇康又感觉无比的信心和鼓舞。老人双手在琴弦上挥拂，旋律变化万千，手形双鸾对舞，势如太极，琴音时如海浪击岸，时如喁喁私语。稍后琴弦突然发出悲壮、凄凉的哀调，如泣如诉。嵇康请教老人此曲何名？老人说：这就是《广陵散》，说的是聂政刺韩王的经历。”

他说：“我只听过荆轲刺秦王，不知道还有聂政刺韩王。”

我说：“聂政的父亲给韩王铸剑，违了期限，为韩王所杀。聂政找到一个机会混进王宫要刺韩王替父报仇，被侍卫发觉后，逃进深山。他听说韩王喜欢听琴，就想扮作琴师接近韩王。在山里，他拜师学琴，为了能混进宫里，他用漆涂脸颊，用石头砸掉牙齿，为了改变声音，他吞火炭把嗓子弄哑，年深月久他终于练成一手好琴。一天，他在京城门楼下弹琴，‘观者如堵，马牛止听’，韩国人都被他的琴艺征服了。韩王得知有这样一位琴师，就派人把他请进宫里。进宫时，聂政把匕首藏在琴腹，他弹的琴果然令韩王和群臣震惊，就在大家交口赞扬的时候，聂政突然拔出匕首把韩王刺死。然后，他自己割下自己的眼皮、嘴唇、鼻子、耳朵，彻底毁坏了面容，自刎而死。韩人将他暴尸于街头，悬千金，征闻这刺客的姓氏和籍贯。聂政的母亲听到这个消息，猜想到只有她儿子才做得出这样的事情，便来到尸旁，抱起尸体大声痛哭，对着围观的人们说：这是我儿聂政，他为报父仇，杀死暴君，又怕累及家人而毁容。但是，我怎能贪生而不让儿子的英名扬于世呢！老母哭得死去活来，最后抱着尸体气绝身亡。”

看他沉浸其中，我继续说：“老人话音刚落，嵇康心潮翻滚，久久不能平静，他心中震撼，一时说不出话来。老人沉默良久，说：弹琴，靠娴熟的指法是艺人，君子抚琴要把自己感情融化到琴曲中去，感动自己才能感天动地、感化他人。接着，老人就一遍遍亲自指点嵇康弹奏。学了一夜，直到天快亮，嵇康再看老人时，却不知去向。从此，嵇康的《广陵散》弹得精妙绝伦。263 年，嵇康为司马昭所害。临死前，嵇康俱不伤感，临刑奏响的《广陵散》与他之英魂千古相伴。您一定要记得古琴是君子修身之器，是当下真情流露的乐器，不是娱乐或扮时尚高雅的装饰品。它和高雅、地位、相貌均无关，却和气节、胸怀、境界有关。”

他待了一会儿，说：“您可以再给我弹一首古曲吗？”

我把琴包好，对他说：“您该回去了，回去吧！逃是逃不了的，物归原主，清者自清，庸人自扰！无挂碍故，无有恐怖，远离颠倒梦想，究竟涅槃。”

他也笑了，笑容如山花盛开一般绚烂。

看着他的背景渐行渐远，想他自是流年轻扰，正是飒爽英姿好年华，归去吧！归去吧！

空谷

音药

文字是一个邀请，
我只是一个记录和编撰者，
邀请各位有缘人一起享禅之乐，
荡漾在这一片无边无际的禅心中。

如果说写作是要将自己散落的思想整理编辑的话，那它最令我煎熬，几乎从开始写作后，每时每刻我都需要思考如何完整表达自己的想法。每次当我苦心积虑地认为自己整理出了一些“条理”的文字时，过几天再看，常常是毫不犹豫地将其删除。一次次写，一次次重复看时都对自己不满意，我管写作叫发动自我战争。

在一个秋雨迷蒙的下午，我深陷在近期的思路僵化里，近期思路老是被俗事打扰，总是感觉进不去，一天一天地煎熬着，新书如何写总是没有一个满意的条理，心中越郁闷就越感觉思维停滞，于是毫无计划地开车出去换换气。

我的脸上夹带着近期总是失眠的倦容，当车子开离城市，渐渐进入山区，看着车窗外流动的山景、山头上傲立的青松、天边变幻的白云，以及路边贩卖山货鸡蛋水果的小姑娘，她脸上红扑扑的笑容突然感动了我，这一切仿佛熨斗一样抚平了那些困扰我的问题。突然，一段段文字跃然而出，字迹像雪地上兔子的脚印一样清晰，我急急停车，深吸了几口气，就在车里，一边饱吸着过往车辆扬起的尘埃，一边记录。每一段文字都是我对生命由心而出的吟唱，把它写出来犹如让我用文字来唱诵，不可说，却又必须得说。

记得多年前曾经教一位学生学唱诵，我让她天天唱，唱到吐血还要唱，她很快嗓子嘶哑发不出声音，整个人感觉要窒息了。但她却很信任我，每天刻苦精进，即使感觉唱到无法呼吸、无法说话、无法站立，还是每天听话地在山顶上练唱，从日出到日落，丝毫也不偷懒。她的声音从嘶哑到响亮，再从响亮到嘶哑，一天天下来，我每次去听她唱的时候，无论嘶哑还是嘹亮，她一开口我一句话不说摇头就走。

我知道，一定有无数次，她看着我的背影扑簌簌地在流泪，一定在思考怎么才能发出我要的声音？高不行，低不行，合拍不行，不合拍也不行，究竟什么才是正确的发音？这我明知她心里苦，却无法用文字、数据描述给她，就需要她自己的悟性。不过虽然她内心疑惑不解，但却一直在努力，从不找借口给自己开脱。终于有一天，她自以为已经唱得铿锵有力、能打动人心时，我决定带她进城去看京剧。

看京戏？她听了有些疑惑，京剧是用假声，而我教她的唱诵不能用的就是假声，她自从练习唱诵后也不再听京剧了，这次为什么我会带她看京剧？

这次是一位京剧大师的演出，唱念做打都很精彩，我看她听得也是兴高采烈。散场后，我问她感觉如何？她说唱得真好！高音大气磅礴，直冲霄汉，低音千回百转，悠远流长，有真功夫！我继续问，这位大师的父亲也是京剧表演艺术家，以前您也是很喜欢的，您觉得他唱的比他父亲如何？

她说："他高音比父亲还要嘹亮，身材扮相也比父亲要好。"

我看她实在执迷不悟，叹了口气："您是真的眼盲啊！他一直是跟着乐队伴奏在唱，唱得中规中矩，一举一动有板有眼，每个音都在点上。而您却没注意到，他父亲演唱一直是乐队跟着他的节奏，他唱得生动活泼，有时候甚至荒腔走板，随心所欲自由发挥，由于乐队跟随他多年，熟悉他的变化，故而能跟得住。同样的戏，每次看他的演出，每次唱的都不一样，也都有不同感受。他能进入角色，将人物演绎得有滋有味，有声有色。可儿子呢？每次唱的都一样，并且，您有没有注意到？他父亲发出的每个音，中间是没有停顿的？"

她听了就有点儿愣，问："中间没有停顿？人还能不喘气吗？"

我说："没有停顿不是指不喘气，是余音缭绕，声停音不停。您有没有过这种感觉？"

她想了想，点了点头。

我说："有功夫的唱者，音是不会停的，音一直在听者耳边萦绕不去，这就是对身心疗愈有帮助的药，所以即使不唱了，此音一直在。我们今天见到他儿子的唱功也很好，自小练功，技术娴熟，唱法确实无懈可击，然而却做不到萦绕不去，这是由于唱而无心。他父亲已经人唱合一了，唱出了的是心音，自然而然，音音不断，这是用心的区别，不是力气，不是准确，也不是音高和节奏，用心才有驾驭声的能力，其音能感化听众，才能成为音药。您听听自然界每一刻的风声一样吗？风声之间有停顿吗？暴风停的瞬间，您的耳朵会一片空白，这空白不是风声停了，而是风定在您的耳中了。云水风雨，自然万物是生生不息无有停顿的，这才是唱诵要达到的人声合一态。至于扮相，您是来听戏的，不是来看相的。听，才有戏！"

她问："听什么？"

我说："听耳朵听不到的东西。"

她更加迷惑："耳朵听不到的会是什么东西？不用耳朵怎么听？"

我说："您虽然天生嗓子好，但您格外在意高音，这些属于能通过训练提高的发音技巧，练得好能帮助您成为一名优秀的歌手，然而真正的唱诵和嗓子无关，甚至和唱什么内容都无关。您看，云、水是怎么流动的？有炫耀的心吗？云会断裂吗？水会断裂吗？什么是海潮音？每一次如期而至的潮水中有突兀的声音吗？您能分出来是哪一滴海水在发声吗？您一直成长缓慢，总想在表现自己时，突出自己的优势，却忘了声音和生命被您分裂了。想要唱好，记住高音好唱，低音难吟。您唱高音其实是在吃力地嚎叫，叫破嗓子也找不到想要的味道，而您需要找到一种不是声带在破嗓凄厉号叫中发出的圆润不破的高音和低吟之间的来回变化。每一次被不同唱者演绎的唱诵都有其个性，个性不是学出来的，每个人的嗓音条件不同、悟性不同，但不要用技巧而是用心，这点是共同的。

“声音是无常的、有生灭的，唱诵是淬炼自己融入生命大洪流。想要学唱，先要会听，听声音以外的，听心声，听自然，而不是听见自己的嗓音和外在的杂音。就像平时让您打坐，您要去先听，听到周围环境中被隐藏的最纤细的声，有声无声都有音，云、水、风、鸟、虫，天上的、地底的，包围自己的各种音，这就是天籁之音。之后会感觉到一片大寂静，此时无声胜有声，心是有音而无声的，用心的人才能会听，所以您要去听，而不是听见。学会了听，就学会了看，学会了品，学会了观，这个时候您才能发出真正的禅音，不浮躁、不突兀、不夸张，一切都是自然而然的，和自然界万物一体的，唱诵不是您一个人在唱独角戏，所有背离万物、自我表现、刺激欲望的，都是不和谐的、自我陶醉的孤音，是引发不了生命共鸣的。真正融入自然，才能于电闪雷鸣、波涛汹涌的红尘中听见无声的心音。”

她像被电击了一样，我看着她继续说：“唱在诵内，心在唱里，心催动情，情推动身，身演出声，声幻化音，听声还不够，要听无声之音，这靠的是‘观’。能共鸣之音为妙音，由音而鸣而震，合震故而感通天地……这才是唱诵啊！这一切都无法用乐谱、符号、逻辑、节奏来表达，需要的是唱者拥有一颗活生生的心，对众生之情充满每个毛孔，充满整个心意识。真正的诵是超越大脑意识、超越曲谱节奏的，是从心而奔腾涌出无有间隙的！”

她瞪大了眼睛看着我，半天说不出话来。

我知道她内心正在经历谁也替代不了的冲击，自小受西方教育长大的她，被家庭、学校、社会已经教育成了习惯有规矩、有技术、有目标、有计划、有条理、有系统生活的人。可，这只是完成任务一样的人生，并非融入完整的生命。

生命是有机的、鲜活的、灵动的、变化多端的，唱诵是用来赞美生命的，佛之音声亦如是，三十二相中有一相叫“梵音相”。《法华经》曰:“梵音微妙，令人乐闻。”这需是修者由内而外发出的无拘无束的心音，有多少技术高超、知识丰富、身形健美、嗓音出色的人，内心却依然是愚痴无明、物欲横流?

能大声唱和嗓子相关，和会运气有关，但这还是身体局部的工作，全身的其他组织、细胞、脏腑未必参与其中，所以许多时候这就是一种发声技巧。人的所谓大声是不能持久的，是会断裂的，其声之大在天地间亦是蝼蚁般渺小。唯有能汇入生命洪流的声发出的音，才是持久的、源源不断的，这就能引起真正的共鸣!

世间的大声，声的训练是向上、向上、再向上，而唱诵者发音要向下、向下、再向下，穿过下腹，穿过腿脚，穿出足跟，一直钻进地底，和地气发生共振。之后，由地发出一股反弹力，托着音向上、向上、再向上，经过腹部、胸腔、喉咙而不停，最后穿出百会，直达天空，和天气交融。这种先下后上再弥漫前后左右、穿越胸腔、穿越脊背的音，能与己、与细胞、与气、与一切众生旋舞。音是能动，乐是所动。音由己发，乐为助人。音就像众生的呼吸一样，无在不在，而不被觉知，而乐则能供养一切细胞，无有善恶，无有间隙，无有意识，无有分别，这是一种能转恶为善、化敌为友的能量。

忘记自己在发声，忘记技巧、方法、曲调，让心灵带动您的声音在天地间翱翔吧！诵没有具体对象，这就像我此时正在书写的文字一样，也没有特定对象，相应的时机到了，该来的因缘也就来了。能用文字表达的仅仅是思想中微不足道的一部分，未尽之言在相应的时候会在有缘人心中显现。

文字是一个邀请，我只是一个记录和编撰者，邀请各位有缘人一起享禅之乐，荡漾在这一片无边无际的禅心中。

那天早上她来告别，正遇到我在和几位同学说话，其中一位练瑜伽的一直崇拜提婆，提婆是龙树菩萨的传人，他佩服提婆的辩才无碍。他问："老师，当时各家学派都很厉害，各持己见，各逞己说。当时一般的规则是以头相赌，谁输谁砍头。唯有提婆尊者改了规矩，说大家辩论法义，不是为了要别人的头，咱们把规则改一改，我输了你们砍我的头，但是如果你们输，头也不要砍了，做我弟子跟我学习大乘佛法吧！结果他一路摧外道、折小乘，舌战全印度无敌手，真的了不起！"

我看着他兴奋不已的样子，说："是的，他摧枯拉朽般辩倒了全印度所有在世的高手，把那些外道都收编在门下，结果呢？其中一个弟子的弟子看到自己的师父被收编，觉得这是人生奇耻大辱，于是在一个清晨，拿了把刀偷偷跟着提婆尊者上山，到了没人的地方拿刀疯狂地捅提婆尊者的肚子，边捅边说：你用口舌破我师的法义，何如我用刀破你肚皮？尊者肠子流了一地却没有马上死。"

那位同学瞪大了眼睛看着我。我说："辩才天下第一的提婆，却死于辩才，说明了什么？逞口舌之利，您辩赢了法义却未必能辩到人心，害死您的东西不仅仅是憎恨的，许多时候是您迷恋的。我们设想，如果尊者给对方余地，让对手自己选择是否归于大乘佛法，是不是就会给对手留下一定的自主权？把心不甘情不愿的人收来做弟子，对方感觉是失去了尊严，结局那么惨不忍睹，提婆尊者自己是不是自食其果呢？"

他说不出话来。我继续说："提婆尊者是伟大的智者，他临终时一定反思到了自己的激进，他对杀害自己的人说：我的东西你都可以拿走，快上山去藏起来，不要被人看见。我弟子中没有见道的人会把你抓住送给官府。

接着奄奄一息的提婆还诚恳地为杀人者说了佛法空之要义，之后杀人者逃走了。很快弟子们发现了师父的惨状，惊怖号啕，很多人奔出去想追截凶手。尊者阻止了他们，说：‘谁冤、谁酷、谁割、谁截？诸法之实，实无受者，亦无害者。谁亲、谁怨、谁贼、谁害？汝为痴毒所欺，妄生着见而大嚎啕，种不善业。彼人所害，害诸业报，非害我也。汝等思之，慎无以狂追狂、以哀悲哀也。’于是放身，脱然无矜，遂蝉蜕而去。这段话是鸠摩罗什大师翻译的，翻译得实在太好，转成白话就索然无味了，我就原文送给您。每个人都自受因果，佛度有缘人，汝之蜜糖可能是彼之毒药，不要逼着不相应的人学习，万法归一，没有谁比谁更高级。”

大家一下子都陷入了沉思，我相信，千百年来奔沛的智慧，一定会辗转流淌在那些朝气蓬勃的年轻人身上。

那天，她本来是为了告别，可听到了那段话就有点犹豫。我看她嘟哝着嘴说不出话来，眼里有泪光，就笑道：“您终于成就唱诵了？”

她说：“离开的这一刻，才终于知道了怎么发音。”

停了一下，又说：“我刚才听老师的话，有些走神了，有个我在，就有求了。以提婆尊者这样的智者，也会有求，他急于广布大乘佛法，结果过于心急而至惨死，就像老师说的，如果给予对手自主选择权，可能对方就不会感觉被强迫，心态也会缓和许多。我明白了，有时候，自己一片赤诚之心想行善，为什么常常好心不得好报？就是自己太急了，觉得自己是好心也不可以胁迫别人的意志，所谓的好，也是属于自我感觉的好。我在，所有唱的、听的、看的都是属于‘我的’，不属于心。心是无欲无求的，老师，是您让我再一次明白，缺乏智慧时，好事就会变坏事，是您让我体会到了‘我真的可以不在场’。”

我说：“体会无常。”

她说：“如果有一天体会退转了，我能否再来找您请教？”

我笑：“因缘更无常。”

靜篤

猫

弱小和无知不是生存的障碍，傲慢才是。
在进化史中，很多庞然大物都消失了，
只剩下化石。
而很多小生物都活下来了，
因为他们没有傲慢。

它叫小白，它叫善雄。

它们是两只刚过半岁的小奶猫，一黑一白，相映成趣。几个月前，朋友送猫给我时，我初有些勉强。

两年前我还曾收养了一只叫悟空的德国牧羊犬，它特别懂事、温顺，有灵性，可就是不能见猫，仿佛天敌一般，一见到猫它就发疯一样地追赶和嚎叫。这次居然家里一次性要来两只？可以想象猫狗见面的结果就是家里如何狼藉。

然而几天下来令我意外的事情却发生了，我从未养过猫，自小对猫的印象是自私、冷漠，经过几天接触，发现完全不是这样，是成见使我在自我定义。小奶猫的好是一种暖心的温柔，温是抱在怀里温暖的体温，柔是柔弱无骨的松软。面对凶神恶煞一般的悟空，它们真正将柔弱胜刚强用到了极致，不到一周时间，悟空乖乖缴械投降，猫狗和谐相处，一起睡觉，互相舔毛，亲密无间到仿佛天生就是一家人。

小奶猫天生纯真，饿了就喵喵，吃饱就胡闹，累了就睡觉，互相之间不争也不吵。它们还懂得谦让，从来不争食物，这不知疲倦的虎虎生机着实让人羡慕，偶尔玩得没轻没重受点伤害也是瞬间就忘掉。我忙的时候，它们会不声不响静静在一旁盯着我，安安静静，仿佛根本就不存在一般。它们没有执念，没有计划，没有染污，没有那个自以为是的“我”在嗷嗷叫。它们就这样自然地、无我地、放松地、信任地、全然地活在每一个生机勃勃、无拘无碍的生命状态里，不发脾气，不贪恋，不索取。

如果丰富的知识令我们思想沉重，思想就成了生命的包袱；如果繁荣的商业令我们唯利是图，利益就成了人生的错误；如果忙碌的人生令我们迷失方向，忙碌就成了意义的颠倒；如果巨大的权力令我们利欲熏心，权力就成了令人丧失自由的监狱……我们本来自于空，终将复归于空。什么不是空所生？什么不在空中？

快乐有近敌和远敌两大敌人。近敌即自以为是，自以为知。因固化个人习惯而产生的肤浅认知，浅尝辄止，不求甚解。远敌指的是对他人的成功或幸福而产生的愤懑之情。生命的意义是为自己开智和开心，他是利他的产物，是对其他生命的由衷随喜。开智是自爱，开心是能给他人爱，不抱怨、不悲欢、不折腾，每天享受身边的点滴，无论顺逆，都是开心的。不堵不梗，自爱和他爱以及随之而来的快乐源自心中的豁达和开朗。有阳光明媚的心情才会开心，这不是情绪而是豁达无碍。与其深陷悲观情绪无法自拔，不如转换思维，珍惜眼前人眼前事，处理好本末关系。与其躲在暗中对周遭愤愤不满，不如光明磊落地为他人策划给你击节叫好，为其不足公开表达。我们需要走出各种病态思维，不要一会儿纠结“这个人怎么那么讨厌”，一会儿琢磨“那个人怎么听不懂说话”，为什么要把时间浪费在这些攀比和算计中呢？

心病只会滋生不幸，只有懂得欣赏别人优点、真诚待人，谦虚低调，学会倾听，把时间用在合适的人身上，帮助懂得感恩的人，帮助能继承思想发挥才华的人，而不是庸庸碌碌混吃等死的可怜人，掌握这些自己的方向，才能获得源源不断的幸福。

人们总是以为自己的善良应该得到某种回报，这世上才存在着“被别人欺骗了我的善良”。

天地那么善良，人类回报给天地什么东西了吗？有比孕育了万物的大地更善良的吗？所以真正的善良是心甘情愿且自得其乐，是无欲无求的付出，而不是计算回报率。从一切的境遇之中去斩获自我的成长。不能自得其乐的善，就是伪善。

人之所以需要善良，是因为自己需求。是因为善良是一种无与伦比的成长方式。是因为自己才是自己的主人，而不是与人去交换善良。永远记住，这个世界的运行法则是能量的流动和转化，而不是交换。

生命有什么意义？我觉得没有谁能够用概括性的语言来回答这个问题。

生命的意义其实就在每个人、每一天、每一刻都是不同的，所以重要的不是生命之意义的普遍性，而是在特定时刻每个人特殊的生命意义。

这个问题就好比问一个棋手：“告诉我，大师，世界上最佳的招法是什么？”离开特定的棋局和特定的对手，压根儿不存在什么最佳的招法，甚至连较好的招法也不存在，人的存在也是这样。每个人都有自己独特的使命，这个使命是他人无法替代的，并且你的生命也不可能重来一次。因此每个人生命的任务就是特定的，完成这些任务的机会也是特定的。由于生命中每一种情况对人来说都是一种挑战，都会提出需要你去解决的问题，所以生命之意义的问题实际上被颠倒了。人不应该问自己的生命之意义是什么，而必须承认是生命向自己提出了问题。简单地说，生命对每个人都提出了不同阶段的问题，每个人必须通过对自己生命的理解来回答生命的各阶段提问。

对待生命，每个人只能担当起自己的责任。因此，负起自己的责任，明白当下自己这个生命体之所需、所要、所爱、所担当，就是每个人存在于社会，立足于现实之本质。人生就是如此，当每一次你以为已经从一个漩涡逃离，其实另外一个漩涡就在你的脚下。用力蹬一脚，就进去了。所以，对待生命的问题就是不需要太用力，学会用心，学会巧妙，学会认真地去转化每一次危险，智慧地选择每一次机会，勇敢地不逃避每一次的烦恼和困难，然后心会带着我们去该去的地方。

学会与问题共舞，学会带着问题思考，学会在每一个节点果断放下，不是所有问题都需要解决，也不是每一个问题都可以拖拉，要不要解决取决于这个问题的重要程度，是生命中必须解决的，那么无论代价多大也需要当机立断。如果是可有可无的，那么当然无需过分认真。罗襦半解，妙手摩挲，这是医病，芙蓉对枕，含情凝睇，这是治心。时间是熟睡的脸，常常说着含混不清的梦话，洞箫何须曲，天地尽知音！最是人间留不住，朱颜辞镜花辞树。

有人说人怎么能和猫狗一样呢？人有生存压力啊！其实任何生命体都有压力，两只小奶猫见到凶狠的悟空，这本应是它们生存的压力，它们也可以选择恐惧而逃避，躲在墙角自怨自艾，慌张不安，岂不知宇宙法则是越恐惧的生命体就会吸引越多的欺辱，为什么为非作歹的人总是乐意欺负老实人、老好人？因为看到对方瑟瑟发抖的样子，这才有乐趣啊！才有成就感、荣誉感，才会得意，如果谁都不怕自己了，还如何证实自己的威武？因此，世间的法则就是，越怕事的人遇到的烦恼和欺辱必然越多。两只小猫没有怕悟空，而是用柔弱制服了悟空的威猛，老子说“天下之至柔，驰骋天下之至坚。无有入无间，吾是以知无为之有益。不言之教，无为之益，天下希及之”。

弱小和无知不是生存的障碍，傲慢才是。在进化史中，很多庞然大物都消失了，只剩下化石。而很多小生物都活下来了，因为他们没有傲慢。有这一种人，有一点才干，就有了天大的野心，而不知道自己除了野心，一无所有。是啊，猫是柔弱的，最终不费吹灰之力驾驭了大狗，一周下来，谁能想象猫居然能做到“不战而屈人之兵”，它们把悟空变成了自己的保镖，它们去哪儿悟空就欢天喜地地跟在屁股后面去哪儿，当看到猫们高高在上俯视着趴在地下甘当守卫的悟空时，我不禁莞尔。“柔弱胜刚强”，还有更好的写照吗？

与其和敌人决斗、与其让恐惧占据心灵，不如全然放松示之以柔。紧张的生命体总是自我设置了假想敌，并且一步步将这种假想真实化，不断给自己找借口巩固其堡垒。我们不知道究竟真实不真实其实是不重要的，带着面具看世界的人，只能从缝隙中看到您想看的那部分，向内看，才能看见全然的外；向内求，才能轻松自如地改变敌对的状态。越紧张，越排外，越想保护自己，往往越受伤。

感化力是一种无形的力量，无形的力量才是真正的无坚不摧，为什么每个人都爱婴儿？婴儿最柔软、最天真、最无邪、最清香，婴儿身上就有一种令人生起怜爱的力量，这就是唤醒了人性之善。这些无形的感化力、善心可以穿透一切没有间隙的、坚硬的物质和疆域，它没有国界，不需要语言，无法捕捉却又无处不在。

猫老师们对我施以不言之教，令我心生无限感慨，活生生的“无为而无不为”就在生活中！法，从来不在经典中，就看您有没有一双慧眼，能从生活的方方面面用心识别，悉心参究，灵活起用。有僧问大珠和尚：什么是智慧？和尚反问道：什么不是智慧呢？

生命的状态如何和意志力无关，和努力无关，和逻辑思维无关，和体系、条理、道理、理论、知识统统无关，甚至和激励与否无关，和背景无关，和学历无关，和权力财富更无关，幸福与否只和自己的心灵是否能空有关。

空的境界不同，生命体就能进入不同空间、不同时间。真正空的人，抚琴入琴心，唱诵入禅音，下棋入棋魂，写字入字形。

许多人错误地理解悟道，认为悟道需要意志力，需要忍苦受痛，意志力、耐心、忍受苦痛本是初修者的功课，世间生活本来就是习惯了对自己马马虎虎、嘻嘻哈哈的散漫，故此初修时要求严格是为了转化固有的习惯，这些专门对付喜欢找借口逃避的人、喜欢享受的人、喜欢拖拉迟疑的人。

我们活得太舒服了，几乎每个人身体都是淤堵不通、僵硬错位的，故此许多时候初期的训练，各种酸麻肿痛是帮助自己的身体恢复健康，以此强化人的意志力，坚定信心，到了一定境界这些人为的训练就会逐渐减少，或者几乎不见。人能自觉后就不需要意志力了，一切的发生都能由心而出，那时候就是无为的境界，能但用此心便是。

疼痛是没有实体的，为什么坚持过了一段时间，酸麻肿痛就不自觉地消失了呢？因为心超越了。同理，开始的时候需要意志力，需要各种方便法增强信心，为什么后期不需要了？因为疑惑消失了，心超越了疑惑和不安。

然而许多人到了有点儿功夫的时候，就容易以为自己了不起，能坐一会儿腿不痛了，能说几句经典了，就有点儿瞧不起初入门者，看人家酸麻肿痛里的样子就觉得好笑，这些人忘了自己是怎么过来的，这就是迷惑！不明白打坐的成就不在腿上，智慧的启发也不在嘴上，成就只在于您是否放空，能活在每一个当下，不计过往，无问西东。

有活力的人能量是活生生的，能和宇宙间的一切信息及时交流，绝不会慌张，内心中源源不断的能量在供应着身心。这些人病了不觉病有何恐惧，病了就治疗呗！遇到困难不觉困难带给人什么烦恼，迎难而上呗！“饥来吃饭困来眠”，就是指这些人能以平常心行不平常事。

人如果没有能量，不能活在当下，那么唯有躯壳在社会上游走，唯有大脑带着您在过去、未来、现在中分别计量，怎么可能不担心、不忧虑？不计算着躯壳腐朽的速度？大脑意识会产生各种情绪、杂念、执著和幻想，会不断生成各种需要来“维护”肉体的感知，来“满足”大脑自己产生的欲望，我们一定要清楚肉体是大脑的工具，大脑不是肉体的工具，大脑的恐惧和压力是肉体行动的动力，没有了高兴和恐惧，没有了激情可以燃烧，没有了意义可以安慰，大脑还如何支配肉体呢？

生活修养，就是要您在生活中不仅能自己无拘无束地活得自在，还要能帮助他人找回自在。修养，不在寺院里，不在深山里，不在心之外，不在生活之外，您拥有了活泼泼的心，对待事业、家庭、意外、困境等生活中遇到的一切起伏，都有应机随缘的方法，只要能放下自我，方法自然来，只要成天纠结自我，烦恼也自然来。

放下，际遇自然变。

能量不是什么神奇的东西，每个生命体都有，赤子之心就是初心，如婴儿一般没有私欲，没有目的地，成年人的心能回归到婴儿一般的纯真，这是能量使然。宰相肚里能撑船，而小人的眼里只会揉不得沙子。能到达彼岸的人从来都是一直站在起点、无忘初心的人。

我们的心本就没有过去、未来、现在，我们的头脑却有着明确的时间点，超越头脑的妄想，才能明白什么是全然的觉知和观照。活在当下的人知道，人生的一切本是无欠无余，哪有一刻不圆满？靠人为做作能圆满吗？哪有一刻天地间不是充满了慈悲和关爱？蜷缩在自我里的人，是看不见无处不在的奇迹的。

我们修养，不就是在一次次简单重复中，唤醒内心的活力吗？我们的一举一动、行住坐卧不就在时刻传达这颗本来自由自在的心所需要传递出的信息吗？我们的每个表达传递给他人的都是您和自然万物的关系，如果我们传递出来的，是自私、疑惑、猜测、愚痴、贪婪，如果我们自己成天紧张、不安，说明我们和自然万物是隔绝的、有碍的、割裂的，传递着这些不和谐的信息不就是在造业吗？如果自己的心敞开了，透亮了，一言一行、一颦一笑，哪一刻不是在做功德呢？功德不是能积累、评选、计算出来的，而是记录在受者心里的。

人，本是万物之灵，可是在欲望深渊里，多数人的灵性丧失殆尽。当我见到小猫咪们无时无刻不是全然放松的时候，就感觉它们是人间的游戏者，抱在怀里的时候，感觉它们和婴儿一样，就是无条件地信任，和它们彼此对望，感受到它们传递着静谧、宁静和喜悦。收到了这份信任，我就和它们时刻彼此温暖着。再仔细观察它们和悟空之间，也一样是彼此相让，彼此关心，一起玩耍，一起淘气，哪里有一点竞争？这不就是每一位有修养的人所要达到自他信任、无碍交换、柔若无物、动静一如的境界吗？

人类因为后天的利益，深化了贪、嗔、痴、疑、慢，演变为一场共同的灾难。许多人无病呻吟，无事生非，无聊无趣，无情无义，生活中现代人普遍迷失在商业社会的虚荣、浮躁里，表现得成天患得患失，多疑多虑，一旦利益受损只知怨天尤人。

感恩猫老师、狗老师一直在教我什么是生命中的本与末，教我敌人只在自心，教我敌对关系的转化只在瞬间，教我如何和谐相处，教我如何善护念，如何得清净心，如何无思无虑地活在当下。

近期静修数日，回家时，家人说我不在的时候，小白天天抽空跳进衣柜里找我的袜子咬，善雄则时不时在我鞋子里尿尿，悟空每天无精打采地不肯好好吃东西……哦，毛孩子们会寻找亲人的气味寄托内心无声的思念。

而人呢？

中华文明中提倡的坤德是如同大地一样，大地厚德而能载物，它总是无怨无悔地等待，人随手撒下种子，地就会全心全意、毫无保留地报之以物产。天地无私，善良才有人类，天地一直在时刻呼唤着游子归家，人如何能合于天地？

认清来时的路，不忘初心。

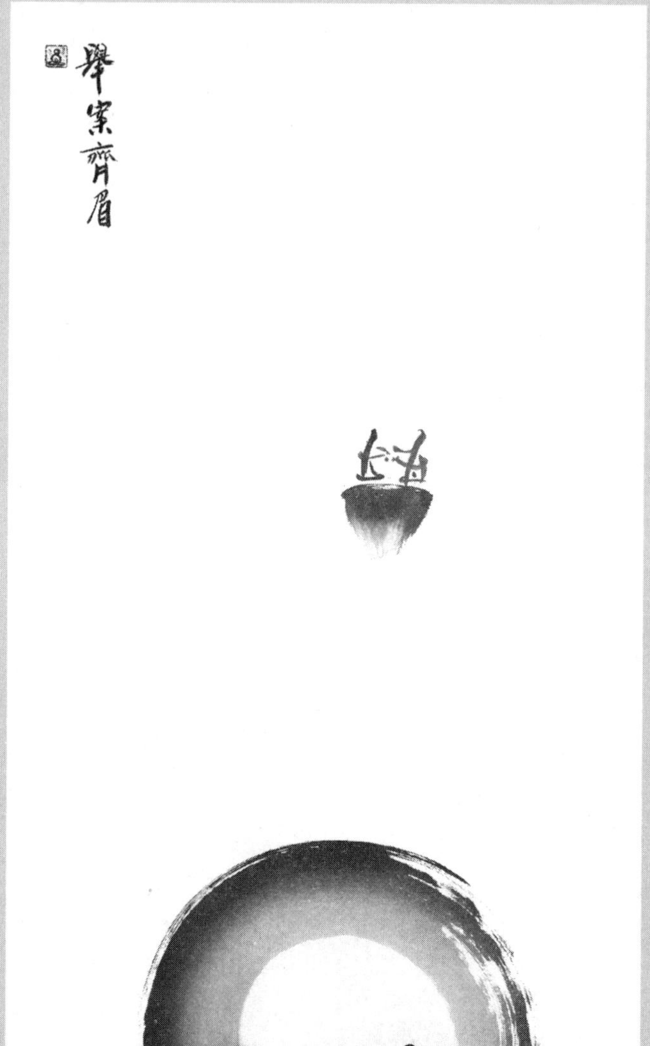
舉案齊眉

心灵感应

情，是一颗顽强的花种，
经了鸟腹发酵，经了狂风呼啸，
经了日晒雨淋，经了不知几何的磨难，
它依然会妥妥地在某年某月的某一天，
不经意地在有缘人心里开出绚烂的花来。

她与他，从未谋面，素昧平生，却能惺惺相惜。

《周礼》曰：“同师曰朋，同志曰友。同，犹齐也。”君子与君子以同道为“朋”，小人与小人以同利为“朋”。文中子云：“以利相交，利尽则散；以势相交，势败则倾；以权相交，权失则弃；以情相交，情断则伤；唯以心相交，方能成其久远。”唯君子之交，情可像水一样清淡、透明、毫不做作、互不妨碍，此谓之“德交”，德交，清淡如水，唯心心相印，故为“友”。

《易·乾》曰：“同声相应，同气相求。水流湿，火就燥。”“友”是可以忘年的，超越年龄和性别；也是可以忘忧的，超越情绪和利益；还是可以忘时的，超越时间和界限；最终必是忘我的，消融小我和私欲。这样的友，虽隔空隔代而无碍，就像匹配的光子可以在多处同时拥有相同的状态，即使相隔遥远距离也没有关系。改变一个光子的状态，另一些也跟着改变，表面上看不出其中有任何联系。

何为齐？中央、平等、周全、向上之意。

人身之中央为肚脐，肚脐是人体中唯一可以用手触摸、用眼睛可以看到的穴位，名为“神阙”。神阙内联十二经脉、五脏六腑、四肢百骸、五宫、皮肉筋，“脐”有链接之意。人心之中央乃见贤思齐，以圣贤为中心、为脐，向之靠拢，圣贤之思想亦如母体一样给大众供养。

“供养”一词的原义供是供应，养是营养。供养是一种母供腹胎的动态生机，于人而言，是圣贤在供养大众，非大众以物供养圣贤。大众在向着圣贤看齐的过程中，就得到了圣贤们思想的供养，令大众效法。“齐”是一种动态，他高则我思进取，他低则我思怀柔。人与人因齐之动故平等，平等故能周全各个层次、级别、境界，能包容差异，故曰：齐家、齐国、齐全。

古人曰：齐光。她是不是和他齐光呢？无论用科学的说法叫“量子互联”，还是用传统的说法叫“心灵感应”，她为什么总是时常会在夜深人静的时候想起素未谋面的他？也总是能在梦里与他对话，那些梦真真切切，他总是在梦中跟她说说心里的压抑，她就为他唱诵，一直唱到东方即白。

常常在某个月明的夜晚，她会一边望着明月一边想，此刻，他在做什么呢？就这么望着望着，仿佛能在月亮中见到他模糊的身形，之后月里是他，星里也是他，风是他，光线也是他，满世界无处不在不是他。她能清晰感知他的无奈，体会他的心情，触摸他的意识，他发来的电波，她都能一一清晰收到。那些她遥望明月的夜，他若有眠，应枕的是心，对吗？说什么月如钩？钩不钩得起心湖的回光？说什么月如水，水中究竟有几多月？

那天夜里，又是一轮明月当空，她望着天空中突然有他的影子，一个雄浑的声音在空中问她：“什么是水月？”她浅笑，仰头答：“水中月，谁是实，谁是虚，谁是实中虚，谁是虚中实？”

他再问："太极是什么？"她扬眉，平静地答："太极极清晰，水月极混沌，清晰到了最清晰的时候就开始混沌了；混沌到最混沌的时候就开始清晰了，由自觉最清晰而至最混沌，由自觉最混沌而至最清晰，如此岂非向上一路？"他听了不说话，过了一会，大笑而去，半空中大声留下一句："水月非月，水月非水。色空不二，诸相无相。"

她仿佛听见半空中夹杂着石头希迁禅师的法音在一起轰鸣："湛然圆满，凡圣齐同。应用无方，离心意识。三界六道，唯自心现。水月镜像，岂有生灭？"

"千江有水千江月，万里无云万里天"，她与他，犹如二十八星宿中的参商二星，为什么始终不相见，为什么却常能心灵感应？其密密意，当浮一大白，有味哉！有趣哉！

今日大雨如注，好风如扇雨如帘，她正在门庭望着满地散落的桂花，听着前院书声琅琅发呆，突然见到一个模糊的身影，一袭白衣不疾不徐在雨中推演太极，这身影一举手一投足，无不气定神闲，气韵生动。哦？是他来了吗？她心中一喜。

只见他翻云覆雨上下其手如画师作画，构图笔墨并非刻意安排，然而一笔笔意趣盈然。她目不转睛地望着这在水中腾挪转移的身影，衣袂飘飘，中正和顺，稳静安舒，轻灵圆转。两足如蜻蜓点水般在水面上行走，临渊履冰，神气内敛。再定睛看时，见其所发力皆是上下左右前后六合的浑圆震荡，是在清晰和混沌之间不二回互，是给她演示极清晰至极混沌的刚柔变化，浩浩乎如凭虚御风而不知其所止，遗世而独立，风华而正茂，那一刻天人合一的恣意，不染一丝烟尘。

"见见之时，见非所见，见犹离见，非见所及"。有缘千里来相会，无缘对面不相逢。为什么有的见面不如不见，有的人不见却胜似故人？

情，是一颗顽强的花种，经了鸟腹发酵，经了狂风呼啸，经了日晒雨淋，经了不知几何的磨难，它依然会妥妥地在某年某月的某一天，不经意地在有缘人心里开出绚烂的花来。这缘分有多奇妙？僧肇法师说："前缘相生，因也；现相助成，缘也。"万物哪有不处于因果联系中的呢？岂独人也乎？因因果果，来来去去，见见非见，哪有间断？人与人之间风云际会谁说一定要见面？不见不代表无缘，失之交臂不一定惆怅，有幸结识未必是好事，天缘巧合的事情是我和他、心与心常常有一番机锋闪烁的往来。

因缘的归处，是太极。动静无端，阴阳无始，地有底吗？人有底吗？心有底吗？思想有底吗？宇宙有始终吗？生命有生灭吗？越清晰的叫太极，越混沌的叫水月。

每清晰一点，就打碎一点；每混沌一些，又清晰一些。

动而生阳，阳极而阴，静而生阴，阴极而动。此谓玄之又玄，阴和阳是玄，黑和白是玄，善和恶是玄，男和女是玄，太极和水月是玄，清晰和混沌是玄，见与不见也是玄。玄来玄去，人生无常，处处是玄机。她看着、想着，心生无限欢喜。

风雨动了吗？是风动了雨，还是雨动了风？仿佛中，这舞动的身影背后跟着风雨。再看，又仿佛见到这身影已将自己化身风雨，洒向人间都是情。

笔锋到此，有没有人在会心一笑？

王维诗，今日须与君共吟唱："四生灭度，五阴虚空。无说无意，非异非同。此身何处，彼岸成功。当观水月，莫怨松风。"

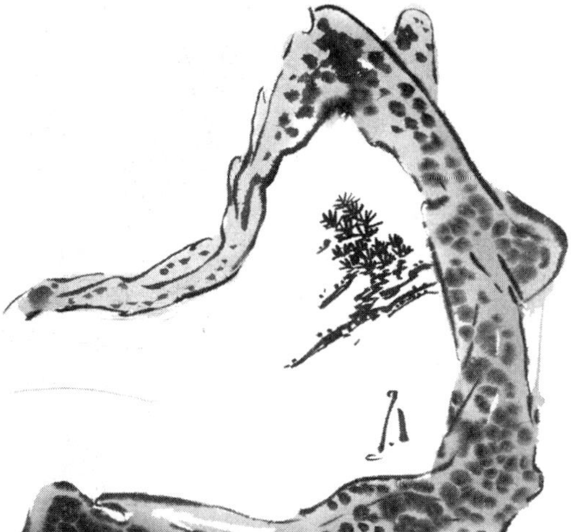

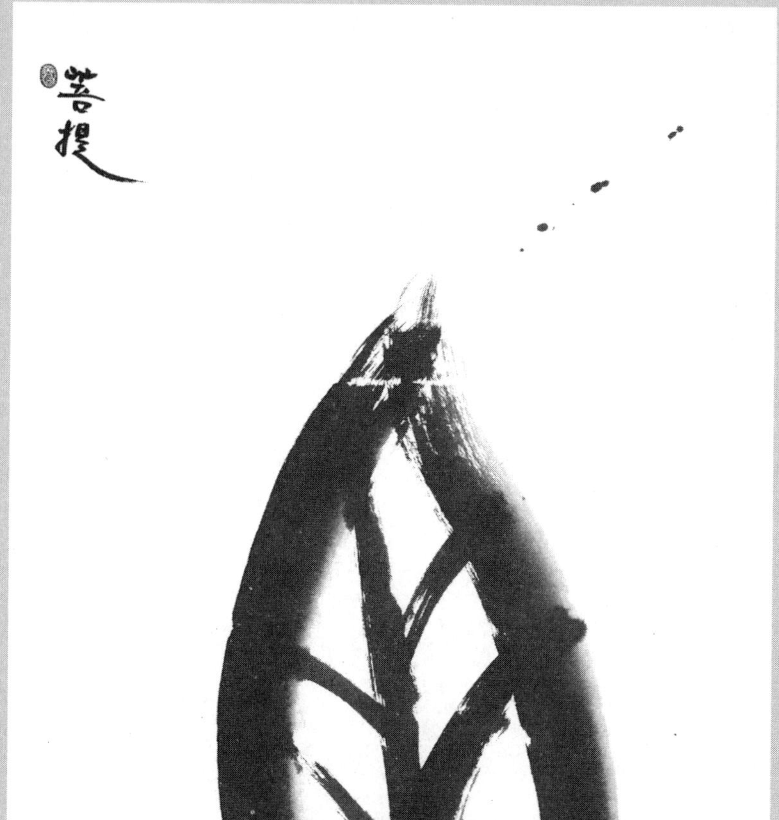
菩提

默言

物质滋养不了爱，只能滋养贪欲，
责任和义务维系不了爱，只能维系关系，
婚姻内在的关系稳定与否基于精神高度的成长、
身体健康的稳定。

“我们开始进入静心修养课了，请大家注意从此刻起除了必要的沟通，其余时间请保持默言。行住坐卧、衣食住行，我们要试着学会用眼神、笑容和手势来进行必要的交流，如果大家有疑问可能等到课程结束时会有讨论会专门答疑。什么是不必要的交流？就是属于您自己的感受、您的私事、可以自己解决的，请不要去妨碍他人。”

当校长对新生宣布课程注意事项时，他和她不自觉地对望了一下，眼神中有些意外。他和她是夫妻，是在友人的影响下第一次来这里学习。

他爱跑马拉松，她爱瑜伽，在常人眼里，他们都身材健美，是拥有健康生活方式的运动达人。可是那天他们见到了两个多月没见面的友人，他跟他们述说了在这里专修静心课程的神奇经历，令他们合不拢嘴。这个平时懒懒散散、走路都喘的小胖子怎么会脱胎换骨变了个人？他看上去不仅面色红润，活力充沛，精神抖擞，而且整个人身上一扫过去的消极懒惰，浑身洋溢着蓬勃的朝气。

更令人意外的是，过去是他们总劝他锻炼，劝他跟着他们去跑步或瑜伽，他嘴上说好，但就是不行动，还据理力争说生命不在于运动，健康在于不折腾等，说歪理他比谁都能说。

他是个生物学博士，对前沿的科学了如指掌，动不动告诉他们夫妻一些新概念，什么生物变异，什么抗衰老实验，什么干细胞干预，什么基因改造，他们听不懂，反正听他的意思就是人类再混着过些年，以后大家就通过药物实现长生啦！

他们夫妻对这个没兴趣，那是部分富豪的特权吧！对于大多数人，谁有财力把自己改造了？再说了，人要长生做什么？都不死了，世界充满了老人，还有什么活力？人也不懂珍惜缘分和机会了，这样的未来，他们不感兴趣。

这次见面，谁成想这个寄希望于未来科学的他居然会和他们大谈传统，谈如何开筋骨，谈冥想和打坐，谈运动带来的肌肉块如何阻挡筋膜拉伸，谈如果将肌肉的力量卸下去，谈精气神和生命力的关系……他们听着听着听得怀疑人生了，这人真能改头换面、思想大转变吗？继续听，他还在说自己参悟的经历，说终于明白了不要炼肌肉，强壮要炼筋骨！筋骨强才有精气神，说着说着他就给他们演示了几个动作，让他们跟着做，看着他们夫妻一个是由于肌肉僵硬，另一个是不会整体发力而都做不到，他就开心地像孩子般大笑。

说你们服不？说这么多年，都是你们在教育我对不对？现在相信什么叫后发制人了吧？干什么先走不重要，重要的是方向对了。之后，看着饱受打击的他们，他充满成就感地继续聊什么易筋、什么定力、什么内力整力贯通力、什么念力和宇宙信息，什么音波和音疗还有温度和体质。

突然，他话锋一转，用科学的解释跟他们讲为啥拿弓弦去承重，肯定不如石头，而身心的贯通出来的内劲，是一种如弓弦一般的巧劲儿，如何既不练硬，也不练软，而是达到可软可硬、可虚可实、弹力十足，这弹性就是身心的自由度。筋膜弹性打开的人会以腰为中心，身体以太极的螺旋力上下对拧。然后他就在他们的椅子上演示对拧，他好似随心所欲地拨弄体内的弓弦，说：看啊！这就像给钟表拧发条，发力在骨，藏力在筋。跑步、健身虽可令肌肉强健，同时也令肌肉固化、结块、僵硬，肌肉在不放松的状态下无论怎么拉伸、刺激、跳跃、压按都使不出来筋藏力的那股劲，这叫“松沉”。松沉，才有不慌不忙，气定神闲，人才能周身像个弹簧一样有弹性，不仅能把自己的气场运起来，也能运动起周围的气场。这是运气！

他滔滔不绝和他们从下午谈到深夜，过去一顿不吃饿得慌，成天找好饭店吃饭的他，居然没提出吃晚饭，谈到深夜意犹未尽地走了。他们夫妻强忍着饥饿和好奇，被他深深地吸引了。二人一夜无眠，坐在床上发呆，这太不可思议了！这个胖子是不是就是传说中的悟道了呢？他们第二天一早迫不及待地打电话，报名参加了学堂下周的静心专修，准备好好一探究竟。

“静心课程，不仅修正的是筋骨皮，也不仅教给大家几个导引体式，我们在这里最重要的是要试着去和内心对话。所以默言是习惯和自己对话，而非和他人聊天。”校长说完，笑着离开了。

咦？没有开学典礼？怎么也没有课程表？没有作息时间？没有互相介绍？这是什么课程？他们就这么莫名其妙地像进入了一个黑洞。

他们观察到这里的老师似乎都特别轻巧，走路轻，呼吸轻，见面就微笑，学生做错了也不批评，也都是微微一笑，老师们没有给学生压力。而且老师们经过身边时，身上好像都带着一股清雅的幽香，好似一阵清风拂面。他们想，这是不是胖子说的“松沉”呢？算了，既来之，则安之。尽管有满脑子问题，尽管不知道这胖子是怎么学的，也不知道他那天跟他们说那么多究竟是真心还是自己上了当，也得把他们忽悠进来一起上当？唉，不想了，尽快适应新环境吧！

这里真的很安静，除了鸟语花香，还有不时能听到的对面不远的海涛声，还有隔壁村里孩子的嬉闹声和深夜的犬吠。又过了几天，他们明显感觉自己变得敏感了许多，菜地里菜香、树上的花香、山泉的甜味、馒头的嚼劲儿、虫子的呢喃，哦，还有食堂升起的炊烟，炊烟的香味怎么也那么清晰？今天下午还飞来了两只啄木鸟，停在草地上不走，它的叫声好特别啊！

没有人通知几点开始上课，或者开始上什么课，也没有人告诉上课前需要准备什么。每个人的心时刻就必须保持着高度觉知，看到老师一招手，别人往课堂走就知道要上课了；看到老师穿着太极服出来，别人都回房间换衣服，就知道要炼太极了；看到别人换布鞋就知道要站桩了；听到走廊里有锣声就知道要起床了；看到点蜡烛就知道要打坐冥想了；看到去食堂门前排队就知道要吃饭了。他们俩总是用眼神在交流，怎么这几天吃的那么少也不觉得饿？好奇怪。

时间的惯性被悄然打破，她刚来的前两天极其不适应，房间里没有钟表、没有电视，不许用手机，失去了时间她感觉失去了生命一般惶恐，只要是一个人在房间休息，她总是听到有人敲锣，然后就腾地跳起来。第二天晚上，由于神经高度紧张、身体极度劳累的她刚迷糊地睡着，又似乎听到锣声，她条件反射突地像个皮球一样跳起来，朝着门外奔去。然而院子里却一个人也没有，清凉的月光洒在院子里的桂花树上，好香啊！好美啊！她忘情地吸着清冽凉爽的空气，看着树影婆娑，她突然感觉没有时间其实也挺好！然后就一个人站在月下，对着空无一人的院子里咯咯地傻乐。

一只叫八戒的小狗闻声而至，看到她，就卧倒在地，朝她敞开肚皮，她就低下身子抚摸着八戒胖嘟嘟的肚皮，对着小狗轻声问：这就是活的感受吗？勒在我头顶的紧箍咒就是时间吗？她看八戒不回答，就自嘲地抬头，突然看见月亮也在对着自己笑，她就呵呵地跟着月亮一起笑。是啊！

时间只和自己相关，只和自己主动的参与何境相关。谁说人生一定需要时间的？

默言的时光，没有课表的时光，人没有了期待。没有了时间，她开始关注一切细节，逐渐开始和自然、和课程、和环境、和内容去主动产生关联，她感觉到自己从消极被动、计较分别、投机取巧、讨价还价、随意评论的习惯转成了一种自发的、有机的敏锐和警觉，怪不得那个散漫的、拖延的胖子会有那么大变化，她似乎理解了一点。不交流，心会变得专注，会学会观察，会发现和屡次证明自己过去的迟钝和心理的自大。

三天后，大部分人从烦躁不安中逐渐习惯了这种安静，彼此习惯了用眼神问候。探索是生命的活力，向外，是运动，是科学；向内，是思想，是内观。

这种日子是在天上吗？可以忘记时间，忘记空间，忘记流程，忘记提问，忘记工作，忘记交际，忘记习惯，忘记依赖，忘记性别，忘记背景，忘记地位，忘记吃饭，老师还让大家忘记一天学了什么，最终忘记自我，她也彻底忘记了来的目的。

他，和她一样也忘记了来的目的。

来时所有想好的计划不见了，他常常会在饭后难得的休息时间，凝望着学堂后面的山峰。心想：山就矗立那里，巍巍堂堂是不动；山就矗立那里，四季变换是不静。千百年来，人间剧场在山脚下上演着一出出悲喜剧，山会记住吗？山的记忆存储在哪里呢？他想起自己为了训练跑步，也常登山，为什么从没觉得自己和山对过话？每次训练都是匆忙地赶路，精疲力尽地登高，登高又是为什么呢？他们那些队友注意力都放在海拔、气温、湿度、饮食、体能、装备上，为什么从没关注过山也有语言，山也有情感，山也有内涵，山心和人心能不能沟通？

此刻，在这个被阳光照耀得有些微醺的午后，他默默凝望着大山，一轮明日放七彩，四壁清风抚叶霜，山不正和自己交谈吗？然而，交谈又岂独以山为然？

哦，默言真好！简单真好！回归真好！再听不到人指手画脚发号施令、一惊一乍大声喧哗、三三两两家长里短、多多少少斤斤计较、自以为是好为人师、不负责任评头论足……虽然不知道课程安排，但除了第二天逃跑的两位，其余愿意留下的人都学会了竖起耳朵、瞪大眼睛观察别人，观察环境变化，是安静使自己保持着一份高度觉知，周边一切比原来更加入心。

他发现，和她之间失落多年的默契又回来了，一个眼神便能心有灵犀。他还发现，每次看到自己由于肌肉僵硬学起动作来笨拙的样子，她都会低头欢欣地微笑，那种多年未见的笑容鼓舞了他。他心里也跟着笑，两颗心瞬间暖了。

这个发现使他陷入深思，结婚九年，感情不好不坏，收入不高不低，两人不吵不闹，可是他知道婚姻有问题，如果彼此寒暄多过关怀，责任多过需要，谈论的不是柴米油盐就是孩子老人，朋友工作、新闻热点、心灵鸡汤。他们已经很少交流情感了。过年过节过生日，他都会买花买蛋糕，可是这不是爱而是被道德绑架一样不得不做的事情，这就是大问题。他们的交流越来越表浅化，他好久没有感觉到她的爱意了，爱的暖流去哪里了？

如果不在精神上及时补充的话，激情是能被消耗殆尽的。精神上如果没有同步成长，爱，就只会被消费，被消化，被消耗，被消遣，最终被生活消灭。爱，就像养花，是需要丰富的情感来滋养的，而情感的背后是精神。物质滋养不了爱，只能滋养贪欲，责任和义务维系不了爱，只能维系关系，婚姻内在的关系稳定与否基于精神高度的成长、身体健康的稳定。

此时此刻他猛然警觉，这些年他们两人几乎没有共同学习过什么，爱不知何时枯萎了，生命力也不知何时枯萎了。他和她都没有了年少时的热情、感动，对什么都麻木，变得越来越“理智”，而此时，就在刚开始感觉难堪的沉默里，爱居然不知不觉地苏醒了。

这令他禁不住狂喜，他从由好奇心驱使来到这里，头两天的学习对他而言可谓不屑一顾，他可以说是根本没有上心，这么简单的动作，为什么还要一遍遍重复？实在无聊、无趣。他常常毒瘾发作一般思念被上交锁在保险柜里的手机，也常常想着各种借口逃跑。要不是和她一起来，要不是看到她第二天的笑容和态度的变化，他肯定不会继续留下来，参加这种难熬的学习。

直到第三天，他才突然体会到这一切的好处，如同学之间不是互为观众，大家都不知道对方身份，没有人忸怩作态地讨好别人；每个人都能从世俗关系中解脱出来，这就少了攀比和攀缘，每个人也从知识对错中、从新鲜花样中解脱出来。默言的好处，让心不再受外界的干扰，心于是有了巨大的空间，有了自由的感觉。

在经历一次次汗流浃背的、似乎单调而忍无可忍的磨炼后，他从抗拒到接纳，从身体酸痛难过到逐渐感知到了通畅，这条心路真是需要独自发酵的。如果总是将心思放在别人、别处，或许一难受就可以找人倾诉，彼此安慰，这不就是巨婴吗？失去心灵独自发酵、转化的珍贵素材，还如何成长呢？变成了彼此拉家常？对！不关心恰恰是最好的关心！给对方空间恰恰是最大的尊重！不妨碍和打扰别人恰恰是心路成长最好的礼物。

静心课程的目的不是为了得到，而是为了放下；不是为了热闹，而是为了能让自己浮躁不安的心沉静下来。

记得他的朋友中有一位爱登山者，去年登了珠峰，回来的庆功宴上，大家都问他登顶珠峰的感受，他想了一下，说："那里除了风雪，什么也没有。我千辛万苦走上去，才知道原来是为了寻找一片寂静。"他们当时都没听懂，今天一念及此，他突然明白了为什么静心要从打坐开始，为什么要人为制造麻烦让大家默言，这不就是喜马拉雅山顶的那片寂静吗？

于是他从关注她的变化转到开始关注自己，他尝试不理会杂念，由着它自生自灭；他学会了不在意时间，只是跟随众人的步伐和节奏；他不再关心什么是正确，一向理性的他开始放下观念和判断，由着身体自由发挥；

他忘了目标，也不再烦恼自己记不住。

第七天早上，他体会到了什么是和自然融为一体，什么是和天地发生呼应，他好像自然而然地成了自然的一部分，也成了这几天连睡梦中都在修养的一部分。

他是个极度认真的人，习惯了条理、体系、记录、精准、逻辑，而经过思想斗争，经过如何放下包袱的挣扎，他在即将返程的第七天发现过去的许多问题源于自己的过分认真，认真产生的执著才是身心紧张、关系紧张的源头。

他真的需要学会松。

前几天每次当大家在课后集体平躺时，带课的老师要求大家松，平静地没有意识地放松呼吸，可他千头万绪地怎么也平静不下来，老是不自觉地思索着下一步该做什么；每次当大家慢行时，要求后面的人盯着前面人的脚步走，他却东张西望，老想知道走这么慢做什么？什么时候结束？每次当大家户外活动被要求注意力集中时，他却想着下雨没带雨衣的她会不会感冒？每次上艺术课的时候，对着古琴、唱诵，他就老想工作……他发现他的认真容易让他多疑、顾虑、担忧，容易自我沉溺，每做一个动作，每做一件事情，他心里会同时充满疑惑地产生几个问号。

但他又是极聪明的，当认识到了是自己的已知妨碍了对未知的领悟时，他开始强制性命令自己诚恳地接受，用心地跟随。他细心观察到：这里的老师和外边的教练不同，对待初级学员的僵硬、呆板、固执、迟钝，老师们始终保持微笑，耐心地帮学员们尽可能地挖掘自己、改变自己、打开自己，却不是示范什么、教授什么、表现什么、固定什么。

记得来的第四天，大家要学习走路。他想，谁不会走路啊？这还用学？没想到学走路的课是居然一大群人围着逗猫，观察猫的步伐。

普通人日常走步是前脚去，后脚撑，后脚有了力，才移上去。但在这里走路要学猫行，迈步如猫行就不许后脚用力，要前脚站得非常稳了，后脚才提起慢慢移过去，而且后脚置前在重心未移过去时，还要不费力地能将后脚抽回来。运步是从大腿、小腿、足跖的节节贯串，要求足跟离开地面有较高距离。由于足跖的重量下沉，足尖还在地面，当足尖离开地面后，足跖自然下垂，迈步向前先由脚跟着地，以此为全腿松沉之表象。

老师说要迈步如猫行，而非迈步如猫跑，哎呀，这怎么走？所有人开始集体不会走路，一抬腿都是摇摇晃晃的，找不到平衡点。

老师们就让人观察猫在行进的过程中如何用腰胯带动四肢做虚实运动，如何落脚，如何增长腰腿的松弹沉稳劲儿。猫是四条腿提起一腿，还有三条腿支撑。可人只有两条腿，故此提起一条腿，全靠另一条腿支撑。另一腿要微曲支撑全身重量，还要注意平衡与协调，他发现了行的关键是要时时刻刻留心在腰，行的功夫不在腿，而在松、沉。哦！胖子一再说的松、沉，他也是在这里领悟的？

修养老师说进步要意松会阴穴，退步要意松印堂穴。行的动作一定要沉稳、松活、轻灵、协调、均匀、连贯、柔和、缓慢。熟练后，他明显体会到了慢行的好处，走路时有股内气带动腰胯。腰腹之气宜鼓荡。老师说走路时要全神贯注有灵猫捕鼠之势，轻灵却非无力，内中保有腾挪预动之机。

几天下来，他心服口服，原来认为自己是运动高手，现在才发现自己的的协调性、平衡性、柔软性、弹性、韧性、爆发性、持久性等各方面真的是太差了。

临走的那天傍晚，他和她一起站在海边听海潮，听着听着，他听到大海深处母亲在呼唤他的乳名，他不由自主地睁开眼，看到海面上映出了一轮银白色的圆月。他记起了下午诵读的一句诗："一月普现一切水，一切水月一月摄。"

他悄悄转眼看了看身边的她。她闭着眼睛，浑身上下盈满着笑意，仿佛已经消融在了这无边的夜色里，和海水打成一片，和月光心心相印，全然接受着天地间本来具足的宁静与祥和。

虚極

鬼

修养最大的意义：
在于谋求更多的生命主导权、选择权，
获得更多的安全感，从而无惑、无畏、无惧。
让内心在灾难和无常面前，不失控；
让生活在乱象中，不失序；
让自己能安心自在。

十月的一个下午，我在崂山莲花精舍小住。

那天上午阳光正好，金色的光穿过院子里的桂花树叶，斑驳闪烁，欢快地跳跃着洒在地上，与精舍低矮稳健的茅屋，形成动与静的辉映。我在屋檐下静坐，观察着光影错落、明暗变化间萌动的生机。

金秋十月，天空瓦蓝瓦蓝的，空得那么彻底，蓝得那么炫目。山风吹着桂花树，叶片飒飒作响，喜鹊立在树梢。我转身对着桂花树仔细打量起来，这棵老树的树干呈灰白色，树表面上有一些凹凸不平的小疙瘩，树冠像一把大伞。

再细端详，惊奇地发现这棵树的树冠像个太极图，半阴半阳，满树的树叶居然也是半阴半阳：向着大海的那部分树叶稀疏，向着山里的另一半却枝繁叶茂。树叶是椭圆的，能清清楚楚地看到叶脉，像人的血管。我移身近前，用手轻轻一摸，叶子硬硬的，表面光光的，每片叶子的边缘上有小刺。向山的那半边开满了一簇簇金黄色的桂花，像一颗颗灵动的太极球，每朵花都有四片花瓣，把花蕊包得紧紧的，花香沁人心脾，余味悠长。

轻轻地摇动了一下树枝，桂花如雨般洒了一地，地面上瞬间就铺就了一块金色的香毯，我就裸足走在上面，软软的，香香的，此刻心中充满了欢喜和感恩。静静地坐下，让后背沐浴着秋日早晨的暖阳，让身心被无边的香氛环绕。耳边不时传来前院的嬉笑声、读书声、海涛声、鸟鸣声……哦，这一刻，天地与人，能分离吗？

他曾在终南山隐居多年，喜欢我这里的清净，多次要求来探我，我看他心诚，也想观察一下他的隐居的境界有无提升，就答应了他。

桂花树的后面是个小山坡，山坡上有条羊肠小径，蜿蜒盘转，路边覆着各种野花，山中布满了黑松。小路的不远处有一个乱坟岗，山上几乎少见行人。昨夜月朗星稀，我对着乱坟岗吹箫吹了一夜，他在房间里吓得汗毛倒竖，坐立不安。今早上招呼都没打，就逃走了。那些幽静、幽香的清静感觉全被一夜生就的鬼魅赶得无影无踪，我看着他的样子就感到可惜，这样的隐居和修养，无异在长久地自我麻痹。

鬼，是这里的山独有的吗？鬼，仅仅只在山上徘徊？甚嚣尘上的红尘中无鬼？这清凉、慈悲的箫声本是给一切众生的供养。谁心中都藏着心鬼，恐惧是自己给心鬼最大的营养，它笑着一点点吞噬着您的心。

此刻，我在树下闭目静坐，袭人的花香沉淀了多日来奔波的疲劳。

许多人问我：修养有什么意义？修养最大的意义：在于谋求更多的生命主导权、选择权，获得更多的安全感，从而无惑、无畏、无惧。让内心在灾难和无常面前，不失控；让生活在乱象中，不失序；让自己能安心自在。

修养是一个没有终局的故事，它包含着一次又一次的出发、惯常性的重新开始、持续不断的自我更新。持续的疫情淋漓尽致地折射出人与病毒交战中的各种无奈，人身是如此脆弱。而在物质极大化的今天，偏狭的认知和极化的思潮开始蔓延，技术变革和基于工业文明所形成不断提升效率、创造财富的发展观并没有带来人类的快乐，来自各个方向的不确定性充斥周遭，世界难以回复到过往我们曾经熟悉的平静和从容。动荡不安中人们急迫地寻找着精神和灵魂的栖息之地。

然而，生活的真相并不是在暴风雪中寻找栖息之地，而是学习如何在暴风雨中跳舞。修养的本质在于赋予人们发现美好的能力和实现美好的愿力，学习如何在暴风雨中跳舞。生命修养是关乎于对生命统一性的培养，关乎于对人类认知边界的拓展和对真理的追求。思想的形成需要不断的心灵历练；需要经历若干个“无知、疑惑、不确定”的认知周期去趋近那个确定度更高的答案，并随时准备着答案会被新的证据和事实推翻……

养成对习以为常的结论提出疑问和挑战，尝试着去反复练习用分析性和建设性的论理方式对疑问和挑战提出解释并做出判断。“我宁愿要无法回答的问题，也不要不能质疑的答案”。面对约定俗成的思维，我们要勇于质疑。

伟大的物理学家费曼终其一生强调“批判性思维”在科学研究和真理探寻中的重要意义，“在历史上科学与专制权威进行了反复的斗争才渐渐赢得了我们质疑的自由。那是一场多么艰辛、旷日持久的战斗啊！它终于使我们可以提问、可以质疑、可以不确定”。

大变革的时代，经济社会发展和商业运行的底层逻辑正在发生剧烈的变化，我们习以为常的认知模式和习惯接受的规律受到冲击，而思想是驱散我们这个时代那些没有头脑的鲁莽或是无可救药的迷茫的那束强光。

置身在伟大的变革里，以积极的思考代替对宏大问题的冷漠，思想之光将指引你戴月而归。思想赋予人力量，用以抵御生活中莫之能御的洪流与各种各样的无常和无奈。

人，不仅要能体会独处的欢喜，更要能在各种环境中保持心中的清净，在各种幻境里能降服心中的鬼魅，转化它们成为您人生路上的伙伴，这不就是定力吗？

许多人受不了清闲，说寂寞了心鬼就出来了；许多人又受不了热闹，说诱惑了心鬼就出来了。那心鬼究竟是个什么东西？寂寞不行，热闹也不行，什么状态都不行，那么逃避就能躲开心鬼吗？越恐惧只会越滋养它，它就在您的心里安家，还繁衍出一窝子形形色色的小鬼：饿鬼、欲鬼、怨鬼、色鬼……内心中有没有鬼，和寂寞、清闲、热闹、忙碌有关系吗？谁心中都有鬼，就看您自己如何对待它。

寂寞，该怎么定义？寂寞和孤独一样吗？您觉得多人在一起就不寂寞吗？越怕寂寞的人越寂寞，寂寞带给您的恐惧越大，您的心鬼毒性就越强。躲进山里自清静如同吃安眠药不能治愈失眠一样，一个能享受寂寞的人才不会孤独，能驾驭热闹的人才不会无趣。寂是美的必要，寞是觉的基础；热是情的养分，闹是定的检验，此刻，我的身虽寂坐，心却热闹地历经着万里关河、千秋人物。

这种能量，假名“定力”。

定力离不开独立，独立是指精神独立。可定力是把双刃剑，定中被迷的人皆因知见不正，慧光不起。隐居的人如果定力和智慧不匹配，也就是说功夫高而智慧弱，则必害人害己。能驾驭、指导定的，是慧。人缺了定，则随八风逐流，恐惧焦虑；人缺了慧，则易自大自傲，自以为是。

总有一大部分人爱迷在苦修里，以为隐居山中就是逍遥，岂不知知见不正而盲目苦修，轻则自损，精神恍惚、脏腑内伤者屡见不鲜；重则损人，功夫越高损人越重，损的人可能越多，影响的时间可能越长，贻害无穷。真正的修养是“只贵汝知见，不贵汝行履”，修人功夫再高、行持再好，慧光不起、知见错了还是要走邪路；而如果从心地着眼，注重正知正见，行持会突然发力跟上去，这是自然而然的，用不着急。正知正见的修人，修苦可以，修乐亦无妨，通达出世间法，世间法亦是无碍。正知正见哪里来？从亲近明师、听闻正法、如理思维、不偏不倚的正念中来。

独和默乃为以静谧之心细观无我，寻找身心蕴藏的转化契机。林间花香，石上有泉，定中听来，知天地有情有义；天边斜阳，水月星影，慧眼观去，见乾坤地老天荒。山的奇绝、幽深、峻拔、坚毅，无不令人望高山仰止，启发人发出如山一样的品性、风骨和懿德。修人寂坐观山如坐入画里，在画里坐对孤峰，静品明月，时闻自心；此时又像能从画里走出来一般，时刻能在人间心中明厉厉地觉照着生活，自有一番天地在，何必随人踏浪去？

前天早上，两位学生在院子里抓猫，小母猫三个月了，他们要带去打疫苗。可怎么也抓不到，小猫警惕地躲着他们，我看了就笑。自然界中雌性负责种族延续，因此雌性相对雄性戒备心更强，天生的母性让她们时刻保持着警惕。而雄性的责任是播种，不负责养育，就比较容易放松。母爱的伟大就在于她能牺牲，心甘情愿放下自己，于是自然心里就有了诸多牵绊和挂碍，然而从反面讲，这也容易迷失自己。

牵挂多岂能不紧张？人呢？亦是。您牵挂太多，就不自觉地像雌性动物一样，时刻紧张，您能放下，就会拥有洒脱。放下不是不要，而是不受其扰。动物只能随顺本能自由繁衍，两性的性格特点都是本能，动物缺乏的是反思和内观。定，是独，修定时，修人必须像雄性动物一般，心无挂碍方能进入，心不独则无定。然而，慧是众，心无慈悲则无慧。修人要细心观察并熟知自然生物的奇妙，并理解运用到如何提高自身修养里来。

定，是自利，此时万缘放下，泰山崩于前而如如不动；慧，是利他，此时众生在心中，需要时虽千万人吾往矣。

没有定的保障，发不出利益众生的慧；没有了慧的指引，就超越不了轮回，依旧在自我意识里苦乐流转。自利和利他，如鸟之双翼，缺一不可。

我们常见有些人一打坐就容易出“感觉”，这种感觉不是“定”，而恰恰是不定。

有定力时，人如同孤家寡人一般独坐金字塔顶，“万缘放下，一念不生”是定的先决条件。能说放下就放下，就是出家了，出家是出妄想执著的家，不是什么非要剃头，着相。

我们的肉体在生命中如海中浮沤，随起随灭，无碍本体，常人随一切幻事的生住异灭，而起欣厌、取舍心，其实有什么放不下的？要知道通身放下不是人死，而是活了！将这个身子的痛痒苦乐、饥寒饱暖、荣辱沉浮、祸福吉凶、毁誉得失、安危险夷、算计预测一概置之度外，心力才能全体显露。

放下本不须用心用力，舍不得时才需费力，放不下时才需费脑。越定，越能看清外面的动。内不动，才见山河大地毛孔之剧动。不入微，不见希夷。

当年曾子问孔子何为道？“子曰：‘参乎！吾道一以贯之。’”曾子听了欢喜，马上回应孔子：“曰：‘唯。’”一众师兄弟听不懂，马上问他：“何谓也？”“曾子曰：‘夫子之道，忠恕而已矣！’”明明孔子刚说的是“吾道一以贯之”为什么到曾子这就解读成了“二”？他是自己不理解，还是表达有误解释不清？如果错了，孔子为什么不给他及时纠正？

曾子能变法，是他有“定”。

定，是“唯我独尊”。释尊诞生时，向四方行七步，而唱偈：“天上天下唯我独尊，今兹而往生分已尽。”“天上天下”指的是这个世界，“唯我独尊”的“我”指的是自心，合于自心者乃大我，大我是独立恒常的，此为“尊”。故此“今兹而往”指的是时间，“生分已尽”便是超越了“分段生死”的时间线，合于生命大我之无垢无净、无生无死、无增无减。此“我”非彼“我”，不是后人以为的个体生灭之“小我”。

《金刚经》说“若以色见我，以音声求我，不能见如来”。修行，是在红尘滚滚的社会环境里修正自己的行为意识，不是让你修到去西天极乐和佛祖们同吃同住！想要不管世事，不问人间疾苦：“是人行邪道，不能见如来！”

定，是让人在人世间能无拘无束活出真我，人间才是真善美的理想实现地。

《易传》云："夫大人者，与天地合其德，与日月合其明，与四时合其序，与鬼神合其吉凶。"万众一心是万物、一切众生本源一心，心之相有亿万，心之源则唯一。这是孔子的"吾道"，也是真正的"悟道"。

人能在人世间把独立尊贵的生命活好、用好、发挥好，对内，能时刻自由自在，对外，能时刻慈悲利众，做到这一点，不就是立地而成的佛吗？

我还在桂花树下寂坐，斑驳的阳光在身上徘徊，仿佛不忍离去。若有时间，真想一直这么坐下去，可是我知道，我该去前院看看学生们了。

正起身时，突然听见外面有读书声，仿佛从深邃的太极法界悠悠传来："道之为物，惟恍惟惚。惚兮恍兮，其中有象；恍兮惚兮，其中有物。窈兮冥兮，其中有精，其精甚真，其中有信。"

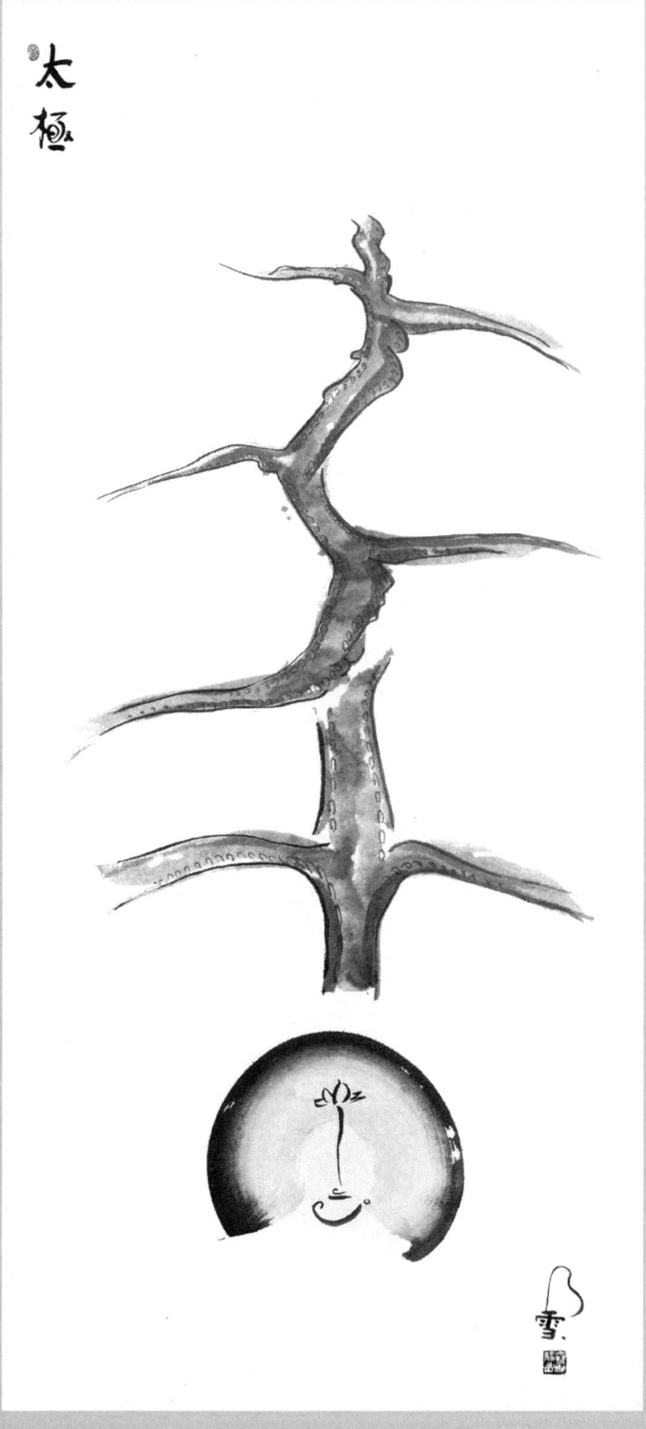
太極
雪

太极

您的能量变了，
世界还是那个世界，
而您却不是原来的自己了。
宇宙是新的吗？宇宙变过吗？
能和量变化了，时间、空间、无形、有形、
速度、状态都会变化。

早上天刚蒙蒙亮，露水还依稀在草尖上站桩，虫儿抖动触角在跳舞，夜雨并未随风潜入眠，他在黎明的曙光中微闭着眼睛，听着树梢被风摇动，簌簌作响，听着雨打窗棂滴答滴答。

起身时，雨后天放了晴，太阳还没有完全出来，天光半明半暗，他听到锣声就来到院子里等着功课。来学校一周，过去的生活仿佛隔世，就连熟悉的人、熟悉的用语也仿佛都和自己无关了一样，新的生活已经占据了他全部的意识。学习的生活是枯燥的、寂静的，但却能清洗他僵硬的身心。

昨晚他无意中拿出行李箱找替换衣服，看到了一本在机场买的管理书，看着封面上那个过去崇拜的大佬头像，他笑了，看都没看就丢进了垃圾桶。他想，很多事儿真没必要刻意记得那么清楚，真没必要学那么多，现在这样朦胧的感觉挺好！给人无限联想，给人无限生机。

他是一个喜欢联想的人，自小就认为生活就得要有梦想，有梦幻般的生活才算是有色彩的人生！活力是用七彩画笔把暗淡无光的现实描绘到五彩斑斓的能力，人的一生会燃烧，当然也会腐朽，谁沉迷谁就腐朽，谁选择了燃烧，谁就能焕发出七彩的光。

院子里，同学们陆陆续续出来了，太阳一跃就升起了，刚才还灰蒙蒙的天瞬间就遍布光明。黑暗不是永远的，光明也不是永远的，就看自己处于何时、何境、何地。昨晚一夜的大雨，雨水重重地打着桂花树，他清楚地听着，每一滴都那么地深沉。他还听到了深秋的蝉鸣，每一声都那么地撕心。

今晨进院子里，遍地桂花香，雨去了哪里？击打去了哪里？一夜无眠，一夜听雨，一夜反思，他渐渐明白，过去的他操了太多不该操的心，多思多虑，这些思虑太伤害自己和亲人了，顾虑和心软使得自己变得保守和脆弱，使得自己在人生十字路口常常做出错误的抉择，但虽然常常后悔，却一直都无法从这些不由自主的习惯中自拔。

直到有那么一天，他来到一个学校，校长对他说："您就是典型的老好人，孔子说'乡愿'者，就是您这样的！"

他愣了半天，猛然醒来，就像游子回归故里一样重新看到了故乡的模样。

他过去认为自己总是为别人好，这种为他人好是自己的善良，从"您就是老好人"这句话中，他读出了智者的叹息，他深知"乡愿"这个字的分量，他饱读诗书，只是一直就没有觉得自己会是"乡愿"。

他，博士毕业，堂堂大集团公司董事长、上市公司主席，是精英中的精英，谁能明白他心里的压抑和苦恼？谁能知道他动过无数次自杀和出家的念头？他的苦不是来自经济，不来自市场，也不来自缺爱，恰恰是爱他的人太多了，爱得他喘不过气来。父母爱他，女朋友崇拜他，跟着他打拼的员工都喜欢他，各种情感交织使他根本没有了自己，每一刻他想的都是如何回报大家的爱，对大家好些，能不负所有人对他的期望。

他再想，读到博士毕业是自己想要的增加修养，开阔眼界吗，还是为了父母的面子、事业的需求？他这一生，似乎就是来还债一样，被爱包围，却感觉身陷重围。有时候，他想如果他遇到的都不是好人，都是坏蛋，是不是他的心理负担就会减少，是不是就不用考虑那么多了？可惜的是，他的身边全部是善良的老好人，与世无争，庸庸碌碌，什么事情都只会忍耐，毫无血气，搞得他也变得脆弱和心软。不对的事情，想的就是可能是上辈子欠的债，这辈子来还。用这么宿命论思想麻痹自己，所有的不幸和应该断然处理的事情也就能含混着走过去。他就这样，混了半辈子。外人看他事业有成，自己却感觉一事无成。因为，心里空荡荡的。

可是昨天的课，老师讲到好人做坏事和坏人做好事不是比比皆是，什么是好，什么是坏，如何区分呢？人性本来就是复杂的，哪里有简单的、不变的好和坏？困扰人的不是好人、坏人，而是自己缺乏定力和智慧，无法避免一次次愚笨的决定，无法摆脱人情的枷锁，无法活出自己想要的样子，是人，自己迷失了，才会越来越变成小时候讨厌的样子，成天为了别人的眼光而活。

真是用心良苦啊！他明明应该活出属于自己的世界，干吗要弃自己的梦想于不顾而在意那么多人情世故呢？被面子绑架的人何谈自由自在呢？

“好人来这里，会把这里当礼物去送人”，老师笑眯眯地指着桌上的水果糖对他说：“就像早上有人送我这盒糖果，自己没有打开过盒子品尝过，如何知味？变成好人不是智慧，是老好人自己在想当然。不知善良为何物，善良就是您的另一个监狱，变成一种被绑架的道德，您就在自己唯一的人生里活成了一个没有智慧的善良的奴隶。您看为什么那么多寺庙里的菩萨像凶神恶煞一般？文殊菩萨高举宝剑做什么？菩萨不是应该慈眉善目吗？怎么看上去杀气腾腾的？为了破啊！每个人花了几十年，像宝贝一样养成了自我根深蒂固、和皮骨血肉相连的习气，有的要破恶，有的要破善，但是破善比破恶难多了。因为善良的人，大家以为是好人，所以吃亏也好退让也好，这是所谓的世俗的善良。要破这么愚昧的善，真的是要扒皮挖肉一样的，会痛彻骨髓的！可是观念不改，智慧不生，只知善良而不知何为善良，这就可悲了。

你来这里找我事要返！迷途知返，返璞归真，舍尽过去种种的没有智慧的善良，因为那不仅损害自己，也助纣为虐。”

铛铛铛！餐堂前的锣声清脆，老师的话他想了一夜，这个清晨，他突然就释然了。

连续七天的学习，让他亲近了久违的土地，嗅觉也变得灵敏起来，地里的青草味、青菜味、鸡粪味、各种菜味虽然交织在一起，但他却能清晰地分辨出来，生活的味道本来就是交织却独立的啊！今天早上七色阳光斑斓，照着在农地里的同学们，每个人身上头上的汗珠都在闪闪发光，他看着心中欢喜，就一边干活一边哼唱着每天吃饭前都唱的餐歌：“锄禾日当午，汗滴禾下土。谁知盘中餐，粒粒皆辛苦。”听到他的歌声，同学们就跟着一起唱，一时，歌声响彻学堂。

开始干农活了，才深刻体会到了农民的辛苦。他本也来自农村，可早都忘了小时候是怎么跟着父亲下地干活的，学校里的农耕时间虽然每天早上只有一小时，但第一天干活时，他没几分钟就感觉腰要断了一样地痛。特别是骶髂部位，又酸又胀这滋味，真是忍无可忍。他悄悄地看其他人，发现学校的老师们腰背弯着很自然放松，而和他一起来的学员们几乎都龇牙咧嘴地，不时直着腰偷懒，反而是有几位老年的同学在坚持。他想：老人也应该许久没有干农活了吧？弯着腰不累？或许老人家们不是身体比我们好，而是意志力比我们强？

第二天清晨下地干完活过后，大家正准备进课堂，教务长却站在农地边给大家讲话。

他说：“天地有阴阳，天属阳，地属阴，阴阳之中还有阴阳，层层叠叠，密不可分。天上下雨是阳中阴，地里产物是阴中阳。阴阳交合使土变成了地，地产出了物。您们说说种子是什么时候发芽的？”

一位同学说：“春天发芽。”

教务长笑：“您学的是知识，没有自己观察过吧？许多植物的种子发芽是在秋天，发芽先发根，发了根，根在地底交织盘绕，经过一个冬天的发酵、吸收，在春天是发叶，发出的叶子通常是两瓣，一阴一阳，阴阳的叶子发出来了才会发第一个芽头。您们再说说，芽头有什么特点？”

另一位同学说：“嫩！”

众笑，教务长也笑她：“除了吃，您就不知道别的了吗？芽头几乎都是空心的，为什么呢？因为地根吸收了地下的阴气，要通过芽头往上运，我们吃过豆芽都知道里面是一包水，是空的。地阴通过芽里的空心循而上行至枝叶。叶子呢？每片叶子就像人的皮肤，上面密布了一个个细细的毛孔，毛孔里布满了地阴，也就是地气。之后和天阳合一，就是发生光合作用。阴阳和合的能量挥发得越好，植物就越有活力。我们看，为什么相同的果园产的果子，甜度有不同？为什么有时候一颗树上产的果子，味道也不同？就在于阴阳和谐的程度不同。如何挥发？地阴和天阳的结合就是挥发，通过叶子散发出来的阴气和天空中弥漫的阳气碰撞，发生反应。反应后作物就有了变化，注意，反应是变，变的程度决定了化，不变就不化，少变就少化，您们的心呢？”老师看着大家笑眯眯地问。

接着，教务长又说：“早上的时候是挥发、结合、变化。那么您们说，植物下午的时间在做什么？”

众人面面相觑，谁也答不上来。教务长说：“荷花过了十二点就收了花瓣，正午的时候阳气达到极致，然而阳极阴生，过了午时，就回返。植物又将阴气吸收回来，不再挥发而是回收，通过叶片的毛孔吸收回来，从侧茎到主茎，再输送到主干，回到地根，和地气进行二次交合。到了深夜子时，阴极阳生，能量又恢复上行通道，地阴重新往上走，通过叶片和阳光天气沟通，挥发吸收。循环往复，日夜交替，周而复始，源源不断，这就是一周天。植物如此，人呢？每个生命都是天地阴阳二气交换的通道，您们仔细观察，就能发现植物的上午和下午状态不同，人的上午和下午亦是状态不同。每个生命都是一个加工厂，时刻和天地、自然、万物在交流、碰撞，有能量的人能深度提炼天地精华，这就是我们说精气神中的精是可以提炼出来的，而气和神无法提炼。故而，会提炼的人，在不断熔炼中提取精华，促使生命元精能不流失，当精华浓度发生质变的时候，就是植物开花结果的时机。您们再说说，花为什么有香气？”

众人还是哑口无言，无奈地互相看着摇头。教务长叹气说：“您们已经变成城市废人啦，脱离自然太久啦！香气、臭气、辣味的目的，就是繁衍。辣味和香气是诱来鸟、蜜蜂、苍蝇。”

一位同学问：“鸟、蜜蜂我知道，可要引苍蝇来做什么？”

教务长说：“授粉啊！许多植物是苍蝇授粉的。您爱吃芒果和杨梅，都是苍蝇授粉的。”

那位同学张大了嘴，愣在那里。

教务长继续说：“这种苍蝇叫果蝇，是授粉的好帮手。气味是植物对天地能量的提纯，当纯度达到极致时，花就向着天空做一次大释放。果是什么？是植物的内丹。人也有内丹，也是人类的果实，普通人是胎儿，有修为者是能量。结了果，精才有了第二次生命。注意，是说精有了第二次生命，为什么不说气和神？”

另一位同学答：“气和神，都是不生不死的。”

教务长笑：“总算开了一点窍。种子是植物的精，种子里面是什么？就是日月精华啊！那您说如果给种子转基因了，这日月精华变成了什么？”

同学想了想，说：“变成了毒丹，对不对？”

教务长说：“什么叫毒？”

同学想了想，说：“对生命成长不利的就是毒。”

教务长说：“什么叫成长？长个子，发育快是不是成长？”

同学说：“从身体层面说，过度发育快是早熟，拔苗助长，不是成长，而是催长。从精神层面说，成长只和开智慧相关。”

教务长点点头，说：“嗯，开了点窍，我再问您：食物被吃进身体，是怎么运化的？”

同学说：“胃肠运化啊！”

“您真是不能夸，这又回到初级水平了，凡是大家谁都能回答出的答案，您不觉得有问题吗？运化和臭气相关。”

同学脸红了，问：“为什么和臭气相关？”

教务长笑着说：“您吃进去的食物是不是都是香的？臭豆腐不是人人都爱吃，对不对？”

同学点头。

“为什么香喷喷的食物吃进胃里就臭了？”

同学思索了一下，说：“发酵。”

教务长笑：“对啰！我们做食物发酵时能看到，将食物密封后就会产生气体，进入胃的食物就在胃里发酵，一发酵香喷喷的食物就产生糟粕了，糟粕是臭的。臭气是一股推动力，推动着气的运行，臭气会往下进入肠道进一步发酵，而在胃里被分解出来的清气会进入脾，形成脾气，脾气越足，表明身体内清气越充沛。如果您吃的东西多是垃圾，那么臭气必然多，清气必然少，这样的话脾就吸收不了足够的清气，故而运化能力就下降。脾没有存储功能，它的清气不是给自己用的，要专供给肺气，肺负责把脾运送来的清气用于生命动力，也就是营卫二气。身体里心是君，肺是相，如果清气不足，则在内经脉内的营气不够，无法按需推动血液循环，故而气虚则血虚。在外保卫身体的卫气不够，卫气在脏腑之间，在皮与肌肉之间，在骨骼和肌肉间、细胞和细胞间，大部分的空间都是卫气的领域，西医说免疫力和卫气的概念类似，卫气如果虚弱，外敌就乘虚而入，人怎能不病？故而，营卫二气是清气的产物，清气生精。您们看，这生命多么奇妙？”

他听着听着就低头看农田，想自己真是白活了这么多年，学到博士毕业，身体这么奇妙的运作从来都没有思考过，总是人云亦云地混着过，生病就理所当然去医院。现在看来，许多理所当然的事情都是自己思想懒惰造成的。他正想着，不知道大家在和教务长又讨论什么。

只听教务长说："是的，脂肪也是精的一种，能储存能量。后天五谷之精，除了生出营卫二气外，多余的也会变成脂肪，正常的脂肪是储存五谷之精的仓库，是必不可少的。而您是脂肪太过分地多了，就像家财万贯的人缺乏智慧，财富就会压得人喘不过气来，常常会害人害己，没有智慧什么东西就不能多，有了智慧，多和少都没关系。再说说，什么最伤气？一是不清净的妄想和杂念，多言多虑，多愁善感，多疑多梦，这最伤气。二是多食，大脑和肠胃都是最消耗气血的，然而多思则往往多食，身体内大量的能量被调用到头部和胃肠，于是该上的水气不上，该下的火气不下，阴阳不调伤害后天之精。再甚，就开始伤害生育之精了，不孕不育，内分泌失调都是伤害到了后天之精。精、气、神，精不足，何谈气和神？"

教务长说完，笑着对大家摆摆手："今天是农历七月十一日，太阳特别好，今天安排您们马上回房间泡澡。"泡澡？啊？这算什么课？

他满腔疑惑着回到房间，只见一盆热水已经放好，浴缸上还有一张纸和一杯水，他先拿起纸，只见写道：《云笈七签》曰："农历七月十一日，取枸杞煎汤沐浴，令人不老不病。二十三日沐，令发不白。二十五日沐，令人寿长。"

他往浴缸里一看，只见橘红色的浴汤香气扑鼻，再看，只见下面写道：《千金月令》曰："七月暑气将伏，宜食稍凉，以为调摄。法用竹叶一把，栀子两个，切碎，用水熬煎，澄清去渣，用淘粳米磨作泔粉服。"

他看了看那杯浑浑的黄色的水，拿起来深嗅了一下，闻到一股悠悠的清香，小口品尝，温润清甜。他突然感觉特别地幸福。开心地泡在浴缸里，热气腾腾的汤药力随着毛孔、腧穴而达于四肢百骸，他按照纸上的提示，用老丝瓜秧沾药汤擦身，通过运化气血而疏通经络，强健筋骨，润泽肌肤，驻颜解郁。他还找出了浴缸里的老丝瓜，用力地擦洗身体，擦得身上红红的。

泡了二十分钟，他通体大汗，之后根据纸上写的，穿上衣服去顶楼晒太阳，名“采日精”，说又叫“负暄”。纸上说白居易曾在《负冬日》中写道：“杲杲冬日出，照我屋南隅。负暄闭目坐，和气生肌肤。初似饮醇醪，又如蛰者苏。外融百骸畅，中适一念无。旷然忘所在，心与虚空俱。”

他上了天台，按照要求背对太阳而坐，不一会儿只觉得下腹温暖，脊背上有股强大的气流在翻滚，今天的阳光真好，他舒舒服服正想睡去，只听见锣声响起，一睁眼，看见天台上有个黑板，上面写道：“刚才泡的不是枸杞汤，喝的也不是竹叶栀子水，凡所有相，皆是虚妄！莫执著！”

啊？究竟怎么回事？

他晕头转向地回到课堂，突然发现昨天感觉要断了的腰骶怎么不痛了，痛去哪里了？是泡的那个不知什么汤的作用，还是采补了日精？是阳气充盈了给人充了电了？呵呵，他想着，自己就摇头笑了起来，又想到：我是超越了痛还是超越了自己的意识？想着想着，就想起今天大家干活儿都挺积极，还有的边干活儿边摘瓜果吃，好像只有自己在地里被腰疼折磨，哈哈！身体轻松的感觉真好！哈哈，被整得真真假假也不错，原来学习可以这么有趣！比过去死读书有趣多了。

今天再听老师讲话，不知是腰骶的轻松使他听得格外清晰，还是心情变化了，反正前几节课他时常精神恍惚，漏过了太多精彩内容。

只听今天老师讲：“我们老想着驱除杂念，杂念就像您们种菜浇灌的粪肥一样，是养育蔬果的营养，缺了这些大粪，蔬果怎么有机地生长呢？意识中的杂念是养育您清净的资粮。《心经》云‘色不异空，空不异色。色即是空，空即是色’，色和空是不二的，不二的意思就是既不是一，也不是二，不一不异，异的是相。大粪在您身体里时，您怎么不觉得有异？感觉是自己的一部分？排出了就觉得脏臭，会嫌弃它，那是因为您只会看见而不会看。”

哦？他一愣，看不就是看见吗？再仔细想不对，看未必都看得见，见是有个实体，看却是属于功能。哦，这老师是学什么的？这么厉害？真不能走神啦！一走神，老师在台上的数语就又没听见，当大家哄然大笑时，他的意识才马上回归。只听老师在说：“禅的修养法，从来都不是像杀老鼠蟑螂一样要杀死敌人，杂念不是敌人，癌症也是您自己细胞转化出来的，修养的力量就在于能转！转，就像风火轮一样，能转能运，气就升起了。一念成魔，当然也能一念成佛，转就在一念，一念就在当下，当下了然，无处不通。”

有同学问：“老师，我也想转，也想清净，可坐着腰痛怎么办？不是我不想听课，实在是坐着难受，所以念都在痛里了，大家在认真听讲，我却和自己的痛在打仗呢！”

咦？这位同学怎么和我的想法一样呢？且听老师怎么回答：“我们都知道农民每天弯腰弓背在地里劳动，农忙的时候整天没有休息，为什么您们弯腰一小时，坐一会儿就累？因为您们已经适应了舒服。为什么都是腰痛？腰骶位置是人体最古老的位置，动物的尾巴就长在骶骨，从腰到骶这个区域的通畅和大脑活跃度直接相关，您做农活时这里先发酸发紧是刺激到了您平时淤堵的部位，普通人平时运动不到这里，如果不先刺激到、活动开，而是直接进入打坐，通常反而会更加淤堵。你们有没有意识到，刚来的这几天，所做的动作几乎都在刺激这个部位？初期的修养是锻炼您们提高意志力、专注力，将你们平时发散的注意力转回到自身，提肛收腹，运动腰骶。酸痛是一剂良药，提醒您这里有问题，唤醒您的反思和觉知。我们看看蛇，它只有一根脊柱，却能灵活穿行，直立上身，这都是脊柱传导的灵敏性。您们现在就是要恢复原始爬行动物的本能觉知，让身体有延展性、伸缩性、弹性。”

喝了口水，老师继续说道：“凡事都有度，度就是适，许多人奇怪咱们的练功为什么和别的地方不同！因为时代不同，需求不同，东方生命修养要适应现代人的问题，从静坐开始，从静坐起修，所以我们的太极修炼也不是遵循传统太极拳的打法？太极拳也不是固定不变的，现代人练的陈氏、杨氏太极拳不过是清朝时期的拳法，而还有一种轩辕黄帝留下的太极功夫，因其在常山偶见蛇鹊之战，藉蛇缠鹊跃战斗之机，由此悟义而发明太极功夫。蛇形柔软而缠绕，鹊形迅捷而刚硬，蛇缠鹊跃，阴阳相济，刚柔并重，变化无穷。这的确是太极功夫一阴一阳谓之道的原始演绎。历圣相承追至宋元，各位太极先师抚无极、太极、八卦错综之义、阴阳相推之理、五行生克之情、八门变化之机扩而充之，衍成各种太极功夫。太极功夫包罗万象，哪里就仅仅是太极拳？太极大道一如人身气机乃自然之流通，一如地下水亦有必然之水路，每一水路各自形成一轨道，哪有什么固定不变的修法、招式、套路？将一杯水倒在桌面，即可见到水向四下散流，而水的流向自会循一定的路线，功夫的发展和人身内的气路亦是一样的，自然而然，因时而变，因地制宜，各有轨道，我们千万不可用人为的概念去规定某某功夫就必须要这么练！中国医经中曾讲到过十四经，习静坐而坐久后有所成的人自能体会得到，果真已通经脉之人不必使用意念去驾驭，气机会自然流行，于十四经络自行流注。有时在不知不觉间，气机自己起了动静功能，这不是人所能人为控制的。在气机的动象中，发现太极功夫的原理亦是。”

他听着有些走神，突然，听到老师又说：“普通人身体上下为两截，相隔不通，呼吸仅及胸腔，久练之，渐渐可达下腹。我们提高修养不是为了和人技击、对抗，而是要先疏通自己的经络，使得筋骨正位，在此过程中转化自己的心魔，要学会内观、内运、内求，转杂念为资粮，提高禅定的能量，化红尘为净。而如果从站桩开始练，初修者站不了几分钟就站不动了，如果从套路开始练，我就要和大家先讲角度，也就是方向。太极套路联系手之运动有‘八方’，足之运行有‘五步’。手八步五其数十三，故称‘十三势’。《太极拳论》云：‘十三势者，掤、捋、挤、按、采、挒、肘、靠，此八卦也，进步、退步、左顾、右盼、中定，此五行也；掤、捋、挤、按，即乾、坤、坎、离四正方也；采、挒、肘、靠，即巽、震、兑、艮四斜角也；进、退、顾、盼、定，即金、木、水、火、土也。’练太极套路即怀揣八卦，脚踩五行。”

老师说着，喝了口水，继续说：“练太极套路的方向，一般以起势的方向确定以后，各势的方向也都相应确定了。开始练的时候必须按照各势规定的方向，不可任意偏转。所谓太极套路的方向，包括两脚的相对位置、动作的方向、眼神顾及的方向、两手的相对位置、手指所对的方向等。扣脚、转腰、迈步、落脚、出手、方向都要合度。如抱虎归山，起始面向南方，两脚尖向南。做动作时左脚尖扣向西方即转脚的角度为 90°，一般至少要大于 45°。若扣脚不到 45°，转脚不到位将形成脚尖夹角大于 90°的弓步，有劲传不出。有人开始转脚不到 45°，在弓腿过程中靠转动蹬腿的脚跟或脚尖来改变脚尖方向，这就不对。因为，弓腿的过程正需要蹬腿的脚从地面传劲，此时脚步摇摆不实，不利于发劲。凡落脚，都要在适当的位置，都要有适度的位置，都要有适度的脚尖方向。所以要这么练，搞清楚八门、五步、十三势的方向、角度和乾、坤、坎、离正方，巽、震、兑、艮八卦定位，正斜角方向不可偏差，角度均应合度，您们需要多长时间？这就又变成知识了。学得越多，您的意念越是放在外面，就失去了太极修炼的核心了。”

他问：“是不是学物理的人更容易理解太极？”

老师说：“太极不是要您去学八卦、学物理角度、学出拳蹬脚站桩的，太极功夫更接近儒家的‘素位而行’修养法，素位乃素心，心安本分，敛藏审慎，制心一处，心要在修炼中知返。素位才是正位，君子安身立命，正位是当位，也是活在当下。反过来说不在正位就是不知进退，普通人在工作中本来就心烦意乱，失心失位就错位，过来修炼又要学一大堆套路、速度、高度、角度。许多学校教太极拳，不去纠正基本功，只是追求摆姿势。拍照好看不就是为了炫耀？人失去正位，就是不当位，修炼是为了定力，定力不够、德行缺失就会被名誉、利益冲昏头，成功的时候妄自尊大，失败的时候又妄自菲薄，素，乃平常，素心自谦，不出其位。不自贬，不膨胀，一切按照当下实情随机应变，既不脱离实际，也不痴心妄想。”

有同学问：“老师，度越大，人就越自由吗？”

老师笑道：“当然啦，普通人就是局限大，所以身心的度都不大，度不大，自由度就受限。例如，普通人的大脑对于温度的极限忍耐程度约为42℃，温度超过了，人脑中用于思考记忆的那部分蛋白质就会发生化学反应，并且这种反应是不可逆的。当这种反应发生，人脑也就会变成失去生命力的固态物体，人就成了植物人。然而相对大脑 42℃的温度上限，心脏的温度下限大约是 35℃，也就是说 35℃之下的心脏将会停止泵血，这与大脑的 42℃极值对应。生命如此脆弱，人体温度的阈值上下限仅有 7℃。那么修养呢？从身体的角度讲，人体阈值的各种上下限都要大大提高，许多大修行人为什么可以多日、数月进入无呼吸、无心跳的禅定状态？为什么可以单衣在寒冷环境中长期生存？为什么可以多年不吃熟食、不进油盐？为什么能有透视、内观、预知等能力？为什么普通人一靠近大修行人，身心都会有不同觉受？有的感觉有一股洪流，有的感觉一股热气，有的感觉如入花海等，这都不是特异功能，而是色身转化后的自然现象。”

同学问：“转化由什么决定？”

老师说：“我们先从宏观上看看，如果地球离太阳的距离再靠近 1%，地球中的生物几乎将不可逆地丧失生命。也就是说 1% 的宏观变化可能摧毁近乎 100% 的微观生态，那么反过来呢？微观 1% 的变化可以改变多少宏观？如果原子核变化了，或者量子、光子变化了，宏观将发生怎样不可想象的改变？其实改变人类历史的，从大往细看，都是微观上的某个人、某件事或者某人的某一念。是人在书写历史，这是无论正邪的，取决于起作用的那个人心中萦绕不去的念头是智慧利众的，还是狭隘自私的，其结果是历史转折的方向会天地悬隔。可见对生命、对社会、对地球起到影响的是微观，一个有影响力的人心中的念头是正还是邪，决定了其影响范围群体的走向。

“我们提倡人人需要修养即是着眼于越有影响力、越有能量的人越需要修养啊！修养的作用是由微而入宏，由念而作用于人的行住坐卧、事业家庭乃至社会环境，所谓修齐治平。之后再由宏入微，由大环境对应人的微环境，如此循环往复，生生不息。我们通过向上一路的修养进入更微观的密密世界。修行的人从粗心粗身，转到细心细身，再到微细心微细身，层层进入。凡人常认为微不足道，其实恰恰相反，是微当足道才是。不仅是修行，人的生活也要从小事做起，从细节入手，见微知著，由微入宏。《尚书》里有一段记载，周武王灭了商朝，声威显赫，四方蛮夷都来进贡。有个叫旅的国家进贡了一头獒犬，高大威猛，颇善解人意。武王爱如至宝，召公害怕武王玩物丧志，劝武王修德慎行，他说：‘不矜细行，终累大德；为山九仞，功亏一篑。’现在有许多人认为人要大方，要不拘小节，这是一种误解，不拘小节是对他人宽容，而对自身的行为举止则要谨慎严格。如何能做到‘居上位而不骄，在下位而不忧’？心中没有位，知道位是因缘和合的、无常的，没有位的概念，因时而动才是正位。微和宏，是太极法界的两端，一一毛孔，无量刹海。它们之间的关系，是无形带动有形，有形再分解为无形。原子核再细分是无形还是有形？您的能量变了，世界还是那个世界，而您却不是原来的自己了。宇宙是新的吗？宇宙变过吗？能和量变化了，时间、空间、无形、有形、速度、状态都会变化。”

同学再问：“老师，我们从何开始进入这种境界？”

老师答：“从知止始，知止方能反观，方能不被外界诱惑所牵而注重修身。否则，修身变成了业余爱好！为人君止于仁，为人臣止于敬，为人子止于孝，与国人交止于信,《大学》曰:‘止于至善。’修身不是健身运动，而是从修正观念开始，人要习惯反观自己的自私、自是、散漫、马虎、粗心，要知道凡事不能细心非不能也，是不为也。没有错误的人，只有错误的用。一切的问题可以从自己这里找到答案，因为自己的自私、小气才会因小失大，一切的对错只是角度问题、时间问题、认识问题、度量问题，解决方法从自己这里找会更快、更有效。德行具备的人能和‘同声相应，同气相求’的人在一起，共同通过修养认清自己。故‘继之者，善也。成之者，性也。成性存存，道义之门’。修养从知止始，知止从默言始，大家习惯独立思考，逐渐可体会身心发生的不可思议的变化。例如，感觉自己精力越来越充沛，思维越来越敏捷，观察能力越来越细微，情绪越来越稳定等，整个人仿佛空空松松的，这是元炁充盈了，最后人仿佛能融化在空气里，显露出和万物一体的朴实、平常、自然、多变，这是一种应急而变、随机而动、没有定相的定。”

他听着听着又开始跑神了，啊！怪不得要认真学打坐，要认真地慢行禅，怪不得这里的老师走路看上去虽然慢都很稳定。

他突然发现老师不知为什么下了台，走到一位同学身边指着她说:“她的腰骶错位多年，经常坐骨神经痛，就是因为认真修炼，这才一年多时间，坐骨神经不痛了，人精神好多，并且督脉的气机逐渐打开了。您们仔细观察现在她打坐的姿势、气息和您们有所不同，她用的不是皮毛上的力气，而是能逐渐学会调动元气。她是怎么打通气机的呢？我让她回家每天艾灸，今天下午也会安排您们互相艾灸，为什么要艾灸呢？药之不到，针之不及，以艾灸之，大家到时候可以用心体会一下。我们的艾灸法是用大艾条靠身体要尽量近一些去灸，这会出现几种情况：第一种是被灸者有刺痛般的灼热感，可是艾条一拿开，用手摸灸处却是凉的，说明此处经络淤堵，身体不接受阳气，产生排异反应，这时候就更要灸了，不要怕烫，一拿开就不烫说明是假烫，阴阳双虚，火自当之啊！第二种情况是艾条离身体很近，灸了感觉舒服，也却不觉得热。这里又分两种不同状态，一种是身体虚过头了，温补感觉舒服，可是自古艾灸的作用不是为了加热，不是为了舒服，只见温不见火叫养生。被灸者人觉得温煦、温暖、舒服不是艾灸的原本作用，要突破假象从刺烫的感觉中突围，将火烧火燎的一股火气，注意不是热气而是火气，直接注入体内，这才能帮助打开，刺烫的灼热其实就是假象，身体不通时您用手摸身体灸了半天的地方的底层还是凉的，灼热感不过是身体本能的自我保护。另一种情况则是经络通畅了，身体能接受到阳气的补充，艾条的阳气循着经络在体内高速运转。”

他问："怎么辨别呢？"

老师说："虚的人虽然不怕热，但无论怎么灸，底层都不热。而经络通畅的人，能明显摸到从底层发出的热能，源源不断，持久不息，这种热保持得越久对疏通经络的作用越明显，这叫'循经感传'。阳气能像电流一样在经络里畅通无阻，也就是说唯有到了这种情况下，真正达到促进运化淋巴液、加强代谢、加速排毒的作用，也就是开始作用经络了。但要记住艾灸只起到修炼初期的辅助，初修者由于身体过分淤堵需要借助外力强攻，有一定内力的修者自己体内能够自发元阳，也必是自身元阳才能巡经周天运转，才能时时刻刻不受任何条件影响地作用于身心，驱散无时不进的寒湿邪毒，驱散心念中的阴霾。修养的根本不能依靠外力，外力只是初期的方便！大家还要知道艾灸的神奇之处不在养生，医家用于治病，修者用于生阳，现在外面的艾灸都是温和养生灸法，这是从清朝开始盛行的，古时候灸法大部分是在皮肤上直接灸的。"

他瞪大了眼睛，生怕听错了，直接烫皮肤？哎呀！烤肉吗？酷刑啊！那些养生馆的技师给人艾灸，艾条都离得老远，舒舒服服地可安全了，他也常去，每次一灸就想睡觉。这么说艾灸不是温疗？

老师似乎知道他的想法一样，说："把艾灸当加热，还不如抱个热水袋、盐袋呢，也可以去桑拿啊！舒服的艾灸和扶阳没什么关系，‘灸’的字义分为‘久’和‘火’，灸法是治病的，艾柱直接在皮肤上烧，快烧没时熄灭为一炷，反复灸多炷，古人有‘灸疮若发，去病似把抓’之说。灸出来的疮毒是将身体里的病邪祛除体外的一种表现。清朝以后，人的耐受力越来越差，加上西医的传入，普通人绝对不敢再用这种‘疤痕灸’，怕灸疮化脓和疼痛。岂不知这正是艾灸的神奇之处，灸疮是无菌环境人为制造的，一般不会造成感染。《小品方》上说：‘灸得脓坏，风寒乃出，不坏则病不除也。’《针灸资生经》说：‘凡著艾得灸疮发，所患即瘥，不得疱发，其疾不愈。’《太平圣惠方》上说‘灸炷虽然数足，得疮发脓坏，所患即瘥，如不得疮发脓坏，其疾不愈’。清代以后古法已失传了，艾灸逐渐变成了温补保健。我们今天修炼，不是要您们恢复古法，我也知道您们根本承受不了。”

哎呀妈呀！吓死人啦！他还以为今天直接烤火上身呢！烙铁啊？

老师指着那位女同学笑道：“您们别怕，她也没有直接挨着皮肤灸，这不湿寒也被祛除了大半？今天和大家说是让您们至少要知道古人和现代人在思维、行为、胆识、气魄、耐受等方面是全然不同的。但虽然不挨着皮肤，您们每天下午艾灸，也不是保健养生，而是疏通气结，运化气机，扶阳驱邪。您们功课前可以都去摸摸她的灸处，她现在的内热能保持一天，持续滋养气血，您们什么时候保持和她一样的时间，就是初步起作用了。您们自己的气起不来，身体寒凉湿邪，所以打坐会痛，下地干活会累，用艾灸辅助气血运行后会好很多。您们修炼水月太极的每一个动作都是需要气带动的，如果气不能及时生发，就变成了大家过来学体式。学体式，您们去武术馆、瑜伽馆学得更全面。东方生命修养的修炼分为四个次第。第一步就是要气血疏通，通过修炼打开身体不通的淤堵；第二步是滋养脏腑，令脏腑功能恢复，脏腑功能是个平衡功能，太强太弱都不行。太弱则无力，太强则压制伙伴，所以要平衡；第三步要强骨和深筋膜，骨和筋膜比较深层，骨不正不强，则生命力不强建，筋膜如果不够柔软有弹性，不在正位，则无法疏通十四经络、奇经八脉。而这一切的修炼都是为禅定打基础，定力才是水月太极的真正关注点，由定发慧，由慧生定。那么大家说说，为什么定是发慧，而慧是生定？这其中有什么区别呢？”

他和同学们面面相觑，哑口无言。

老师说：“‘生’是渐，我们说妈妈生孩子，不会说妈妈发孩子。‘发’是顿，我们说发作，不能说生作。生，包含了养和育，这是个由量变到质变的过程；发，包含了展和挥，是当下的灵活起用。故此，‘生’是阴，我们看动物、植物出生前，都有大量积累的过程，冬天看上去万物肃杀，实际上蕴藏着无限生机；而‘发’是阳，是顿时能散发出万丈光芒。生定，是母性十月怀胎、大悲同体之养育的过程。发慧，是父性之布施广播、无缘大慈之唤醒的瞬间。一阴一阳谓之道，定慧不离的修养为不二。我们刚才说到许多大修行人禅定功夫深厚，可为什么经典、历史上真正记录这些的却很少呢？”

他和同学们继续目瞪口呆地看着老师，不知如何回答。

老师说：“功夫是自己个人的自证境界，都是需要自己善护的，这就像妈妈肚子里的孩子一样，是自家珍宝，明明胎儿存在，但能拿出给别人观摩、炫耀吗？如果未足月而示人，会祸及胎儿及自身性命。永嘉禅师在《永嘉大师证道歌》中说‘但自怀中解垢衣，谁能向外夸精进’。定力、境界、功夫全是自己的自证量，如果自认为修行很好向外夸耀，这就是傲慢，修养是为了改变自己的不良习气，是时时自省、勇于舍弃旧我实现新生的过程。有些人修炼是为了做给人看，是为表演，不知不觉间走上了邪路而不自知。对于学养深厚的人来说，自悟、自修、自证是本分，没必要去炫耀。不炫耀不等于说没有，炫耀的反而证明不足。什么叫垢衣？炫耀心就是垢衣，清净心就是白衣，为什么用了个‘衣’？衣有覆盖的意思，如果被争斗心、谄曲心、虚妄心、思量心、比较心、炫耀心等无量的妄念所蒙蔽，这都是自性上的垢衣。如果修行人心清净、如法、慈悲、喜舍、广大、高远、深邃无底，这就是白衣。修人一念回光返照，自性大放光明是解垢衣，也就是心解脱。我们提高自身修养是为了心解脱，否则练出来的叫花拳绣腿。功夫修为不是为了表演，要看表演您去歌舞厅看，去杂技团看，保证赏心悦目。心解脱的人没有虚荣心，不会认为自己会什么、有什么，不会好为人师，不会争强好胜。通过修炼将自己在无量劫中所积累的习气污垢转化为心解脱的资粮，有了功夫从而在遇境的某一刻，顿时散发出自性的无穷妙用。古人说：‘但有去翳法，别无与明法。’就是说病根去除后自然身心安乐。而现在的人往往认为我的财富达到什么程度，我的名望达到什么程度，我的学问达到什么程度，我就有安全感。公司呢？仿佛只有人才济济就会立于不败之地。《易经》说：‘亢龙有悔。’人才济济未必就是好事，不懂善用，人才越多矛盾也越多，互相克制的力量也越大。学富五车、财源滚滚也不见得吉祥，财富多要能善用才养人，否则就是害人害己。”

同学问：“老师，我们也需要功夫定力，定力是不是静坐不动就行？”

老师说：“静坐不动和定力是两件事，坐着不代表有定力，有定力的人是无相的。不过您们现在，第一步要学的是不动，因为平时动的太多了。可修养越往深层，动越看不见，这是以后的事情，现在您们需要注意不是胳膊的力量而是要从尾椎发动，传于脊椎，以腰为轴，达于四肢百骸。练得到位时，大家就会明显感觉到力发于脊，气源于底，这就不会是死力、拙力，而是能将全身之整力运送于一端而后放出，这才叫有劲。您们现在炼的是内劲，不是蛮力。好了，我们现在去准备艾灸。”

这一大段话，他认真听进去了，听着听着顿觉海天辽阔，自身微渺。想起了宋朝茶陵郁山主悟道时说的偈语：“我有明珠一颗，久被尘劳关锁，一朝尘尽光生，照破山河万朵。”

医道

事业越成功、官做得越大的人，就越需要丰富的精神生活，否则身心最容易分裂。

他已经在山里的学校住了两年多了，从一个重病患者到今天活力四射，身心的转化真的不可思议。

两年多前，查出绝症后，他不顾家人反对，毅然决然丢了药物走进山里。这以后他有事没事就泡在学校，采药、制药、学瑜伽、打太极、唱诵、爬山，还给年轻的老师当助教，反正校长安排他做什么就做什么，给娃娃们当帮手好啊，他感觉自己也年轻了呢！

反正自从进山，他是再也没有吃过药。这两年来也曾遇到过几次严重的身体不适，但他心里不再恐惧，死就死吧，人孰能不死？所以不适的时候，他就躺在屋里听着门外的读书声，跟着声音一起背书，能勉强坐起来的时候，他就一遍一遍做茶熏，有一天居然做了七遍，他自己都不敢相信。最难过的时间是一分钟一分钟地熬着数着过的，难受也逐渐过去了，他发现恐惧的力量是自己给的。心里不怕了，恐惧没了，病似乎也没那么重了。

这不，他就这么一次次在死神手里把自己救了回来，战胜了自己的心魔，心逐渐稳定下来后，病，也不知不觉减轻了。

有一次校长从山下回来，听大家说他发病时就这么硬挺着，就批评他不该不去医院，校长说："人有自愈能力，不依赖医院不代表拒绝医院，急性病发作的时候不应该自己硬抗，该去还是要去！"

他就笑着耍赖皮："是您告诉我人体健康是个系统工程，人体是整体系统，内外环境有关联，饮食、情志、睡眠、运动、静心、营养、保健、修炼、读书等统统有关联，医药救治是末医阶段，去了医院头痛医头脚痛医脚，也不问病人整体关联性，我都这么大年龄了，自己知道自己要啥了！寻到自己的方向，死了也值了，不想再折腾！其实在房间里熬着，身体虽然难受可我心里挺放松的，比去医院插管、化疗踏实多了。您放心，我不怕死神！"

校长就看着他叹了口气，笑着摇摇头走了。

一晃过去了两年多，他也是最近才回家，回家的原因是他要想办法把儿子带来。今天，他终于第一次说服儿子跟自己一起来到这个隐藏在大山里的学校学习。当下午从雾霾缭绕的都市起飞，父子俩在飞机上都昏昏沉沉地一觉睡去，醒来一睁眼见到窗户外北国积雪皑皑的山川时，他瞬间苏醒了。

太阳懒懒地正要落下，从窗外能见到远处的村庄炊烟袅袅，村庄依稀如珍珠一般散落在大地上，轮廓被天边的红霞渲染着，烟霞笼罩仿佛一抹轻纱，不经意中搭在山头。几间小房子宛如几位披着头纱待嫁的新娘，仿佛有一丝羞涩挂在脸上，在万物的注目下含情脉脉，俏身而立。

透过机窗看天地，仿佛绝美的舞台上铺了一层雪白的毯子，飞机继续降落中，路边的红松清晰可见，被银装素裹着显得格外亮丽。再降，就连道边的荒草也看得见了，它们都穿上了毛茸茸的白衣裳，太阳的余晖将道道金光洒向这银色的世界。树梢上的鹊鸟也不甘寂寞，随处上下飞舞，吟着晚秋的歌谣。风萧萧兮白山舞，云落落兮雾气飘，飞机终于在这冰雪世界中降落了。

他和儿子走出机场，儿子不停地向空中呼气，看着白气一股股升起，他哈哈地笑着。他想，不身临此境，不会体会到白气氤氲。朦胧一片里，雪很大，空气却不冷，不会体会到雪的温度。每次进入空灵曼妙、静谧素白的仙境，他都有种不真实的感觉。梦境和现实哪个更真实？在梦境中，梦境就是现实，那么为什么在此刻的现实里，他却感觉虚幻呢？真，看不见，摸不着，触不到，实的一定真吗？真的一定实吗？天边印出了一轮淡淡的圆月，对了，今晚是九月半啊！月亮又大又圆。月是真实的吗？月亮是和地球一起出现在天空中的吗？

上了车，往学校开的缓行中，他看到一脉脉流云似泼墨般穿过月亮，又是正好将月亮镶嵌在中央，如皇冠一般。

他已经快七十岁了，从四年前得知自己的重病，经历了一年多的治疗，去美国求医也有一年，头发脱光了，牙齿脱落了一大半，原本胖胖的身体变得骨瘦如柴。一次好友硬拖着回国后了无生趣的他来见一位老师。刚见老师，他很惊讶，没想到在和他同龄的好友嘴里满是敬仰的老师，居然是一个年轻女子。一袭紫衫下，老师脸上满是笑容，好奇心驱使他认真地和这位老师交谈了许久。他们的话题就围绕好友和身体恢复以及他的病情展开，老师笑眯眯地谈起了东西方医学的差异和什么是医道。

他从小受的教育让他心里就没有信过什么草药、中医和精修，老师就和他说了许多修养的神奇之处。老师说汉代名医张仲景和王仲宣之间的故事：据《甲乙经序》的记载，当时官居魏王侍中的大文豪王仲宣是在二十多岁时遇到张仲景的，王仲宣当时善属文，其诗赋为建安七子之冠，又与曹植并称“曹王”，正是风华正茂的时候，张仲景说他四十岁眉毛就会脱落，他认为这不过是危言耸听罢了。可到他四十岁时果然眉毛开始脱落，就着急了，再寻张先生却了无踪迹，一百八十七天后眉落而死，那一年正是建安二十二年春，他在返回邺城的途中病逝，当时的曹丕还是世子，亲率众文士为其送葬。为了寄托对仲宣的眷恋之情，曹丕对一众好友们说：仲宣平日最爱听驴叫，让我们学一次驴叫，为他送行吧！于是，一片驴鸣之声响起。这就是历史上著名的“驴鸣送葬”。葬礼之后曹植又作《王仲宣诔》，可见曹丕、曹植二人与他的交情确非寻常。

他像听神话一样听老师讲这些，老师又对他说：“古人的记载不能深究，历史本来就是不能深究的，但这里面传递的信息不是要神化张仲景，而是告诉读者，中医是能预知的。关于预知能力我们还能从春秋战国的史书上找到许多，据《左传·成公十年》记载：晋景公于公元前 581 年，生了一场大病。一天，他梦到一个披头散发的恶鬼在玩命追赶他，那个恶鬼一边捶自己的胸膛，一边对他破口大骂：你居然杀光了我的全家，我做鬼也要杀了你！景公醒后非常害怕，于是，忙召桑田巫来，桑田巫看后说：您这病很重，活不到今年吃新下来的小麦，景公不相信，再派人去秦国请名医医缓来。医缓来之前，景公又做了一个梦。这次梦到两个小孩子，一个说：医缓要来了，他医术非常高，我们会不会被他杀死？另一个答：不会的，到时候我们就躲到肓之上，膏之下，这样就不会被他杀死了。医缓到后，见了景公，就说：您已经病入膏肓了，没人可以救得了。景公听了就认为医缓真是名医，因为和梦中小孩讲的一模一样，这段历史留下了‘病入膏肓’这个成语。转眼到了小麦收割的季节，景公想起桑田巫的话，就让人赶快去抢收新麦，新麦收割下来，景公命厨房马上做饭，等着饭熟的时候，他忽然觉得肚子很痛，便去如厕，谁知一去不回，他就成了历史上唯一的掉进粪坑里淹死的国君。”

他听得乐不可支。

老师接着说：“春秋战国时期是我国医学发展的重要阶段，其时巫和医之间还没有太明确的划分，医者在三晋地区的活动最活跃，当时的三大名医医和、医缓与扁鹊均曾在此行医。医缓给景公治病留下了‘病入膏肓’

的成语，四十年后他的后人医和给晋平公治病留下了‘蛊惑人心’的成语，医和虽是医缓的后辈，但他不仅医术超群，其‘上医治国’论和‘六气致病’之说令他光耀《左传》。”

老师笑眯眯地在如数家珍，他听着听着便感觉到了自己对传统医学的无知，他问：“我也知道古时候医、巫不分家，可是毕竟中医比西医落后，急性病和肿瘤都不能手术，光靠吃药多慢？”

老师说：“不能这么说，中医比西医的手术史其实早了近两千年！《三国志·魏书·方技传》等史书曾多处记载华佗做手术的事迹，西医需要通过各种仪器检测病情，而华佗却可以通过道眼观测病体，如他曾对一病人说：你病得很重，而且病在腹部的深处，要治好病就必须开刀。可你的自然寿命还有10年，在这10年中，病情发作不会要了你的命，所以你可以忍着点，就用不着挨一刀了，此病人果然10年后自然死亡。古中医中的免疫接种、腹腔穿刺、麻醉、止血等技术比西医早了两千多年。据《史记·扁鹊传》记载，当时有位名医叫俞跗，能‘割皮解肌，诀脉结筋，搦髓脑……湔浣肠胃，漱涤五脏，练精易形’，‘搦髓脑’就是开颅手术。中医能做开颅手术，据史书记载最早的是太仓公，那是在公元前150年。”

他惊讶地问：“中医比西医先进这么多年，为什么今天信中医的那么少？好像大家的心态和我一样，遇到大病只能找西医，只有西医放弃治疗了，才找中医死马当活马医。”

老师说：“这要从1822年清政府下令：‘太医院针灸一科，着永远停止’说起，中医从此开始出现了不祥之兆。1842年，鸦片战争失败后，中国的大门被打开，西方各国以教会的名义或形式陆续在我国大城市开设医馆、医院，西方医学开始正式在我国落地生根。到了19世纪末20世纪初，随着全面的对外开放，更加上留学国外的医学生陆续回国，兴办西医院，西医力量逐渐兴起，西医思想逐渐广泛传播，中西医的冲突开始逐渐愈演愈烈。中医受到西方医学的大力冲击，并不仅仅是疗效的问题，还是治学思想与方法被质疑和否定。鸦片战争之后，民族危机、社会危机日益严重，上至士大夫，下至有识之士，纷纷探讨造成失败和危机的原因，寻求富国御敌之路。传统文化开始受到质疑，主张经世致用，重视具有实用价值的西学和新学逐渐成为社会思潮的主旋律。尤其是到了新文化运动时，'矫枉必须过正'的方式被广泛使用，持民族虚无、全盘西化观点的一方获得了最终的胜利，并登上了最高的历史舞台，包括中医在内的很多传统文化从此进入了发展的低潮期。甚至汉字都差点没了，要用西方的字母来替代。"

他惊讶地合不拢嘴，老师继续说："新文化运动的急先锋，胡适、章太炎、鲁迅等都明确反对中医。晚清经学大师俞樾写了一部《废医论》，其中谬误之处颇多，但俞樾知名度极高，对后来上层社会的决策起着很大的影响。到了民国之初，排斥中医的活动开始从民间走上官方。南京国民政府时期，歧视、摧残中医的活动达到高潮。其实中医自身几千年来自有一套理论构造与历史传承。可是时至今日，中医在为自己的生存寻找根据时，却忘掉了自己的语言，而是吃力地去求助于另一种语言体系，来证明自己的合法性与真理性……表面上科学化了，但实质上中医的内核却融化了。有人认为，中医的理论是不科学的，模糊不可实证的。那是因为他们已经习惯了现在的实证观念和思维，认为你是你，我是我，所以无法认同你中有我、我中有你的观念。中医的阴阳理论反映的是平衡，五行学说反映的是整体的相关性，这些可以说都是中国文化最根本的理念。所以中医的存亡，其实牵扯到中国文化根本精神的存亡。"

他点头说："是的，我被查出病后，就去找各位名医，有一位知名医生告诉我，现代西医对癌症治疗存在两大弊端：过早地诊断，过分地治疗。西医认为一定要把癌细胞消灭干净，不然就可能转移。所以有些病患不是死于癌症，而是死于过分治疗。手术、化疗，他告诉我这些方式对身体伤害很大，能不用尽量不用。癌症其实没有那么可怕，不一定要割除，也可以和癌症并存，其实，现在西医也在批评这种对抗疗法，倡导顺势疗法。"

老师点头，说："用整体的辩证的思维来看待生命体，是中医的基点。它把一个人看作是一个整体，生病不是某一个部位出了问题，而是整体上有问题。所以治疗也不仅针对于某一个实际的病，而是从饮食、起居、心理、哲理各个方面进行总体调节。中医强调整体和局部的关系，整体中的每个部分都息息相关。然而以药为主的现代中医和强调天人合一、治未病为主的古中医差距是巨大的。这差距不仅仅在药剂和手法，而在现代大多数医者缺乏了传统修养，内心的格局、境界、修养水平和古医者相比不可同日而语。中华文明本是最讲究天人合一的文明，中医属于灵性医学，医者如果缺失灵性，就失去了中医的核心。医患之间的沟通缺乏了心与心的交流就如同画龙不点睛，只剩下空壳了。"

他苦笑："现在看病就十几分钟，哪还有什么心与心的交流啊？"老师说："现代医生往往相对缺乏个人修养，不像古代医者大部分是自己修行的道士或者修人。天人合一啊，感通啊这些，都不是教室里讲课讲出来的概念，而是要有实际的修炼而得的自证境界。失去了修养，中医就只剩下'医'，而没有'中'了。中，即医者能不偏不倚奉行天道，能率天命而行修道、为教之职，这才叫悬壶济世啊！现代多数中医师只知背古方，几乎不知古医者应用之妙，古医者的思想是建立在天人合一的动态变化基础上的，不是建立在药剂、针灸、推拿等技术上的。达不到动态平衡的阴阳和合境界，或者不向这种境界发展的医生就不可能用真正中医的思维去理解和帮助恢复天地、自然、万物与人的病态关系、人与人的病态关系、人与自心的病态关系。这些关系不重建，中医就变成了和西医一样，头痛治头病、腿痛治腿病，好一点的知道再往前推一级，知道去往阴阳不调、气血两虚上找，但这也还只是术。阴阳为何不调？气血如何不虚？靠吃药能调、能补吗？有医生建议病人去练五禽戏、八段锦，这就又进一步了。但华佗制五禽戏也仅仅是对治世人懒惰的方便，他自己又不是靠五禽戏得道的。"

他频频点头。老师继续说："古人为什么叫'看病'？包含了望人、闻味、感应、听声等全方位的自他气场交换。‘望’不是眼睛望，而是感而遂通，用心望，用神汇。万物都是灵性的，故而神与神能交汇时，彼此就没有啥秘密。很复杂的病情、不可告人的隐秘在瞬间无碍交换，医者通过这种感应而已知病情之八九，能看而治之、望而治之谓之神交。至于问诊、切脉此已属下乘，再至开药更是末技。上药三品本是精气神，多数人尤其是现代人，缺精、少气、无神，精神状态几乎都不好，身体反应出的病症是浅显的症状，而精神层面的无聊、无趣、无知、无明，使得多数现代人的精神生活庸庸碌碌、乏善可陈，精神生活只能靠低俗的物欲、色欲、权欲来刺激。这就如同吸毒一样，吸一次能感觉上了天，药性过了就感觉进地狱。普通人的精神也像吸毒一样，被股票、升迁、上市、职业、家庭所牵，心情一次次地时刻往返在天堂和地狱之间。”

他说：“是的是的，事业越成功、官做得越大的人，就越需要丰富的精神生活，否则身心最容易分裂。”

老师说：“身心本身一体，中医叫形神一体，神是含了念和意的，念和意能转化为行动，念和意不清净时，人最容易做出匪夷所思的傻事、心态不正常的决定。生病，多源于心病，心态不正常，心浮气躁，那怎么办？靠自己修养和对症下药是不同的境界。真正的高明医者都是从转化念和意来行医的，为什么古时候巫、医不分家？因为这是道！不是术。例如现代人最常见的焦虑啊、抑郁啊、自闭啊，等等，古代都是一个病，就是身心的精神能量不够了，无论是极度自大、极度聪明还是极度兴奋，其精神世界是荒芜的，精神领域是匮乏的，当能量低到一定程度时，就会大爆发，发出来的症状因人而异。而许多人对外冠冕堂皇，身份地位高不可及，其隐秘的内心世界苦不堪言，这些心病唯有感而遂通者能体会。病人如果不愿意说，切脉是切不出来精神问题的。”

他若有所思。

老师继续说：“其实世间的地位越高、压力越大的人越容易精神失常，而这一点，却时常被人忽略。能量极低时病人的表现未必消沉。精神病是影响意识和心智正常运作的，病人时常会做出的行为或极端亢奋或极端低沉。人会做出各种匪夷所思的行为，但异常未必会表现在身体上，身体在能量极低时也未必能查出什么异常，相反这些人看上去还可能挺好，就像回光返照一样。”

他忙说：“哎呀！我儿子就这样啊！事业近几年挺成功的，可我就是感觉他的整个状态和过去不一样了。怎么都觉得不像正常人，易喜易怒，动不动就情绪低落，喝闷酒，您这么一说我明白了，他精神压力太大了！是不是多做些慈善会缓解精神压力？”

老师说：“我们许多人在做慈善，为经济落后地区提供教育，提供衣食，但真正的慈善是要更加关心精神上的穷人！现在多少人做着慈善自己却也是精神上的穷人？丰衣足食却内心世界贫瘠的人有多少？不断给予穷人物质未必能救助到对方的心灵，心药才能治心病，要在精神上帮助别人。多一个人精神状态稳定，社会才会真的多一分安宁。我们要学会辨别谁是精神上的穷人。例如对外越张扬的人可能内在越自我压缩，以至于内心抗拒，不愿真正接纳任何人、事、思想，这时候精气神其实都是被压缩的，身心进入低频运行，意念、心情翻天覆地地变动，可能极度危险。去年美国的几起大规模枪杀案的凶手，哪有一个是因为物质问题？现代人精神上抑郁、狂躁、不安等才是社会不安的主要因素，这些不是心理医生能治疗的，它就不是心理病，而是身心整体出问题了，是整体生命要重启。所以，做慈善，就要能真正给予对方精神的帮助。我们不要只看到物质贫困的人，真正需要帮助的是精神上贫困的人，贪污、豪赌、欺骗、迷信等等，哪一点不是精神问题？精神问题才是贻害无穷的大问题。”

他点头：“确实是危害自己、危害家庭、危害社会的大问题，社会是整体关联的！许多人都在梦游！”

老师道：“我们都在梦中，区别是有功夫智慧的人可以自主往来，凡人却无法脱梦。您以为梦是假的吗？您如果做了一个天堂梦，在那里随心所欲、逍遥自在，您的快乐是不是真的？您如果玩游戏玩上瘾，那种快乐是不是真的？其实一切感受都是真的，思念、恐惧、快乐、上瘾都是真的。梦和醒的基本元素都是念，没有哪一法能脱开人当下一念，您在天堂梦中，那个念是真的，当下天堂就是真的了，可如果换了一个状态，从梦中醒来，还念念不忘那个天堂的感觉，老想回去那个梦，或者靠药品刺激回去那个梦，这就是执著。一个人如果平时能常亲近智者，长期被熏陶，那么每一念都不自觉地契合智慧，这就是时刻做善业。如果说一套做一套，身心分离，人格分裂，或者成天勾心斗角追名逐利；或者坑蒙拐骗他人，自己成天提心吊胆，那么，每一念都会与功利心、得失心、是非心、名誉心、计较心相应，此时，无论醒了和梦中都在做恶业。”

他说：“我明白了，为什么一切修养从修心始，而止于至善？中医也好，修道也好，自古都强调念念合道，就能防患于未然，防止不良的后果，防止精神疾病。”

老师说：“是的，念念合道者，万一不幸生病了，心中不恐惧，会通过自己的修养，再辅以艾灸、推拿、刮痧、食疗等方法提高自己的自愈能力。实在逼不得已要吃药也无妨，但是药三分毒，病即使通过吃药吃好了，也需要更加精进修养而化解毒性，充盈卫气，滋养营气。”

他问：“老师，是灵性医学？”

老师说：“是‘相应’，都是帮助每一个人实现自我合一、天人合一，这是中华传统文明的核心。自我合一的医者能内观，天人合一的医者能感而遂通天地，医患合一是好医生和患者生命能量信息重要的交换途经。交换、感应靠什么？靠的是换气！气中带着一切信息和密码，这是一个生命和另一个生命的无言交流，能驭气才是医的原始特长。上医治国，大国是有气象的；中医治人，人是有人气的；下医治病，病人是有病气的。”

他说：“是不是死气沉沉就是这个意思？”

老师点头："是的，人气不生、病气沉重的样子。如果失去了天人合一的感应，远离医道，中医就失去了'中'，中医之'中'指的不仅仅是地域概念，它是中道、中庸、中和等中华文明的核心思想。失去了中，不理解中，不契合中，医就只有术，无中就无心，就不能叫真正的'中医'。中医不是脉象上的功夫，古人的切，切的不是脉象，而是呈象。现代医生切脉只用寸口诊法，《内经》的三部九候诊法为什么说切脉要取头、手、足三部呢？每部又各分天、地、人三候，合而为九。古人不是自找麻烦，三部九候是在触摸身体各种气场的不同呈象。医者自己没有修炼时就没有这种阅读呈象能力，所以看病越来越方便，开药越来越快捷，病却越治越多。不自我修养的医生，医术好也只是缓解症状的能力强，真正的中医是妙手仁心，仁心是能天人感应的心。"

他点头，说："这点我绝对认可！失去了道，就是失去了心，任何行业都是，如果没了灵魂，只剩下术，就都变味啦！又何况人命关天的医学？不过这些不仅是医生的问题吧？我不敢吃中药也是看到现在的中药材许多是激素、化肥催出来的，跟毒药似的。现在中医自己有问题，古方不灵，我想也不怪古方，古人哪有这么利欲熏心？"

老师说："西药就不是毒了？西药是化学制剂，用传统的话说是性寒的药物，常服必损肝肾，并且药物是无法真正治愈疾病的，唯有人自身免疫系统能真正治愈疾病，自身的免疫自愈系统要通过内力激发，但其作用是主动性的，比被动的药品强多了！现代人去医院体检的各种指标其实并不是病的实质，人的组织每分每秒随时都在变化，指标就像影子一样是幻生幻灭的。例如，感冒发烧并不是身体抵抗力不好，多是一种排毒和排异反应，只要升阳气退寒则可自愈，如用寒凉的中药清热或用化学类的西药消炎抗生，什么是抗生？对抗生命啊！杀生啊！它就是没有目标的迫击炮，在体内一通炮轰，搞得尸横遍野，死伤无数。看上去用药能缓解病情，多数情况却是引邪深入，掩盖病情。邪气深入随其虚实深浅，会造成种种病症。寒引入肺，则发为咳嗽，咳嗽也是身体的本能抵抗，能咳嗽说明病邪尚未深入下焦，如继续用寒药清热则继续引邪深入，浅者入鼻，深者入咽，重者引为哮喘。如哮喘继续用寒药压制，则进一步透支元气，将入肾，引起肾虚，从而各种肾病纷至沓来。咳嗽用凉药可以缓解症状，但病邪也容易潜入下焦，从肺入肝，潜伏不发，逐渐发展为肝病。寒邪如被引入心，则发为心脏病。寒邪如被引入脾，则发为脾虚等代谢、消化系统疾病。先天不足者滥用寒凉药容易将寒邪引入骨髓，发为血液病。如进一步用激素、化疗等药物，则摧残正气，后果不堪设想，人其实多数时间并非死于疾病，而是死于无知。”

他点头：“对对对！治病必求治根，绝对不能再乱吃寒凉药食，绝对不可逆道而行，要修！要修心！”

老师说：“《列子·汤问篇》里有段故事，西周时候周穆王西巡，越过昆仑登上弇山。在返回途中碰上一个工匠名叫偃师，穆王问他：你有什么本领？答：我造了一个歌舞艺人，请大王看一下。唤来，只见那歌舞艺人疾走缓行，俯仰自如，它歌唱，歌声委婉动人；抬起两手就舞蹈，舞步符合节拍。‘巧夫颔其颐，则歌合律；捧其手，则舞应节。千变万化，惟意所适’。其动作千变万化，随心所欲。穆王叫来妃嫔们一道观看表演。快要演完的时候，歌舞艺人却眨眼挑逗妃嫔，穆王大怒要立刻杀死偃师。偃师吓坏了，立刻把歌舞艺人拆散给穆王看，原来整个儿都是用皮革、木头、树脂、漆和白垩、黑炭、丹砂、青雘之类的颜料凑合而成的。穆王又仔细检视，只见它也有肝胆、心肺、脾肾、肠胃，外部也有筋骨、肢节、皮毛、齿发，虽然都是假物但没有一样不具备的。把这些东西重新凑拢以后，歌舞艺人又恢复原状。穆王试着拿掉它的心，嘴巴就不能说话；拿掉肝，眼睛就不能观看；拿掉肾，双脚就不能行走。穆王叹道：‘人之巧乃可与造化者同功乎！’他下令随从的马车载上这个歌舞艺人一同回国。鲁班能造云梯，墨子能做木鸢，本来都自认为造器的技术很高了，但从他们的学生东门贾和禽滑釐那里听说了偃师的技艺后，这两位便终身不再谈论技术。”

他惊讶地问：“偃师造的是‘机器人’吗？”

老师笑道：“是的，这段记录可以看出其实我们的祖先早在两千年前就造出了‘机器人’！可是有两个问题：其一，没有‘精’和‘灵’的‘机器人’算人吗？没有心，就没有灵，只有机械运动，它对妃嫔们眨眼是调‘情’吗？其二，为什么祖先们没有继续发展这项技术？墨子的木鸢能在天上飞三天三夜不落，这不就是飞机的雏形吗？为什么他们都没有继续发挥？在中国传统中一直重道轻技、重士轻商，工巧机心一直为君子警惕，为的就是怕人被欲望俘虏，落于利益纠葛。而现代商业，却最怕您没有欲望，不被物质俘虏！咱们祖先不是不会创造，而是更重智慧和德行。”

他说：“我去年读过印度的经典《摩诃婆罗多》，其中有句话记得很清楚，说人类在创造中走向愚昧。当时不太理解，今天有点明白了。可我还是觉得如果不重技术，就像四大发明，咱们用火药做烟花，可西方人却用它造出了武器，反而侵略我们啊！清朝的痛，切肤啊！”

老师说：“中国人自元朝以后，社会风气逐渐教条、固执、保守、愚昧、文弱。您这么理解是曲解了祖先们的智慧，当时不发展工巧，是时代不需要。农耕时代人民欲望少，故而智者不鼓励开发，一旦开发，会刺激人的欲望剧增，繁荣背后却隐藏着巨大的危机，会带来人性缺失、利益至上。但绝对不是整体社会发展了，却坚持保守！然而中华文明是最与时俱进的文明！如果时代变了，有智慧的人当然会随机应变！而一味地认为保守才是中华文明，认为古人愚蠢发明火药却只做烟花不做武器的人，是根本不理解什么是智慧！元朝以后，是我们自己在两次外族统治下越来越趋于保守，闭关锁国，故步自封，自以为大国，而不去观察世界的变化。中华文明本就是以‘易’为核心，能制变、适变、应变的是智者，怕变、老是妄想不变的是懦夫！”

他说：“那么明清时期把儒家精神曲解为愚忠、愚孝，以清流为尚，满嘴仁义道德，做事迂腐，其实是背离了中华文明的精髓吗？”

老师说：“是的，故而有阳明先生号召知行合一，重新回到祖先的灵活变通，不能变成了伪道学！岂独发明哉？岂独中医哉？”

他问：“现代人忙得有病都没时间治，哪有精力求道呢？有病就赶紧上医院找医生看病啊！并且西医的抗生素，确实见效快。”

老师说：“我刚才说了，看来您还是不理解，抗生素又叫抗菌素，在西医史上立下了消毒杀菌的汗马功劳，这是西医的拿手好戏。抗生素的品种繁多，如常见的青霉素、头孢菌素、红霉素类等，看上去确实能对细菌感染起到有效的抑制与治愈作用。因此目前临床治疗中越来越频繁地使用抗生素，然而随着抗生素的耐药性愈演愈烈，我们都知道各种类型的超级细菌会突然出现。无论是实验室里研究出来的，还是由于气候变暖后从融化的极地永久冻土中复苏的古老细菌，西医的抗生素对待各种超级细菌如果忽然失效，各种手术还能做吗？那将是惊人的死亡率。”

他点头。

老师说：“西医依靠抗生素对抗疾病，代价就是人类对抗生素产生耐药性，如果任何抗生素都无效时，西医何去何从？我们这一代人实际上是透支了自己的下半生以及后代的健康。不要说各种瘟疫，就是一次大流感都能让西医黔驴技穷。所以现代人在享受科学成就的时候，不要忘了恢复传统精神，传统精神在医学上秉承的应是治未病，调动人体的自愈能力，您看流行病暴发时，为什么有的人就不被传染？就是卫气强。人体器官功能具有‘用进废退’的规律，一定要尽量挖掘、调动内力，慎用外力，尤其是抗生素。人体的气血、脏腑功能在升降之中，本各显其功，气机升降之圆自然和谐地旋转时，身体自己就能自卫、自抗而自生。”

他吃惊地张大了嘴，说：“我生病后，每天吃抗生素像吃饭！”

老师说：“那您感觉自己的病好了吗？”

他说：“确实没有！除了疼痛减轻，身体、精神、睡眠都是越来越差，这些日子感觉自己明显加快了衰老。我本来也放弃希望了，可总觉得有病不去找医生开药方，还有其他什么办法吗？

老师说："开药方？您知道'药'和'方'什么关系？"

他又是一愣，说："不知道。"

老师说："好的医生看病人实在需要吃药了，也会开药。一副药有的是一天的量，多则三天，三天必换药。为什么？病情在不断变化，药的配方怎么能不变？现代人嫌麻烦，凡事都习惯偷懒，图省事，有的人连熬药都不想熬，找个药房代煎，一大锅稀稀的，放在塑料袋里每天一袋，这种中药吃了有什么用？方和药其实是不同的。方，一是方向，二是方法，三是方术，其四才是方剂。中医重方不重药！药是在辨证方法确立的基础上各种变化的选药配伍，方剂与治法的关系密不可分，这点懂了才能准确而缜密地遣药用方。不明就里的人，治法与辨证不符，组方与治法脱节，吃药不仅无效，有的还会使病情恶化。方从法出，方剂的组成不是单纯药物的堆积，可以用君、臣、佐、使四个部分加以概括，要明白药物配伍的主从关系，一个方子之所以有效，就是因为其组方严谨、方义明确、重点突出、少而精悍。"

他瞪大眼睛看着老师。

老师继续说："现代不少医生开方子，许多时候拿大炮打蚊子，一大堆好药混在一起，哪还有君、臣、佐、使？全是君药能治好病吗？所以人不能偷懒，连自己身体的事情都搞不明白，都一股脑儿依赖医院和您也不了解的医生，唯有赚钱最来热情，这样对付着过自己的人生，可笑不？"

他说："我看，现代医生确实需要加强自身修养。"

老师笑："谁都需要修养，不仅是医生！病人自己难道不需要吗？病人的病因不在医生这里，都在自己身上，自己的不良生活习惯、本末倒置的认知等问题，全在自己。《黄帝内经·素问》开篇第一章岐伯就告诉黄帝，上古之人能活到百岁是因为'食饮有节，起居有常，不妄劳作'。现代人的忙，多数是为了利益‘最大化’，这就是庸人自扰。上古之人能‘终其天年’是因为不妄劳作。什么是利益最大化？贪心和欲望最大化吧？现在的人习惯了‘以酒为浆，以妄为常，醉以入房’，结果当然是‘竭其精，散其真’，命不久矣。这个命未必是寿命，而是性命！心命！”

他说：“是啊！现在许多十几岁的孩子身体已经不强壮了。”

老师继续说：“黄帝再问岐伯：我听说古代人治病只需要通过移精变气，祷告一下就好了，而现在的人要吃那么多的药，扎那么多的针，结果病还是治不好，为什么？岐伯答：古人是跟野兽杂居的，天冷了动一动就可以避寒，天热了就到比较凉快的屋子待着。在家里不会时时念着这个，不会有那么多舍不得的东西，生活恬淡，卫气自然就足，邪气就不能够侵入体内，也就少生病了。我们看现代人满脑子狐疑，为了欲望而奔波，故而身心疲惫不堪，并且夏天贪凉，吹空调吃冷饮，冬天贪热，住暖房吃补药，这样就会产生虚邪之气，侵蚀脏腑骨髓。”

他说：“您说的都有理，可有病怎么办呢？”

老师说：“中医重在不治已病治未病，要在没有生病的时候下功夫啊！要引起重视并转为行动啊！要让自己尽量不生病，并且生病了不害怕，有病了当然要调理，从加强免疫力到修复自身各级防疫系统，而不是完全依赖用药强压，用药可以缓解急症，减轻痛苦，并不是不能吃药，得吃对、吃得适度，吃完以后要排毒。生了病不能全部依赖吃药、手术，人如何顺其自然、修养身心、智慧健康生活才是真正需要人用心的，自己才应是自己最好的医生。”

他频频点头。

那天从老师处回来，他拉着好友回家畅谈了半夜。

他想多了解一些关于老师的事，第一件事就是问好友，这样仙女一般的老师，学问何以如此博大精深？好友就瞪着眼睛看他，说：学问和年轻、仙女有什么必然联系？贾谊二十岁当上文帝的博士，有学问的就一定是老头老太？还有学问和好不好看有啥关系？蔡文姬一肚子学问，琴棋书画、天文地理无所不精，长得也好看着呢！他腼腆地低头笑。

好友说自己原来也疑惑，读了一辈子书，自认还懂点学问，可越接触老师越感觉深不可测，每一句话说出来都令他回家思考许久，有的时候睡觉都会感觉头脑里灵光一闪，想起某句话背后的内涵，简直成天跟猜谜一样。后来终于才明白，为什么古人说一通百通。万物一体，总有相通的源头，通了源，就会发现圣人们说的是一件事。这就像插电，电路通了插哪个插板都能发电。好友说：人家早通了，咱俩还堵着，赶紧一起趁着有明师，尽快把线路接通吧！

他认可好友的话，好友又说："既然下决心要改变，您可不能三心二意啊！我刚去的时候，心里就不服气，感觉自己那么大年龄了，怎么会求教于一个年轻女子？后来逐渐发现老师的学生年龄大部分都比她要大，但也发现许多人是这山望着那山高，总在货比三家。有一天，老师给我们讲了另一个《列子》里的故事《纪昌学射》。估计您小时候读过，现在忘了吧？"

他说："您再说说吧！"

好友说："当时，有一个最善于射箭的人叫甘蝇，他长期隐居山中，世人只知他的弟子飞卫却不知道他。有个叫纪昌的年轻人一心想学射箭，就拜飞卫为师学习。飞卫说：你先学会看东西不眨眼睛，我们再谈。纪昌回到家里，仰卧在妻子的织布机下，注视着织布机上的梭子练习不眨眼。几年之后即使锥子尖刺在眼眶上，他也可以不眨眼睛。纪昌把自己的状态告诉了飞卫，飞卫说：你还要学会视物，要练到视小如大，视微如著。纪昌回去用牦牛尾巴的毛系住一只虱子悬挂在窗户上，面向南远远地看着，十天之后虱子渐渐越看越大，几年之后虱子在他眼里有车轮那么大。纪昌便用燕地牛角做弓，用北方的篷竹作箭杆，射那只虱子，一箭穿透了虱子的中间，绳子却没有断。纪昌开心地把自己的进步告诉了飞卫，飞卫也高兴，说：你已经掌握了射箭的诀窍了！纪昌于是觉得自己已经是神箭手了，过了一段时间欲望膨胀，想到天下能和自己匹敌的只有飞卫，除掉了飞卫，自己不就是天下第一？终于有一天两个人在野外相遇，纪昌远远看到了飞卫的身影，毫不犹豫地张弓搭箭瞄准，飞卫反应也快，立即也张弓搭箭，两人几乎同时发射，双方的箭锋在天空撞上而坠地。纪昌立刻射出第二支箭，飞卫的第二支箭又将纪昌的箭阻于半空，如此各射九箭。

“飞卫的箭袋空了，而纪昌却还剩下一支。纪昌片刻也不停地射出最后一箭，飞卫见状火速折下一边的荆枝，用树枝把飞至眼前的箭拂落足旁。经过这一场生死交战，师徒二人都哭了，最后丢下弓，在路上相拜，划破手臂发誓相约为父子，保证彼此都不再将箭术传授他人。

“为什么相约不再传授箭术了？这还不够吓人？如果再来几个刻苦练习的‘纪昌’，只学射箭的技术，技术越强心中的欲望也会越强，想名满天下才是这些人刻苦用功的动力，这刻苦便成为这些人喂养出来的心魔！”

他看着好友，说：“可以啊，你也大大进步了！”

好友腼腆地一笑，说：“我们再看飞卫教了纪昌什么？除了技术还是技术！被徒弟射杀是飞卫自尝苦果，他没有考察人品，没有传承德行，他一味只关心技术，最后的决战是师徒两人自讨苦吃！拥抱和好不过是劫后余生的庆幸，不再敢传下去了是都害怕遇到更厉害的徒弟。没有德行的人胸怀利器必然杀心顿起。一天，飞卫又对纪昌说：我已经把我的箭术技艺都传给你了，如果你想再进一步，便去找我师父吧，他的造诣无人可及。纪昌立刻动身去找，他越过崇山峻岭，一个月后，终于找到了隐居洞中的甘蝇。令他意外的是，他看到的是一个两眼柔和、白发及地、不温不火、面如山羊一般清癯的老人。纪昌踌躇满志地来，当然要显示一下自己的能力，他拿起自己的箭，搭在弓上，瞄准洞外一群飞过的山鸟，啪的一箭就将鸟从天上射了下来。老人看了一笑：想必你根本不知道什么叫无射之射吧？跟我来。纪昌跟着老人来到不远处的悬崖边，往下看时，远远地看到悬崖底下一条山溪蜿蜒曲折，像是一条发光的带子。他站在崖边两眼发黑，头有点昏，可甘蝇却轻快地跳上一个突出悬崖外的狭礁，回头对纪昌说：过来！到这个地方来射箭。纪昌一踏上礁石，便感觉石头在摆动，他两腿发抖，颤抖着开弓搭上一支箭。就在这时候，一块小石子从礁石上滚下，落向千尺崖下。纪昌看着石子滚下，就再也站立不住，只好趴在礁石上，通体是汗，手指紧紧地抓住悬崖的边缘。甘蝇伸手扶着他走下礁石，而甘蝇自己则再次走上礁石，回头对纪昌说：现在让我告诉你什么是真正的箭术。蜷缩在悬崖边的纪昌，面色如死人一样地灰白，他看到甘蝇的两手是空的。便问：您的弓呢？甘蝇笑说：要弓做什么？此时，他们头顶上空有只飞鸢在盘旋。甘蝇抬头仰望飞鸢，纪昌心突突跳着，也跟着往上看。鸢飞得很高，甘蝇伸出两手做出射箭的样子，无形的弓弦拉得满满的，再瞬间松手。纪昌刹那听到空中有飕飕之声，接着那飞鸢便跌落他脚边。甘蝇，过去捡起飞鸢，托之在手，鸢瞬间重飞云天。”

他说：“估计这时候纪昌才知道什么是真正的箭！”

好友点头，说：“但他也同时知道，这天人合一的定力不是靠苦练技术能得到的，箭道是炼心的结果，射的是心。他有恐惧在，有欲望在，有个想得到的东西在，就不可能合于箭道。”

他听懂了好友要说什么：专心致志，一门深熏。于是他和好友一起当场把所有的药全扔进垃圾桶。好友临行为他再三叮嘱：“老师让我回家抄写《黄帝内经》中的一段话，你也记下吧：‘百病生于气也。怒则气上，喜则气缓，悲则气结，惊则气乱，劳则气耗。’当年我的病啊，就是气不顺！气，是情志！养病先养心，这不，我跟着老师学习后其实啥也没干，叫种菜就种菜，叫扫地就扫地，像个孩子一样听话照做，两年多下来，感觉自己身轻如燕。”

他时刻记得老师说的话：不是不能去医院，痛得要命去缓解病痛当然是必要的，心不到的时候、功夫不到的时候没必要硬挺。但关键在于人要下决心从此以后改变自己，要找到自救的方向，唯有自觉才能自救。

老师说的这话里的观点他认同，但以前这只是个观点，没有方向就下不了决心，谁都知道要从头开始人生，可哪里是头？他一直没找到。今天他找到了头！自己是中国人，不信自己的传统文化核心，不了解自己的文明，没有自己的思想，他觉得自己这么多年算白活了！

好友走后，他兴奋地叫起老伴，可老伴不理解，和他大吵一顿，说他找死。是的，反正要死，何必在医院痛苦地被人摆弄死？他要为自己重活一次，重新善用自己的身体，重新回归年轻时候的勇气和活力，他要重新当个学生。至于结果如何，想那么多做什么？老伴问他："你不怕走错路？"他笑着说："我过去走错的路还少吗？你让我自己做一回自己的主，好吗？"老伴点着头哭了。

他把她抱在怀里，多少年没有抱过老伴了？皮肤松弛了，头发花白了，记忆力不好了，啰唆了，胆小了，这还是当年那个令他爱得欲生欲死、活力四射、胆大包天的花木兰吗？岁月啊！不是岁月无情，而是自己从来没有珍惜过岁月！没有找到人生方向的人，谈不上成长，只有挥霍、消耗。他们相拥着默默流泪，谁也没有再说话。

儿子今年四十岁，自己创业搞了一个互联网公司，十几年时间，体重和财富呈正比增长，体重两百多斤，高血压、糖尿病、肾结石……他每次抽空从山里回家，儿子看到他都不屑，打趣他是"半仙儿"。不过老伴已跟着他一起读书了，可儿子怎么也听不进去他的话，他费尽心思也说服不了这个成天忙从不关心自己身体，满脑子都是融资、上市、发展的臭小子。

上次离开学校，看到他老在为儿子的事情担忧，老师就对他说："病，《广韵》里解释为'忧'，指的不仅是身体里的隐疾和发出来的病症，更重要的是内心深处挥之不去的欲望、忧虑和各种情绪，这些是病根。您自己的身体才刚有好转，就开始担心儿子，修养的目的不是防病治病，而是更深层次地转化精神。精神不转化，病是治不好的。修养，修是修正杂念，养是养护正念，所以这里的一切都是围绕心念而展开的，当您一味地担忧时，心已经不清净了，已经被另一种欲望困扰了。”

“老师，可他怎么办？”他说道。

老师看着他说：“人生怎么结尾并不重要，谁也确保不了谁永远健康、家庭稳定、事业有成、幸福美满，真能确保的，反而是积者必竭，立者必倒，高者必堕，聚者必散，生者必死，世间万物没有恒常不变的，有盈必有亏。您儿子的心不转，减下来又会反弹，治好了这个病，那个病又会来。”

“老师，我说什么他都不听啊，成天应付我，无法和他交流啊！”他又说道。

老师笑道：“谁也不爱被人教育！您老是语重心长地开口闭口就是理论，他当然也不爱听。您为什么凡事一开口就变成了教训？天地之间本就最能藏污纳垢，允许一切存在，承认一切合理。天地因其流通而成其广大，故而生生不息。困住您的是己所欲施于人的迫切，您又不肯接受自己失去话语权的事实，这就变成了对立和对抗、冲突和逆反、互相观点敌对的痛苦，人要呈现给对方的是承担。道，是在承担中呈现的，不是强求的，它不可得，故也不可求，一求便偏、便妄，您承担自己的功夫智慧，承担利己利人的慈悲善良，承担过去愚昧无知教育孩子引发的后果，主动接受他，不要想着改变他，从接受他开始让他也接受您。”

他问：“我的想法也是多变的，哪个我是真我？过去的我，是不是任何一个时间里的都是我，也都不是我？”

老师笑道：“宇宙间恒能连接心与心的，唯有日月之姿、天地之美、山川之寂、生命之独、慈悲之情，有声且能嬗递，多情并赓续的唯有情义。能用心的人，即使在纷乱的生活、庸碌的日常、病重的身体，在矛盾重重的现实环境，在乱风吹落的花枝上，在大雪覆盖的草根里，无不能见觉者演法。这个问题您学会用心体悟了，会发现答案一直都在。”

他没太听懂，带着疑问告别老师。

那个早上秋叶漫山飞舞，他依依不舍地坐在车上看着学校离自己越来越远，看着老师娇小的身影逐渐消失在眼帘，他就越来越不知道哪里才是自己的“家”了。为什么亲生儿子难以交心？是血缘亲还是心缘亲？如果问老师，她会不会骂他好端端地分出个亲疏本来就是二见？

他看着周边山峦叠嶂，想着在这里修养时的这份宁静从何而来？是不是因为众石、众树、众草、众花、众生乃至修养内容皆遵循自然规律，不突出，不控制，不强迫，不掠夺，不贪心，不压制，任何人都仿佛可以和万物在春天一起繁茂？在冬天一切肃杀？这里谁都是主人，谁也都是客人，这份宁静和美好，只有生而活着的生命，用慈悲的心、眷念万物的心才能感受得到。

儿子，如果此刻你也能一起加入，该多好？

回到家，他一扫过去的刻板，和儿子像朋友一样聊天，他聊的都是自己在学校里的趣事：怎么泡药浴时被几只松鼠偷窥；怎么在深山老林里大声唱诵唱到树叶打着拍子起舞；怎么上山采蘑菇，学会分辨哪些有毒；怎么爬秋梨树挑甜梨吃；怎么在河边抱着大碗冷熏河水；怎么在春天喝椴树汁养生……他还讲山上的天气、溪水里的青蛙，还有在悬崖上打坐见到天空上的云彩变成了一团云球向他胸前砸来，还有他们挖地基时，居然挖出了两条蛰伏在地底的大蛇，说着他急忙拿出照片给儿子看。说后来这两条大蛇没有离开学校，在厨房门口的木堆上安居了，到现在还在，和老师们和平相处，互不妨碍地开始了共生……

逐渐，儿子不讨厌听他说话了，这不？天儿就能聊下去了。经过了几个星期持续不断的讲述，充满好奇的儿子真的放下工作，答应和他一起来了。

下了飞机，儿子对身边如画的景色毫无兴趣，上车没几分钟就又陷入了昏睡。他望着车内满身疲惫的儿子，望着车外处处洁白的雾凇，思绪飘飘忽忽，微悲、微喜、微晃、微冷、微炫、微静，思绪如同时光机一样穿梭在上午和下午天地悬隔的时空中。正恍惚间，突然听司机说："到了，老师们下车别忘了行李。"

别忘了？是人把时空忘了，还是时空把人忘了？是人把地球忘了，还是地球把人忘了？是人把梦忘了，还是梦把人忘了？行李是"我"的行李吗？还是"我"才是行李的行李？"我"和行李，谁更不该忘了谁？

校长身材短小精干，他总是露着和善的笑脸，早就等候在校门外迎接他们父子，"这学校为什么叫'五峯'啊？后边不就两座山峰吗？叫'双峰'多好？"一下车，儿子又开始习惯性地胡说八道。

校长不急不缓地说："《河图》曰：天一生水，地六成之；地二生火，天七成之；天三生木，地八成之；地四生金，天九成之；天五生土，地十成之。五与十相守，在位置上居中央，是以古人以十数合五方、五音、五藏、五味、五行。另一方面说咱们这个地方名'长白'，'长白'为阳，为天，为奇数；'五峯'则为阴，为黑土地，为偶数。再换个说法，五峯乃可以天地合五方，以阴阳合五行，五行对应天上的五星：木曰岁星，火曰荧惑星，土曰镇星，金曰太白星，水曰辰星。五星按木火土金水的顺序，相继出现于咱们学校天空，每星各行 72 天，合周天 360 度，河图乃本着五星出没的天象而绘制，这也是五行的来源。五行是古人长期观察自然而总结出的规律，一切动植物在出生前，需要水，我们的身体内水占了绝大的比例，故水数为一，天一生水，这才有了生命的诞生，生后需要成长，成长需要阳气，故火为二。

"水火、阴阳为二，二和合为三，三生万物才有生命的蓬勃发展，故寓意生发的木数为三。成长到一定季节，就要丰收，故金数为四。最后收割、收藏，从土来归土去，土居于中央，寓意不动，土数为五。五是中数，名中土，十为成数之极，阴土之数。极，乃万物的归宿，万物藏于土中，我们这里修养的中国禅法是不二中道法，因此，以'五'为中，中指的是法；

而‘峯’的含义，指的是人，法以人成，山以峰显，您来这里，是以人为本、以法为根的修养法，是我们大家一起攀登生命的须弥峰。这座山峰无形无相，不是高高在上的，而是要我们一起往内进入自心中最深不可测的深心。”

“嗯，这个……”儿子怎么也想不到随口一问会引出这样的回答，他变得有些结巴，说：“我也就是随便问问。”

校长正色道：“凡事不能随便，起名不能随便起，问当然也不能随便问。您刚来可以随便问，我却不能随便答，认真对待您的一切问题是我的责任。其实在您的提问里，我也在成长，如果不求甚解，大家随随便便就是互相厮混，咱们何必来这里呢？从您下车的这一刻起，咱们就一起开始心之旅了。正知才有正见，正见才有正念，正念才有正行。人生是和自己心魔交战的战场，您作为自己生命的指挥官，什么都不了解怎么能打赢心魔呢？《孙子兵法》说：‘夫未战而庙算胜者，得算多也；未战而庙算不胜者，得算少也。多算胜，少算不胜，而况于无算乎？吾以此观之，胜负见矣。”

“哦，对不起，是我冒昧了。我爸跟我提到过这里的老师都博学，我确实得跟您们好好学习。”儿子脸有点红。

他在一边看着心里这个乐啊！总算有人能让目空一切的小子放下傲慢啦！果然，进了房间放下行李，带课的箫老师宣布立即进入默言修炼，只给十分钟洗脸，之后立即进入功课，儿子也没敢再多问。

几天下来，他观察儿子的自大确实收敛了许多。儿子是个聪明人，否则也不会在商界混得风生水起，其实越是事业有成的、聪明的人，一旦转了心，比愚笨的要进步快得多，但再次耍小聪明的概率也大得多，他想，任何时候他都得和儿子斗智斗勇。相生相克中一起成长吧！他自小都是高材生，平时能让他佩服的人也不多，这孩子有个特点，一旦他服了谁就会非常诚恳请教，校长这招以其人之道还之其身。哈哈，专治各类不服。

刚来的头两天，儿子有些郁闷，是啊！不让说话，吃也吃不饱，没有炒菜，做菜全部原汁原味，清蒸、清炖、清煮，对于酷爱麻辣火锅、烤串、小龙虾的儿子来说，真是不好受。他看到那天饭后，儿子一个人坐在宝莲泉边发呆，他知道儿子肯定是想逃跑，他请老师和校长陪他一起过去和无精打采的儿子谈谈。

老师就席地而坐，跟他们父子笑着说："这里有几个蛇窝，蛇在这里一直以青蛙为食，它们本是生死冤家，这里还有不少蜈蚣，蜈蚣虽小，它的剧毒却足以使蛇致命。青蛙是蛇的食物，却能以蜈蚣为美食，蜈蚣不怕凶猛的蛇，却害怕在蛇面前弱小的青蛙，这就是自然界里一物降一物的循环。不过有意思的是，上次我在洞穴里打坐，见到这三种动物居然同居一洞，彼此相安无事，您知道为什么吗？"

儿子瞪大眼睛摇了摇头。

老师说："冤家对头能和平相处是自然界的共同法则。动物不贪心，只会取维持自己生存的食物，它们知道能帮助食物活下去，是对自己有利的事情。谁强谁弱都是相对的，只有互相帮助，达到一种有机平衡才会有安全，天地之德曰生，天有好生之德，万物并育而不相害。人的五脏六腑亦是如此，它们彼此关联，很难说谁更重要，所以一切关系都是相对的。例如您的肝一直不好，治肝需从脾入手。您为什么胖？体内参与水液代谢的肾和脾都虚弱无力。脾气喜燥恶湿，脾气下降，运化饮食水谷的能力就下降。肾气是将水液蒸发向上蒸腾，肾脾无力，心火下不来，气就升上不去。肾和脾的力量本不相上下，健康的人体内也不会有过多的痰湿。不能及时排湿，湿气在体内大量堆积，痰湿互结并和脂肪混在一起，深入脏腑、血液、骨肉纤维微细层，最后形成器质性淤堵，所以您的肥胖是痰湿病。您才来几天，有没有明显感觉到自己每天热气腾腾，口水旺盛，整个人暖起来了？这些热气、热血、热情燃烧起来就能帮助您将痰湿排泄出来。排泄出来了，您的口味就不会那么重了，重口味正是因为您虚。"

他忙说：“是哦。口味清淡，忍一忍就过来了，习惯了就不难受了。”

老师说：“我们的修养是全然的、整体的，局部才危险。如果没有照顾您的全体，局部用力容易过猛和整体失察，有许多地方一看胖子来了就辟谷，这些多数是盲目的。我们在治疗癌症时要给癌细胞出路，不能一味绞杀、镇压，否则会使自己伤得更重，我们治疗疾病更是要疏导，要转化，不要一味杀伐和堵塞。肥胖呢？饮食呢？也一样，您的重口味并不是身体细胞、五脏六腑爱吃的，是调味品刺激舌头上的味蕾而带来大脑刺激，贪吃是一种欲望，重口味是大脑的需要，这些皆非来自饥饿。”

儿子想了想，点头赞同。

老师接着说：“据科学家测算，宇宙的年龄大约是 150 亿年。人类赖以生存的地球，在大宇宙中已旋转了 46 亿年。生物的历史至少也有 33 亿年，而人类的历史大概为 300 万年。您有没有发现一件奇怪的事情？地球上的鱼类有鲨鱼、鲸鱼、黄鱼、带鱼，再如猫科动物有狮子、猎豹、老虎、家猫等，哪一类的生物都有那么多物种，为什么人类只有现在这一种呢？白人、黑人和黄人虽肤色不同，但种类相同，好像孟加拉虎、东北虎一样都是虎。您说为什么？”

儿子说：“我真没思考过这个问题。除了我们这样的，还会有什么样的人类呢？”

老师说：“您自我限制了自己的想象力，如果现在已经灭绝的动物，后世子孙没有见过，也没有影像记录，您子孙们能相信这些动物存在过吗？小时候看过《山海经》吗？那里记载的各种异国、异族，各种人面兽身的‘人’，您不能证实但能证伪吗？从龙身人面神、到人面三足鸟瞿如，再到鱼身蛇尾的虎蛟，表面上看都荒诞不经，有的似乎是妖怪，可是 5000 年前甚至 1 万年前，这些人面兽身的‘人’是否存在，您能否定吗？上古时期的人类，在文字记载方面略显粗糙，加上您除了现实利益什么都不关心，自然也不去思考，这才有了成见。据相关文献记载，《山海经》里的很多动物，都灭亡于大禹治水时期。文献记载大禹治水曾率领 13 位能人和 3 件兵器巡视全国。后来的史书有如下记载：‘见有山林蒙翳，阴气晦昧，土脉难明，大禹俱命伯益领风火二将方道彰、宋无忌放起一把无情火焚之，神鬼精怪、毒蛇猛兽奔窜而去。’也就是说大禹认为原始森林里的各类精灵生物对人类威胁很大，于是命人放了这一场大火，在这场大火中丧生的各种生物不胜枚举。”

儿子想了想，说：“许多电影里都有巨人族”。

老师说：“对，被记载最多的是巨人族，什么是巨人？姚明不算巨人，身高五米左右的才叫‘巨人’！汉字里的‘侉’字，就是身材巨大的意思。有巨人血统的是雷泽氏，就生活在今天的山东菏泽附近。雷泽氏因为身材比较高大，讲话声音洪亮，这一族在远古社会中，担任雷神的祭司角色，与风神、火神、雨师并列。《山海经·海内东经》云：‘雷泽中有雷神，龙身人头，鼓其腹则雷。’《山海经·大荒东经》云：‘其状如牛，苍色无角，一足能走，出入水即风雨，目光如日月，其声如雷，名曰夔。黄帝杀之，取皮以冒鼓，声闻五百里。’您怎么知道这是神话传说？《山海经》中最著名的巨人是夸父。在黄帝取代炎帝成为中原的统治者之前，炎帝家族拥有绝对的统治力。雷泽氏的一支迁居东海，炎帝家族中的祝融本是炎帝族世袭的‘火正’称号，祝融氏的后人后土与雷泽氏联姻，生了夸父氏。夸父氏身材高大，但缺乏智慧，故而战斗力并不强。在炎帝旧臣蚩尤与黄帝的涿鹿之战中，夸父氏从东北部赶去中原支援蚩尤，但被应龙氏伏击而身亡。”

儿子惊讶地问：“真有啊？”

老师说：“真真假假，何为真假？据《山海经》记载：有一种人名叫大人，还有个大人国，这里的人姓厘，吃黄米。有一种大青蛇，黄色的脑袋，能吞食大鹿。大人国的位置约在春秋时期郝国的漆地，即今山东邹城东北。郝国，是春秋战国时代的一个诸侯国，国君为曹姓。《汉书·地理志》中说：‘故郏国，曹姓，二十九世为楚所灭。’这个厘姓的大人国在海边，以海洋贸易为生，其中一支后代中最有名的是迁居封嵎山的防风氏，也就是今天浙江湖州附近。雷泽氏的另一支来到草原，与以独眼人形象著称的鬼氏联姻，从而又生出了独眼巨人的族类。因此现今阿尔泰山脉附近，在当地民族中都有独眼人的传说，《山海经》称其为鬼族，所谓‘人面而一目’，鬼国人当时所戴头盔或面具只在面部开孔。炎帝家族的烈山氏，也是拥有巨人血统的鬼氏后代，他为炎帝时，名为‘魁傀’，经云其：‘身长八尺有七寸，生而牛首人身，怪异之相，乃曰魁傀氏。’”

儿子张大嘴，问：“您这是在说神话吧？”

老师笑说：“《国语》《史记·孔子世家》都记载了一段文字，说吴国进攻越国，攻克会稽后，挖到了一节很大的骨骼，要用一辆车专门装才能装下。吴王不知道是什么动物的骨骼，马上派使者赶去鲁国向博学的孔子请教。使者见到孔子并没有直接说明来意，而是先问孔子：什么人或动物的骨头最大？孔子说：当年大禹召集群神和各部落首领在会稽山聚会，防风氏迟到，大禹一怒之下便杀了他。防风氏的大腿骨节与车一样长，这便是骨头中最大的了。使者问孔子：那些神都有谁？孔子说：大山河流是天下最主要的组成部分，这些首领就是统御山川河流的主宰，社稷的主宰是公侯，他们都受到王的管制。使者又问：那个号称防风的神主宰的是哪里？孔子答：就在当年汪罔氏之君守的封、禺之山，为漆姓。使者又问防风氏部落的历史，孔子告诉他：防风氏这个部落，在舜、夏、商时称为汪罔，在周时称为长翟，现时叫他们‘大人’。使者又问：人最多能有多么高？孔子回答说：僬侥氏高三尺，是人类中最矮的了，最高的人是他们的十倍，是人高的极限。使者听后无限敬佩地说：您真是圣人啊！”

儿子叹口气，说：“您知道的真多啊！”

老师笑道：“我们从这段文字里可以看出，自虞舜至春秋时期，巨人族和矮人族都存在过，但到了商周，已经很少有人知道这些了。根据孔子的说法，僬侥氏是 3 尺，防风氏最高是 3 丈。春秋的尺大体相当于 16 厘米左右，3 丈就是 4.8 米左右的身高。其实春秋之后这种巨人仍有踪迹，秦始皇统一中国后，曾下令收集全国的兵器，集中到咸阳销毁，并用这些青铜重铸了各重达 34 万斤的 12 个铜人，秦始皇为什么会要铸 12 个铜人呢？《史记 · 索隐》记载道：'二十六年有长人见於临洮，故销兵器，铸而象之。'长人就是巨人，也就是这些巨人出现在临洮。此事《后汉书 · 五行志》也有记载：'二十六年，有大人长五丈，足必履六尺，皆夷狄服，凡十二人，见于临洮，故销兵器，铸而象之。'由此可见，12 铜人的原型是夷狄人，铜人采用空心铸造的方式，并且大小不一，重量不一。经过换算，小铜人高 8.12 米，重达 30 吨以上，大铜人高达 13.7 米，重在 80 吨以上。秦始皇就是从中得到启示，铸了 12 个巨大的铜人以威示四方。另据《新唐书 · 东夷传 · 新罗条》载：唐朝时与新罗国境相接处有一个巨人部落，被称为"长人国"。'长人者，人类长三丈，锯牙钩爪，黑毛覆身，不火食，噬禽兽，或搏人以食；得妇人，以治衣服。其国连山数十里，有峡，固以铁阖，号关门。新罗常屯弩士数千守之。'这么多记载，您能说全是神话吗？"

儿子完全听呆了，想了许久说："确实不能因为我们没见过就否定其真。我现在想有没有可能在若干年前，地球上的人类真有许多种，诸如人鱼啊、人鸟啊什么都有可能存在，但我们这一类人的脑容量特别大，很聪明，拥有了优越的思考能力，于是就消灭了其他各类异人。"

老师说："如果是我们这一类人消灭的各类异人，应该有文字记录，您的思路再打开些。不过我们讨论的重点不在于《山海经》里的人物究竟是不是虚构的，过去的神话是真是假，有多少真多少假，我们靠想象也想象不出来答案。过去曾经出现过的各类异人，根据《山海经》描述有多种，例如贯胸国的人在胸前有个大洞，三首国的人有三个头，三身国的人有三个身体，这些匪夷所思的'人'，或类人生物、人与兽的综合体，究竟是否存在过？我们今天的科学是无法去证实或证伪的。宇宙万物中有多少秘密我们不知道？今天的科学连太阳系都没走出去，连地球都没搞清楚，连人从哪儿来都是推断设想，您有什么好执著的？今天说这些就是让您不要自我设限，没有什么不可能，也不需要做出什么结论，眼见不为实，耳听可能虚，没有见过的未必不存在，见过的也未必实在。您不要故步自封就对了！不要以为自己明白的多，您懂的那点知识在科学中是沧海一粟，在宇宙中呢？所以，人一定要谦虚，要恭敬自然万物！"

儿子问："这个观点我接受，不过我们了解过去究竟发生过什么，究竟有什么样的生物和人类存在有什么意义呢？也不过是茶余饭后的消遣罢了。"

老师说："人活着有什么意义呢？活着就为了上市？为了成功？您把什么叫成功？事业成功就是人生成功？您的成功不过是实用主义、利益至上论。实现欲望就是心想事成吗？我们说过去这些异人有可能存在，不是要来论证什么而是要告诉您，宇宙间还有多少我们闻所未闻、见所未见的各类异物？您把这些叫作外星生物、神鬼、异人等都不重要，关键是您不了解的生物一定有很多。科学家在生命方面的观点许多都无法自圆其说，您说人是古猿进化的，那为什么只有一种猿、猴、大猩猩进化？其余的几万年来为什么看不到一丝再进化的痕迹？为什么其他生物也不再进化了？从猿进化到人，更准确地说叫'突变'，其难度，无异于从鱼突变到龙，为什么地球上只有人这种生物突变了？这就形成了两种可能：其一是和人一样突变的生物还有，只是人类目前不知。其二，人就不是突变来的，进化才是神话。无论如何我们都应该清楚，宇宙生命是多种多样的，如果整个宇宙只有地球一个星球有生命现象，这就好比整个地球只长出一朵花，您说可能吗？"

儿子摇头。

老师说："由于我们对宇宙生命的无知，才会想象出电影里各种稀奇古怪的外星人模样，由于人类不自信，本身欲望强，才会假设了诸多星际大战。其实给人类生存带来灾难的，恰恰是人类自己！还用得着外星人吗？之所以说别的生物是异类，是因为人类自己孤陋寡闻。

“我们这一种人类的伟大之处，不是在发达的大脑、会使用工具，而是拥有了不同于其他动物的反思功能，反思令人拥有了灵性，这是产生智慧的土壤。然而同时欲望也增加了，有了贪心，会因生存焦虑而衍生出储存、囤积心理。老虎今天吃了头羊，几天后才会再进食，所以这几天内其他动物是安全的，它们在老虎面前过，老虎熟视无睹。大多数动物不去捕杀多余的猎物用来储存，它们和食物之间相处是和谐的。而人不是！人会想方设法地储存食物、财富等，由于储存，人对空间的占有欲随着社会发展而愈演愈烈，各种手段层出不穷。欲望就是从人发达的大脑里产生的。您去跟老虎讲道理，道理还没讲完就被咬死了。只有大脑发达的生物，才会产生其他动物无法想象的复杂性。大脑越来越复杂，就会产生越来越多的妄想和执著，就会杯弓蛇影，泛化发酵出一系列妄作，不断妄作以博求存在感。克制大脑的本来是反思，大脑最害怕人反思。产生占有、控制、恐惧、计较、阴谋的器官是大脑，产生慈悲、情感、良知、智慧、定力的基础却在于反思。”

儿子陷入沉思。

老师继续说：“您今天跟父亲一起来这里不是要进一步训练大脑，训练大脑会变得聪明，可扰乱这个世界的都是聪明人，破坏力最强的还是聪明人，聪明人是被大脑功能所奴役，成天迷惑在大脑的什么成就感、虚荣、赞美等等，这都是大脑给予的奖杯。修炼是放下大脑，超越大脑，时刻反思，从而恢复自己的修养。要知道我们的大脑是无论如何比不过下一代比人类大脑更发达的人工智能的。回归人的本性，和灵性相应才是未来人的正道。地球是个共生体，人的内在也是个共生体，各种潜伏的癌细胞、病毒和正常细胞一直就在共生，保持一种动态平衡。自然界不应是优胜劣汰的，动、植物界都没有消灭低级生命，和谐才能共存。而大脑却是个霸王，喜欢占有，产生恐惧，制造嫉妒，孕育焦虑，迷恋成功。您们在这里修养就是从转化自己的欲望、认清大脑和行为的关系开始。欲望转化了，大脑能听主人话了，自身、家庭、社会、种族、类群、万物之间的关系就会转化，最直接的改变就是过去您执著的、认为重要的，可能就不重要了。过去您一直忽略的、认为可有可无的，就会变得必不可少。”

儿子听着听着脸色由暗沉转为红润，忽闪忽闪着眼睛，看着老师欲言又止。

老师继续说道：“万物之间唯有暂时性的关系实存，要搞清楚这些关系的变化，首先要明白变化的规律，即：‘行’，五行说的是五种动态变化的关联性。《易经》乾卦说‘天行健’，‘行’是变化和运动的意思，‘行’是动能，这个动能和卦一样，需要代表，故以金、木、水、火、土五行为代表。既然是动，就有相对关系，相生相克是基本阴阳关系，我们总是喜欢相生，却忘了冬天才是孕育春天的良时，没有了冬的肃杀凋零，哪有春的生机勃勃？只剩下一种动物畅行无阻时，我们失去的不仅是同行的伴侣、丰富的交替变化、安全的周围屏障、深刻的发酵反思等都会一起丧失。如此，则生命力也同时被缩短了、降低了。五行之间的关系，生克是不相离的，正常生克关系遭到破坏后还会出现相乘和相侮两种不正常的相克现象。相乘就是指五行之间相克太过。相克和相乘不是一回事，相克是常态，而相乘是变态。如五行中的某一行过于强盛，则失去平衡和牵制，造成相对的一行被克制太过而虚弱。另一种是五行中的某一行本身虚弱，因而就显得和它相对的一行过于强盛，同样也是造成不平衡。”

儿子问：“什么是相侮呢？”

老师说：“就是反相克，一方由原来受制约的地位，反过来去制约另一方，也就是对原来‘克我’的进行‘反克’，这叫‘反侮’。阴阳是五行之母，阴阳失调才会出现相乘和相侮这两种不正常的相克现象。相乘是按五行的相克次序发生过强的克制形成病态；相侮是发生与五行相克次序相反方向的克制现象形成病态。两者之间，发生相乘时也同时相侮；发生相侮时也可以同时相乘。不偏不倚才是正道。”

儿子突然大声地问：“老师，现代社会道风日下，人心不古，我们该如何存身才能安心？

老师笑：“这个问题好！首先是‘敬’，敬天、地、大人言，和您讲这么多，不是让您再多懂些知识，知识不能帮助您健康、智慧、涨功，反而会成为您的迷惑。讲的多是要您知道自己无知。古代人认为皇帝是最尊贵的人了吧？以九五之尊号令天下，您看看‘乾卦’的爻辞九五是怎么说的？‘飞龙在天，利见大人’，飞龙在天，天时地利人和已得九五之尊，为什么还要利见大人？因为利见大人才是飞龙在天的结果！九五之尊，尊在能时刻利见大人。九五爻是飞龙在天，我们看看前面的九二爻怎么说？‘见龙在田，利见大人’，中国古时天空的主要星座被分为二十八宿，其中又以七个一组分为四象：东青龙，西白虎，南朱雀、北玄武。东方的青龙七星被称为龙星，每年春季龙星从田间地平线升起，寓意着龙出现在东方的大地上，万物发生，大地锦绣，阳光明媚，故‘见龙在田，天下文明’。”

儿子又问：“大人是什么人？”

老师说：“是引领天下文明的有大智慧、大德行的人，大人是合道的人，有能力辅助飞龙普惠天下众生。故，见大人，闻大人教诲，善用大人之言引导文明社会，属于明君之明。‘敬’是由心而发的诚敬，不是礼貌，不是装样，不是利用，只有内心真正的由敬而发，才能真正领悟大人言里蕴藏的宇宙万物可见的规律和不可见的奥秘。

“而现代文明以物质文明为核心，是资本掌握了审美权、解释权，引领着社会潮流，资本掌握话语权的时代，总统也会是资本的侍女，资本是为了资本拥有者服务的，而大众是消费者。资本创造消费、引导消费、由此炮制出各种刺激消费的合理理由、借口，至于给人类造成什么后果，人类究竟是进步还是退步，社会形势是发展还是滑坡，这些都不是资本考虑的问题。资本只为逐利而设，您如果反逐资本，能安心自在吗？”

儿子笑道：“老师，我……我……我，有些明白了！我干了不少傻事啊！我很奇怪，您为什么能这么通达？”

老师也笑：“通，源于发自肺腑的热爱，不是爱学问而是爱生命。自己的生命和他人的生命能如出一体，这就是慈悲。有了慈悲心，才会通万物。由通而达，达是传达，传达利益给众生，与人安心，与人欢喜，与人清净，此谓‘达人’。通达的基础是慈悲，慈悲的基石是至诚。《中庸》云：‘唯天下至诚，为能尽其性；能尽其性，则能尽人之性；能尽人之性，则能尽物之性；能尽物之性，则可以赞天地之化育；可以赞天地之化育，则可以与天地参矣。’”

老师说着顿了一下，看了看他们父子和校长，说：“我们血液里的钠、钾、镁和动物血液里的、海洋里的成分相同。万物同源，孔子曰：‘己欲立而立人，己欲达而达人。’能照见自己本来面目，尽他人之性，尽理之性，尽物之性有何难？”说完，老师就转身离开了。

他们父子一言不发地望着宝莲泉，陷入了久久的沉默。

今天的课程主要是唱诵，儿子平时老说自己五音不全。可今天老师对他说：“五音对五行，宫是土，商是金，角是木，徵是火，羽是水，声而发音，是通过提振不同频率打开磁场的武器，各种磁场能激活，身体就有气场，音能通过不同频率排出大脑毒素，复苏沉睡的脑细胞，帮助您降服大脑产生的欲望。声音能调节身心气机，平衡情感，动荡血脉，流通精神，和正心绪。音，而至乐，是天地交泰，远物来集，动人心深。《群经音辨》中解释‘乐，治也’。音中包含的宇宙信息多到不可思议，我们要知道我们发出的音，万物都能感应到，音的频率就像脑电波一样，和自己体内的每个组织细胞的生物波能共振，和宇宙万事万物的磁场能共振，此乃儒、道、禅、医各家之共识。”

老师说着就唱了起来，她的清音在宁静中洋溢着温暖，能让人在不知不觉中跟随行云流水般的清净音走进心的净土，这不就是治愈力吗？内心的繁杂随着声音在渐渐转化……老师的唱仿佛一丝丝地往毛孔中钻，老子说：“大方无隅，大器晚成。大音希声，大象无形。”

午后阳光温暖如春，这清音飘飘忽忽，若有若无。他想，我曾经听过吗？为什么感觉那么熟悉？中午在宝莲泉时他感觉到拂面而来的风中带着童年的味道，带着思念的气息。是记忆在划动着风轮吗？晚秋的暖阳总是这样短暂，在那一簇阳光下，老师仿佛带着他们一起在太空翱翔。

究竟是他走进了音，还是音走进了他的心？消融，对！这就是消融！那一刻所有的纠结不见了，从空到空，空而不空。

易卦由阴阳重叠组成八卦，由八卦而至六十四，卦象包罗万象，可归根到底就是阴阳两组长短线，实为几个符号而已。然而却由此两线化现万态，寓意万事、万物、万有。万物虽有，其理不过太极，为有而非实有，以无知而无所不知，以无得而无所不得，以无为而无所不为。

就在那天下午他发现儿子开始认真对待了，从跟着大家混到跟着大家学，再到自己主动请教。他知道，改变儿子的力量来自柔软。老子说“弱之胜强，柔软在上”，狂风能将树木连根拔起，却对小草无能为力。学校里各位老师用微笑，用包容，用博学，用种种智慧而又柔软的一切发出真诚呼唤，这才是消融心里坚冰的利器。这锋利在于能卸，卸去包裹人的盔甲，卸除扑面而来的对立，卸却大脑意识里顽固不化的堡垒。

百病皆由气生，《内经》曰：“恬淡虚无，真气从之，精神内守，病安从来？”身心因气顺而通达，通达而知足，知足而不忧，不忧而常乐，常乐而色身必转。他笑了，他终于明白什么是无医而医的医道了。

心门开了，心地会自然开出一朵心莲来。

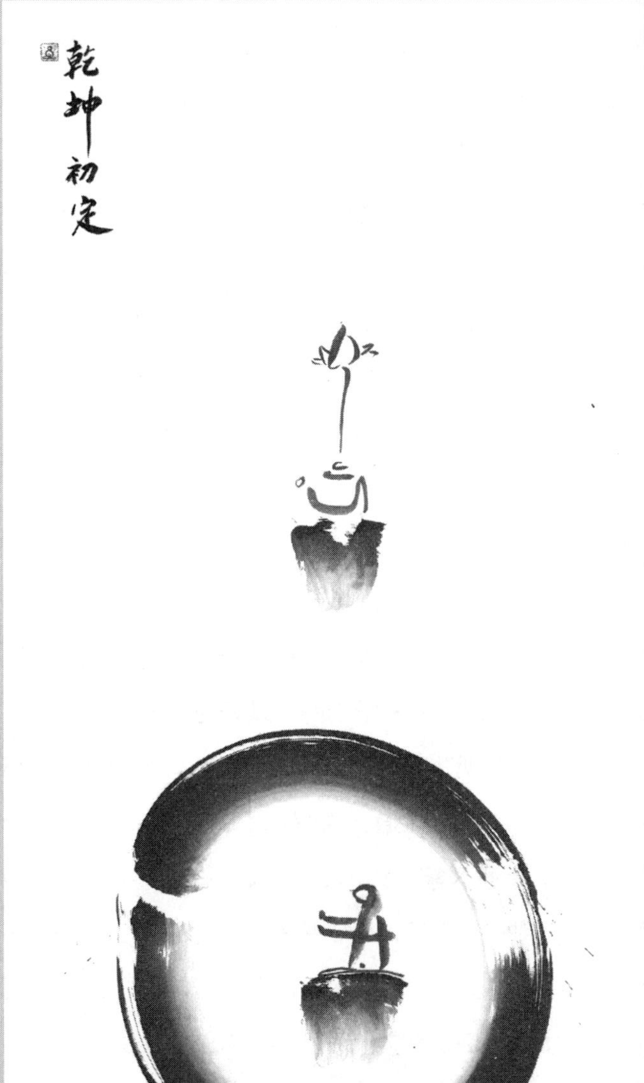
乾坤初定

连山艮

譬喻人生，
山是障碍也是挑战，
所有的限都是自我设限。
眼所见能力境界之目障，
正是精神的起跳点。

深夜，他躺在床上睡不着，各种声音从书房传来，有歌声，有笑声，有叫声，咦？这会儿怎么没声音了？他披衣坐起，想了想，就去厨房打开煤气：煮一锅陈皮绿豆汤送进去吧！

书房灯火通明，儿子已经连续多日，下了班就招呼来一大群人到家里聚会，天天晚饭也不吃，挤在不大的书房里交谈。

从长白山回家已近两月，离开学堂时，儿子装了一大包书，他把老师写的二十几本书都背在包里自己带上了飞机。他看了心中欢喜，却忍不住问：“你不嫌重啊？网上可以买，何必背着？”

儿子头也不抬，说：“爸，自己背回去的和从网上买，温度不一样。再说了网上可能缺货，买不到咋办？”

“我房间里有一套，你拿去看呗！”

“那是您的。我自己的，自己背。”

“儿子，你多久没看书了？这次破例了啊？”

“爸，我还要不要脸了？”

“哦？怎么说？”

“我数学成绩从来在学校都是数一数二的，在清华上大学时也不赖。毕业出来做互联网，身边朋友几乎都是学数理的，这是我的专业啊！这次倒好！老师天天批得我哑口无言不算，居然人家说的我连反驳的机会都没有！什么天数、地数、人数、成数、合数、集数、易数、象数、阴数、阳数，还有什么大衍之数，爸！您懂吗？您回来学习了吗？我看您就是当耳旁风吹过去就不管了。我可丢不起这个人！其实老师说的有理啊！阴性的，虽然看不见摸不着，充满空间却不占有空间，没有质量也没有重量，却带着信息，带着能量。比如我们说话时的声波，比如互联网的确都存在，但却未必以粒子形式存在。虽然有信息与能量，但存在的形式却是以波或者是波群的方式。其运行的速度，一起步就是声速、光速，那也就是说阴性物质如果以超光速形式存在，现代科学是触及不到的。物理仪器能捕捉的最高速度是光速，声波逃不出电的掌控，所以能被记录；而阴性能量，几乎都是只可意会不可言传。”

“儿子，我怎么会当耳旁风，爸爸也想学啊，要不你以后教我？”

“爸，克劳德·艾尔伍德·香农是美国数学家、信息论的创始人，他被誉为‘信息论之父’。1948 年，他写了《通信的数学理论》，基本上目前任何产生、存储或以电子方式传输信息的东西都是基于香农的书。香农理论的重要特征是‘熵’，他证明熵与信息内容的不确定程度有等价关系。熵曾经是波尔兹曼在热力学第二定律引入的概念，我们可以把它理解为分子运动的混乱度，熵越大，信息越不清晰，直到它变得无法理解。从量子观点看信息理论，粒子的位置，它们的运动、行为、所有属性，展示的是它们的信息和它们背后的物理力量。粒子可以表示为信息，并用二进制代码描述。所以亚原子粒子可能是宇宙作为巨型超级计算机正在处理的信息。

除了量子力学，信息理论已经被应用到音乐、遗传学、投资等领域。此外，约翰·阿奇博尔德·惠勒也是信息理论的有力支持者。惠勒说，宇宙有三个部分：第一，一切都是粒子；第二，一切都是场；第三，一切都是信息”。

他点点头，说：“儿子，这是你的专业，确实，一切都是信息。你自己是良导体，就能无碍接受和传递信息。”

“是的，爸。我昨天被老师抓了会儿手，然后那半边身体触电一样，我知道她这是给我传递能量呢！为什么她一抓我手，我头就麻了，思维断片儿了，口水哗哗流，半边身子半身不遂一样，却能清晰感觉一股电流从手经手臂直窜头顶？这不就是能量吗？我被她一抓才想起来，人体除了我们可知的血液、内分泌等等，科学也证明了能量，西方人认为这大概就叫气和微电流，细胞之间会交换信息，气和微电流西方人认为这种能量是生物磁场。生物磁场里就包含了人体磁场，我回忆起来以前还背过人体磁场的构成因素，有生物电流，也有某些强磁性物质或能量进入人体后，人体在外加磁场作用下被动磁化；还有感应磁场；还有人体本身产生的磁场，经络及穴位、脏腑、大脑、五官、肌肉都有磁性。可一般人的磁场强度都很微弱，我过去就当知识读过就算了。这次老师说人体中的电流是以脊柱线为中线于此成 90 度的方向形成电磁场，上传至脑，下达四肢百骸，磁场的能量大小和人的电流大小成正比，由于普通人的生物电极其微弱，所以磁场也不大，容易受外界强大的磁场影响，这就是被磁化，近朱者赤近墨者黑，普通人就需要常亲近有智慧的人，否则就一定被墨染，被低能低俗低级的人和事拖入熵，也就是被其磁化。”

他点头。

“爸，我这几天注意了，老师反复强调脊柱的通畅性对我们多重要，这是让我们扩大和加强人体生物磁场啊！生物体的基本单位是细胞，也就是蛋白质和水组成的共鸣磁场回路，为什么给牛听音乐，牛肉会变化？共鸣磁场回路改变了！气波动是生命力啊！为什么老师一直没有强调开发大脑？灵感啊、悟性啊、能量啊，这些生命力核心都不是大脑产生的！谁能操纵和带动气场？生命力强的人，能量大的人，如何能操纵生命力能量，靠气脉通畅、精神集中啊！人的气脉和精神与宇宙之气、宇宙意志是等通的，自己的电路通了变成良导体，就能收到亘古不变的宇宙信息。一通百通，圆通圆融，我这次总算是理解了这一点，对心心相印也就更加理解了，这不就像打开收音机，要听 FM95.6，调得多一点，少一点，收的信号都不清晰，必须是恰恰好、适度，才能听得清楚。”

他说：“我一共听过三次老师的音乐会，第一次听我差点睡着，本来就又饿又累，一下子特别安静听老师唱，除了感觉唱得好听，躺着挺舒服的，剩下来就感觉被催眠了一样困啊！可后两次，我越听越觉得不同，最后一次浑身酥麻，好像泡在温泉里过电一样。我就知道了，过去我自我意识强，杂念多，这些全是有害电波，近墨了啊！所以心和心不能相印。我放下一点，大脑清空一点，就接收清晰一点，就能收到老师放出的电波。”

“哈哈，爸，你也挺有悟性的啊！台风为什么有力量？台风中心是空的，越空越有力量啊！老师说台风那阵子我认真做了笔记。她说台风就是太极，通过叠螺旋的形式生长，人体的 DNA 不就是这种形状的？叠螺旋就有左旋和右旋，左旋是内旋，就像黑洞，能吸收一切，右旋是外旋，就像白洞，能吐出一切，一阴一阳，一呼一吸，合成一个圆相。我这次是听得豁然开朗啊！为什么刚开始来这么好的原始森林我也没太多感觉？自我封闭了！我堵成那样，去风水再好、负氧离子再高的地方有什么作用？老师说得对！只有自己通了，才能和宇宙万物同气感应，同声相求。爸，其实这些我以前都知道些！可全是概念，这次陆续接通了一样，我回去马上开始拜读老师的书。爸，您真是！您还以为老师是有什么特异功能吗？其实每个人都有特异功能，咱就是心里欲望太重，杂念太多，太执著，所以发挥不出来！等着，我真正学几年，肯定不是今天这样了！老师说人心运转的速度，远远超过光、电的速度，用物理仪器根本无法捕捉，只好用

‘精神’这个名来表达，她说人能一念万年，我还真信！我就从头学起，我赶紧实修实证啊，我得知道老师在说啥，否则以后怎么对话？凤凰和鸡开会？”

他听着心里这个乐啊！但不敢表现出来，故作深沉地点点头！伸伸拇指狠狠地给儿子点了个赞！然后就看着儿子举重一样背着个硕大的背包走来走去。他知道儿子的性格：认定的事，就有一股特别的韧劲。

毕业这么多年，儿子就认定要创业要上市，于是玩了命一样工作，没日没夜地开会、出差、应酬，公司扩张，他忙得没时间锻炼，没时间恋爱，没时间照照镜子看看自己变成了肥猪一样憨态可掬。

他想方设法骗他去见了老师，他知道自己说不通聪明绝顶的儿子，只有带他去见高人，或许还有一丝希望。那天，老师指着儿子的大肚子，笑说：“减肥不减肥要看您健康还是不健康，有的胖子身体很柔软，经络很通畅，爆发力也好，安禄山就是个胖子，动作协调，反应灵敏，气场强大，胖和他相应何必一定要瘦？弥勒佛也是胖胖的样子啊。婴儿都是肉嘟嘟的，身上特别有弹性，健康的胖本来就很有亲和感，不一定瘦了就好，更不是有肌肉就好。有的人长期健身、运动，肌肉发达，四肢有力，却并不健康。胖与瘦，不在体重，不在肌肉，而在于和个人相应。”

儿子听了没说话，可是他却真的变了。从上飞机开始就先看书，回到家成天抱着书看，还每天都做书摘发公司群、朋友圈，他从恢复上班开始，每天中午领着公司里的人午间修养，做工间操。有的时候还和外地公司的员工网络共修，早上打卡开始打坐，每天汇报吃什么。他把老板椅换成了大硬木的，自己在椅子上盘坐办公。他号召员工们下了班一起不吃晚饭，在公司做茶熏，之后还带些骨干回家开读书会。儿子从小就是孩子王，有领导力，并且办事认真，待人真诚，这才会有一大群人跟着他创业、投资。他的认知决定着身边人的走向，现在他自己转化了，那些朋友也都跟着他转化。不知不觉两个月来，真带进了一批认真读书、思考的人。

两个多月时间，儿子的变化有目共睹，身体瘦下来三十多斤，整个人清减了，气色红润了，下半夜不出门应酬了，每天带人回家挤在书房里讨论、修养。家里虽然不大，但挤在一起很有气氛。今天晚上，他听着里面一会儿半天没有声音，知道在打坐，于是轻手轻脚地不敢发出动静。过了一会儿，里面恢复了热闹，他就乐呵呵地端着刚熬好的陈皮绿豆汤走了进去。

儿子正和另一个胖子讲话："五藏和五行是有辩证关系的。风、惊、困、喘、虚可以归纳为肝木、心火、脾土、肺金、肾水，主要表现有虚实、寒热之变。老师曾告诉我吃得过酸，肝气过盛，脾气乃绝；吃得过咸，肾水克火，又反克土，所以心气压抑；吃得过苦，心火过盛则火旺土焦，胃气过热；吃得过辣，辣主肺主金，筋脉主木，金过盛而克木，所以肝筋失常，木又主神经系统功能，所以神经衰弱和筋骨功能减弱是一脉的；吃得过甜，甘主脾主土，土过盛则消耗火，火生于土，子病累母，所以引发气逆不舒胀满而喘息。土又克水，故而肾功能被伤，引发其他一系列病症。"

那胖子用崇拜的眼光看着儿子，说："老大，您，行！"

儿子有丝丝得意，"我认真啊，我会背啊！书上处处都是宝，您们得和我一样读、抄、背，然后成天思考啊！我为什么瘦下来了？我发现了我的胖就是乱吃、不动，我为啥有痛风啊？吃得呗！为啥有脂肪肝啊？还是吃得呗！我那么爱吃各种重口味的东西，工作压力越大就越拼命吃，这不就自己祸害自己吗？老师说疾病的发展有规律可寻，是从外部到皮肤的金，再到络脉的木，再到血脉的火，再到脏腑的土，最后到骨髓的水，这就是路径！和我们息息相关啊！扁鹊见蔡桓公的故事我们小时候都背过，他先看出桓公有疾在腠理，桓侯说寡人无疾。扁鹊离开后桓侯说扁鹊好大喜功。十日后扁鹊复见，说：君之病在肌肤，桓侯不应。又过了十天，扁鹊复见，说：君之病在肠胃，桓侯不应也不悦。又过了十日，扁鹊看见桓侯转身就跑，桓侯不解其意，派人问他，扁鹊说了一段重要的话：'疾在腠理，汤熨之所及也；在肌肤，针石之所及也；在肠胃，火齐之所及也；在骨髓，司命之所属，无奈何也。'说完他就逃到秦国去了，桓侯遂死。我根据老师要求，把《韩非子》的这一段拿出来再读时，被深深触动了。桓侯的病情不过是一个月时间，就发展得如此之快，并且扁鹊为什么一眼看出他的病？这是望和闻的功夫，望是气色、皮肤、眼耳鼻舌身的状态和精神，闻是体味、病气、声音、语言、呼吸等。扁鹊没有体检、没有仪器却能一见便知病情，这是什么样的功夫啊！再看桓侯，病得如此之重，自己却毫无察觉，还说人家扁鹊好大喜功！我们的病不也一样？都是因为不自知啊！能救命的人，我们却不听他的话，这不就是迂腐和笨蛋吗？我自己过去贪美食，贪美言，贪美服，我都胖成猪了还成天买名牌，这美真害死人啊！您和我过去一样，那么贪吃辣，筋骨能好吗？您把我刚才说的当理论，就背不下来，如果把这些当成生命健康的指引，理解了其中相生相克的关系，这就不需要背。我给您看我是怎么记的。"

儿子说着就打开抽屉拿出几张表，说："我成天在参，开始也记不住，后来我搞懂了这里面有逻辑关系：一、辛走气，气病的人就不能多吃辣的，苦为火，火旺克金，也不能多吃酸的，木为酸，木旺会反克金。二、苦走血，血病的人就不能吃苦，土主甘，防土泻火，也不能多吃咸的，肾主水，水旺克火，还不能多吃辣，辛主金，金旺反克火。三、咸走骨，骨病就不能多吃咸的东西。四、酸走筋，筋骨不好的人不要多吃酸，辛为金，金旺克木，所以也不能吃辣。五、甘为土，土旺也能反克木，所以不能多吃甜食。甘走肉，肥胖、肉病的人就别吃甜食了。"

"那我还能吃什么？"胖子听了一脸绝望。

"饮食清淡就行啊，别贪吃，别贪喝，别贪好吃，别贪豪爽，总之别贪。我搞明白了这逻辑关系，现在不吃爆炒、火锅，饭量减了三分之二，油盐酸辣这些不碰了，这不？两个月就瘦了三十多斤？您有啥不能做到的？改！改习惯就成！"胖子面露上刑场一般的表情，咬着牙，说："得！

老大，听您的！就这么办了！改！”

“饮食包括食量和饮量的问题，尤其现在爱饮酒的人。感情深一口闷，这个对身体可不好。还包括‘寒温无节’，你大量进食生冷、冰冻的东西，冷食会伤阳气。这些习惯都不好，这不是生生不息，而是杀生。”

胖子倒吸一口凉气，说：“杀生？我还以为杀生是出家人说的杀死别的生物呢。”

“现在许多东西都是冰冻的，乱吃冷食害阳气就是杀生。人的阳气对于生命来说太重要了，不要轻耗。救都救不及，补都补不及，你还老去伤害它。饮食的另外一个问题就是荤素的问题，草食动物的肠和齿跟肉食动物的肠和齿是不同的，这是一个客观的指标。肉食动物都是伶牙俐齿，都是尖的齿，我们的四个牙就是肉食动物的尖齿；素食动物都是平牙，我们除了这四颗尖齿之外都是平牙。我们有三十二颗牙齿，二十八颗是平牙，四颗是俐牙，这就是我们该吃多少荤该吃多少素的标准，大家自己去计算。”

旁边还有一位眼镜侠，眯着眼睛在看书，听到大家不说话了，就说：“你们看，书上说的多好啊！我跟你们分享一段：人如何认识自己，要从虚处入观。我们知道宇宙中绝大部分的物质是人类目前所不能见的，假名暗物质、暗能量。那么身体呢？不要说心不能见，身体内的经络、气息、能量能用眼见吗？《黄帝内经》没有提到怎么吃饭、睡觉，没有根据具体病开方拿药，许多人不理解《内经》在说什么，在说虚、说阴、说暗、说无形啊！用《内经》中的话说，就是‘藏象’！

“藏是无形无相，《素问·调经论》曰：‘心藏神、肺藏气、肝藏血、脾藏肉、肾藏志，而此成形。志意通，内连骨髓，而成身形五脏。五脏（藏）之道，皆出经隧，以行血气。’《素问·六节藏象论》中说：‘帝曰：藏象如何？岐伯曰：心者生之本，神之变也，其华在面，其充在血脉，为阳中之太阳，通于夏气。肺者气之本，魄之所处，其华在毛，其充在皮，为阳中之太阴，通于秋气，肾者，主蛰，封藏之本，精之处也，其华在发，其充在骨，为阴中之少阴，通于冬气。肝者，罢极之本，魂之居也，其华在爪，其充在筋，以生血气，其味酸，其色苍，此为阳中之少阴，通于春气。脾、胃、大肠、小肠、三焦、膀胱者，仓廪之本，营之居也，名曰器，能化糟粕，转味而入出者也，其华在唇四白，其充在肌，其味甘，其色黄，此至阴之类，通于土气。'”

眼镜侠陶醉地读着，突然看到大家都在瞪他，大梦初醒一般地说："哦，对了！古文你们都听不懂，听不懂就一起看！看文字就好懂一点！我刚才看到这里就想，这个藏象是不是就是暗能量呢？是心灵作用呢？"

儿子说："藏是心灵，象是心灵的作用。不要混为一谈。"

眼镜侠说："你悟道了啊？这么厉害？"

儿子说："你别偷换概念，乱用名称，我这就悟道了？再瞎说就会误导别人。不过我曾听老师说，《黄帝内经》里几乎不见对大脑的论述，肝肾心肺脾没少说，为什么那么重要的大脑不说？是古人不知道大脑的作用？不知道大脑是神经中枢？显然不是！《内经》只有论述肾的作用时谈到了脑髓。这绝对不是古人遗漏了，所以读《内经》要用心去参！古人实在是太高明！明白大脑才是人与灵性契合的干扰器。"

眼镜侠说："这一段我也找到了，大家看：《灵枢·本藏》曰：'五藏者，所以藏精神血气魂魄者也。'是以神魂魄力意志为代表，属于人精神层面的能量。后人把五脏认为就是五藏，或者认为五藏就是藏象的藏，这就狭隘了。藏不仅是深藏于脏腑器官的功能，还是精神的源头，其作用在象，今人只知道在象上用功，讲究药到病除，其实是以药缓解象，而无心挖掘藏，这是本末倒置了。藏的本意是隐藏、潜匿。《说文解字》曰：'藏，匿也。'是人类自己要挖掘的宝藏，生命里的核心动力是藏的，以神、魂、魄、意、志这五样为代表的藏，主导着人的精神，心肝肾脾肺出问题是象，主人是藏的。藏是动词，是飘忽不定、如影随形的。象可知，藏不可知。象是藏的印迹，我们看不到风，但能见树动，树动是象，是藏者之象。怎么知藏？比如说神‘其华在面，其充在血脉’，魄‘其华在毛，其充在皮’，魂‘其华在爪，其充在筋’，志‘其华在发，其充在骨’，意‘其华在唇四白，其充在肌’。因此，有智慧的人会用藏来确定象，而不是像西医一样反过来用象来确定藏，必须根据藏来划象，而不是根据象来划象。用解剖生理系统来推断精神，这就颠倒了。《内劲》中‘藏’本不包括一切有形的器官，但在‘象’的层面上，却包括了如五脏、六腑及奇恒之腑，就是脑、髓、骨、脉、女子胞。象有形，故为藏的载体。这也就是说藏是本，象是质。转化精神，是从‘藏’入手，这是修心的桥梁。”

他们正津津有味地说着，儿子一抬头看见他，说：“爸，老师下周来，您知道吗？”他一愣，说：“不知道。”儿子说：“下周画展，老师来还有小范围讲谈，不过名额好像已满了，您要不别去了？我带这几位去见见老师？”

“我必须去！”他赶紧斩钉截铁地答。这事不能让，他可不做好人。

一转眼到了下周，他满心欢喜地独自找到画展的大楼，儿子带着一大群人早就到了。他看到画室有些意外，采光并不好的画廊本有些灰暗，可不知为什么因为几幅巨画，突然令人心里感觉明亮了起来，狭窄的空间也仿佛变大了。

由于场地关系，来的人不多，都围在老师身边，热烈地谈论着什么。他走近一看，果然是儿子在和老师对话，只听见老师在说：“《易经》是群经之首，也是群经之始，它涵盖万有，广大精微，是中华文明的源头活水，易分三部：夏代的《连山易》、商代的《归藏易》、周代的《周易》，并称‘三易’。《易》不是一个人的智慧，表面上为伏羲、文王、周公、孔子四圣合著，即伏羲画八卦，文王作卦辞，周公著爻辞，孔子撰《易传》。实际上这是中华文明的集体智慧。‘三易’有何不同？从起卦上可见一斑。《连山易》以艮卦开始，象征‘山之出云，连绵不绝’，这也是这幅画的寓意。”

老师指了指面前的那幅画，他顺着老师的手看过去，咦，是眼睛花了？为什么感觉这幅名为“连山”的画在动？他看到画中连绵不绝，处处有生机。

老师又指了指另一幅画，说：“这一幅叫‘无尽藏’。黄帝的世系又名‘归藏氏’，他那个年代的易，名《归藏易》。《归藏易》以坤卦开始，正阴，象征‘万物莫不归藏于其中’。”

哦！他突然想起几天前的对话，《黄帝内经》的藏象不也是归藏吗？

只听老师接着说道：“人类文明，是天始地生，始是播种，生是养育，万物皆始于天，而生于地，终又归藏于天地。道家思想得意于此，老子《道德经》中将归藏的智慧发挥到淋漓尽致。抱阴而负阳，冲气以为和。我们现在流行的《周易》是从乾卦开始，正阳。孔子继承了《周易》奉天承运的思想，‘天命之谓性，率性之谓道，修道之谓教’，儒家讲求入世，经世济民，以阳法教化世间为主。”

儿子说：“老师，您刚才是不是说到东方生命修养和《连山易》有关？”

老师说：“是的，《连山易》以艮卦为始。《象》曰：‘艮，止也。时止则止，时行则行，动静不失其时，其道光明。艮其止，止其所也。上下敌应，不相与也。是以不获其身，行其庭不见其人，无咎也。’东方生命修养和世间法是反其道而行之，以艮卦为起始，我们以打坐的姿态困住下肢，多时间处在坐式上。”

儿子说：“为什么太极修炼从站桩开始？”

老师笑道：“您还是狭隘了，行住坐卧何处无桩？站有站桩，坐为坐桩，行是移桩，卧乃定桩，桩为不散固定之意。怎么会只有站相才是桩功？为什么太极功夫从桩始？桩不一定只有站啊，桩就是知止，即艮卦。普通人生活处在发散状态，不集中，桩就是要恢复身心之间的联系，以身为基石，桩是悟之先机，亮灯需要点火器。故而桩功没有什么固定姿势，而以心定为本，将一切的变化减到最少，专心致志，摄心一处，开始修炼。老子说‘合抱之木，生于毫末；九层之台，起于累土；千里之行，始于足下。为者败之，执者失之。是以圣人无为故无败，无执故无失’。您如果认为修炼太极功夫有什么定相，就是‘为者’和‘执者’。一切修养的核心是从止显定。艮，为背，为止。止的字根是上，‘上’是人生锲而不舍追求至善的状态，禅门说向上一路，为了能向上一路、不断成长，就需要用‘止’来打底。欲前先后，欲上先下，止是反求诸己，以至于‘正’。‘正’不是一种固定不变的状态，而是应时、应机、应位的动态，能以止合一，通于天人，感应万物，时刻纠偏，常行中道，不偏不倚，不走极端为正。上一止一正，后面的总比前面的多一画，表示向上一路。背是不自动的，人不能自见其背故需要细心反观。我们要知道凡事先减再加，气不吐净如何吸满？人生也是一样，实从虚生，关注点放在虚处，才能作用于实。人的督脉在后，任脉在前，背部在后，胸腹在前，修行要倒过来才行，修炼时气路是从会阴由下而上沿督脉至头顶再往下的。也就是说气向是先后再前，故此，背其实是前，胸腹其实是后才对。人往往习惯关心眼前，不在意钝化的背部，不理解背其实是人首先要关心的部位，疏通隐藏在脊椎里的督脉，以及内外膀胱经、双侧胆经，身体热，气就能运行，阳气就能生发。如何能运气向上呢？先要止！水月太极强调双盘就是坐桩，此和站桩形异而理同，都是止功。越想上，越需止，越止得清净自在深层，越能进入禅定，定力深不可测，其端在于能止。”

儿子频频点头。问：“古印度瑜伽也强调打坐，这和咱们的修养法有什么区别吗？”

老师说；“从修养方式来说，古印度瑜伽主要以瑜伽士独自山中苦修为主，如达摩祖师在嵩山面壁九年，他们更强调自修，他们的核心是‘破’，修行是为了破除人在世间的享乐、欲望，从而能解脱。世俗生活是庸俗的、不圆满的、被否定的，人世间的一切情爱、家庭、俗事都是需要戒掉的，所以有明确的戒条，对修行人有许多具体要求，目的是破除积习。而东方生命修养的特点却是‘开’。开就是太极，阴阳都在太极内，生出来万事、万物、万有，海纳百川有容乃大，不二皆同无不包容。这是开！定，不是往内收，不是克制自己的欲望、在消减自我生命力中达到某种境界、实现救赎，能于红尘中不惑、不忧、不惧，不就是定力使然吗？消融分别对立，‘和其光，同其尘’，能把红尘当成净土，在此地立地成佛，是开！开才能人与天地无处不合，如果感觉有碍，感觉红尘不净，就不是开，而是闭。”

儿子问：“为什么同样是东方生命修养法，其内涵有这么大的不同？”

老师说：“橘生淮南为橘，生于淮北为枳。”

儿子说：“我明白嘞，一切的文化、文明在其传播、落地、移栽和孕育的过程中都是有变化的，法无异法，因人而异，因地制宜。印度这个地方宗教性强，婆罗门最向往的是去往大梵天，达到梵我合一。而中华文明从《易经》开始,《易经》的智慧和《心经》中‘色空不二’的智慧相通，中国的祖师们将色空不二之妙论发挥到了极致。中国人修行不能照搬印度的，同理现代人修行不能照搬古人的。这些全在智慧起用里。”

老师笑着说：“还是您有灵性，一点就通。比如说老师见到了一位新来的学生，会怎么看学生呢？人与人之间，‘性相近，习相远’，区别在习气上，就如同相同级别的电脑一样，内存相同，可为什么开机速度不同？就在于有的电脑定期杀毒、清理、整顿，所以内在畅通；如果平时不杀毒，一打开页面跳出许多乱七八糟的广告，里面的东西也杂乱无章，所以想要在新地种出庄稼来，就得犁地松土，不能随便撒种子，板结坚硬的土地不可能长出庄稼来。人在自心、身体上犁地松土的过程是向内求，往内走才开始清醒之路。人内心的净化度，叫‘根器’。有人领悟力快，悟性特别强，一开机马上就能启动，这就是经常内心杀毒、清理、整顿，身土是空、松的，所以信号接收灵敏，播种能丰收，这种状态就叫悟性高。什么是好老师呢？能看到学生的境界、状态并用他们的境界和状态来引导他们。什么是迂腐教条？就是一切照老祖宗传下的来，一点儿也不能改，见谁都是那一套。背古文，行古礼，什么都不能变，这就是教条、固执、僵化，这不是中国智慧的‘开’。东方生命修养一定是活生生的，一定是能开的，能活学活用，能随缘自在，这些源于其对人体、宇宙、生命整体、圆融、全息、含摄状态全然通达的认识和领悟。”

儿子问：“我们平时怎么给自己犁地松土呢？”

老师说：“人为什么要睡觉呢？睡觉的时间本是清理整顿获取生命能量的过程，可是您在睡觉时间做什么？”

儿子说：“以前在工作，现在在读您的书！老师，读您的书不困啊！越读越兴奋。”

老师笑道：“我自己睡得也少，能净化身心不一定要睡觉，睡觉的关键在于恢复和净化。如果像您原来那些开会、聚会，脑袋里面太复杂，即使睡再多觉也得不到休息。我晚上写作、练功也会搞到很晚，但大脑不复杂，任何时候都能归零，能清理整顿修复。您读书读兴奋了，同样在杀过去思想里的毒。‘开’就是疏通、打开。人人皆有悟性，为什么多数人悟性出不来？因为被堵死了，线路不通。身体各个神经被外界所影响，产生波动，内在的能量不足。东方生命修养‘开’的源头从哪儿来的？从《道德经》来，‘知其雄，守其雌，为天下溪。为天下溪，常德不离，复归于婴儿。知其白，守其黑，为天下式。为天下式，常德不忒，复归於无极。知其荣，守其辱，为天下谷。为天下谷，常德乃足，复归于朴’。未生之前的血泡娃娃名赤子；三岁之前未通人事，未收五谷油盐、荤腥的名婴儿。未染物欲，不通权谋，不知名利，不恋声色，不懂善恶，不别美丑，不计得失，不知功过，不相倾轧，不会忧愁，为天真无邪。这就是归于天真的修法，中华文明中最核心的太极，从止而定，由此发出不二智慧，不二是一个圆相。圆相就是当下，凡是人生，总要有个落点。例如，瑜伽要梵我合一，修道要羽化登仙，渐修法门有次第的落点可以检测，而我们，则是强调活在当下。当下不可说，无形无相，无法检测。这就麻烦了，许多人感觉无依无靠，空荡荡的，越修越空，其实越修越空、越感觉不到什么，是好现象啊！”

儿子说：“什么是活在当下？”

老师说：“古时的祖师常对弟子说：活在当下，弟子绝对不会问：什么叫活在当下？因为弟子们对大道是不怀疑的。知道当下只可意会，不可说，所以自然而然明白是自己修养不够，老师既然说了要活在当下，自己不明白，那就说明自己悟性还不够，马上反思自己，毫不怀疑，当下起行便是，不会成天怀疑。而现在人看似好学，其实不信。喜欢问：老师，我比较笨做不到怎么办？我时间不够怎么办？有什么能证明悟性？还有就是怎么证明当下是什么？”

众笑。

老师也笑，说：“放下的越彻底，才能身心越放松，不要习惯于思辨，什么都想证明。你怎么证明你爱一个人？‘放下’不就是一句口号？但凡有放不下的人，永远是被自己的执著障着心眼，这还如何活在当下？但凡有执著，就不会活在当下，而是活在执著里。就会有条件、有逻辑、有思辨、有疑惑，不过当下虽不可说，不可触及，但也得有方法契合，东方生命修养即是进入其中的方法之一。我们的修养是从知止入，知止而有定，定的第一层含义是圆融和谐。世间万物玄之以黑，素之以白。黑和白、阴和阳、善和恶、明和暗、清和垢、正和邪、是和非交相变化，叫‘玄之又玄’。动以极阳，静以极阴，从极清晰到极混沌，从极混沌又到极清晰，螺旋上升，天外有天是玄之又玄，这才是太极境界。没有固定不变的阴阳，没有一成不变的善恶，没有不能转化的正邪，只是愚昧固执的心中无眼，不透气，不出入，不肯变化。世间万物本就是阴中有阳，阳中有阴，阴能生阳，阳能生阴，阴阳本是一体，非得硬分出来一个不变的阳，一个不动的静，就是二！”

众大笑。

老师说：“我们修养的特点：单刀直入，直指人心。能一以概之，就像您上个月学的莲花九式，第一式就是总括和概论。渐修是次第法，其实一点点进入是看不到全面的。直指人心的特点是先看全面，见地正了，然后引着学人一点一点进入局部、细观，每一点都是全息的，但角度又是不同的。我们的特点是‘开’，即善用。东方生命修养吸收的是连山易的智慧，由艮卦始，乃‘止’。从止而入，不止不能入。行路中，人遇山则止，也不得不止，大家连在一起山连着山，心连着心，知己知彼，动静适时，就是连山。《易论》云：‘连山者，象山之出云连连不绝。’山之出云乃水化灵气，上与天接，下与地连。人体骨骼为山，和天地合一的正是顶天立地的骨气。从八经卦乾、坎、艮、震、巽、离、坤、兑到六十四别卦，就是山连着山。‘连’是联系，原始的八经卦变为六十四叠卦，一卦接一卦其中奥妙无穷。艮卦的止意为太极，太极包含了阴阳、善恶、动静等两面性的东西，是两面性的统一含摄。‘艮’衍生出的太极是中华文明最源头的思想智慧，这种思想就是圆相的思想，是无对立分别的圆融的思想，承认、照见两种力量的作用而不分别，在每一个当下善用、化用。山为不动，水为至动。山为至阳，水为至阴。阴阳相和，玄之又玄，众妙之门。譬喻人生，山是障碍也是挑战，所有的限都是自我设限。眼所见能力境界之目障，正是精神的起跳点。大丈夫当行必行，当止则止，铁鞋踏破，一切以无我利他为基。”

儿子点头说：“无限风光在险峰，精神的高度唯有向上登攀。”

老师说：“止是止贪婪、愚痴和妄想，不是停住脚步、熄灭自强的精神。沧海横流方显英雄本色，泰山压顶不碍本自如如。止是见所未见，不执两边，进退有度，阴阳平衡，知止，知位、守位，不因亢奋而狂妄，不因偏执而固着，取中守德而不辱。山有阴阳，见山阳易，知山阴难。推背而取，非臆测而观。失察妄断，难免跌足，疑心多虑，亦坐失良机。儒家说以止得定，止就是艮，艮就是山。佛家说以戒定慧化贪嗔痴，戒和定都在说止。《易经》中乾卦为阳，言天道不息；坤卦为阴，说地归藏；艮卦为中道，以人为本。山为什么是中道呢？止才是中，中是时刻保持动态平衡，偏即失衡，不偏不倚，不执不弃。人如果只能看到前面，越往前越浅薄，越往前越能见，越自以为是。越往后越不可见、越深邃，越不可见、越不可知、知不可为而越谦虚，越敬畏。谦虚、敬畏才会止。往后、反观才能契合无我。”

儿子默默点头。问：“老师止上加一为‘正’，对吗？”

老师说：“一切正法、正念、正行、正道，从止出。止，是能承载一的地基。老子说：‘昔之得一者：天得一以清，地得一以宁，神得一以灵，谷得一以盈，万物得一以生，候王得一，以为天下贞。其致一也：故贵以贱为本，高以下为基。是以候王自称孤寡不榖，此以贱为本耶？非乎！故致数舆无舆，不欲碌碌如玉，落落如石。’形而上者谓之炁，形而下者谓之器。无论是轻清之炁的三清之境，还是重浊之器的欲色世界，都是在道一的涵容下，才有了质性、层次之别。

“宇宙显隐多元多维万事万有，都是由大道本源核心演化为三元、三源，由一元四素所成，才形成了‘一’包容下的奇妙无比之大千世界。宇宙未成前无质无形的混沌状态，称鸿蒙未判之无极。道家将从无极演化为一的过程，分为太虚、太易、太初、太素、太始五大层次，假名为无极、混沌，这是自然的最本质时期，此境假名‘一’，实无‘一’可言。‘抱元守一’，元是始，一是生，是天地万物生成变化收藏的根源。得一即返本还原，回到○。性，就是○，○性○性，本来无一物不是没有物，而是心中空、松，一切不留，何处惹尘埃？”

儿子叹了口气：“真是学有尽、意无尽啊！”

老师说：“和艮卦直接相关的其一是谦卦，谦卦为艮下坤上，为地下有山之象，是六十四卦最上吉，就像山本高大，但处于地下，高大显示不出来。不欲人见为谦。功高不自居，名高不自誉，位高不自傲，敛藏锐气不炫耀，故‘亨，君子有终’，能保身、养身，善始善终的是谦德。其二是咸卦，为艮下兑上相叠，《象》曰：‘山上有泽，咸。君子以虚受人。’水向下渗，柔上而刚下，交相感应，感则成，感天动地，感而遂通。此两卦都体现的是以艮为核心的抱阴、谦厚、律己、自制精神。修者无事于心，无心于事，无为无不为，无用无不用，这就是水月太极的核心。艮卦，从内而言，是‘神无方而易无体’；从外而言，是‘生生不息为之易’。‘止’不是止相，止也包括生生不息，是起行。如果我们走路，走到一座大山跟前没有路了，当然只有停止了。然而‘时止则止，时行则行’。停止是为了重新找路，不是为了停止而停止。止的目的是反观，故能‘动静不失其时，其道光明’。在什么地方止？‘止其所也’，这个所就是当下，当下的心要止，即定，才能看清周围的环境，认清事物的变化趋势。要知道芥子纳须弥，自然界显变化事，背后却是万法同源。老子说‘致虚极、守静笃’，虚是不是真呢？凡人死不死，能随心吗？随心的人在意什么生死吗？想来就来，想走就走，这才叫大自在啊！凡人恐惧的是什么？不是死，而是对死前痛苦过程的恐惧。我们谁都没死过，只能看到其他人死相惨烈而产生判断，基于判断而恐惧。以此观生死，从空来，归空去。生命流行，刹那刹那，无非暂住，神变无方。中国智慧理趣深微，时空宛然，冲而和合，又复不盈。道人之心，天地之鉴，万物之镜，观变而自不变乃定，随变而用其变乃慧。太极阴阳其道中和，天地日月不私一物；道人道德两忘，凡圣一如，肃肃赫赫，和而成章也。”

儿子听了又呆了，说：“老师，我什么时候也能和您一样出口成章？”

老师笑：“您想出口成章是为了炫耀。很多时候我们并不知道，有个‘我’在，您就被那个‘我’限制了。所以每个人都需要能自主地停下脚步，随时反思一下自己当下的言行，例如正在做什么？为什么会做？这就是止，止才有专注，专注才有力。专注使人让自己对周遭人事、环境重新敏感起来，新的可能性也由此敞开，不断充实新的视角。一旦我们学会止，就能逐渐看清自己是如何自我束缚的，就会看到文化、传统、语言和文字里的陷阱，就会发现一切有，都有漏洞。也会发现人的潜力其实远远超过想象。为了适于生存，人的大脑里保存了无数的规则与分类，以快速有效地指导当下的行为。规则、分类、概念、知识、文化、传统在稳定中得以传承，在反思中得以新生。”

儿子突然大叫一声：“我明白了！在传统中适机而变，在现代中不忘初心。”

他低下头，翻起了手里的书，只见这一页写道：“时间隐在空间里，妙即渺，不可言说谓之妙，有无皆幻谓之渺。万物、万事、万有于空间存在，修人修行从量变到质变，首先要从‘我’变为‘无我’，无我即重生，重生即能连续多生、复生，能交融统一一切众生。空间的变异，不仅是位移，更是一种矢量流，呈现出来的是时间态。因此时间可以归于空间，空间亦可归于时间。空间是可直观的抽象感知，时间及时空隧道是数学的抽象逻辑。万有在空间存在，空间也呈现万有，而这一切将在时间中消融……并非真有时间之流，实存的是关系，被消融的也是关系，关系是因缘和合的灿烂烟花，消融是不变的，时空无常，唯消融乃常。阳明先生说‘心外无物’，时空的源头，都在心。”

止動作動

动静

人类为什么需要陶冶情操？
就因为自己难以控制情绪，
人类的大敌就是情绪，
往往情绪来了就会盲目做出愚蠢的决定。

“谁能看到自己的眼睛？眼见为实吗？人眼以云雨是实，精神为虚，岂不知‘凡所有相，皆是虚妄’，云雨、精神皆无定相，天有好生之德，宇宙间万物的生成，离不开一个‘变’字。您说，‘变’是属动还是属静？”站在台上的老师突然对着她发问。

她不假思索地答道：“属动！变动变动，变就是动。”老师说：“您总是习惯不经思考张嘴就说。变相是动，变体呢？动不动？”

她问：“什么是变体？”老师说：“变体是变化背后的本体。宇宙万物中不变的真理是永远没有不变的人、事、物、境，故，变之相千差万别，变之体却从来没有动过。动和静是一母所生的兄弟俩，是相对关系，而不是固定不变的数值。关系不同、位置不同、时间不同、空间不同、内外不同、角度不同时，动和静能互相转化。我们通常情况下说的一天，就仅仅只能针对地球而言，金星上的一天要等于地球上 243 天。水星呢？自转周期是

58.646 天，而公转周期是 88 天，正好是水星公转周期的 2/3，这就让水星上的一天变得奇怪。在水星的一些地方，在同一个水星日里，当一个观测者在太阳升起时观测，可以看见太阳先上升，然后倒退最后落下，然后再一次地上升，这是因为大约四天的近日点周期，水星轨道速度完全地等于它的自转速度，以至于太阳的视运动停止，是太阳没有转，还是水星没有转？都在转动，为什么看上去不动？在水星的近日点时观察，其轨道速度超过自转速度，因此太阳看起来还会逆行。因此，水星的一个恒星日，也就是自转周期大约是 58.7 个地球日，而水星的一个太阳日，也就是太阳穿越两次子午线之间的时间，大约是 176 个地球日。”

她问：“老师，太阳系内的一天都那么复杂，那么太阳系外呢？”老师说：“这带来的问题就是什么叫一天？什么是时间？不同人和其他生物的时间相同吗？不同环境下的生命时间相同吗？除了时间不同，彼此的空间也不同啊，其实根本就没有统一的时间和空间，时间和空间仅仅属于个体和群体。我们修太极时，会要大家体会掌中的太极球，它其实像一直在飞速自转，您的境界不同，它的转速不同。地球自转根据季节、磁场的变化存在着时快时慢的不规则节奏。自转的线速度，以赤道最大，从赤道向两极越来越小，以至于为零。零是什么含义？就是静。极静而一阳生，就是初始，极动而一阴生，就是初衰。我们要修炼好水月太极需要对《易经》里变的智慧加深理解，不能含含糊糊的。”

她马上接着说：“我们学校的易学专家会用易来卜卦算命。”老师瞪着她：“《易经》是用来改变人的世界观、价值观、人生观的，是拿来应人、事、物、境的，是用来完善人格、增加修养、开启智慧人生的，不是用来卜卦算命的。孔子说，‘善易者不卜’，真正精通《易经》的人能够看到定数也能够看到变数，故而孔子又说，‘不占而已矣’，也就是明道的人不问结果只问是否应该。如果应该，那排除万难也要去做，人生亦如此。占，只有一种警示，所有的定数都可以成为变数，有吉就有凶，就像月盈则亏、水满则溢的道理，吉凶也是互相转化的，故而六十四卦只有唯一的一个吉卦即‘谦卦’。谦，才能保得万年吉，道理如斯，亘古不变。如果把《易经》当作风水学、命相学、占卜学、玄学，就大错特错了，是根本不理解古人对宇宙万物关系的智慧解读为何用‘易’来表达。‘易’是无常，既然无常，算出来的就不是定数，而是通过定数预警。尽管古人发现了太极世界的规律，由阴阳两仪如何变化出四种阴阳消长的自然规律‘四象’，之后对应天地间八种基本组成元素‘八卦’，再由八卦推演出六十四卦，但变才是《易》的根本！从变中知止，乃有定，定乃大静。”

她问：“什么是定？”

老师说：“《尚书》上有两句话：‘唯圣罔念作狂，唯狂克念作圣’。狂，就是凡夫。一个凡夫，如果能把心念克制住，一念转过来就是圣人；相反的一个圣人，一念妄动而不知，再有修为再有学问也还是凡夫。因此，修养的关键一定要时时刻刻看住念头，自己念头动的时候，能够明明白白，这就是定。”

她问：“有了定，还有变吗？还有动吗？”

老师说：“定不是不动，而是知动、制动、随动和带动。当然也不是不变，咱们今天可以先从否卦和泰卦中参究什么是‘变’？什么是‘否极泰来’？单从卦象外观本身来看，否卦最符合阴阳之道。阴阳就是指世间万物都是阴阳相辅相成的一对：生克、天地、寒暑、明暗、男女、乾坤，否泰等都是。否卦坤下乾上，天气上升，地气下沉，天地阴阳二气互不交合，万物不通消息。否者，痞也，闭也。中华文明不讲苦，但讲‘否’。普通人从相上看，天尊而地卑，天地位焉，万物育焉，这是好事啊！乾为上坤为下的否卦应是在好位了，怎么反而是闭塞、不通呢？皆因否卦不符合变，也就是不能符合《易经》的核心思想。天在极高之处，地在极低之处，天地之间的位置圆满了、到位了，失去了变化的可能性，故而不能互相交合，所以闭塞不通，天地各自为政，这就没了活力，宇宙万物皆在不断变化，变才有生，生生不息是万物之本，繁盛就因为在不停地变，活力才强健，有克才有生，无克则僵化。能变的生命活力强。而当乾坤固定一个属于自己的位置时，意味着到了终点，故而，到达圆满位置时，叫‘否’。”

她说：“啊，我知道了‘亢龙有悔，盈不可久也’说的就是‘否’”。

老师笑道：“对，与之相反的泰卦却是永变的卦象，乾下坤上，位置皆不在其位，所以乾坤必须互动。由此可见看上去合理的否卦，天在上，地在下，却阳气上升不降，阴气下沉不上，天地不能交合，致使万物生养不得畅通、事物对立而不相统一，‘统一’之意，是由一而统，非由统而一，这就是泰极否来。”她重复道：“统一’之意，是由一而统，非由统而一，妙啊妙啊！”老师继续说：“所谓易，就是动则变，变则生，生则化生万物，从而万物蓬勃发展，人心积极向上。这是古人基于无常而阐发出的智慧，在人生就是‘生于忧患、死于安乐’。修养深厚的人眼睛看到的不单是自然现象本身，更会关注其变化的规律和规律背后的无常性，变是宇宙运行法则的唯一真理。从无到有，由盛转衰，否极泰来，循环往复，生生不息，连绵不断。”她点头说：“是的，我们凡俗之眼看得太浅薄，待人处世不可单单只看见表象，读书学习不能只停留在文字上。”老师说：“围棋，古称为‘弈’，历朝历代从帝王将相、文人雅士乃至市井百姓，常以‘对弈’提高修养。自古典故特别多，商山四皓、烂柯观棋、王积薪遇仙师，等等。古人热衷围棋，主要不是为了娱乐、胜负，其目的是修身养性。帝王将相们在围棋中参研治国之策、为官之道、行兵之法。文人雅士、市井百姓从中提高人生格局，因为下棋要有大局观，人生也一样不能只看眼前利益，而要有长远规划。输棋的人多数是离自己的棋子太近，关心则乱，忽略了整个棋盘上的局势，计较一时的得失，站不高看不远，自然就会输棋。日本围棋史上，下出著名‘耳赤之局’的是仅 17 岁的小僧秀策。棋子的黑和白就如同阴阳，两者相辅相成。吴清源说过，‘围棋就是用中，中庸调和，不偏不倚，不冷不热’，说他是‘棋圣’不为过，他是真懂棋了。围棋的下手关键在平衡，攻守力度的平衡，位置高低的平衡，自他距离的平衡，做活取势的平衡，进退方向的平衡，等等，高手过招，谁先失衡，谁就输了。”

她问：“围棋的围是围住的意思吗？”老师说：“围棋也叫‘为棋’，无为才能无不为，一个急于想战胜对方的人必败。老子说：‘将欲歙之，必固张之；将欲弱之，必固强之；将欲废之，必固兴之；将欲夺之，必固与之。’胜不骄败不馁，围棋赢的是心态。开局之时犹人生之初，满盘皆是气，每个眼都有无限可能。可随着棋局推进，各种可能性就逐渐降低。自古有聪明人记录了高手们棋局的开局，并将这些记录化为棋谱，引以为定式教学生下棋，不知道什么时候定式成了天条，棋谱成了法则，不按定式下，就是大逆不道。”她笑说：“我们现在的书法、写意画。太极拳学着学着法没了，剩下了书；写意没了，剩下了抽象；太极没了，剩下了拳；棋没了，剩下了谱。”老师说：“为什么没人去思考高手的高就在于其不循常规，一切都能随心起用。围棋本有泥谱、废谱之说。泥谱就是完全参照棋谱的定式来下；废谱与之相反，倡导随机应变。显然，泥谱是纸上谈兵，照搬兵法打仗能适用于瞬息万变的战场吗？赵括纸上谈兵、马谡失街亭都在于他们都自认为自己懂了兵法。那么是否就该完全废谱呢？棋谱和兵书存在的意义一样，它们是理论基础，正如人要读经典、读大学，这些是理论基础，不能代表您的领悟力，也不能保证实际应用的灵活度。棋局的关键不是棋谱的定式，而是将开局中随处可见的气如何聚集成棋盘中的眼。会下棋的都知道要下活棋，就得会做眼，有两眼才是活棋的关键。清人范西屏在《桃花泉弈谱自序》中说：‘使必执前人之谱以律今人之棋……其不坐困于古者几何哉！’阿尔法狗学习了无数盘棋局才发现跟着定式走赢不了人类，无招无术无天条，这就是它的智能！它思考的价值！也就是懂得了变易！它心中没有框架，下棋有另一只眼，这就是活眼，也就是拥有了围棋中的双眼。您的左右眼哪只更重要？”她一愣，说：“都重要啊！”老师也笑，说：“阿尔法狗下棋下出了活在当下的味道，能从当下看到全局，这才是它之所以赢的关键，这也是人类的了不起处。发明围棋的智者们心中没有定式，没有棋谱，心越空的人越能看得全然和高远。围棋对弈的意志力和耐心是静，灵活运用是动，对决之中虽然杀伐遍布起起伏伏，然而落处还是看谁更大气超凡。闲敲棋子，心怀四海，这才是妙棋之妙。”

她说：“看来围棋的未来真是阿尔法狗们的了！人类再也没机会超越它们了。”

老师说：“您习惯浅表地理解一切问题啊，没听懂我刚才说的话就发言！发明围棋是为了输赢吗？古人用围棋是来修身养性的，当诸葛瑾费尽思量时，陆逊在‘栾棋射戏如常’；东晋淝水之战，当苻坚大兵压境时，仅以八万军力大胜八十余万前秦军的谢安，在举重若轻地‘围棋赌墅’，大军捷报传来时，谢安还是继续下棋，接报时淡定自若，没有任何表情。谢安斯人修养之深厚，乃是他致胜的法宝，初入朝廷面对权贵时他能不卑躬屈膝，以智慧在不违背自己准则的情况下与权臣斡旋，扶社稷平安。等自己当政时，又能处处以大局为重，不结党营私，不仅调和了东晋激烈的内部矛盾，不仅指挥淝水之战大败前秦，又以北伐夺回了大片领土。但胜利后，正是功成名就之时，他却出人意外地激流勇退，此为内圣外王的大人也。您手边有本《三国演义》，我们翻到第75回，您读给大家听书中是如何描述华佗给关羽刮骨疗伤的？”她翻开书，读道：“佗曰：某自有治法，但恐君侯惧耳。公笑曰：吾视死如归，有何惧哉？……公饮数杯酒毕，一面仍与马良弈棋，伸臂令佗割之。佗取尖刀在手，令一小校捧一大盆于臂下接血。佗曰：某便下手，君侯勿惊。公曰：任汝医治，吾岂比世间俗子惧痛者耶！佗乃下刀，割开皮肉，直至于骨，骨上已青；佗用刀刮骨，悉悉有声。帐上帐下见者，皆掩面失色。公饮酒食肉，谈笑弈棋，全无痛苦之色。须臾，血流盈盆。佗刮尽其毒，敷上药，以线缝之。公大笑而起，谓众将曰：此臂伸舒如故，并无痛矣。先生真神医也！佗曰：某为医一生，未尝见此。君侯真天神也！”读完，她说：“这些书，真的早就忘了。不过老师，《三国演义》是小说，描述会不会夸张？”老师说：“我们不是来考古的，华佗有没有真的给关羽治病，关羽有没有真的这般神勇，不是我们说的重点，我们需要思考的是，中国古人心目中的英雄、大人形象是怎样的。古人致敬的是大人们临危不乱、宠辱不惊的修养功夫！这是修出来的！琴棋书画是为了修养，以为调节情绪、陶冶情操之用，不是为了娱乐，更不是为了输赢！一切修养的目的在于转化心性，可是阿尔法狗们呢？它们下棋只有一个目的，就是赢！这已经背离棋道初衷了。当只剩下输赢时，陶冶情操就变成了理智的数学。在理智方面，人无论如何也快不过人工智能。理智是不需要灵性的，阿尔法狗们也不需要调节情绪、陶冶情操，如此一来，下围棋就变成了各类决战。人类如果用自己的各类短板去挑战人工智能的长项，这不是自讨苦吃吗？人之珍贵在于其有情有义，在情义之下存在理。理本应为了人类的幸福而存在，如果理变成了人类社会的终极追求，人类的一切都将变味，可悲乎？可叹乎？”

她说：“围棋已经是一项比赛，是人自己先变了围棋的味。”老师说：“人类为什么需要陶冶情操？就因为自己难以控制情绪，人类的大敌就是情绪，往往情绪来了就会盲目做出愚蠢的决定。欲望是情绪，嗔火是情绪，活在情绪之火中的人能谈得上清静吗？古人清醒地意识到了修身养性的重要性，故此用诸如琴棋书画等修养法来对治心火。”

她问：“我常常不知哪里来的情绪，一会儿郁闷，一会儿兴奋，一会儿暴怒看谁都不顺眼。”老师说：“情绪是健康的关键，所谓生于喜怒，就是生于情志；情志是什么？天有五行御五位，以生寒暑燥湿风；人有五藏化五气，以生喜怒悲思恐。人为什么要法于阴阳呢？因为人跟天地是一个整体，人的情志实际上就相似于天地的六气‘风寒暑湿燥火’，所以这个情志太过或者不及都会影响健康。‘寒暑燥湿风’是外五行，外五行可以致病；‘喜怒思忧恐’是内五行，内五行也可以致病。我们的心理行为直接影响健康，绝大多数疾病是由心理不健康造成的。不健康的心理行为有五点：第一是怨，喜欢埋怨、抱怨、挑剔；第二是恨，嫉妒、愤恨；第三是恼，恼火、恼怒；第四是怒，怒不可歇，怒气冲天；第五是烦，整天郁闷、烦恼、悲观、消极。恨人，就伤‘心’，循环系统的疾病跟恨是有决定关系的。恼，就伤‘肺’呼吸系统的疾病跟恼有关；怒，就伤‘肝’，肝胆问题和包括闷怒、郁怒、大怒等有关，中风这些在中医也是属于肝系统；烦，伤‘肾’，整天烦恼的人的生殖系统就可能有问题。”

她问：“人为什么会有情绪？”老师说：“情绪的来源有多种，一方面人生观、价值观、世界观狭隘，一方面为情所困所迷，一方面没有培养正见，占有欲强，执假为真，故而会随着得失心而生起情绪、起伏不定。当然其他的因素还有很多，其中饮食的原因也是很重要的一部分。人类的食物无论动物还是植物都是有机生物体，这些有机体是有意识的，就像您体内的组织、细胞都是有独立意识的。被无情残杀的动物死前能没有恐惧、愤怒？这些意识会不会被深深烙印在细胞里？同样，植物的恐惧和愤怒只是我们看不见。人类的食物来自鲜活的动植物，而阿尔法狗们呢？它们的食物是什么？”她说：“它们不吃东西。”老师说：“它们吃电！电就是它们的食物。那么，电和动植物有什么区别？您仔细参究一下。”她说：“啊！我明白了。电没有情绪，是可以用纯物理性的数据来分析的。”老师说：“电有没有情绪，您无法下结论！不要轻易判断，我们不了解电！雷电究竟是怎么影响生物磁场、影响生育、影响灵性的，正和反的作用，科学还不知道。但有一点是可以肯定的，电的生存形式和动植物是完全不同的。人类由于以动植物为食，食物是含有细胞记忆的，故此难以避免受到许多影响。例如爱吃肉的人就容易暴躁，爱吃素的人就容易伤感，这些情绪未必是人本来就有的，会受到您平时饮食的影响。所以有时候莫名其妙的情绪自己都不知从何而来？住在您体内的意识会不会操纵您的心情？”她说：“毛骨悚然啊！老师。”老师说：“古人由此发明了琴棋书画、导引舞蹈太极等各种修养法来排解身心里不知从何而来的魔障。尧帝造围棋是为了帮助启发人的性情，围棋为什么叫‘手谈’？叫‘方圆’？叫‘坐隐’？都和输赢无关，弈棋时两人对坐专心致志，诸事不闻不问，隐身棋中，以棋养心、宏大格局，苏轼说下棋‘胜固欣然，败亦可喜’，可见古人心中，下棋绝对非关输赢。”

她红着脸说：“老师，我确实太小心眼，太在意得失，我也老跟爱人吵架，所以才老有恐惧，感觉不安全，并且也放不下。这是我为什么下不好人生这盘棋的原因。舍才有得。”老师说：“心里想着为得而舍，非真舍，您只是把舍当成了一个工具。做一件事情如果为了解决某一个问题，当问题表面上解决后，这事情也就没有了继续做下去的理由。有的人来禅修是为了减肥，有的人辟谷是为了治病，有的人学太极是为了显摆。带着功利目的来，就一定得不到正法。减下去的肥肉要不了多久还会长回来，看上去缓解的症状还会复发，显摆和炫耀是为了虚荣，是时刻想要冲出来证明一下自己存在的小聪明。如果您带着这些心来修行，意识就会集中在病体上，集中在病体上的人怎么能发出大愿心，放下我执呢？修养不是用来治病养生、减肥美容的，是为了让您活成人，掌握人生主动权的。真正修养好的人是在红尘中自得其乐的人，否则人生就是监狱，哪里活得还有人样？许多年轻人身体退化成了老人一样，身体和意识动不起、静不了，精神成天在愚痴、贪婪、怀疑、嫉妒、焦虑、得失、对错、是非、尊卑、名利的火海中煎熬。为什么年纪轻轻身体就开始不行了？因为生活被商业包围，行住坐卧姿势也不正，不好好睡觉，不好好相爱，身心处在失衡状态。身体受力失衡，左右失衡、上下失衡、动静失衡、阴阳失衡、本末倒置造成身心处处不知正位，也难以正位，然而可悲之处是很多人对此不以为然，以至于积重难返，造成恶性循环。《庄子·大宗师》的结尾很有意思，子舆和子桑是朋友，一连下了十天大雨，子舆担心好朋友子桑大概饿坏了吧！于是带了食物往子桑处。可是到子桑家门口，听到里面有人在唱歌，歌声却像在哭，只听里面唱：父亲啊！母亲啊！天啊！人啊！声音衰弱而又急促，又像是念着诗。子舆进门一看是子桑在唱，就问：你唱歌怎么发出这么奇怪的声音？子桑说：我命运不济，穷困潦倒，想探求是什么使我处于如此困窘的原因却没有结果，是父母要我贫困吗？父母明明爱我的啊！是天地让我贫困吗？天地明明是无私的啊！我没有找到原因，唉，到了如此绝境，听天由命吧！《大宗师》就在这句‘然而至此极者，命也’中画上句号，这是庄子的智慧，用子桑的结论，一切归结于命运来给大宗师结尾，其讽刺意义令人回味无穷。穷人之穷、困顿是来自于物质吗？是其精神的贫乏。下智困命，中智搏命，上智转命，面对一个不愿意付诸行动改命的人，这运之气能从何而来呢？这些不知变化，不知行动，不知回头、不知反思的人不穷死、笨死还能怎么办呢？现代社会，许多人抱怨社会不公，抱怨别人对自己不好，不就是宿命论使然吗？”

她问：“老师，这运气能从何而来呢？”老师说：“从知止入手，训练自己将躁动不安的身心调试到稳定态，先尝试训练身体不动，最起码不躁动。如果坐禅坐到肌肉酸痛，汗流浃背，发热发麻，或者冷热交替，这是身体气机开始发动了。面对各种身体现象，继续不停修养，在身体适应后开始调试杂念，要知道没有杂念的是死人，修养是让人知道如何转化杂念。能来者不拒，去而不留，就像大冶熔炉，没有静怎么修定？静虽是动的相对面，却是另一种动。在静的状态下，体内的肌肉、筋膜、内脏容易归位，状态安适不额外消耗，利于细胞生长。修人能静，是从初期身体的酸麻肿痛中初步解脱，身心的张力加大了一些，能够安适了，杂念的进出速度会明显加快，就没那么容易执著了。静才能安，安才能定。《易经》有六十四卦，现在科学发现生命有六十四组 DNA 密码，这是数字的巧合吗？还是内在有什么玄机没有被您察觉？定了，您能细心觉察宇宙的玄妙啊！水月太极的每一招、每一式，两个手出来一定是叠螺旋的链状，这叠螺旋就是太极结构。一边是生长，一边是缠绕，一边吸收，一边吐出，缠绕中阴阳才有变化，才能生长，相生相克是生命密码，阴阳、生克的力量和作用性其实是一样的。定了，气才能灌注筋脉血肉，此时每一招式或无招无式都是生命力的舞动。我们看太极修炼，伸出来的手一直都是相对应的，像一个‘八’字，‘八’字合在一起是一个人。‘人’字为什么一长一短呢？就是一个显、一个隐。生命的动，一种叫主动，一种叫被动，还有一种叫‘强制被动’。主动大家都明白，就是自己能带动自己和周遭环境。什么叫被动？漂浮的树叶无法阻挡汹涌的大潮，是河水带着树叶漂，去往哪里不是树叶决定的，河水的流向决定树叶的影踪。”她听了不停点头。

老师说：“大多数凡人的生活是被社会的风气潮流带着随动而动。但即便无逆流之力，无高远之眼，您对于被动的人生有没有改变的勇气？付诸过多少努力和奋斗？如果您只会听天由命被动地生活，这绝不是什么命运的安排，而是自己的惰性使然，懒惰是对自己本可以精彩的人生最大的辜负。无论人出生如何、背景如何、条件如何、环境如何、社会如何，唯有勇于战胜心魔的人，才会受人尊敬。霍金博士的身体条件可以说比谁都差，可他如何能成为科学界领袖人物？他就是敢于向命运发出挑战的人，这种精神才是生而为人的精神。”她问：“老师，什么是‘强制被动’？”老师说：“游戏里的人物，打打杀杀的每一个举动是谁来操纵的？有没有什么力量在操纵人的梦境？凡是不知不觉在梦境中、在游戏里、在自己迷糊的、被催眠的状态下的动，叫‘强制被动’。有的时候，人明知道这么做有危险却迫于各种压力、形势、情面非做不可。我们看生活中许多人的行为被名目繁多的工作、情面、责任、关系搞得焦头烂额，不知不觉地被各种关系绑架，整天不得不戴上各种面具出入于各种场合，所谓‘争气’就是比较，这样的人生就是活在他人的眼里、嘴里，在被动地消费、被动地结婚、被动地赚钱，被爱绑架，被亲情役使，被身体囚禁，被观念束缚，谁说到了年龄就该结婚？到了点就该吃饭？这些时间点是谁规定的？人人适用吗？”她点头。

老师说："梦中的自己存在过吗？现实存在哪里？记忆里的人、事一定真实发生过吗？您怎么知道自己的人生、记忆不是自己的一个梦或者别人的一个梦呢？庄子疑惑究竟是蝴蝶梦到了自己，还是自己梦到了蝴蝶？蝴蝶和庄子究竟谁在动？谁主动？谁被动？主动和被动能切换吗？我们的人生究竟是被什么力量牵动？万有引力的源头是什么？引力之外有什么力？"她张口结舌不知如何回答，问："老师，能叫'神秘力'吗？"她想了想，接着说："我曾经在网络上看过几则关于名人在梦中得到灵感的经历，俄国化学家门捷列夫有一天下午在椅子上打瞌睡，家人在隔壁演奏音乐。突然，他在梦中发现了基本元素可以如同音乐中的主题和短句一样互相关联的奥秘。醒来后，他写下了化学元素周期表。还有丹麦物理学家波尔，波尔心中一直有疑问：为什么惰性元素会首先存在？它们互相如何区别？如何保持稳定？例如，为什么在氢和氦之间没有过渡元素？经过几个月对此问题的研究，他做了一个观看赛马的梦，梦中见到马在用白粉清楚标出的跑道中跑，马不允许改变跑道。如果一匹马沿着白线跑，踢起白粉，那它就立即被罚下。他醒来后意识到这就是答案，当环绕原子核做轨道运动时，电子就像马在跑道上一样，会遵循一定的线路运行，这个线路是由量子决定的。他的量子理论使他获得了诺贝尔奖。波尔和爱因斯坦是好友，而爱因斯坦据说也曾经做过一个重要的梦。他梦见他用雪橇沿着陡峭的山坡滑下，越滑越快，当接近光速时，他意识到头上的星星把光折射成他从未见过的色谱。他认为自己的整个科学成就，包括写出相对论，就是对那个梦沉思的结果。"老师继续说："嗯，您说的这些是百度上可以搜索到的故事。梦中能得到灵感这点毋庸置疑，至于这几位科学家究竟做没做这些梦，我却无从知晓。我问您，如果这些梦是真的，您知道他们会是几点钟做的？"她笑着问："老师，这些梦是不是真的都不知道，这些人也都已经过世了，我能从什么渠道知道他们几点做的？哪个地方也不可能查出来啊！可能连他们本人都不知道是几点做的，我绝对不知道。"老师说："可我知道。"她一愣，说:“您开玩笑吧？”老师说:“我像开玩笑吗？您的所谓故事、经历来自于书本、网络，知道的再多也只是谈资，会说不过是多了一道鸡汤、增加一些见闻，与思想和智慧无关。然而，我说我知道，不是知道这些梦是不是真的，而是知道如果发生这些梦会是在什么状态下。生命和生命之间是有链接的，即共同点，无论其人是生是死，共同点是不会变的，这就是生命深处的共同窍门。有窍就有门，打开这个门才能进入生命核心，这个门一定是随时开合的妙门。怎么找到这个门呢？就需要内观，能内观才会发现生命里有光，这个光就是门，它像灵蛇出洞一般，门内的光会出洞，源源不断的能量由此而出。神是光之用，性是光之体。您会观了就无所不知了。古人怎么发现穴位、经络的？靠内观！另一套眼睛往内观，内观就能观出经络运行图，发现体内处处发光，光线游走的通路，是经脉，一点一点的星星一样发亮的是穴位。古人就知道人体原来就是小宇宙，循督而行就能打开小周天。十二经络和六十四卦一样，如环无端，却有基石。六十四卦随时可以还原出八经卦，十二经络随时可以还归奇经八脉。八经卦和奇经八脉是根基，因为是基，所以感觉离得更远，我们要通过十二经络再去认识奇经八脉。我们说的所谓神和鬼，和人一样其实都是宇宙生命环中不同的生命状态，用科学的话说是异次元生命，人、神、鬼都是假名。人，是我们目前这种生物，神和鬼怎么区分？神有神光，鬼却怕光，光是分水岭，有光则升，升而为阳气动，感而遂通为神；无光则降，降而为阴气聚，滞凝沉闷为鬼。所以神鬼不是指宗教意义上有具象的上帝、女鬼，而是不同的能量体。由于现代人不再修行，不理解内观是什么，想象力有限，故对不理解的事情称其为神秘。小孩子看魔术是不是感觉神秘？”

她问:“老师，我急着想知道那些梦都是几点做的？”老师说:“这就得说回共同点。什么是梦？人有两套精神系统，一套是七情六欲，一套是神魄魂意志。第一套系统有意识地在白天主事，后一套系统无意识地在梦里主事。两套系统要不要沟通？当然要！在哪里沟通？在梦里！梦是什么？

是两套精神系统一起过日子，一起生活的空间。它们在梦里交换信息。人在白天，理性思维占了主导作用，进入睡眠后，理性就休眠了，大脑皮层处于抑制状态，神经之间的联系被阻断，也就是说白天影响人的观念、概念、知识、逻辑、人情、世故、欲望、情绪等堡垒被切断了，这些恰恰是妨碍您和自己本来面目见面的最大障碍。这些被抑制了，人才能逐渐进入潜藏的自心，有许多人在梦中得到灵感，其实就是抑制住了后天学到的概念，进入灵性通道，老子要人弃智绝学即是。那么是不是只要入梦就能沟通灵性呢？这就要看本人内在的元气、阳气、正气是否充沛，阴气、戾气、邪气、毒气、浊气、病气过重时，人无论白天黑夜都不是清明的状态，入梦就会做乱梦、噩梦、春梦，总之乱七八糟的，和灵性无法沟通。反之，清净的人则能在梦中入浅层定，定是阴阳和合态。此时，人在梦境心平气和，不温不躁，和灵性逐渐契合。那么为什么和时间有关系呢？合的程度，非一切能自主的高人，就会和外在环境有密切关系，如在气场好的道场，例如会采补天时和地利以至于人和。人通常在子时入眠，此时阴极盛，故而人即使有梦也是混乱的。随后一阳生，人的梦境也会发生变化。您回忆一下是不是每次到凌晨时，梦中的故事最完整、丰富？记忆也最深刻？这是为什么？阳气足了，深层的意识被调动出来了呗！阳虚的人梦必是混乱的，阳气、正气、元气充沛后，梦是清晰的。进一步修行，梦中您也做得主。”她如梦初醒般地大叫：“啊！确实是，我每次来您这里，要么整晚无梦，睡得特别香甜，要么就会做特别真实的梦，身临其境，醒来都久久不忘。而且奇怪呢，我常常和老师在梦里相会，有的时候老师白天说的内容，梦里会清晰出现。对对对，真的都是快要醒的时候做的梦最清晰，原来如此！”她兴奋了一会儿，又问：“我发现，过去的一切真的就是在随波逐流，从来也没有发出过自己的思考！一直就在别人赋予的知识里生活，我们怎样才能结束被动的人生？”老师说：“人生是在滔天巨浪中行驶的一艘船，我们知道船在大海航行，首先要有方向，这是见地，见地如果不正，人生的方向不对，无论船上的设备多先进，也会徒劳往返。其次，船要有锚，遇到台风时要尽快找到避风港，除了这些还要有先进的功能，帮助船只在巨浪中稳定，这是定力。再次，要有能在巨浪中随波逐流的驾驭能力，这是智慧。最后，我们在航行中见到落水的人、迷路的人，需要及时救助，这是慈悲。我们的船越大，船长越有智慧定力，可以搭载的人就越多，这是大乘。故此一艘船上有各种角色，有船长，有船员，有乘客，船的目的是为了载更多的客人去往目的地，不是为了船长和船员自己出海玩耍，许多人就忘了学开船是为了摆渡。”

她说：“您再说说动、静吧！”老师说：“您看到了心爱的人会不会心动？爱得越深心动的感觉越强，而看了路人为什么没反应？好的马拉松运动员跑四十公里不累，您为什么跑四百米就觉得累死了？动和时间是一样的，从本体看万物皆动，从比较看因人而异，动的速度、作用有个体差异。既然万物皆动，什么是静呢？关系、速度不变，就叫静。您看见爱人心动，别人看见就心不动。您的动，对他人来说可能就是静。能对您产生影响的静，就是动。”

她问：“万物之间，究竟有没有联系？怎么联系？”老师说：“关系的改变就是动。空间关系不变，时间关系不变，物与物关系不变，事件与事件关系不变，物与事之间不变，就是相对的静，和现实动不动没关系。比方两列时速 60 千米的火车同时并行，两个车厢里的人互望感觉不到动，因为两列火车的相互关系没发生改变，人就感觉处于相对静止状态。地球在动，我们在地球上为什么感觉不到动呢？因为我们和地球之间的关系没改变。您们今天的课程，有人修炼时特别集中，有人却嘻嘻哈哈。有人一天下来觉得累得不得了，有人觉得特别轻松。为什么课程强度一样，作用和效果完全不同？这就在于认真的人，其体内僵化的细胞、组织、意识动了，而马马虎虎的人只是出了点汗，内在关系固执不动，继续僵化。所以通过修炼，我们要学会体悟人与万物、人与人、人与自身的微妙关系。您修得越投入，会发现其中的关系越妙不可言。世间万物由人、物、事、时、空组成，关系是可以通过修炼改变的，改变就叫动，不改变也叫静。动和静都有两面性，不是所有的静都是正面的。静对动的作用有两种：阻其成长；助其成长。静，既能阻动，亦能助动。用得好，静能阻盲动、莽动、躁动，能补充能量，养护新生，能帮助您进入禅定，定后能发慧，慧乃大动。但关键在于方向要对，静是共修法，有人就在静中被淹没，越修越讨厌人，讨厌复杂的事，讨厌被人打扰，讨厌俗世的一切。有多少人痴迷茶道、花道、古琴、书法、音乐，迷在这些高雅中，谁也瞧不上，自以为安静地专注一事就是修行，这就走偏了。从群众中来却回不到群众中去的，能叫什么修养？”她好奇地问：“是不是想要大动，必须大静？”老师说：“正法修行能在静中得定，这种定不是一坐不动，而是灵活的，修养太极到了最深层，外人看了以为修者没动，这只是外表看上去的关系没有改变而已，内在的关系变化是巨大的。三祖说‘一念万年’，心念的速度不可测量。普通人的一念为什么不能达到万年呢？是因为动的速度不够，被自己惯性的频率限制，在自己的城堡里纠结，心意识出不来那个围墙。《易经》说‘不可典要，唯变所适’，‘不可典要’是一切经典都不是僵化的、固定的，仁义礼智信皆以人为本，要适应时代、人民的需要而变革，不能古板、教条、保守，抱着经典一成不变，《礼记》云‘礼以时为尚’，一切的经典都是为了利益人民身心、保障社会和谐的。不顾个人安危、利益而一心安顿众生身心的事，才叫事业；损人不利己或损人利己的，叫作业；事业是依托功夫和慈悲的利他行，如不能契合行事之初心，不能理解行事之理，不能通达处世之变，不能顺应人性善恶之举，不能应时通变的，就没‘就业’。所有的应时通变，不为自己而能为众生谋福利者，才是真正的‘大家’。通变者，能感通、驾驭、顺应、引导、转化、变革不合时宜的、教条的理论、风气、潮流、器物，通过适时损益而成就真正的事业。修人能不离核心之本而站在浪尖起舞者，源于大动中的定啊！医者，意也；适者，时也；生者，缘起也。凡事因时而成，因位而成，时中有机，立于初心者方能心地光明，其意淳淳，才能当下应机。孟子说孔子‘圣之时者也’,《中庸》说‘君子而时中’，能‘时’者才能驾驭大动，才能守‘中’，谓之‘时中’。”

她转头看了看其他不说话的同学，笑说:“今天不是我问题多，我是代表大家问老师的啊！”老师说:“谁也代表不了谁，您能代表自己的心吗？”她腼腆地笑:“是，我连自己的心、念、欲都没搞清楚。”老师说:“不再自以为是就是一大进步。您和先生来这里之前，不也是四处学习了多年吗？宋朝时大慧宗杲禅师认为，判断修行的路是不是走对了，功夫是不是得力了，有一个标准可供参考，那就是‘得力处省力，省力处得力’。”她说:“老师，我们下了课都感觉没记住什么。读书也是，感觉自己很认真地读了，合上书却记不得内容，怎么办？”老师说:“读圣人经典，您真看懂的时候就不需要读了。正因为不懂才需要参究。听课亦是，真听懂了何必浪费时间来听课？把名额让给需要的人听多好？”她急问:“为什么懂了就不需要听课了？读书了？”老师笑:“断奶了还赖在母亲怀里，叫撒娇。”众大笑。

老师说:“当您真正读懂圣人经典时，您就走入圣人心了，也就是您具备了一颗圣心。具备了圣心的人是没时间读书的。”她奇怪:“为什么呢？”老师说:“当一个妈妈生下了宝宝，她是不是整天全部的心思都在宝宝身上？具备圣心的人就如同母亲一样，全部的心思都会用来关心一切众生。”她又问:“这和做公益慈善的人有什么区别？”老师说:“具备圣心的人会发现自己观察问题的角度变得全然了，不再斤斤计较于善恶是非、人情冷暖、世事无常。看问题的视野变了，问题也就不存在了；对善恶的成见没了，善恶也就容易转化了。圣心能包容一切，就像对待孩子一样关心众生，帮助众生和自己一样具备圣心，安心自在地生活。而世间的公益慈善多是从物质角度帮助穷人，在经济上帮助穷人解决基础教育和生活问题。圣人的心关心的是精神不够富足的人，无论其个人、家庭经济情况如何，人的精神不富足就不会安心。不安心才是人最大的贫穷！故此，会用尽一切方法令到大众在精神上解脱，这是法布施，也是一切祖师、圣人利益众生的事业。您如果有一天具备了圣心，就会顿时发现自己变了一个人，不再盲目、胆怯、患得患失、顾此失彼，而是能投入满腔热血到关心他人的大事业中，在这番事业中有定力面对各种困境、诱惑、寂寞、孤独和挑战，有智慧驾驭各种功夫。那时候，自己的所有时间和精力都会投入到唤醒梦中人中去，如母唤子一般不厌其烦、不眠不休、不离不弃。”

她说：“我现在理解了，修养法不是自虐般地死磕烂打，也不是嘻哈随便，枯坐傻干，行，是觉行。老师上午说到我们要学巧力，但也要注意避免因为过分强调巧而想走捷径落入投机取巧。省力的同时还必须得力，得力的同时还必须省力，二者不可偏废。今天中午我和先生在一起讨论，达成一个认识：确实是以前想错了，以为吃苦就等于精进，精进就等于修行，我们走了多年弯路，磕大头、转山、念一万遍咒语等，其实身心上也无受用，还是常常生病跑医院，还是读不懂经典，遇到事情一样着急上火，我们的教训就在于见地不正。精进必须以般若为眼目，离开了般若，很有可能变成了邪精进。我先生中午说他现在的感悟就是不要急于求成，不要设定目标，诚诚恳恳、老老实实打好基础，基础不牢如沙上建塔会随时倾覆，修炼不领悟心法是皮相功夫。所以我这次就体会到了无所求反而进步很快！学了七年也不会双盘，昨天居然会双盘了。真的惊喜啊！”她先生在一边说：“你又在误导别人，双盘不等于境界，杂技和舞蹈演员的身体都软，双盘都会很轻松，能代表什么？”她忙说：“对！对！我一开心就乱说。我只是感悟方向对了进步快，以前自己老羡慕人家会双盘，其实就是觉得拍照片有修行相，好看！不过没想到这次自己盘上了，心里高兴。不过老师说了，双盘虽然不等于境界，但却是进入定境最快的体式，否则为什么修太极也要我们练双盘？我感觉自己双盘时身体的动比跑步动得厉害，不仅全身发热，并且这种内热和跑步时的热不同，由内而发，持久而绵长。”

老师说："我们从《易经》中的乾坤二卦再来理解一下动、静。数字奇偶是'阳奇阴偶'，即'天一地二，天三地四，天五地六，天七地八，天九地十'。且特以九、六为阴阳的代表，凡阳爻皆称为九，凡阴爻皆称为六。天数是阳数，地数是阴数，乾卦代表天，属阳；坤卦代表地，属阴。然而阴阳不是两件事，乾坤是一体两面，动静是相辅相成。就像我们的手，手掌是阳，手背是阴，但手掌是固定的阳吗？不是！手掌也可以是阴，一切都是动态的。那么阴阳的力是相等的吗？也不是，虚实之间，虚从本而言，和实相等，从用而言，远大于实。

"我们看《周易》有上下经，上经三十卦，下经三十四卦，为什么不上下各三十二呢？孔子曰：'阳三阴四，位之正也'。阳气纯而奇，阴气复而偶，上经三十是'则天'，下经三十四乃'法地'，以三十阳对三十四阴乃得平衡，即从用说，阴大于阳，虚大于实。六十四卦，乾坤是阴阳的本始，万物之宗祖，最后推演到既济、未济卦为终，其意乃未终，并未终止，也并无终止，不过是到了另一个新的起点，如此循环往复，巡行周天。从'乾卦'和'坤卦'的卦象里我们要看的是阴阳之德、天地人三才如何和合。阳德为动，阴德为静。乾卦中，彖曰：'大哉乾缘，万物资始，乃统天。'天之德，是行健，行是动，健是刚，刚是无欲、阳刚、刚健、浩然、坦荡。阳是中正、圆明、无住、不留。天体运行的规律是刚健无滞的，大家想啊，老天那么无私，为什么还要行健？它为谁在行健？为谁在一刻不停地动？老子说'万物作焉而不为始，生而不有，为而不恃，功成而弗居。夫唯弗居，是以不去。'这就是天之玄德。老天时刻准时运行，没有说今天心情不好就罢工，此为'大哉乾元'。注意，没有一个实体的东西叫乾，乾仅是个符号，特点是'其静也专'，静到极点是老子所讲的'致虚极，守静笃'。宁静到极点，柔软到极点，是'专'。极是极限，也是正点的意思，空灵之极是纯阳。纯阳生阴，乾卦一始动就阴生，反之亦然，阴阳互生为太极，太极即一圆相。宇宙万物是没有什么是直的，只有轮回之圆，您如果看到直，那是看得不够远。如果看不到轮回，是站得不够高。太极的心，是圆心，能运行太极的气，走周天。直是圆的一部分，是圆发动的瞬间。静极必动，动极必静，太极生出了阴阳，是动静两仪，阴阳再分别生出来一阳或者一阴，就形成了四象，象征着春夏秋冬，或金木水火，或东南西北等。其实质是阴阳中会生出新的阴阳来，阴阳再进一步变化。天体刚健其德能广布，每一动都没有一丝自私的想法，故而'云行雨施，品物流形'。万物皆从乾的动里初始，能发出生命是最大的动。万物始于乾，生于坤，长于震，齐于巽，显于离，藏于兑，劳于坎，而前功已成后机复萌于艮。"

她问"人如何能合于天？"老师说："唯有启动灵性！灵性是什么？不言利，唯有施，有悟性的人不贪着，常行布施，慈悲喜舍皆是阳动。我们要明白唯有契合灵性的人能不受时空之约束，而凡夫、动物、植物只能受，只想受，不愿也不能广施。给予万物生之机是天责，亦是合于天之人的天职，儒家说的'平天下'即乃此意。什么是施？予人而不求回报为施。太阳普照大地有没有按小时收费？云行雨施，滋润大地有没有按立方要钱？施是天、地、大人者之共德。为什么要施？施者不仅比受者有功德，更能令自己安心，人能成其为人，是因其德行。广布是阳，相辅相成的是慎独，慎独是阴，又叫'夕惕若厉'。君子对外广施功德，对内却时刻战战兢兢，如履薄冰，为什么？要时刻警惕啊！有没有过于自大而违道？警惕自己的言行举止，才能觉察自己是否无意中失敬于天、地、大人。"

她再问："什么是大人？"老师说："《吕氏春秋·下贤》中说得好：'以天为法，以德为行，以道为宗。与物变化而无所终穷，精充天地而不竭，神覆宇宙而无望，莫知其始，莫知其终，莫知其门，莫知其端，莫知其源。其大无外，其小无内，此之谓至贵。'也就是说大人者，能以天为法则，以德为品行，以道为根本。能随万物变化而无所终极，其精气充满天地而不衰竭，其精神覆宇宙而没有边界。大人者，神鬼莫测，不知何时始，不知何时终，不知其门在哪儿，不知其开端何处，不知其从何而来。所谓英雄不问出处，大人者更是无有出处，只有暂居。其大，无所不包，无所不容，无处不在；其小，微乎其微，芥子纳须弥。可见，大人者无外，有内外就有边界，就不会大。无外才是最大，也就是无量、无我。无我才能自强不息，至道不凝，有个‘我’在，人就是为了‘我’而努力，树立个人奋斗目标，为自己的家庭谋划未来。这样的怎么会不息？富不过三代，贵之极不过帝王之家，有出息的子孙能有几人？有量就有息，无量无我才能生生。第一个生是自生，第二个生是生人。大人者成天害怕自己执著，时刻想放下，时刻想做减法。小人者就是心小，心小事就大，困难就大，阻碍就大，恐惧就大，害怕自己利益损失，时刻想多要，时刻嫉妒他人的成功，时刻担心失去名誉地位，时刻想做加法。不是拼命往自己脑袋里装知识，就是想着往身上添点什么，装着装着装的全是杂货！哪还有清净和思想？一脑门子东西！孔子说‘君子不器’，不器才能无咎，才能不常常心惊肉跳地算计和担忧。”

她再问：“什么是拥有？什么是拥而不有？”老师笑：“想清楚了就会释然。天底下没有废物，废是荒废，您不会用，未经开垦，当然就废。越是大人，心量越大，知道天外还有天叫无外，心里想着这个宇宙都不够大，宇宙外还有宇宙。也唯有大心能超越时空约束。光速超不过时空的，飞跃一个太阳系都需要多少光年，而大人心能驾驭时空中稍纵即逝的机，驾驭是主动性的行为。车没有司机不会自己走，一个好司机的好，不是开车开得多快，而在于能尽车之性的同时确保乘客的安全。同理，一个能驾驭时空、能应机而动的人就是大乘船的舵手、船长，这些人必然是谨慎小心而又能随机应变的。庄子说‘其嗜欲深者，其天机浅’，有欲则愚，愚则无法看到危机四伏。人的灵性才是能驾驭宇宙万物的法宝，驾驭不是控制，而是不被奴役。宇宙万物皆各有其长，人之长就是有灵性，如果人不看重自己之长，非要和老虎比肌肉，和猴子比爬树，和乌龟比耐心，岂非愚不可及？”

众笑，她就说：“老师，以后不用比啦！人工智能机器人肯定比老虎、猴子、乌龟厉害。”老师瞪了她一眼，说：“您的电脑厉害就代表您的脑也厉害？您的车跑得快和您的腿有关系吗？人工智能机器人如果有了自己的思想，却和您价值观不同怎么办呢？凡事皆有两面，只有功夫、智慧是您能驾驭未来风浪的保障。我们看乾卦对应的精灵是龙，‘时乘六龙以御天’，六龙即六变，每一卦有六爻，即六变。龙是极阳、极动的化身，最善变的精灵，龙之可贵在于其能役物，非役于物。中国人自称为龙的传人，其中隐寓着对理想人格的追求，就是乾卦所描绘的刚健精神和神奇莫测能驾驭万物、应变万事、顺应万境而不迷的智慧体现。龙的精神是中国人的理想精神，君子的浩然、豁达、灵活、随机、应变等精神皆可从龙身找到。《三国演义》中曹操煮酒论英雄，曹操对刘备说：‘龙能大能小，能升能隐；大则兴云吐雾，小则隐介藏形；升则飞腾于宇宙之间，隐则潜伏于波涛之内。方今春深，龙乘时变化，犹人得志而纵横四海，龙之为物，可比之英雄。夫英雄者，胸怀大志，腹有良谋，有包藏宇宙之机，吞吐天地之志者也。’曹操的这一段话，绘声绘色地诠释了中国人对英雄、豪杰、君子气魄的期待和赞许。天为何行健？因为险！人为什么惰？因为背道于天，不思险。乾之象通过潜、见、行、跃、飞、亢此六变，而显示天之险。易道为变，合道应惧，也就是警惕心，生起安逸心、懒惰心、投机心、侥幸心就是不合道！《系辞》曰：‘惧以始终，其要无咎，此之谓易之道也。’宇宙的状况是处处都险象环生的，处处是危，时时也有机。卦象用龙代表大人，有功夫，有胸怀，有操守，有慈悲，故在步步惊心的天地之间能逍遥自在，施展抱负。如心存侥幸，贪图安逸，则不生畏惧心，便不是有机、有待、有生气，则不足以完成‘元、亨、利、贞’的过程。天道是坎险之道，危机四伏，故大人既要有阳刚之浩然，又要有淑女之坚贞。不急不躁在红尘中能静而忍，细察明辨，专心一志利其行。向什么方向行？注意！是向坤而行！也就是见微知著，大人会从最下层立教化众生之根本，会关心民意，会以人为本。”

她点头：“如无坚贞的意念，如无利益大众之愿心，何来大人圆通之亨？”老师说：“万物元始都会经历千辛万苦的艰难，天德无为，而地德无不为，乾坤交变，阴阳相和，有无相生，云雨交互，由始而终，由终而始，相通得以正，此谓‘天则’。地的德行，象曰：‘至哉坤元，万物资生，乃顺承天。’地责是生，生乃培育、养育而不居功。母性之伟大便在于此，这就是阴德。天必须无为，而地必须有所作为，万物才得以生长和生存。什么叫至？随其所至，也就是说天有多广，地就有多大。广和大不同，奉天承运的是地；滋生万物的也是地；承载万物、厚德不怨的还是地。天是启发，萌动；地是承载，担当。地心甘情愿地追随天，不抢风头，行顺从之道。顺什么？顺天时！从什么？从至善。地顺从天，而天道却无首，各成其成，‘见群龙无首，吉’。怎么样？中华文明越深入越妙不可言吧？阴阳其相为二，其本为一，便是太极，帮助您深入契合的修法，水月太极是其中之一。修炼时，阴体围绕阳体运行，包绕着阳体纵横向上，因此获得能量而和天等齐。老子说‘万物负阴而抱阳’，这是宇宙的组成结构。内阳而外阴，内刚而外柔，这正是泰卦之象。泰卦外三阴，内三阳，故名‘三阳开泰’。修炼中外是艮，是背，内是腹，然腹之阴柔止于背，万物之动有其因，如人行走，必先动腿脚，身心运行，必先发起背阳。”

她说：“老师，我有些绝望，感觉自己过去浪费了太多时间，我早遇到您，得明白多少妙理啊？现在还来得及吗？”老师说：“阴位是顺位，乃不偏执，不分别，不较劲，不妨碍，而显现出静态，这就当位了，反之如果抢夺、压制、干扰阳位，就叫错位、越位。您能不急不躁地听，笃守阴位，就能听懂。我们常说要积阴德，阴德就是地德，其征乃随，从容而至无须迫不及待地证明什么。阴之德在于海涵、包容、礼敬、隐藏、积累、孕育。人类能繁衍，便在于母亲能忍辱负重，把孩子藏在怀里默默孕育。天地万物能繁衍，在于阴德之包容和含藏力。另外，我们从《中庸》中能看到儒家的核心思想是至诚，没有诚恳心怎么肯随？都觉得自己了不起，成天想‘创新’，成天想改动。注意，阳是适机而变之力，故行健，乾卦是‘其静也专，其动也直’；而阴是随而不变，故‘义之与比’无莫无适也，坤卦是‘其静也翕，其动也辟’。阴阳是一体两面的，天广之高明与地大之博厚相辅相成。高明配天可以覆万物；博厚配地可以载万物，而后万物生。何为人？成天地，补天地之谓也。孔子为何独爱颜回？因为不迁怒、不贰过，至诚无息，成己成人。没有天之动，生命没有来源和活力，缺乏了地之静，生命无法安稳和孕育。人则天之动，法地之静，动静合宜，阴阳合气，天地合德。《易传》云：‘隐而不测之谓神。’什么是神？上空下洞，居深昧不测之所也，能感而遂通者，能‘妙万物而为言者’，能‘体万物而不可遗者’。《楞严经》中，佛说眼睛能见明、见暗，见明见暗的背后，不在光明上，也不在黑暗里的是什么？明暗有代谢，那个能见之性没有生死，没有往来，没有善恶，没有增减，从没有动过，也从没有静过，能见的性是还不掉的。所以佛讲：‘诸可还者，自然非汝。不汝还者，非汝而谁？’还不掉的是生命，也是我们的自性。”

众点头。

老师说：“动静的妙理，需要大家在修炼中用心体会。凡人静坐的时候能静吗？大修行人入定的时候不动吗？不动怎么能出阳神？乾是生生不息，故而‘至诚无息’的，所谓‘唯天下至诚，为能尽其性……’这是形而上。‘夫坤，其静也翕，其动也辟’则对应《中庸》的‘其次致曲，曲能有诚，诚则形，形则著，著则明，明则动，动则化’，坤德是‘曲成万物而不遗’。乾坤就是开合，天为挚诚，地是曲中之诚，然后有形、著、明、动、变、化的次第，最后‘开物成务、化成天下’的大用落在坤。乾道与物无对，是‘自成’；坤德与物有对，是‘成他’，于是形而下之成器成物。船要借助于对水的推动而产生一个反作用力作用到自身，这就是‘反者道之动’，也就是‘其静也翕’。老子说‘大曰逝，逝曰远，远曰反’，脱离运动主体而在抽象空间中无限延伸运动的力是不存在的。动离不开运动主体，它总是一边向外延伸，一边返回主体，有作用力就有反作用力，有‘返’才有持续运动。阴之消，实为阴之长；阳之息，实为阳之长。一动一静天地之用也。身不动是形，心不动是体，身能随缘自在、心能如如不动的人才能如意往返，假名‘如来’。不过这些妙理一定要在修炼的过程中反复体会，动静的状态究竟是如何随个人境界变化而变化的。现在大家和我一起再次念《易传》:‘夫乾，其静也专，其动也直，是以大生焉。夫坤，其静也翕，其动也辟，是以广生焉。广大配天地，变通配四时，阴阳之义配日月,《易》简之善配至德。’”

他正全神贯注速记着课堂内容，突然老师的声音戛然而止。他惊讶地抬起头，发现黑漆漆的房间里根本就没有人，也没有灯，没有一丝曾有过人的痕迹。咦？他低头看着本子上十几页的满满记录，越来越恍惚，几点了？我的记录是在哪里听到的？难道这课是自己凭空杜撰的？老师来过这里吗？

还是……

問道

活在时间之外

不怕死，就能发现生之可贵、生之美好。
生，本身就是一条修行路。
能生而活，当下即是开悟。

她站在阳光里。

她感觉自己被阳光笼罩，不由得想到：阳光原来也是空间啊，为什么人笼罩在阳光里会觉得温暖、安全，舒服，觉得有活力？那么黑暗不也是空间吗？为什么笼罩在黑暗里就觉得恐惧、不安、慌张，觉得心有戚戚？

空间给人愉悦和恐惧与空间本身有关系，还是与空间的属性有关系？愉悦和恐惧的背后是什么，阳光和黑暗之外是什么？没有阳光照耀的时候，黑暗还存在吗？空间会自己消失吗？相同的空间是相同的时间吗？会不会有谁进入阳光就感觉恐惧、不安、慌张和心有戚戚呢？她想，有啊！心中有鬼的不就见不得阳光吗？她再想，心中无鬼的，老是感觉自己充满正义的人站在阳光下就会舒服了？

没有了黑暗，阳光就是另一种黑暗。

她又想，同样的地方，昨夜的黑暗和月亮出来后的朦胧还有今晨的阳光，是什么让自己在同样的空间感觉天地悬隔，是因为时间的变化，还是温度，还是风景，还是光线？究竟什么在影响心念？

昨晚一夜入冬，听北风在窗外肆掠，她在床上怎么也无法入眠，翻来覆去想起的都是白天的各种片段，老师们的声音笑貌历历在目，索性就披衣起身吧，不曾想打开窗帘，居然见到了今年第一场雪。月光，是最好的画笔，勾勒出完美的写意画。随着光影变化，窗花也变得不可思议起来。

她喜欢遐想，例如，今天月光下的树枝就让我心绪飞扬，又如，某个冬日的夜晚，听到门口窸窸窣窣的声音，她会以为远方的朋友来看她了，冬日雪地的探访，犹如晋时的“忆故人”，又有种“踏雪寻梅”的感觉，哈哈哈，或许她人缘不好，从没有过人来看过她，却常有鸟啊、野猫啊、各方精灵啊来探访……

对了，有时下出租车，她有种想不付钱就逃跑的冲动，前天回京，她到了火车站鼓了勇气问司机：“我如果不付钱跑了你会不会追我？”司机笑着说：不会。她便手舞足蹈狂笑而去，脑后飘来一句轻轻的声音：滴滴平台会自动扣钱。

月凉如水，她坐在月光上想他，或许，因为昨天晚上的梦，有一股暖流从脚趾缝升起。

空气中穿插祥和细沙般的摩挲声，像两个大洋跋涉千里万里后在耳鬓厮磨。每一个呼吸，她都被他深深吸引，被他的气息包围，仔细听，摩挲声又没了，取而代之的是，窗外的鸟儿在歌唱。于是，信马由缰，由着心儿遂自流淌，搭配着一地的白雪，呜嫾的风声，柔暖的初阳，以及模糊的梦境，在思绪里游荡。她突然想喝点红酒，下楼，取酒，这原本平实的日子里因他的一个信息而变得富饶、繁丽起来，适于以酒句品。海洋在她的体内骚动，以月牙的姿态。那姿态转纯情为痴情，傻傻地在月下发呆。她闭眼，感受海洋在胸臆中喧腾的魅力，那澎湃的力量让她心悸。只要有一丝空隙，她就会吐出万千朵浪花，去淹没这个庸俗的世界。

少年轻狂时的豪情万丈，抵不住现实的残酷无情，他或许也是，心底的海洋藏有万千美好，复杂的人世沧桑，能汇成山海风光。那山海一定是苍茫的，好像今天的天空是藏进世态炎凉后雾霭蒙蒙。在这个世间，大家都很累，所以相依为命，所以托付终身，所以报团取暖，所以结伴同行，顺带着忘了几个人，原谅几个人，放下几个人。故而，那月色一定是带着无奈的微笑的，看着这样的天空，不免也有漂泊的性格。

就这么简单地爱吧，把余生都交给天荒地老。此刻，大地安静极了，静得接近失忆，她曾经来过这世界吗？这是哪里？时而又有一阵清凉，树，咳嗽了，咳出了一树相思。一片片鹅毛般的雪花在月光下飞舞，她看着灵动的雪花心中仿佛尘埃落定。又想，该加入这冬之舞啊！一念及此，便手舞足蹈地披上大衣推开门走进院子里。

黑漆漆的天空，雪花自顾自地飞舞。雪花，你怕不怕黑，怕不怕累，怕不怕冷？雪花不答，吱吱笑着继续舞蹈，她也就跟着雪花一起舞，转啊、跳啊、笑啊，突然，她看见屋里亮着暖暖的灯光，似乎看到有个人在灯下读书、在台前喝茶、在床上辗转，那不就是自己吗？就在屋子里一如既往地生活、慢慢变老。她想，人这一辈子该怎么活才不枉此生呢？

人生就是一台大戏，谁都是演员，房子是一个个流动的舞台，人们在各个流动舞台上演着悲欢离合、爱恨交织的大剧，可导演是谁呢？她想：舞台一直都在，就像这房子，既然可以买卖，演员当然是交替更新的，她这个超级明星在这个舞台上能红多久呢？千万年来青山依旧在，几度夕阳红，而人呢？成天演着一出出大戏，却找不到导演是谁。

今天仙女老师飘然而至跟大家讲太极，说太极就是人心，人心即是变化最快的，是无常的，是不可捉摸的，也是千古不变的！千万年来，一出出大戏上演，愚痴的依旧愚痴，智慧的仍然智慧，默默地观看着，耐心地指引着那些被欲望所迷、被嫉妒所制、被无明环绕的自以为是的愚人。水月不仅是水月啊，山景也是水月，如山不动是月，四季交替、飞鸟蛇虫是水，月与水，谁才在映谁，动与静，谁能离开谁，本和用，谁会比谁更重要？

不二！这是今天最令她思索的一句话。她想起了摄影师为了在照片上还原白雪的白，需要用 18% 中度灰的色板调节白平衡，灰色接近无色，却可以包容任何颜色，更可以胜任和任何颜色的搭配。啊！原来黑白也是五彩斑斓的。世界哪里是非黑即白呢？社会哪里会非是即非呢？能适变、适时、适空、适缘、适己、适应的人，内心必是不二的。

今天下午老师说："远者为缘，近者为因。"你思考过缘与因的关系吗？她说缘缘相聚成因，因因分离为缘，缘中有因，因中有缘，缘是机缘，因是因果。缘是横向的，故而能聚；因是纵向的，故而有果，种瓜得瓜、种豆得豆。缘看不见摸不着，因却有迹可寻，能从因处下手，叫谋事在人、成事在天！缘是自然而然的，是必然中的偶然；因是可以由己造的，是偶然中的必然。

还说："生命就是一种缘，一切的亲情、友情、爱情都是可遇不可求的缘分，而缘聚能得何果，能变成什么样的人生，就看自己如何改变因了。菩萨是因地下手的智者，愚者是果处结果导向的迷人。茫茫大地有人能得人缘而欣然相聚，天圆地满，有的人却失尽先机，徒在果处唤奈何。有缘才有因，此名原因。有缘必有因，有因却未必有果，然，果必有因，故因是缘和果之桥梁。因乃一，缘乃多，多即多端，亦即有顺逆。"

还说："顺缘和逆缘，智者能驾驭，只是从因地着眼，即能入因果而不昧，避免苟迟至死而碍于缘之顺逆。凡夫乃不知从因处下手，所以叹业海茫茫而起无限之悲，奈何奈何，徒劳被动于缘分之顺逆者，自甘宿命，以为红尘浮沉、世事无常和爱情聚散，都是缘分天定，过于强调'缘'是天意，就忽略了'分'是人为。无为是缘，无不为是因，缘在于珍惜，因在于转化，此时论其果，方可随缘而自在。"

满院子里的雪花在风中细密而轻柔地起落，像是在和着她的心律吟唱。

站久了，我怎么不觉得冷？想起了冷，果然就真的感觉冷到骨髓一般。

于是想起了过去初学的时候打坐，一直没有特别感觉腿痛，有一次因为身边的一位男士大喊大叫，另一位女生又哭又闹，她就开始狐疑，为什么自己会不痛？一想，马上腿就开始剧痛，而且是一刻也不能忍受的痛，她汗如雨下，感觉实在受不了了，正在掰腿想下座，哪知道仙女老师突然出现在她身边，一声晴天霹雳般的暴喝：不许动！她被她的狮子吼震得瞬间打了一个激灵，谁知道，腿居然神奇般地不痛了。怎么就不痛了呢？

她坐在那里疑惑了，是腿上的经络通了，还是仙女老师发功了？仙女老师那么娇小，怎么会有那么雄壮的声音？

她想到自己第一次见仙女老师的时候，她素颜清新，一袭长裙，风姿绰约。一眼望去向我走来的就是个飘逸的仙气满满的女神。翩若蛟龙，气若幽兰，和一身俗气的自己相比，真真的令人窒息。只见老师稳稳地坐在塌上，定住神，一开声就震住了全场，大家都似有失语之感。沿着她的声音通道，她听到了花开的讯息，电闪雷鸣的轰鸣，虎啸龙吟的摄音，还有鸟儿的欢鸣，风的低吟，雨的噼叭……

她被老师的声音牵动着，仿佛遨游太空，梦中朝雨，无知身在何处，身在何时。南方、北方，此岸、彼岸。在音声海的世界里，有时如花摇曳生姿；有时如剑侠骨铮铮。一个人只有心中无碍，身影才能如此美妙，声音才能如此无尘，文字才能如此飘逸；活的才能如此真实。豪迈与婉约，激扬与中庸……竟然能如此圆通，老师的天地太大太大，让她看到，其实女人的魅力在骨不在皮。外表固然重要，但骨子里那股独有的韵味，自信、从容、潇洒、坚定、平稳、果断、幽默、有趣、活泼、可爱，这才是真正的动人心魄啊！

直取二字的本质是直见心性，她谈笑风生，嬉笑怒骂皆成文章，千年智慧一气呵成，直取直用，直接摄取修养法里的活、甘、清、香，使我课后倍觉清爽，有一种荡气回肠，意犹未尽的感受，这大概是生命的至高境界了。她爱上她，始于气质和才华，终于大自在。

正在想着，腿脚又开始剧痛，老师就站在身后凶神恶煞一样瞪着她，她没敢动，只好忍着一阵高过一阵的钻心剧痛，这时候乱七八糟的杂念也不知道跑去哪里旅游了。她的背上忽冷忽热，肚子上一股股气在翻滚，憋不住啊！要排气！可是，可是老师就站在身后，不敢排啊！啊！真是疼死了！她像是在产房生产一样，一会儿和肚子斗，一会和腿脚争。也不知过了多久，老师转身走了，她如释重任一样，正感觉压力不在了可以休息一下，却感觉一股热浪从脚底升起，由脚心而上，至会阴停留了一会，就往背后钻，长期冰冷的后腰、臀部瞬间就温热了。呀！她这次明白，这不就是痛——快吗？不痛哪来快？不苦哪来甜？不垢哪来净？不迷哪来悟？

她推门回到房内，找到一件大氅，准备披上继续到院子里看雪，可披衣回头，看到窗外的白色世界，突然感觉屋里屋外就是两个世界，在屋里看窗外的大雪好似看电影一样，雪明明是真的在下，是现实，为什么隔着一扇窗，就感觉是在做隔世梦？一扇窗就是一世吗？一世和一世能对望吗？一世和一世就隔着一扇窗吗？心门呢？门内是悟，门外是迷，推开门不就是一刹那的事吗？看着雪花飘飘洒洒，刚才在院子里感觉寒冷的自己，那个和自己长得一模一样的自己就在和屋子里的自己对望，梦里的自己是另一个自己吗？自己就是一个人吗？那个刚才站在院子的自己，现在去哪了？进进出出地变换场景里和不同的自己对话的又是谁？哪一个“我”，才是真的？永远有多远？

好久没有这么思考人生了，一天的课，从下午打坐的经历开始，由于彻骨的痛和痛后如过电一样身体的温热舒服，令她重生一般地开始遐想连篇。晚上回到家里，她无心晚餐，一直坐在桌前翻看课堂笔记：

《文殊般若经》云：“不可解者即般若，般若非可解，非不可解。”老师说：望月非真月，图真失本真，说食焉能果腹？数宝终不济贫，唯有自己亲历，才能顿见绝学之门。她一边看着笔记一边思索，真的不想睡觉了，突然看到窗外树被风刮得轻微有些摇摆，推开窗听见有风声，其实风不算大，那声音如一层层的声波在呢喃，让她不知不觉置身风浪中，思绪跟着风在飘摇。

老师今天跟大家说到修养的时间和阴阳的关系时，提到《黄帝内经·素问》中讲:“阴中有阳，阳中有阴。平旦至日中，天之阳，阳中之阳也。日中至黄昏，天之阳，阳中之阴也。合夜至鸡鸣，天之阴，阴中之阴也。鸡鸣至平旦，天之阴，阴中之阳也。故人亦应之。”古人把十二时辰分成四块，即平旦到日中、日中到黄昏、黄昏到合夜、合夜又到鸡鸣这四时。

老师问她“闻鸡起舞”什么意思？她说听到鸡叫起身，老师说鸡鸣对应的是丑时，也就是凌晨一点到三点，古德云“三更灯火五更鸡，正是男儿立志时”，是说这个时候古人还在修学，精进不怠；之后稍微睡一会儿到早上四五点钟，到了寅时又叫平旦，就该起身上早课了。风雨如晦，孜孜不倦。

她一方面惊讶古人治学、修炼的精神非今人可以想象，另一方面就在思考自己真的不懂中文。原来总以为养生就该子时睡觉，今天老师说阴阳是相对的，不是绝对的。如睡眠，不是睡得多就有精神，修炼的人睡一小会儿就能足，那是因为神足。修炼是逆行，未必子时入睡，未必一天三餐，未必空腹不可饮茶，未必受寒就要加衣，温室里的花朵扛不住风寒，娇生惯养的孩子身体不健康，自古以来大丈夫不会老想着如何养生。

精进修炼、治学不仅在于勤奋，关键是合时知用，没有死板教条。如果您能合时，能知起用，那么就能事半功倍。

老师说人生和社会一样，阴中有阳，阳中有阴，善中有恶，恶中又善。她没听懂，记得当时课堂上有同学提问：阴中有阳、阳中有阴好理解，怎么会善中有恶、恶中有善？许多人去穷乡僻壤做慈善，送了许多食物、书本、衣服去，为什么却未必有好结果？我们看穷乡僻壤里的人因为这些善行是变得更有学识了？改变思维方式了？还是增进感恩心了？欲望改变了？疾病减少了？生活更美满幸福了？有了明确人生方向了？还是不再因为利益破坏自然了？……再多的食物、衣服不能帮助穷人开智。为什么盖学校，送书本也起不了大作用呢？教育的根本是启发心智，盖学校当然好！但学校不是建筑，得有好老师才叫好学校！穷乡僻壤缺老师啊！缺智慧的人引领！盖房子容易，持续能关注难，能影响到心灵难上加难！

善，不是一时的行为，能持续不断输送正见，能帮助培养好老师，能帮助穷人转化精神，比盖个学校难千百万倍！如果根本的东西没变化，仅仅是吃了几顿饱饭，传授了一些技术，多认了几个字，又有什么用？这些是小善，像梁武帝一样，无功德可言。

善行究竟有没有带来善果，看的是您给予了对方什么？！善之有恶，就是许多人行善是为了自己快乐，不管不顾对方收下您的善物后心态会发生如何变化，也不管不顾给其他人造成什么影响。有些人行善是为自己做的，会给企业减税，会得到好名声，会感觉自己是个善人，在做善事，会有各种好处，还会迷惑在穷人对自己的感恩戴德里。此外，还有人摧残被拐的孩子，不就是残疾的孩子更能令人心疼？能掏出“好心”人更多的善款吗？好心人会不会想，自己每付出一分“善”，都在资助更大的恶？为什么古人说“斗米恩，升米怨”？您该如何行善？该行什么善？取决于您有没有智慧，能不能跳出善恶的相，看得更深远。

同学点头，问道：请问老师，什么是恶中的善？

老师还说：以毒攻毒、以恶制恶的许多行为，例如所谓行侠仗义的便是。古时候的侠客之所以受到欢迎，因为这些人武功高强，劫富济贫，可是杀人、放火、偷窃等行为是恶行，虽然心中欲行善，许多人却以恶来行善。不是所有人都该死，也不是侠客就有权判处谁死刑！标准本应在国家法度，有时候执行国家法度的渎职或贪污，造成某些不公，这种事情向来都存在，令人失望，但这不是人可以由此自行代替国家惩恶的理由。不去督促完善法制，从根本上治贪腐、除蠹虫，而个人去逞一时之快，看似得了人心，其实后果更大。此外，社会上家长里短的流言蜚语也是恶行，虽然喜欢传言的人大多并无恶心，是老实善良的好人，可是流言之害是对当事人最大之恶。再如，父母打孩子，打的理由虽是恨铁不成钢，打的行为是恶。没有智慧引导，父母知道引导孩子去往何方吗，知道孩子需要什么吗？

她当时感慨道：啊！善恶真是无法一概而论啊！关键真的得有智慧，没有智慧的人绝对都迷惑在自以为是和人云亦云里。老师说：拥有智慧，才能站得高看得远，清晰万事、万物、万有的变化性。

另一位同学问：身体上阴阳是不是固定的，如背是阳，腹是阴？

老师说：浅层上说是的，如心肺位于膈上而系于背，是背的两个阳脏，心以离火为勇，肺以清金治节。而肝肾和脾是位于膈下系于腹，为腹的三个阴脏，脾为什么是至阴？因为它是阴阳的枢纽、转化点，至不是极致之意，而是上下往复的来至。夏至一阴生，冬至一阳起，这是从生理上分，如果从升降气机的角度分又不同。脾为中土，斡旋四维的功能虽不变，可更进一步来说，身体好像是磁铁，每一块磁铁无论大小，无论怎么分段都有独立的两极，两极互相作用，分阴分阳要看如何组合，阴阳互根互动，阳动是发放展开，阴藏是内收凝聚，只有阴阳和合，身心才能平衡运转。阴阳的调和在于了解其对立制约的变化，如上与下、左与右、天与地、动与静、出与入、升与降乃至昼与夜、明与暗、寒与热、水与火等，都是无法固定的，修者要明白对立是两者之间相反的一面，统一是两者之间相成的一面，没有对立也就没有统一，没有相反，也就没有相成。阴阳在相互制约中相互消长，相克中相生，这种动态平衡，称为“阴平阳秘，精神乃治”的健康态。阳依赖于阴而存在，阴也依赖于阳而存在；没有阴也就无以言阳，没有阳亦无以言阴。如果不理解阴和阳之间这种互根互用关系，任性胡为必然会破坏身心阴阳、水火的平衡，导致“孤阴不生，独阳不长”。也就是说机体的物质与物质之间、功能与功能之间、功能与物质之间的互根互用关系失常，机体的生生不息之机也就遭到破坏，最后则是“阴阳离决，精气乃绝”。《黄帝内经·素问》中说：“四时之变，寒暑之胜，重阴必阳，重阳必阴。故阴主寒，阳主热。故寒甚则热，热甚则寒。故曰：寒生热，热生寒，此阴阳之变也。”“重”和“极”是指促进转化的条件，阴具备了‘重’就会转化为阳；阳具备了‘重’就会转化为阴，如重阳节需登高是为了采补阳气。就修炼而言，为什么要向死求生？亦是同理。没有什么是孤立的、静止不变的，万物、万事、万有之间都有互相联系、互相影响、相反相成的关系，感而遂通即是能掌握、应用、驾驭这些关系。中医说辩证，我们说的因人而异、因时而异、因地而异、因境而异。如果人生沦为概念的奴隶，处处只会落下死棋，不懂变化，把各种相对变成一切绝对，忘了意在气上、境由心生，忘了通达、感应的无限可能性，就是背道。生命的活力来自“易”，易是无常，阴阳互易、生死互易、善恶互易、高低互易，跌入了黑洞的生命是死了吗？死了怎么还会有白洞？黑白转化就是互易的活力，不明宇宙万物易之本质，就会执著，不执著方能神而明之，不勉而中，不思而得，无为而无不为。如写意画和文人工笔画有什么不同？写意是下笔无思而写意，体现的是内在精神，而非花鸟鱼虫、人物风景的写实，写意者乃提携阴阳，下笔不知用心处，正是用心时。语言在没有表达以前，与内叫思想，思想表达出来就叫语言，记录语言的叫文字。言语、文字虽然表达的是思想，但语言、文字、思想却未必相符。可以说思想的广阔绝非语言、文字所能涵盖。

同学点头，老师接着说：“当您刻意要用心时，会发现真心原来无以为用。要用真心，想率直而出不觉得滞碍繁重，必然是无为的。若是刻意，或在名相上阐释，在概念上纠缠，在理论上狡辩，在名分上比较等，早已不知真心为何，是劳碌心形。心念本有四层：粗、细、微细、极微细。平日里忙忙碌碌的人，无暇顾及自己的心念，也没有诚恳心去请明师指导如何用心，怎么会不粗心？有些人明明有明师指点，却不喜批评，感觉没面子，里子都没有的人喜欢要面子，不是虚荣是什么？不要看有的名校毕业或者富甲天下，心里狭隘，这就只能停留在世间法里，这些人的心只能是粗的。要想心细，必须能静，静是初定，心能静如同湖水清澈见底，湖水能包容污垢在湖底而不影响其清澈，这才能转心。静下来的人才有专注，能专注就不会被自己世间自私的、狭隘的、盲目的、逐利的、分别的心影响，就能看到出世间的门，能听到平时听不到的声音，看到平时看不见的内涵，这一切都源于心静。心静才能入观，微细的念头和变化就能被逐渐看到了，所谓风起之前的预兆就能越看越清晰。这似乎就有了神通力，能预知，能感应，能善分别，心不再跟着念头转，觉照越来越微细，在此基础上再进一步，就能进入极微细。此时需要的不是专注，不是集中，而是定力，定力才能内观到五蕴皆空。宇宙万物、万事、万有之间微细流注的各种关系能一观到底，没有动也没有静，不用静而能净。最微细的识阴如潜水之鱼，您不修到深定是观不到它的。一层层放下，为的是一层层进入。”

她似懂非懂地点头。老师看她的样子，就笑道：“和您们讲个列子的故事，列子是谁您知道吗？”

她说：“知道，是老子和庄子以外另一位道家思想的代表人物。”

老师问：“列子的师父是谁？”

她说：“是壶子。”

老师问：“壶子怎么教育列子的，您知道吗？”她摇摇头。

老师说：“壶子是得道的高人，列子去求见时，壶子告诉他：‘子知持后则可言持身矣。’这句话有两个重点，第一是‘持身’，如何保持人之本来的意义？您们大家都是企业家，都知道要做事业，什么是‘事业’？孔子说：‘举而措之天下之民，谓之事业。’能够影响到社会国家的、能够利益大众的作为才能叫‘事业’。人能成其为人，能顶天立地于天地之间，才是人生本来的意义。第二个重点是‘持后’，能持身之人必能持后，能持后的人必懂如何从因地下手。可是列子当时没听懂壶子说的话，问：‘愿闻持后。’壶子就告诉列子回头去看看自己的影子，列子就回头看，但还是没看懂，壶子说想要影正必先正其身。”

她说：“没想到列子连这么简单的道理都不明白。”

老师说：“您感觉自己比列子聪明吗？”

她不好意思地笑了，老师说：“迷惑的时候，没有谁高谁低。那时郑国有个巫师名叫季咸，算卦极准，预言灵验若神。郑国人见到他都吓得赶紧避开，因为太神了。可当已经和壶子修学的列子听说这位大神后，一直心驰神遥，朝思暮想能请季咸为他相面。有一次他终于见到了季咸，神巫果然就是神巫，法术超群，名不虚传，说列子的过往未来，说得他心醉神迷，列子忍不住在老师面前说：原先我认为先生的道法是最高深的，现在才知道天外有天人外有人。壶子说：我教给你的都只是道的表象，还没有教给你道的本质，你就以为自己已经得道了吗？一大群鸡尽是母的，没有公的，怎么能孵出小鸡呢？你自己对道尚处在一知半解阶段，现在竟然以道法去和小术比高低，你自己见识浅薄，所以才会被人一眼看透，能准确说出你的生死吉凶，有什么稀奇？现在你去把他请来，给我也相相吧！第二天列子就迫不及待地领着季咸来见壶子。季咸给壶子相完，对列子说：你老师大限已到，活不成啦！他精神萎靡，生命之火已熄，大概最多不会活过十天了。列子回到屋里号啕大哭，把季咸的话告诉壶子。壶子说：刚才我显示给他看的是地相，不动也不止，他见不到我的生机，所以说我快死了，你请他明天再来。次日，列子又领季咸第二次给壶子相面，从屋里走出来，季咸对列子说：你老师遇见我啊，那就叫万幸！是他命不该绝吧！他的生机竟然又复燃了！列子大喜，把季咸的话告诉了壶子。壶子说：刚才我向他显示的是天相，生机勃勃，你明天带他再来。

第三天，列子又带季咸来见壶子。从屋里出来，季咸对列子说：你老师精神恍惚，我没法给他相了，我等他心神安宁的时候再来吧！列子进屋，壶子说：刚才我显示的是非动非静的太和之相，阴阳二气绝对平衡，极度和谐，他因此无法给我相，正如俗士看不透深渊，所以当然莫名其妙，深渊有九种，有藏鲸的深渊，有死寂的深渊，有活泼的深渊等，我才给他看了三种，他就相不了了，你请他明天再来。第四天，列子又带季咸来见壶子。季咸一进屋，脚还没站稳，就惊慌失色地拔腿就跑。列子追出门去，一会儿回来，对壶子说：没影了，追不上了！壶子说：我这次向他显示的是万象俱空的空相，我虚己忘怀，如野草遇风披靡，如河水随波逐流，他没见过这种相，所以落荒而逃，你不必再找他了。列子这才知道自己就是井底之蛙，老师的法，他根本连门都没看到，就在盲目崇拜外道，迷信神通。大道在眼前，明师在身边，自己舍近求远，真是愚不可及！于是返回家中，摒弃心智，认真修行，最后终于悟道。”

她听了想了想，说：“我明白了，任何人没有悟道前都会自以为是地认为自己做得对。悟道之后回头看去，真是不堪回首、不堪入目啊！可是，这些故事的真实成分有多少呢？”

老师说：“您们为什么总是纠结是真是假?《庄子》里的内容能去考证吗？这影响庄子的伟大吗？列子亦是。我们读这些经历，不是为了考古而是为了启发自己。历史，除了年表可考，其他都是不可考的，人心变化莫测，同样的场地，同样的事情不同的人记载都会有天壤之别。列子修成后据说他能驭风而行，一飘就能飘上十几天，飘够了才回家，他那自在劲儿，令世人羡慕不已。当时有一位叫尹生的人崇拜列子，于是背着粮柴去找列子，想学如何驭风之术。他每天帮列子烧火劈柴，洗衣做饭，几个月过去，尹生向列子探问过十次，列子总不开口教他。尹生认为列子心胸狭窄，一气之下就回家了，走的时候列子连一句挽留的话也没有。尹生回到家里左思右想不对，他听说列子是个非常豁达的人，饥者求食，他将仅有的一碗饭能分与一半；寒者求衣，他会将身上的夹层衣剥下一层；郑君赠粟，他虽贫穷而不受；东邻失物，他虽涉嫌而不怨。那为什么不传给自己驭风之术呢？应该不是吝啬，或许会有深意。想到这里，他后悔自己不该如此轻率，于是他重筹粮柴，第二次拜师。列子见他去而复返，便问：你才走了几天，怎么回来了？尹生跪拜说：学生先前怨恨先生，嫌先生不授学生驭风之术。回去一想，先生不授自有不授的道理，所以学生心中消除了怨恨，特地回来向先生请罪，望先生再次接纳！列子听后说：你在这里学了几个月，我天天在向你传授啊！你要回家，我以为你已经领会了大道的奥妙，所以才同意了你的请求，没想到你不但没有领会，其实连门都没有看到，实在叫人遗憾。尹生心中疑惑，问：几个月来先生一言未发，何以说天天向我传授？列子说：你是真的笨啊，驭风之术本来就不能用语言来传授。用语言传授表面上好像说得很清楚，实际上离道会越来越远，只有默默不语才能慢慢领会。当初我拜老商先生为师学习，老商先生三年一言不发。我虚心静气，安精养神，三年后达到了心不敢念是非、口不敢言利害的境界，这时老商先生才斜着看我一眼。我又修养了两年，达到了心敢念是非、口敢言利害的境界，这时老商先生才放松了绷紧着的面容，向我微笑了一下。我又修养了两年，达到了随心所欲而心中无是非、随口所言而言中无利害，这时老商先生才让我与他并肩而坐。我又修养了两年，放纵心思让它任意驰骋，放纵口舌让它随处闭张，所思所言是什么我自己都不知道。不晓得老商先生是我的老师，还是我是老商先生的老师。体内身外，一切一切都好似没有区别了，眼睛好像是鼻子，鼻子好像是口舌，眼耳鼻舌身都没有什么不同。骨肉似乎都消融了，不知道自己的身体需要倚靠什么？不知道自己双足站立于何处？只感到自己空灵无我，可以随风飘荡，或东或西，好像树叶一样，弄不清楚到底是我乘风而飘荡还是风乘我而飘荡？这就是驭风而行的诀窍，首先得无我、无欲、无知、无为。如此趋老商门下九载，席始相携，眼耳都融，叶干忘机，乘风枯槁，复归。你在我门下不过几个月就生起这么多的怨愤，你心胸如此狭窄，得失心那么重，还怎么修道呢？怨愤是由彼此之间的界线产生的。之所以心生怨愤，一定是因为觉得别人有对不起自己的地方，你觉得为我干了几个月的活儿，我就该有所回报，拜我为师，我就该教你些什么有用的东西，这就在自己和别人之间划出了一条自以为是的界线。怨愤越大，这种界线也就越深。界线越深，自己和他物就越难以融合。难以融合则气不能容纳你的身体，地不能托载你的双足。你回去吧，你心不改，计算得如此清晰，修行功夫是无从谈起的。”

她看着笔记，反复思索着，回忆着老师今天说的这些话，在皎洁的月光下，在温暖的灯光里，时而清晰自己此身何在，时而怀疑自己身处何地？时而迷惑想法从哪儿来？清晰从哪儿来？生命从哪儿来？

直到屋里屋外进进出出地看雪花飞舞，一会儿想起一段，一会儿又感觉自己记得不是很清楚，如此折腾了一夜，她却一点也不觉得累。

清晨，她看见太阳从对面的屋顶一跃而出，洁白的大地沐浴着金色的阳光。她站在阳光里，开心地让阳光笼罩，好像妈妈的手怀抱着孩童时期的自己。她正感觉浑身上下满是温暖的时候，突然闻到身后飘出一丝清香。转身一看，一株不起眼的树开满了红色的小花，旁若无人地在雪中傲立，啊！风雪催开了梅花。

梅花，您也和我一样一夜无眠吗？您也和我一样在这场风雪中重生吗？对了，眠不是醒的对立面，眠藏伏在醒中，醒藏伏在眠里，那么，生死呢？死如果不是时刻潜伏在生中，还有什么叫无常？无常就是常啊！既然生里隐藏着死，人何必恐惧死亡？心安理得地和死亡共存多好？有颗安然的心，那么无论什么时候拔脚而去又有何妨？这不就是逍遥吗？

不怕死，就能发现生之可贵、生之美好。生，本身就是一条修行路。能生而活，当下即是开悟。清净是需要养护的，情操是需要陶冶的，人生是需要善待的。她想，这么多年了，我养护、陶冶、善待过自己吗？怎么想，也是成天在胡吃海喝，胡乱消费，由着性子去傻爱、傻干，结果把自己弄得遍体鳞伤，情感上一次次跌倒，事业上步步登“高”，人生呢？除了有点钱，除了无时不在的多疑，其他一无所有。

她尴尬地对着梅花笑，心一静，就越发闻到梅花回应她的那一缕若有若无的清香，丝丝缕缕、直入心脾的香气仿佛是对她忏愧的嘉许。她对梅花抱拳说：“仙子，您是在寒冬里悟道了的！请带上我吧！”

一阵风来，吹落了树枝上的积雪，花枝被风摇动仿佛也在对她点着头，棉花糖一般的雪被风吹得从树上飘洒下来，在金色的阳光下犹如天女散着天花。突然几只小鸟叽叽喳喳地欢叫着落在梅树上，树下居然还蜷缩着一只野猫，被小鸟的叫声吸引着抬起了头，瞪大了眼望着小鸟。她想：这么冷，鸟和野猫都找不到东西吃了，该饿了吧？

正想着进屋取些食物出来，却发现不远处还有一条野狗，一声不响地蹲望着她。她又想：我在看猫，猫在看鸟，狗在看我，那么梅花在看谁？谁又在看我们？未来和过去，属于现在吗？感觉和思想，属于我吗？梅花的清香，清晨的阳光，花、香、冷、风、猫、鸟、狗和我有专属吗？心，有主宰吗？哦，不对！老师说一切只有当下！从空到空的人生，唯有当下是鲜活的。时间不会被时间储存，空间不会被空间隔离，真者，未必不实，未必不全实；未必不虚，未必不全虚。

然而这梅花的香味会留在哪里？为什么心里宁静时，总能从拂面而来的风里嗅到童年的味道？那些鲜明的记忆栩栩如生，提醒着回归童真和初心，记忆里有风吗？风也有记忆吗？过去、未来和现在是不是一起共存在此刻的宁静里？

想着想着，昨天课堂里老师说的许多话又浮现在脑海：唯有经历过真正的人生，活着才有意义；唯有经历过真正的时间，时间才有作用；唯有经历过真正的觉悟，生命才有不息。还有什么？对了，全想起来了！老师说方、圆是真，方形、圆形是实。真不可见，所以我们从来没见过方、见过圆，我们能见的只是被定义了的方形和圆形。

她被晨风轻抚的身体没动，而风动幡动，是心动了吗？为什么在风中，眼前像过电影一般，童年的往事那么清晰？心是真还是实？心动是真还是实？真心动过吗？动的是念还是心？

老师说曾有僧人问大随禅师："大千世界坏时，法身坏不坏？"她听到这个问题时马上就想回答，佛说法身不生不灭、不来不去、不动不摇、不变不易，是亘古常青的妙体，大千世界坏时，法身哪有坏不坏这问题？当然不坏啦！可老师说这样不问来机的回答就是凡夫心使然，禅师的话永远是两面刃，一面是杀你，一面是活你，让你从死中得活，大随禅师当时的答复是："法身也坏。"这话与佛所说大相径庭吗？可如果大随禅师答错了，投子青和尚也是禅门祖师，为什么要装香作礼，赞大随禅师是古佛再世呢？

她想，如果我也学了这么答，遇到同样问题也答"法身也坏"，会怎么样？另一个声音立即从脑海里跑出来：不要妄想啦！你要这么回答，一定被老师打屁股的啦！老师肯定要骂：呆子！大千世界怎么会坏？成住坏空是循环往复的，世界的本性是空，空有坏吗？或者干脆把她关进房间面壁一天。呵呵呵，她自己边想边乐，凡是认为有个标准答案的，一定被骂，唉，得了自在的人，真是能不被所见、所知、所问障碍啊，我怎么才能和这些人一样无惑呢？

无我！无我就能无惑！

"高高山顶上，孤月照寒泉。水中且无月，月是在青天"，青天空灵无住，水月似假犹真，灵知了了无处不在。房子是空间，空间可以拆掉，空却拆不掉。实体可以毁灭，真却不生不死。固定的答案就是实，而随缘自在的回答才是真。

自然界可以被破坏，自然性能被破坏吗？恐龙之后是新世界吗？恐龙之前是新世界吗？什么是新？从哪个角度叫新？冰川世纪以后万物肃杀，生命从哪里来？生命体有生死往来，生命却不会。不被相左右的才是真，生死是相，答案是相，凡是有来有往、有生有死、有起有伏的都是实、相。世间万物没有一物是单一性的，如钢笔材料就有金属性、塑料性、水性，哪一个是它的“实”呢？没有一性是实的。失去一性，功能就会改变，但不代表失去实性，功能就可以补回来。

她不断反复咀嚼着老师这些话里的内涵，每次咀嚼，体悟都不同。心不可说，念不可留，相却可见。契真便可驭相，见变相而不乱，见乱相而不动。如果没有契真，则在原地打转，徒劳往返。她记得老师讲着讲着就唱了起来，当唱到大家物我两忘时，又突然停下来，她经历了一阵如进太空般的静寂后，老师让大家打开书，同声读了起来：“观世音菩萨的圆通法门，其核心是‘入流亡所’，此分为四层境界。第一层乃：入流、亡所。”

我们为什么做不到无我？因为时刻不肯入流，固执在有个真实的自我。“流”是宇宙万物的流行、发生，是生命间循环、轮回、生生不息之流，不是人为的、商业利益驱动的时尚潮流。当一个人执著在人为潮流中，价值观就不会是自己的，而是别人根据需要赋予的，个人的价值取向取决于他人的需要、价值取向建立在商业潮流中的人，不仅自己迷惑，近朱者赤近墨者黑，圈子周围几乎也是同类人，彼此抱团取暖，无所谓真为何。

如此则生命体只能活在他人的嘴里、眼里，被动而无奈，一切意义皆需他人认可，此便是合群而不入流。其“所”不亡，有个明确的“我”在，“我”的极限就是生命的极限，而“我”才多大？一百多斤的身体，几十年的寿命，老婆孩子朋友，这些局限变成了人生“奋斗”的全部意义。

假我之“所”，便是真我之“锁”。我的房子、名誉、喜好、家庭、利益锁住了真，便只剩下“我”。唯有真我，能汇入到茫茫无边无际、无量无始的生命洪流中，知洪荒不远，晓未来已来，真我是无量寿。而万物中最无常的就是我之所，所谓无常，即是所行、所为、所立、所感、所念无常，一切都是瞬间变化，无穷之变，致我之心念为之变。我们所谓入空门，就是入流。空，怎么变？变了还是空。生命流、法性流、能量流都是空性，无可执著，也无法执著。颠倒梦想的人，才认“我所”为常，才以为“我所”能常。宇宙之间恒常的大流行，都是不生不死、不垢不净、不增不减的空性。老子称之为道，道以法显；孔子称之为天，人率天命。修道而能率性知天命，知天命而以教化弘道法，由无为而至无不为，儒、释、道、禅，万法归一。

从修炼功夫的角度讲，如同高手过招能乾坤大挪移一样，乾坤大挪移就是一切无住无滞，高低上下，冷热寒暑，前程过往，将一切能量汇入大流行中，无论正反，无论是非，皆能于身心如风过长空一般，挪移乃无住。天空不会因为彩云好看而想留住彩云，云片刻不留，时刻生死，故而无量。

第二层的内涵是：入、流亡、所。

入哪里？入流亡，觉悟是流亡的过程，以慈悲喜舍为心的觉者，从空到空。然而空到空的中间却是不空，这就是所。因果不空、众生不空、功德不空、教化不空、当下不空、世间不空、人法不空。入，是人；流亡是法亡，亡才有生生不息；所，是当下，活在当下，即是心有其所。生命必须有个主体存在，存在是被肯定的，而存在的形式是多端的，执著在某一端都是被否定的。

一切众生皆有如来智慧德相，不就是执著了才有妄想？才不能觉悟？不执著不代表不肯定存在之相，不肯定现实世界，不肯定修行的意义。生命如没有意义，还要生命做什么？“入流亡所”从浅入深，层层递进的内涵，是先否定执著于我，再肯定当下不空。入是入心，亡是亡我，所是当下之无时不在的一切发生。

流亡才能活在当下，心自在，念不住，才有随缘自在的红来现红、绿来现绿，随取随用，随用随弃，不执不黏，出入无碍。这样的生命体才能无不为。不流亡，何谈无为？不肯定“所”，谁去无不为？没有确定一个具体时空点，无不为就不成立。没有了众生，成佛做什么？没有了魔障，修道做什么？所谓不顺俗、不厌俗、不弃俗都是建立在这个“所”上的，红尘越翻滚，我心越清净。

第三层内涵是：“入流”和“亡所”，不二。

入流，乃是主观的我入到了社会、现象、宇宙、发生、人事物境这些客观之流。亡所，乃是社会客观之流和主观的我不二。主观和客观互相影响，宏观和微观互相补充，这才是禅的精神。

成佛不是在天上飘，而在地上成，所以叫“立地成佛”，红尘就是利益众生的最大道场，红尘即“地”。有了这么一个具体、实在地，觉者于此经历一番真真切切的生老病死、成住坏空，转迷成智，经历所有的困苦、煎熬、无常、变化，于此中不仅能深刻认识到真实人性的善恶无常，能清楚自己修炼悟道的方向和意义，并能以定力立世，以智慧行教化之职。如果人本身没有经过刻骨的清醒认识，搞到头，有的人修行不过是搏个修名，终身不知禅味为何。还有的人固步自封，在法上固执而自大，却在事上恐惧，小见狐疑而自卑，一会儿自大一会儿自卑，身心分裂，故而习惯紧张、盲目、依赖。要知道抱着讨好人的心态是修不成的，文殊菩萨高举的是利剑，不是面团。凡是宝剑出鞘皆杀气腾腾，寒光逼人，这才是杀死一切妄想、执著的利剑。

宇宙中太极是核心，太极中显水月，水月中映太极。宋代严羽《沧浪诗话·诗辨》曰：“故其妙处，透彻玲珑，不可凑泊，如空中之音，相中之色，水中之月，镜中之像，言有尽而意无穷。”

合于太极法界的桥梁是观，观有两个特点：非以目观之，非观之以目。凡人眼睛一见，从眼根进入意根，意识就跟着眼睛所见之相乱动。不通过眼根而起作用于心，是“观”。

观，是观真；见，是见实。观，不局限于看见，是“又”“见”。修人缺乏了定，就只会用眼睛去看，故名“眼见为实”。人眼能见五脏六腑吗？有人说可以做全身扫描，可脏腑的功能能扫描出来吗？怎么运作的互相关系能扫描出来吗？就像她听禅颂时，声波怎么对心意识起作用的能扫描出来吗？

人和天地、自然、万物、他人、自心的关系靠观，不靠感觉和五官的功能。您不能观其妙，它就能在不知不觉处改变您，就是您的主人，只有自己能主动时，才能做自己生命的主人，以智慧带动万事、万境、万物。不为被用所用，不为人、事所控。

老子《道德经》有云："为无为，事无事，味无味。大小多少，报怨以德。图难于其易，为大于其细。天下难事必作于易，天下大事必于细。是以圣人终不为大，故能成其大。夫轻诺必寡信，多易必多难。是以圣人犹难之，故终无难矣。"有智慧的人最懂得见微知著，能在别人还没觉察的时候提前做好工作，这是主动。能在事故发现前看到征兆，能体味那些还没有散发出的气味，能把小的征兆当成大事，能预知、预防、预测的能力来自于细心。要解决难事只要从细小处留心，天下的难事就都不难解决。

圣人未必做的都是大事，所以能成就大功业，是圣人会把小征兆当作大事看待，显乎隐、显乎微靠的是细心，认真对待看上去容易的事情，未雨绸缪，出自敬畏心。凡夫马马虎虎是因为不懂得敬畏，只知道害怕不良的结果，而圣人对待小事是谨小慎微的，敬畏是一种孜孜不倦的精神，由于谦虚而有敬畏，凡夫自大，故而无知并盲目，圣人正因为自知，才能时刻兢兢业业，如履薄冰，也正因为有了这种对生命的敬畏，才能真正坚持原则，遇到不平挺身而出，绝不含糊；遇到困难迎难而上，绝不退缩。敬畏，是自知人之渺小，天道高远，可敬可谓，可信可感，可修可契，人虽谨慎修道，日成其功，却也无大过却有小过，孰能无过？

孔子晚年攻读《易经》韦编三绝，一辈子活到老学到老，一刻也不敢松懈，一辈子都在知错就改，在学而时习。不怨天不尤人，下学而上达，此所以逐渐通达天人之道，天道就在人道中，人道即是平常道，平常自然就高明，这才是一条反求诸己、自省顿进、至道无难、由难而易的光明大道，入此道即入流，一切难也就不成其为难了。

书读到这里，老师打断了大家，话锋一转，说：今天大家在这里是为了修太极，太极的基础是《易经》的“艮”，“艮”是“人”上边加“目”，突出目，是艮之核心在观，山能见，止不能见，故需“观”。“艮”的分化字有“限”，限是眼见的尽头，眼根功能受阻为限。“阝”是偏旁，左耳刀由“阜”字变形而来，“阜”字本义为土山，“限”这个字左右都是山，人走到山底下，不是就不走了，而是该想想怎么走了。从山而反观、反思、返照。

汉字里隐藏了极深的智慧，从左耳刀的字本义多与山相关，如陵、险、陆、阴、阳等，而右耳刀由“邑”字变形而来，本义多与地相关，如都、郊、邦、郡、郭等。山和地什么关系？山，让人知返，地，能生养万物。限是内制，制是外限。自我设限才叫“限”，别人对您的限都是“制”，制是制度、法律、制裁、制约、体系、条件。反思是动物没有的能力，思，是有欲观徼，反思，方能观妙。背部，由于眼睛看不见，所以需要反观。

从身体修法上说，修也多是从背而入，我们看传统的中医推拿是不是都先按背？脊背是人体的生命通道，脏腑都挂在脊柱上，脊柱上有31对脊神经29对椎间孔。椎间孔里有血根和神经根，血根给器官输送营养，神经根加速器官蠕动。当器官能力蠕动很慢的时候，器官必然老化，当血液过不去的时候，就会没血补氧。脊柱是管器官的大管家，脊背淤堵则神经传导不正常，神经传质不好，器官蠕动能力就会立即变弱。当神经信号传导不通畅的时候，人不仅生理功能出现障碍，其他诸如情绪敏感、代谢紊乱、精神紧张等问题都会出现，使得身心老化。

我们的身体里有大秘密，看得见的如心在左，肺在右，下边是肝，肝里藏胆，左边脾胃、胰腺，再往下是肠，旁列是肾，脏腑都有自己的位置。如果脊柱变形了、错位了、弯曲了、淤堵了，脏腑就会有明显改变，例如胃变大就会挤压肝胆，往下垂会挤压肾脏，胃往上顶的过程中挤压胸腺功能，挤压肺和乳腺。器官的位置如果不稳定，就会形成占位性挤压，逐渐成疾病和占位性疾病。

占位性疾病是什么？肿瘤就是其中一种啊！所以好的推拿师都知道。注意这不是指保健按摩，可以说其实是不能随便找不懂行的人按摩身体的，更不要说针灸了。如果不懂经络走向，不懂气血运行，不懂肌肉梳理，不懂力线流布，不懂腧穴之间的君臣关系，这些人手越重对人的伤害就越重。真正的好的医师知道什么时候该泻，什么时候该补，知道阳经如何疏通，阴经如何滋养，也会在治疗时及时发现病人的隐患。

什么是推拿？推是点拨，拿是提捏；推是阴法，拿是阳法。阴是减，是疏通。阳法为加，为温补。盖房子是不是先打地基？最重要是搭好房子的大梁，地基是人的下腹，是孕育生命的腹地，而根基打好了就得搭梁。

脊背为什么叫"脊梁"？没有它，人就立不起来。四肢着地的动物受力均匀，分散了脊椎骨的压力，而人却改变了上肢和脊柱，失去了尾巴直立行走，直立人的脊椎所承受的压力过分集中，脊柱不如四肢行走的脊椎动物柔软、稳定。

直立对于脊柱来说，会发生前、后、左、右摇摆。例如，人在迈步向前时，另一条腿处于悬空状态，在奔跑时，重心就更加不稳，很容易摔倒。您认为摔跤没什么，可在人类初期逃避天敌、追逐猎物时，摔跤却会是致命的缺陷。四肢行走的动物摔跤的概率就大大减小，也很少有脊柱错位、变形、歪曲，因为一旦动起来是同时运动的，而人不是，所以人就需要更加关心和维护藏在身体的背后默默支撑着人体的大梁。

为什么不关注背部？因为人总习惯迷惑于眼前的事情，少有人去关注背后。漫山遍野植被繁茂，人们多沉醉在表面的风光，有几人去思考花开花落、云卷云舒背后的存在？宇宙广大无垠，科学不断进步也只是在研究眼前的实际，宇宙的背面是被人忽略的无形存在。由背而前，由阴而阳，由无极而太极，是从一面到另一面，不是从前到后。无量无边的宇宙叫“真”，其中微不足道的一部分是人能探索、有可能感受到的，叫“实”。实，有“际”，际，是边界，是局限，不同境界的人边界大小不同。随着科学探测技术的扩大，“际”的范围好像越来越大，可凡是能被证实、能被观察的有形之“际”，比起人心的境界之际来，仍微乎其微，比起宇宙之真来，更如盲人摸象。

从地球来看，每个生命个体的“实”仅限于自己有限的空间，宇宙多大、地球多大和您无关，您在此地就去不了他方。然而真的去不了吗？量子之间距离千山万水，在不同空间下如何能多体纠缠的？心，比量子更微细，入了这个微细流，什么不能和您的心纠缠感应？不一定非要身体过去了才算过去，佛经中说化身，化身和真身是一不是二，纠缠就好像是化身感应一般。无真无假，唯有感应应机而发。感应不是感觉，感觉依赖于神经系统、大脑意识，而感应没有依赖性，独立天地间，唯有一真实。

陶瓷杯子好像是个“实”，可摔碎了，杯子还在不在？泥土会碎吗？“实”不过也是假名而已。杯子碎了叫“碎片”，碾碎了叫“泥土”。泥土可不可以做成别的东西？因缘和合的暂时存在叫“实”，但却没有不变的“实”，无法改变其性质的东西叫“真”。习气实不实？习惯、思想实不实？命运实不实？都是实的，所以都是无常的能被改变的。

凡是质层面的，是实，而其本，是真。真者无妄，实者无虚。实必有真，真未必实，未必不实。真未必存在，未必被存在，未必被您感知而存在，未必您不感知而不存在。真中有实、有虚。实，可统治，可改变，可更新，可进步，故而无常；真，真只能通过观而契合，其不可用、不可测、不可知、不可想，不可统治，不可改变，不可更新，不可进步，不会生灭，不会转化，故而曰恒常。凡是能用、能测、能知、能想、能转、能化、能说、能写的都是实。实和真又不是非此即彼，互相之间是有作用的。这就像人体必然是要死的，所以无常、有变，生命体是实。人性，是真，不随个体的消失而消失，生命力也是真，同样也是不生不灭的。

修养中，实际有效的训练方法、技能会进步，学人可以通过训练加强体力，发达肌肉，柔软身体，却无法通过训练方法增长定力，开启智慧。定和慧皆是“真”，不可预测，不可揣摩。但凡抱着目的性、计划性、按时间计算的，都与“真”无关。

“炼”为什么是火字边？烧的是心意识中的烦恼，修炼是修心，不是修筋骨、腿脚。心，不增不减，“真”只能契合，只能无限靠近，却无法证“实”，倒因为果，以实论真就是颠倒梦想。禅门说的“向上一路”，是说心中的追求、功夫的成长，这也是实，到达“天人合一”时，就没有成长一说。合一，不是人往天上去，而是人能合于万事、万物、万有，故而越成熟的稻子越低头，越合一的人越平常。什么是“天”？“真”才是天。修禅，禅是天；修道，道是天；儒家，儒是天。修什么，什么法的目的地就是天。什么是“人”？修炼的主体。在哪里“合一”？当然不是某处仙山，而是心净则国土净，不舍众生的人间才是天人合一的佛国净土。

有同学问：“自然是真的吗？”

老师说：那就看您把什么叫作自然？您的自然是指自然界，还是自然性？自然界是实，自然性是真，自然界有因果，而自然性却超越因果。因是可知的，果是不可确定的。例如，我们都知道春天一定会开花，但开几朵花有人知道吗？我们都知道要积累功德，这是因，至于之后会有什么果，预判有用吗？急于预判是交易心，为了果而行善，是功利心。既然一定开花是自然之因，开几朵花是自然之果。菩萨畏因，众生畏果。那么我们就要从因地着眼，果必有因是现实，因未必有果故需随缘。

再如命是果，运是因，而命、运背后的才叫真，认为命运不可改变的叫“宿命论”，这种观点认为人这一生的轨迹是前世注定，不可扭转的，所以要认命，要接受，这就违背了佛法“命由己造”的基本观点，既然叫“命运”，就是可以运，运而转，修炼要下的功夫，叫转，和转相应叫转机，转机后是转化。想推动运命这乘大车，没有能量能转得动吗？

定力、慧力如车轮，如果车轮左右不平衡，车能跑起来吗？今天，我们在这里修炼水月太极，当然不是练拳，不是练武术，也不是拉筋，不是艺术，水月太极和一切技术无关，它是“不切实际”的修心法，它要的是修者能借假修真。“真”其根本对套路、招式等形、相的表面本无所肯定，形、相是实，此最无常，所以，真正的修心之法皆以无用为大用，以无用而无所不用。

修心、转化的能量从何处开始？从改变心意开始，医者意也。《内经·灵枢》云:“所以任物者谓之心，心有所忆谓之意，意有所存谓之志，因志而变谓之思，因思而远慕谓之虑，因虑而处物谓之智。”《素问·金匮真言论》云:“谨察五脏六腑，一逆一从，阴阳表里，雌雄之纪，藏之心意，合于心精。”病由心生，意乱情迷、胡思乱想、欲火焚身的人岂能无病？更妄谈能量。

高明的医者善于发现隐患，明师就是良医，能发现学生之隐患，要知道藏于身的隐患易发现，藏于心意识的隐患才是人生之根本大患。故，孔子、老子、惠能祖师等每位明师、祖师都是大医王，全力以赴用各种形式帮助学人从根本上改善人生的格局。只有被动的医生才只会对症下药，看检验指标治病。要知道头痛不是头的病，多数是肝气所致，肝气不是指肝脏，要调理肝气从肝脏下手有什么效果呢？肝气上升是心意识不稳定造成的情绪，心浮气躁，肝气淤结则肝气乱撞，引发偏头痛、脑中风、乳腺癌、冠心病等病症，治头痛从头上去治，往往是徒劳无功的。高明的医生都知道治疗隐疾须从“意”上用功，禅门说一念成佛、一念成魔是也。病与心、意、志、思、虑、智等思维活动过程有密切的关系。

药王孙思邈真人说:“善为医者，行欲方而智欲圆，心欲小而胆欲大。”胆大心细并处事果决而又思虑周密，这就是有胆有识、有勇有谋。圆是圆满，思虑周全，禅门叫“无漏”。方是方正、不苟，不随随便便、马马虎虎，真正的明医在智虑方面细致、圆通、灵活、善察，在下手方面却胆大、无畏、精准、果断。

……

不知为什么，她此刻的记忆如此清晰，自己都感到不可思议，她知道没有经过专门修炼的现代人，人到中年几乎没有记忆力不下降的。练了几天水月太极，她明显感觉身体温热了，昨天上午带着她炼功的修养老师告诉她：元修养的每一式都在拨筋易骨，开穴透风。循环无碍、周流轮转，热气出来身体才有真火。让身体难受的是虚火，虚火旺是元阳不足，真阴不生，只有把体内的水烧热，才能出来真火，有热血，有热情。

“暖”为什么很重要？就是修人像钻木取火一样，以木钻火时，火虽未出，先得暖相。暖相就是以智火烧烦恼心。从精神层面说修炼是为了供养慈悲心，慈悲心恢复了就是人心热了，心热了烦恼自然就少。心不够热是冷漠，这样的人无论用多少保暖措施，身心也是寒凉的，寒则淤，凉则滞，心不热，没有利他心、慈悲心，靠什么外力都无法根治身心的寒凉、湿淤、邪毒。

她曾问：不是达摩祖师传下来的禅门功夫应是易筋经、洗髓经吗？我们为什么不炼这些呢？

老师笑道：“易筋和洗髓其实是一回事，本没有定式、定法，现在市面上流行的所谓定式其实是后人附达摩祖师之名。禅法修炼的核心精神不在体式，一切能把握易筋和洗髓宗旨的法，都是易筋和洗髓，太极亦是，凡是能帮助我们契合太极大道的功夫，都是太极功夫。千拳归一路，万法归一途，不要被假名迷惑了，活人怎么能抱着古法不变呢？河的上游一定比下游干净吗？现在社会旅游项目发展，大家都喜欢去追溯河源，于是越往源头走，人为的垃圾变得越多。下游看上去比上游浑浊，可是浑浊多是泥沙，泥沙本身就有自净功能。上游的水从何而来？从雨水来，雨水从何而来？从云气来，云气从何而来？从大海来，大海的水从何而来？海纳百川，从下游来。上下游的水经过天空循环往复，经过大海消融混合，经过天空运输传送，哪里还分得清彼此？”

她点头。

老师接着说：“我们拿人的身体来看，饮食从嘴巴进，是上游，从大小便出去，是下游，所以大家理所当然地以为上面干净，下面脏。然而有机蔬菜不都是便溺浇灌出来的？化肥和农药比脏臭的粪便干净吗？下游的粪便能滋养食物，可是上游大脑意识里出来的恶念、邪见、杂念、情绪、烦恼能滋养他人吗？除了害人害己还有什么好作用？可问题在于人皆不自知，许多人习惯性地把自己的喜怒哀乐一股脑地灌输给他人，发泄完自己轻松了，却不知道这是在作恶！您的家长里短和别人有什么关系？心霾才是最大的雾霾，便溺能灌溉植物最后被人进食回来，形成良性循环，而邪见、恶见、妄见、愚见却出自人嘴，污染他心，形成恶性循环。老师多次告诉我们：上游和下游之间流经的过程，人类称之为历史，许多人把历史做成大事年表，孤立地看待每一件事、每一个人。西方人记事喜欢看事情本身，某一年代发生了什么大事。而中国人记录历史，本就不愿意将壮阔的历史海洋简化为几颗孤立的水珠。历史不是年表，不是坐标轴上的几个定点。中国的历史是以人为本的，《史记》的题目都以人为题。”

她继续点头，说：“是，‘以人为本’的思想从管仲开始就有，‘仓廪实而知礼节，衣食足而知荣辱’说的就是物质文明和精神文明和谐。”

老师说：“中国历史是人的历史，西方历史是事的记录。人类的万物、万事、万有如同江河，虽从源头走来，但一路上不断汇聚百千亿条新的能量，前一刻的每一滴河水都因下一刻能量的注入回旋、激荡而宛若新生，每一滴河水都有生命，都承载江河共同的记忆，都可以映射天地的辉光。理解历史才能活在当下，如上次老师问我们：茹毛饮血的原始人发现火的意义，又是如何解决火的保存、搬运问题的？我们当时的反应就是想去找各种知识性介绍，老师说我们不懂用心思考，她说对于每个部落来说，有了火就有了战胜其他部落的武器，因为有了火，部落的卫生条件改善了，生肉里的寄生虫、腐烂的细菌被杀死，人的寿命会明显提高。火还可以帮助人暖身，冬天和夜晚不会那么寒冷，慢慢体温提高，自然代谢能力就提高了，并且最重要的是大型动物见到火会恐惧，故而谁不想占有火种？但是哪个部落愿意主动传播火种呢？而其他没有火的部落想要发展必然要得到火种！那么火种如何保存和传递？如何不因落后而被淘汰？“

老师说着顿了一下，看了看大家：“我们当时所有人达成一致，得去偷！就像西方神话中的普罗米修斯那样。老师听了就笑，说我们有点智慧了，可究竟落后的部落如何费劲心思盗取的火种，这就不得而知了。说着老师又问我们：那么这种偷盗行为，是好还是坏？有善恶之分吗？”

她想了想，说：“火是文明，文明不会是某个部落的私产，所以想保护火种的部落，和费尽心思想窃取火种的部落，没有善恶，都是我们的祖先。”

老师说：“对啊！从是非观念中跳脱出来，就是不二！从源头发展出结果需要时间，但不能代表源头就一定比后续要好，也不代表后续就一定超越源头，河流中的水流到哪里，没有好坏，只有相应。所以我们在谈论历史的时候，不能忽略时间和空间的流动性和变化性，数学上直线是两点的最短距离，然而历史不是基于数学的顺时排列，只有长度非立体的直线怎么能作为人类的坐标呢？历史是有宽度、有重量、有温度的，是绚烂、深邃、圆活的，如浩荡的江河、澎湃的海浪，又是圆的，不断轮回。所以一千人对事物发生背后的关联性有一千种解读，而固定的年表只有一个。纵横的历史的时空轴要加入我们自己的个性、境界、思维，这就是我们要在继承传统修养精神的基础上，创立适应现代人修法的原因。一切能契合禅法的修炼都是禅修，一切执著假名的运动都和禅无关，我们练太极功夫不是勤学苦练压腿、站桩、打拳，太极功夫不是武术，当然不是为了对抗和技击。”

她点头，老师继续说道：“我们的心不放在技击上，不代表没有实用性，长期修炼会令我们的反应比常人快，平衡性、耐力、爆发力等都会和普通人大大不同。功夫是一种语言，功夫好的人其实不用说话，自带气场，使得旁门左道不敢靠近，何必和人动手动脚比蛮力？人类产生了语言，由此产生了文明，动物也有语言啊，灵长类，包括海里的鱼类都可以发出各种声音，通过声音来沟通，除了声音动物还有无声语言，色彩、气味，甚至超声波都是传递信息的无声语言。辣椒的辣味是它的语言，花草的芬芳也是语言，各种波段不停地在传送信息，只是多数的人听不到。语言不仅可以沟通，它提高的是人的认知能力，更重要的是对人自己的认知。比如，狮子、老虎对环境有认知，知道哪个地方危险、哪个地方有食物，但它们对自我没有认知，也不能把它形成一种语言进行交流。语言之后就是文字，语言文字是大脑塑化、塑造娑婆世界的开始。借助语言和文字，之后人类的认知能力固化起来，也就是理论产生了。人的思考能力、语言能力、概括能力等本来是人能够了解社会、了解天地自然最好的一种本领，这种本领就是人有灵性，我们把它称为'灵性'。人，因为灵性，所以成为万物之王，不是因为大脑发达而成为万物之王。语言虽然在大脑里产生，可是产生语言背后的内容并不是大脑里产生的。文字虽然有理论，但文字背后的却不仅仅是理论，如果我们停留在理论里，那么就只能在知识概念逻辑里砌墙。灵性不在理论里，不在理论外，也不在理论中间。修，是修人能够更有灵性，更有气场，更有无声的力量，看得更全面，听得更入微，心更细腻而能和天地自然沟通。故而，水月太极怎么就不能是易筋经、洗髓经呢？怎么就不能是太极拳、太极舞呢？不执一法，不舍一法。如果今天我们不理解这一点，就会练什么被什么局限。"

她深深地陷入了思考。

老师接着说："有了语言文字后，人类就有了一种动物没有的能力，即虚构能力。虚构能力使部落建构起原始的信仰，虚构一些神、鬼、图腾，神话故事连缀丰富，代代相传，然后写下来的文字成为历史、记录、小说等族群的共识。这其中肯定有实的成分，不能一概否定，要不为什么远古神话故事、古人类的传说极为相似？古印度、古埃及、苏美尔、中国人、玛雅人的许多神话几乎相似，如大洪水，如大地震等，这中间不全部是巧合。

“文明肯定有个源点，这个源点必在东方。而随着人类社会发展，神话就越来越离谱，人类因自身需要添加了许多虚构成分。由于虚构的成分不同，逐渐发展出各种不同的文明、信仰，信仰发展出来共同的信念，最后变成了宗教、文化。因为虚构能力的不同，人和人之间产生了共同信仰的某种价值、共同遵守的某种习俗、希望共同达到的目标。从此有共同的信仰价值、习俗、目的的人集合在一起，意识同构，价值同遵、理想共谋，这就突破了氏族社会部落之间的界域，逐渐产生了各种群体。”

她惊讶地问：“老师您年纪这么轻，怎么懂的这么多？”

老师笑道：“我懂什么？不过是时刻认真思考总结罢了。人和动物的分水岭是火，这火是外火，而我们修炼水月太极是帮助人内火提高。这也是凡夫和修者的分水岭，功夫不是体育运动，体育运动的核心是训练肌肉、平衡、柔软等外在体能，而功夫的核心是内在的，内火是重要的分水岭，内火升起，才有精气神。”

她说：“这道理我也知道，但知道和做到是两码事。我做不到怎么办？”

老师笑着说：“知道和做到，一个是知识，一个是行动，知识增加未必代表行动力增加。多数的情况是知识增加，行动力反而退步，因为思虑、狐疑也增加了。例如，古人为发现二十四节气花了多少心力采集、归纳？而现代人就把它作为一种司空见惯的知识，所以理解越来越浅薄，越来越狭隘，越来越带有目的性。知识越丰富的时代，人越习惯性地依靠别人赋予的知识生存，自己的思考能力变得急速下降，由此行动力也随之下降，注意运动不是行动，每天跑步的人不见得代表行动力就强。这里的行动力是思考的行动力，在于我们能不能像古人一样细心从自然界中觉察、体会、采集各种信息，这是反思能力，不是思的能力。比如说动物知道对面有危险存在，就知道躲避，但却不会知道危险从哪儿来，是什么在吸引危险？或者更进一步知道如何反利用危险。”

她说：“您说的反思能力就是思想。”

老师说：“什么是思想？思从想来。想分两种：一是妄想、担心、杂念，另一是清晰的思。思，是思考、思想，指人主动发出对人、事、物、境的探究。从人类的思延伸出各种知识、学问、科学。思和辨本是一对。辨，是名言、文字。思通过辨来清晰认识和表达。例如我们追问人生：我是谁？我从哪里来、到哪里去？这是哲学的开始，是思的初启。但如果仅仅停留在追问里，又是学问的终点。我们需要地图的目的是去往目的地，不是为了欣赏地图。本来学问学问，不断地学就要不断地问，不断地问就要不断地学，其中的桥梁是修证，不能停留在逻辑和知识里闭门造车，知行合一才能走向‘真’，否则就变成文字游戏，必然将自己束缚在‘思’的监狱里。来这里的人，书背得头头是道者有之，出口成章者有之，加上形象好，会双盘，然而其知见深重，害人害己更甚。进步的思是智慧，不仅看一面，还会看万物的两面性，懂得阴阳和谐，懂得恭敬万物，懂得谦虚慎言，懂得反求诸己，懂得利益大众。我们修太极时，反复告诫自己太极是以止入手、实证实修动静不二、阴阳不二、虚实不二、止观不二的妙法。其中有舞蹈、有音乐、有唱诵、有导引、有静虑、有爆发、有柔软，一切功夫是来帮助我们渐息妄想执著的。我还是说的太多了，来来来，我们赶紧上默言功课去！”

她站在阳光下。一夜无眠，她没有冻僵，世界也没有冻僵，白雪茫茫中，飞鸟、小猫、野狗处处是生命的生机。仅在冬日盛放的梅花孤独吗？她就看见霜花在冲着她眨眼，眨眼？我也会！眼眯着如猫，睁开如鸟，灵动如狗，可是，眨眼是谁下的命令？眼是为心站岗的卫士吗？梅花树下的这一刻，心花顿时伴着一切的动静，在无限生命的乐章中怒放，世间的樊笼刹那顿开。“我”去哪儿了？心，冲破眼耳鼻舌身意，扶摇而上悠游于茫茫渺渺的天地中。

她突然想,《西游记》里为什么是孙猴子跟着玄奘法师西行取经？为什么古人说“心猿意马”？心和猿是一回事啊，修心不就是要降服心猿吗？猿猴是动物界动性最强的，一刻也坐不住，不定的心念不也是片刻也不宁吗？可历经九九八十一难成功到了西天的孙猴子沉稳了，不毛躁了，能慈悲关心众生疾苦了，能包容各种不同见解了，猴子变成了“斗战胜佛”。从孙悟空到真悟空，他没有增加一件法宝，没有增加一项本领。成佛后，金箍棒也不用了，紧箍咒也除去了，真正一无所有，可见成佛不在法术的高低、法器的比较，成佛只在心，心悟了！佛就成了。

她想起自己四十几年光阴等闲过，本觉得自己一直庸庸碌碌，就默认了一辈子一事无成地垂垂老去，心中虽常泛起一丝无法逾越的寂寥、惆怅和哀伤，但由于性格内向，她一向不喜麻烦他人。于是幻想自己老了一个人周游世界，寻个安静的地方终老；或进山与山林为伴，在松树下悄然离世，这些想法从四十岁过后就时常会出现，她也知道这是庸人自扰。

老师昨天提到，阳明先生对弟子们谈孔子删述“六经”的用心，说孔子“良工心独苦”，直到今天，还有学者指责孔子篡改历史。谁能理解孔子述史，是活的，他的心实乃《维摩诘经》中“直心是道场”的大悲心显现。

恶，无须张扬而人人皆易堕落，善，才需要标高，需要苦心教化，这是引人入胜。人性之恶，源自于私，这本是根深蒂固、牢不可破的，一有诱惑皆急不可耐。而人性之善，是需要用心维护、用心培植的，夫子的用心却不为世人所理解。

什么是真实的历史？年表是物理性的真实，然而物理真实之外，还有精神的真实。物理性的真实，不是真，而是一部分的、微不足道的实。唯有精神的真实，才是人道之真所显之实。过于强调实，人就只有术，只有权谋，只有欲望实实在在地存在，人就不知觉地落在物化巢穴里，失其本真。孔子当年郁郁不得志，处处碰壁惶惶如丧家之犬，那是其身处乱世，而在我们这个日新月异的时代，是可以不同于往昔的。

此刻，她断了时间，失了边界，没了妄想，好像活在时间之外。在隆冬的北风中，在阳光的怀抱中，看到天地如此静美。

她豁然明白，此刻梅花的清幽，不就沁入心脾、芬芳着内外所有的生命吗？哪有什么前身可忆？未来可期？这个当下，不就是真吗？此刻身心的释然、超脱、逍遥、自在、得意、开怀，不就是实吗？

她轻声地唱了起来："门前弯弯清流，两岸依依杨柳，雨雪霏霏镜水月，年年风景依旧。水月啊，你究竟会不会如流水一般，一去不回头？"

外客錄

如封似闭

隔不离的我

生命本来就是饱满的，
庄子说『独与天地精神往来』，
是确定生命与宇宙间的对话，
能到最完美的状态。

疫情带来的隔离，把你、我分装了……

其实，本来人也是装在各种容器里的，车子、房子、公司、地球都是容器，正义、道德、善良、怜悯、婚姻也是容器，躯体是容器，文字是容器，思想也是容器。空间的穿透是毁灭性的，很少有人甘愿飞蛾扑火。有的容器密不透风，有的容器却有隐形的出口，要突破容器的包围，必须学会出走。

现在的每一次出走，都像开盲盒，要冒着被隔离的风险，解脱是活生生的剥离，会经历血肉模糊的痛苦升华。而我们更多时候遇到的，是容器外壁的碰撞，摩擦变形、相互阻挡、彼此吞噬。

孤独不是孤单，孤独是台风眼，是人生风波浪的奇点。

心像飘飘荡荡的一缕烟，储存心里的那些不为人知的春天和秋天，都在哪里？对人而言，解决孤单和无助、恐惧和无聊的唯一办法，就是学会找到包裹你的容器的空隙，当然不断放空自己，才能找到。放空不是没有，是你有慧眼能发现，人生这个游戏的有趣之处在于，你被包裹在容器里，你明明知道却不可打碎它，打碎它，你将不复存在。

在网络与通信技术高速发展的时代，每个人内心那个巨大而荒凉的孤单无助感越发沉重。孤单让你倍感寂寞，而孤独，才是一个人完满的开始。精神空虚的人，在过去每天打开报纸、电视消磨时间，现在一部手机就足以占据我们一天睡眠以外的 16 个小时。那个安静的年代已经一去不复返，每个人都在通过各种渠道表达自己的意见。有一句很有意思的话：这个聒噪的时代，人人都在说，可是没有人愿意听。

每时每刻只要打开手机，热浪滚滚的各种热点、各种推销、各种邀约都会扑面而来，人们跟随着媒体的喧哗，急着对某些不了解的事件、人物习惯性地指指点点，习惯性地不断发表意见，同时也习惯没有机会把话说完整，一个话题还没结束，另一个话题就蜂拥而至。绝大多数的时候只是有人在说，而没有人聆听。

自己说了什么，其实自己也不清楚，更无法安静下来，给点时间与自己的内心谈话。不说就没有存在感，而不说，似乎就会被边缘化。当往外说得越多的时候，能够向内面对自己的机会就越少，所以人也就越来越孤单了。

在群体规则的社会里，我们从小就被训练要合群，要出人头地，要衣锦还乡，否则就是异类，要忍受包括亲人在内的歧视或指责。以爱为名的要求，总是理所当然。而新冠肺炎疫情从天而降阴魂不散，多数人陷入恐慌、抱怨，比悲伤更悲伤的故事每天上演，人，因此变得更加麻木。其实，灾难本身就是一种社会和个人的自我修复、自我纠错的时机。新冠肺炎疫情的发生是不是在逼着我们，重新回到纯粹的时光？不再整天忙忙碌碌却茫然不知自己在忙什么。

因为疫情，你不得不和人保持距离，不得不离开群聚，不得不一次次被各种隔离。如果，你的身心不在自己这里，则会用各种方式在隔离期躺平，追剧、玩游戏、整天发信息，或者消极抱怨市场不好，环境惨淡。而如果，你的身心能回归自己，那么隔离不正是一个好时机？在独处时检视自己的内心是丰富还是寂寞？对，隔离的时候，你有没有心情去把好久没有翻的书又翻了出来品味，好久没有听的音乐又拿出来细听？

《小王子》里，在 B612 行星上，小王子唯一的乐趣就是观赏夕阳沉落的温柔晚景，“有一天，我看了四十三次日落”，过了一会儿，他又说：“你知道，一个人感到非常忧伤的时候，他就喜欢看日落……”看到这里好想陪他一起看日落……

有没有看过《一个人的好天气》这本书？真是有趣啊，生活的无数细节节点，一一孤立却又连接，有一种简单的清爽，无论怎样的独来独往也是一种淡淡的氛围和生活方式，喜欢就好。有没有看过《1Q84》？里面的女杀手青豆，为躲避对手，被安排到一个陌生地点暂时居住，到了地方扫视房间后感慨：“我们生活的世界，归根结底不就像一个巨大的样板间吗？走进来，坐下，喝茶，眺望窗外风景，时间一到便道谢，走出去。”

这么多书都没时间看？那么，你有时间看电影吗？比如，《练习曲》《漫长的婚约》《别让我走》……一个人的时候，在面对自己和面对自然所散发出的觉知，正是思想的彰显，或许只有如此，才能对一些东西认识得比较深刻，因而迸发出与众不同的觉知和人生，这也是独处的魅力所在。

我们在这一次次事件当中，其实应该得到很多很多的各角度反省，社会有社会的自我纠错能力，每一个人亦有。一个人经历孤独的时光，没什么不好呢？无论是思想、艺术、健康，孤独都属于起点和支点。在独处中重新再去建立自己跟外界的对话，跟天地万物的对话，以及跟自己的对话，我们跟时间的对话，跟空间的对话，跟未知的对话，这种时候，隔离，其实没有隔离。思想是隔不离的，心是隔不离的，爱是隔不离的。而失去这些的时候，不隔离的社会，人人却在隔离。

独处是人自身对生命的探索，是产生思想的源头。在现代，造成人们疏离感、无助感的原因有很多，中国的社会环境长期处于儒家思想统治下，儒文化是一种群体文化，群体文化影响深远，至今仍影响社会基础的价值观，伦理民风、文化习俗、语言模式。群体文化中特立独行的人会被视为异端，不属于正统、道统和传统。不同则孤，则独。

太一样的思维方式让我们常常有寂寞的感觉，寂寞不是孤独，孤独是生命圆满的开始，没有和自己独处的经验，不会懂得和别人相处。不能与自己相处的人，也是很难和别人相处。

在过去的很长一段时间里，国人的观念里是不喜欢“孤”“独”之类的字眼，就像很多人不喜欢单数一样，里面夹杂着千年之久的文化积淀。很多时候人们认为孤独的人是可怜的，而这种情绪和判断来源到底是什么？因而世俗的人喜欢热闹，喜欢鞭炮声声，喜欢猜拳行令，喜欢大声喧哗，而热闹的背后是什么？往往是无法言喻的寂寞和恐惧。

但是所有人都会有独处的时刻，无论是主动还是被动，或许这一次疫情，让我们停下脚步，认识到当独立思考变得越来越重要，独处便成为必要。那些被认为不好的寂寞时刻，也会变成一种自我的休息和调整，承认自己享受独处不是让人羞愧的事情。柏拉图曾说，现今社会的每一人都是不完整的，每一个人都是被神劈开的一半，因此每一个人一生下来都在寻找另一半。有些人很容易就找到，有些人需要费点时间，而有些人一辈子都无法找到。

那么你的另一半去哪里找呢？核心是能跟自己在一起的人才有机会找到另一半。学会爱自己，理解主动隔离的必要性，享受这一切，是我们一生需要修炼的课程。

有时候站在繁华的街道上，看着人来人往，不知道你的心里会不会涌现出一种“城市比沙漠还要荒凉”的感觉？人与人之间那么拥挤，距离靠得那么近，却几乎没有任何视线交集，完全不知道彼此心里在想什么。这不是隔离是什么呢？小时候邻里之间串门说笑，而现代人大多数人除了机会、商业，多数时间都目中无人，这是现代人的通病。

失去了信任，每个人都是寂寞的。静下来、定下来，那时候会发现，我们终其一生都在寻找的那半个缺失的“另一半”，其实在周围的每一个人身上都能找到相符的东西。如此，我们将会感受到，人与人、人与动物、人与自然、人与社会有许多共性，发现的共性越多，就越不会感到寂寞，发现共性越多，你就会觉得幸福，感觉生命是圆满的。

生命本来就是饱满的，庄子说“独与天地精神往来”，是确定生命与宇宙间的对话，能到最完美的状态。一个成熟的社会应该是鼓励特立独行，让每一种特立独行都能找到存在的价值，当群体对特立独行做最大的歧视时，人性便无法彰显了。

我们不能在忙碌中把生命价值的多元性牺牲了。不能与自己对话的人，才需要他人的填充，需要他人认可，才能让自己的内心平静。所以你会费尽心思说服他人认同，仿佛这样才会安心，才有道德，才被接受。甚至你通过尽力陪伴获得同样的陪伴，通过尽力付出获得相同的反馈。这一切都是为了从他人身上获得一种身体或精神的陪伴，不被落单。你，才是长久被隔离的那个孤儿。

每个人在获得自己想要的安全感时，寻求的对象不同。有的人会找寻另一半消解情感寂寞，有的人用被控制的爱消解伦理寂寞，有的人试图掌控在家庭的话语权来消解自己在社会上的无助，还有人试图在认知行动上消解思维上的无知无畏……思维是什么？我们都有一个大脑，经由大脑去思考很多事物，去推论、推理，最后下判断，就是思维。思维，不应是空洞的理论，而是生活在一个城市、一个岛屿上的人，对一个事件有不同角度的思考。思维最大的敌人大概就是结论吧！任何一种轻易下的结论，来得太快的时候，就会变成思维的敌人。

任何一种生命形态都有其存在的价值，有其存在的理由，可是它也必须与其对立的生命产生互动。我们寻找的另一半就是在找寻迷失的自己，那一半与自己内心相像，是你已经太久不敢裸露的内心，所以，你一直寂寞地单身，无论你结婚与否，无论你是否儿孙满堂。

这一次，在隔离中让自己真正地沉浸在人、事、物中，与身体心灵交织融合，理清我们身边发生的纷纷人事，把最本真的内心世界从心底中唤醒，一切的挂与念在独处中得到解脱。那是一个人的忧伤，也是一个人的静谧。我们出生时都是一个孤独的点，在无限延伸的过程中会遇到无数与我们类似的圆点或圆点构成的线，它们会影响我们前进的方向，但终究只是平行或相交的关系。

人生的使命是完成个体的生命圈，重回原点，找到最初的那个自己，也就是我们的本来面目，让自己和他人迷惑的心释然，帮助迷途的孩子归家，这便是人活着的意义。

如此，哪有什么能被隔离？——隔不离的我。

我，本不是我。

我，本来是我。

耀

元旦，你好！

现代商业的狂欢更无依据，就是人造的文化，目的仅在于创造消费。

“元旦”当是何日何时？

元字不必赘言，《易经》有云：“大哉乾元”，意为万物资始，“元旦”其实就是万物资始的那一转折点。

“旦”是一个象形字，上面一个日字，表示太阳；日下面的一横表示地平线。所以旦的本意为太阳从地平线上升起，从时间上指早晨太阳刚刚升起时候。从空间上指天亮，超越时空觉醒叫“旦”。

在古字中，“旦”与“昏”相对。“昏”字也就是愚昧无明，也可以写作从一，从日，即从“日在一下”之形，是“旦”字的颠倒字形，是太阳在西方地平线以下，人不见光明，处于黑暗世界的含义。

“元”是万象更新；“旦”是朝气蓬勃，就像梁启超先生在《少年中国说》中的名句：

红日初升，其道大光；

河出伏流，一泻汪洋；

潜龙腾渊，鳞爪飞扬，

前途似海，来日方长。

1582年3月1日，十三世教皇格里高利颁布了《格里高利历》，即现代历法，又称“格里历”。1582年以前的时间，有一项内容是：1582年10月4日后的一天是10月15日，而不是10月5日，但星期序号仍然连续计算，即10月4日是星期四，第二天10月15日是星期五。少的十天去哪儿了？

格里历改革是以宗教为出发点，难道人类社会除此之外就没有准确的日历系统了吗？在东方，中华文明早就摸索出了更符合自然的农历，如以中国农历为基础，再进一步简化，比如更规律的每月长度等，一样能给人类提供准确的日历系统。和格里历相比，中国农历更与自然相应。而格里历的第一天，和自然无关，这一天没什么特殊，只是人为命名为新年而已。与自然和谐、利于人类生活才是真正历法的科学精神。

罗素曾说：“大多数人宁愿死也不愿思考。”格里历的颁布是为了扩大教会的统治势力。公元的元，是指耶稣诞生日。然而圣经中从未记载耶稣具体降生的日子，没有人知道耶稣确实的生日在哪一天。直到4世纪中期，罗马的君士坦丁大帝规定每年12月25日为圣诞节。可是从圣经中可以明显看出耶稣不可能在12月25日降生。

所谓耶稣降生的日子是规定出来的，所谓公元之元，是倒推出来的，哪有什么具体的“圣诞日”呢？现代商业的狂欢更无依据，就是人造的文化，目的仅在于创造消费。

格里历本身经过了几百年时间才被西方国家慢慢采用，如德国在1700年开始正式采用，英国人一直到1752年才勉强接受这个历法，而俄国一直到了十月革命后的1918年才改用格里历。

历法，在中国古代其实是指数理天文学，即推算日月行星运行规律的方法。我们现在所谓公元是基督教纪元，“公元前”的英文是Before Christ（基督出生之前），“公元后”Anno Domini是拉丁文，意为“基督出生之后”。翻译为“公元”其实不符原意，西方国家明确称之为“基督教纪元”，而伊斯兰国家多用“伊斯兰纪元”，世界上不少国家使用自己的纪元，只是在外交和国际事务中为了方便沟通才用基督教纪元。

在中国古代，造历一直由皇家垄断，皇帝每年要向民间颁行历书，现代人心目中感觉历法稀松平常，这是不知历法的意义。古代王者“功成治定”必定把“改正朔”，即改历法作为头等大事对待，历法和民生息息相关，可不是什么小事。

《书·尧典》曰：“敬授人时，使知时令变化，不误农时。”时周天子就有向诸侯“颁告朔”之礼。在古代中国人的观念中，采用谁家的历法，就等于奉谁家的正朔，是谁家的臣民了。武王起兵伐纣，第一件事情就是改历法。

中华民国时，孙中山就任临时大总统，第一条总统令就是改历法，由于中国传统历法是一种阴阳历，因而格里历在中文中又称阳历、西历、新历。1912年1月1日中华民国宣布用格里历取代中国历法夏历，即农历，那一年按照中华传统文明来说是黄帝历年4609年，改为现代纪元后，变成一周有七天，第七天是基督教的礼拜日，然而中国人不礼拜，为什么叫礼拜天呢？基督教24小时要敲七次钟，每周都有礼拜日，这是为了给教徒找到一个共同跳动的脉搏，这就是教权。所以教堂中有专门的敲钟人，钟楼是权力的象征。

后来逐渐产生了钟表，人们学会用钟表来校正自己原本自然的生活，机械制造的人为时间取代了自然时间。时间与人体节律、与自然失去联系，脱离而成为一种抽象的客观存在，怀表成了绅士的象征，时间成了一种人造的商品。

作为英国人，毛姆生下来便是基督徒，而基督徒是把天主教视为异教的。有一天，他忽然想到，他完全可能生在德国南方，成为一个天主教徒，那样他就要因为并非自己的过错而作为异教徒受惩罚了。这未免太荒谬。这样一想，他从此不信教了。在这个最简单的例子中，包含了最深刻的哲理。

按天动学说，由于太阳一年之间往返，走到极南叫冬至，走到极北叫夏至。正东叫春分，正西叫秋分。据司马迁《史记》记载，将“元旦”（也就是现在的过年）定在阴历一月一日乃汉武帝刘彻所为。

在此之前，商朝的《殷历》以腊月（十二月）为岁首，周朝的《周历》以冬月（十一月）为岁首；秦历以阳春月（十月）为岁首。故史书上有“秦建亥”“周建子”“商建丑”“夏建寅”的说法。

元封六年（公元前 105 年）经司马迁等人提议，汉武帝下令改定历法，编修《汉历》。第二年五月汉武帝改年号为“太初”，颁行《汉历》。汉历规定一年等于 365.2502 日，并将秦历以十月为岁首，改以元月为岁首，这与“夏历”是一致的，并采用有利于农时的“二十四节气”，设“闰月”。

由此可见中国有阴历十月初一、十一月初一、十二初一、一月初一和中华民国时期更改的阳历 1 月 1 日，五个不同的元旦日。由于将元旦改为阳历 1 月 1 日，这就把几千年来理所当然的春节问题搞复杂了。

古代“春节”全名“立春节”，是因立春而产生的节日。古人把立春叫“守岁”“岁节”，元旦才叫“过年”。“立”乃开始之意，说明从这天起就进入春季了。古人以北斗斗柄顶端的指向来确定节气，“斗柄回寅”为立春，立春这一天是阳历元旦或阳历正月初一，不是现在的阴历初一。

现代人搞不懂“岁”和“年”的区别：从上一个冬至到下一个冬至，或从上一个立春到下一个立春，共 365 日，古称为“一岁”；从上一个正月一日到下一个正月一日，平年 354 日，闰年 384 日，谓之“一年”。

古人视立春为“岁始”，春节因此被称为“岁节”。而以一月为一年中的第一个月、在一月一日过年的元旦，则被称为“年节”，过大年，其实是过元旦（并非中华民国时期更改的公历元旦）。

古人过“岁节”比过“年节”的声势还大。“立春”与“元旦”，在古代是两个相邻很近的节日，前后天数相差不多，但几乎不在同一日，两节重合是千年一遇的……

無門関

灶神，是什么神？

其实什么是节日？就是『高兴就好』的好吗！没有必要突然装作很讲究日期的样子。

今天是小年，小年是个什么日子呢？这来自民间故事，话说朱元璋年轻时是一穷光蛋。一年过年，他身无分文，想在肉铺里赊几斤肉过年，老板不肯，他说那赊一个最便宜的猪头，但老板猪头也不赊。小朱无奈作罢，感慨万分，随手在街道墙壁写上一首打油诗“可怜可怜真可怜！别人有年我无年，赊个猪头要现钱，有朝一日当皇上，老子要过两个年”，想不到小朱后来真当上了皇帝，这一年快过年了，他想起曾经写在墙上的打油诗，为了自己的金口玉言，颁旨：从今年起过二个年，一个小年，一个大年。

当时已是腊月二十二了，于是钦定明天腊月二十三叫小年。由于明朝交通不便，圣旨传到南方迟了一天。所以就有了北方人小年是腊月二十三，南方人的小年是腊月二十四。后来为了区别小年，才有了大年三十和大年初一之说。

据说，为了给小年整出点名堂来，就在民间定了祭灶神。由于灶台要生火，早期文献中的灶神一职经常由火神来兼任。哈哈哈，火神表示很无奈！

《淮南子》说："炎帝于火，死而为灶。"王充《论衡》也说："炎帝作火，死而为灶。"汉朝时就说炎帝发明了用火，死后则成为灶神。

可火神是谁？祝融啊！他也在一些传说中兼任灶神的职位。孔颖达《〈礼记〉疏》引许慎曰："古《周礼》说：'颛顼氏有子曰黎，为祝融，祀以为灶神。'许君谨案同《周礼》。"在这些传说中，最高兴的大概是灶台：堂堂大火神来管区区灶火，耶！

火神自己不会说话，也没法子，在厨房里的职称于是改成灶神了，只能暗自憋屈。不过，可能他的委屈被人理解了，故此这个设定并没有流传下来。到了汉代以后的文献里，灶神与火神之间就没有关系了。那么问题来了，汉代以后谁是灶神呢？

《荆楚岁时记》记了这样一种传说："灶神姓苏，名吉利；妇姓王，名抟颊。""吉利"这个名字听起来好像有些俗，但其实曹操有个别名也叫"吉利"，不知道"吉利汽车"有何感想？

无所不知的段成式在《酉阳杂俎》里记的是："又姓张名单，字子郭；夫人字卿忌。有六女，皆名察（一作'祭'）洽。"也就是说，灶神改名叫张单了不说，还生了六个女儿，居然都起同一个名字。可见神仙之为神仙实在有其道理，就是和我等凡夫不同，非我辈能理解，也不知道他想喊其中一个女儿的时候是怎么区分？六个女儿一个名字这等没心没肺的事，也就他能想出来。

此后的民间传说，灶神大部分与"张单"有关，最起码灶神也应该是一个姓张的男子。

有关灶神的民间传说几乎流遍全国各地，至少存在十几个版本。其中最为通行的是"张郎休妻"类的传说。说是有个姓张的男人（具体名字在各地都不太一样，很多地方则不言其名）娶了个特别贤惠的妻子。后来，这个姓张的外出谋生或赶考，妻子在家里辛苦持家，等待他回来。终于，等到他衣锦还乡，可他已经另娶了一个美女，把原配赶出家门。这位原配于是改嫁给了另一个人。后来，姓张的遭遇天灾人祸，家穷了，另娶的美女也因嫌贫离他而去，姓张的只有靠乞讨度日。一天，他碰巧乞讨到了原配夫人的家里，原配夫人感念旧情，准备烧份好饭菜施舍给他。张郎羞愧难当，钻进灶台自杀身亡。上天感念他能悔过，就让他当了灶神，就让他当了灶神，就让他当了灶神……耶！

这又是什么鬼？成神的不是贤惠的原配，居然是那自杀的“渣男”，这让小年祭灶的群众该学哪一茬？

除了这个传说以外，也有一些传说灶神是玉皇大帝的三儿子，因为过于好色被贬为灶神，让他每天在人家家里看个够。这算哪门子恶报啊？不离食色也。

无论啥，毕竟这些都是较为近代的民间传说。我们若追根溯源一下：小年这一天，我们到底祭祀谁？到底为什么祭祀？

在有的文献里，灶神是美女，是老妇，或是炊事员，反正也看不出和火神有什么关系了。小年究竟是二十四还是二十三？其实随便，祭祀的是渣男还是神仙，你高兴就好。

其实什么是节日？就是“高兴就好”的好吗！没有必要突然装作很讲究日期的样子。

灶神祭祀，是“五祀”之一，传统上属于腊日祭祀的一部分。《礼记》里在腊日这一天，不同等级的人有不同的祭祀对象，《礼记》里的意思大概是普通百姓可以在门神和灶神中选择一种进行祭拜。这是为了让人有恭敬心，有理有节。

因此腊祭在后世有了岁末狂欢的意味，不一定只有一天，而其中灶神祭祀的日期也未必固定在“腊日”当天，视各地风俗不同可以在其前后。

腊日的日期并不固定，腊月灶祭的日期也一度随着腊日的移动而前后游走。所以，过不过小年是我高兴就好，祭不祭灶神，就是你懂的就好。

冰心玉壺

庚子年春节

春风绿着谁了，
春风曾绿过谁？
无论我们愿不愿意，
都服从着它的颜色。

初一

新年了，今天领悟是“知足”。

先说“知”，这个字从甲骨文到现在都这样写。左边一个代表箭的矢，右边一个口，先人们把谈论打猎、作战经验的行为称为“知”。因为我们自打生出来，为名、利、权、情打得头破血流，日日如战场，“知”的意义就扩展到对生活各个层面的了解、通晓和明白。当一个人说“我知道了”，本意就是以知而达道，真正听懂了，就可以很清晰地把道，用理（文理、数理、哲理……）的形式表达出来。

再说“足”，这个字也能在商代的甲骨文中找到，字形演化到西周时期的金文就和现在基本一样了。“”上面那个口不是嘴巴，是人的膝盖，下面是几个脚趾头的变形。古时候将臀部以下，也就是人的整个下肢，都

称为“足”，动物的爪爪，植物的根根，支撑器物的脚，都是“足”。

故而，“知足”两个字合起来的意思难道是：把脚丫子想明白了？或者：把下肢想明白了？哈哈，我想肯定不对。再想想，我理解是：要想明白自己脚下是什么、自己站在哪儿？要想明白生命的根基是什么！搞清楚自己到底要往哪个方向走？这才是“知足”。

只有和根基匹配才叫不忘初心，只有知道自己为什么行走才会有方向，才不会被欲望和情绪指挥脚步。反过来说，大多数人因为不清楚自己的根，所以才会四处飘零，被欲望蒙蔽，被情绪带动，活在他人的评论里，活在比较里。知足是知止而有后定，定力充沛了，人在世间便如陀螺一样，怎么转也有主心骨，也不会迷失方向。

《老子·道德经》里说“知足者富”，后面其实还有一句“强行者有志”，只要想通透了、内心满满了，就该立志笃行了。《中庸》云，士子应博学、审问、慎思、明辨、笃行，这是知足的亲力亲为版。极高明而道中庸，关键在知足，中华文化为什么博大精深？因为它不是自闭的，佛道儒禅的义理皆能融会贯通，万法归宗。

释迦牟尼有“两足尊”的称号，两足，就是慈悲与喜舍；功夫与智慧；出世与入世等等。他还被称为“人中牛王”、“释迦狮子”等。牛年了，他是牛王，但不是牛魔王，一字之差，天地悬隔。我想想，我也是牛，吃的是草，挤的是奶，也喜欢狮子吼，吼声震天如闻天音的狮吼，对学生们的懈怠有鞭策力。

在海南的时候，有老师问我：何为精进？答：精者，深入浅出，入情入理，芥子纳须弥，学问切不可知其然而不知其所以然。进者，不退！明知山有虎，偏向虎山行。有大愿大力者方能向上一路，不退转。学问深入加愿力不退，是为“精进”。

《维摩诘经》说：“众人不请，友而安之。”僧肇的解读是：真友不待请，自然而然的就会主动分享知识。啊对了，知识两个字，过去指的就是朋友。如果说这个人有很多知识，就相当于说他有很多朋友。禅说“善知识”，便是以善法为朋友，孜孜不倦上求菩提、下化众生的人。但如果反过来说，有很多朋友，是不是就等于有很多知识？逻辑学上说，这不是逆否命题，所以不成立。

读书是富足的，分享是快乐的，创业是艰苦的，然而读书、分享不是为了快乐，而本应是为了“修道之谓教”，用鸠摩罗什的话讲出来，就是“无有量、已过量”。创业虽然艰苦，但是看到能够利益大众了，那种欢喜大到多到没有限量，远远超过可以测量的范围。

大年初一，希望看到文字的你，也拥有知足常乐的心，拥有精进不退的愿，希望我的分享，带给你欢喜。而我，希望也能得到你分享的欢喜。

分一点给我，好不好……

初二

年初二，今天看到宋代隐士林逋的那句话，“以责人之心责己则寡过，以恕己之心恕人则全交”。也就是以要求别人的标准来要求自己，那么自己的过错就会很少；以宽容自己的心态来宽容别人，那么朋友就会很多。

坐而论道易、起而行之难，也就是说得容易，但太难做到了。林逋 [bū] 是谁？逋的发音很奇怪是不是？含义也很奇怪，逃跑、逃亡、拖欠的意思。一个人用这个字做名字，本来就不是平常人。更奇怪的是，一位出世的隐者居然教我们怎么入世，是不是很神奇？

钱钟书就很喜欢林逋，没事老夸他，“用一种细碎小巧的笔法，写清苦而又幽静的隐居生涯”。不过林逋的文笔也确实好，写梅花，“疏影横斜水清浅，暗香浮动月黄昏”。对此，除了服！我还能说什么呢？自幼喜欢梅花的我，就没写过梅花，因为知道写不过他。虽然凡遇到心仪的品相，总忍不住多看几眼，恨不得在家里也能养两只仙鹤，或者梦里西湖泛舟的时候吩咐仆人，有客人来了，放飞它们……然而，这不过是想象，林逋应该能在天空遥望着我吧？仰慕他这梅妻鹤子的日子，这日子是不是很美？然而，与世人何干？小日子再美，那也是他自个的事。诗文再出奇，他也就是坐而论道的隐者。

罢了，诗写不过他，不当隐者，咱要活过他！

睡……

初三

年初三，今天恰好是西方的情人节，哦，真的吗？好像西方人不怎么过情人节哦，东方，尤其是中国人很热衷。你相信了你编写的童话，你便成为那童话中幽兰的花。高兴呗，自己骗骗自己，消费一下，商家比你更高兴。其实，商家盼望着一年 365 天，天天有节过多好。当然最好的是，还有很多钱可以花。

今天的感悟是去贪，挺适合这个节日的。情啊，爱啊，真浓烈起来，决不是自私的占有，而是无穷无尽的给予，给对方快乐、给对方温暖、给对方空间。相爱的那把火烧起来，一定会彼此照亮眼前身后更为广阔的世界，照亮彼此心底深处的暗沉。爱，多美好啊？一定比独来独往的身心更广阔、1+1 怎么会等于 2？1+1，明明就是 3，生万物的三！

什么是真正的爱？爱不是依赖，不是依靠，不是控制，不是占有，不是索取，不是索求，不是交换，更不是交易。

真正的爱是，你对 TA 没有需求，没有期待，你的一切需求都可以自我满足。你对自己非常满意，你不需要在对方身上找到依赖感，更不需要在对方那里找到依靠。你对 TA 没有期待，没有索取，没有要求，只要做好自己就是完美的。

你已经活成了理想的自己，喜悦丰盛而自由。所以，你理想的伴侣就是世界上的另一个自己，和你一样喜悦丰盈而自由。你们没有匮乏，你找TA是为了付出，TA找你也一样，都是不求回报的付出。因为你们彼此欣赏，所以一起来分享你们各自的圆满，你们同频共振，互相滋养，互相补充，互相监督，共同成长。

男女相爱则有家庭、社会、民族、国家，乃至人伦关系，上下尊卑。爱，应该是通往自由的路，身心解放，心与心相连，情感交织，疲惫的身体有了港湾和牵挂。有爱，通往未来的路才会更为宽阔。一个烦恼两个人分就剩下一半，一个快乐两个人分就变成两个。

西方文化和东方不同，英语的“在一起”，“together”是征服、交易、占有，是to-get-her（得到她、占有她）这三个字的合成，这样的关系与爱何干？爱，一定是，彼此遇见后才发现，哇，这个世界竟然可以那么好！不是TA好，而是通TA，你觉得这个无情的世界变得如此的好。变得有情、有趣、有活力，变得令人感动和留恋。其实，世界没有变过，一直就那样。变的是你的心，因爱而柔软细腻了，丰富多彩了。

所以，他很重要，她也很重要，情人很重要，有情人也很重要，别变成梗，觉有情的众生都被称为菩萨，愿菩萨们每一天都好。你我都是来这个世界度有情人，爱你！有情人！

初四

我喜欢早晨读书，更喜欢在有风景的地方看书，看着看着，书就看没了，越看越薄，浮想联翩无疑是一件美事。更何况是在北京冬寒料峭的冬天来到温暖如春的三亚。闲时泡上一大碗茶，边品尝着清香扑鼻的味道，边看向窗外，绿油油的椰树成林，错落有致。鸡蛋花、大榕树，还有好多叫不上名字的树和叽叽咋咋的翠鸟。

透过树林向更远处望，树枝间隙中除了更远处的间隙外，还有一大片辽阔无边的天。顺着缝隙中的“天”再看向更远处，视野也就进入天空。我想，视力有边，天有没有边？思维有限，思念有没有限？

来三亚前的那天早上，家里近处的屋檐下和松树之间，飘着雪屑，乍一看，在清风中又似一缕青烟。有的在空中就化了，有的刚好覆盖着一只路过的流浪猫的足迹。小区院子里有好多猫，夏天的时候猫最多，有二三十只，不过一场冬雪之后所剩无几。猫儿们能在寒冬中活下来不易啊。既要辛苦觅食，还要保护疆域，春天来了有幸存活的还有繁殖后代，生存从来不易，除非你愿意被豢养。

我注意到有一只猫常来家门口，长得威武雄壮，它总是为了争夺地盘和食物跟其他猫打的满地猫毛，我叫它“鳌拜”，因为长的特别，叫声也特别，像狮子吼，它用吼声就能把别的猫镇住。哈哈，想不到它还很黏人，要不是家里已经有了四只，猫满为患，我肯定要把它收编。

我好奇的是，一只流浪这么久的猫怎么还会对人如此信任？到底不信任是每个人本身的习气影响大呢？还是外界环境影响大？到底愿意信任的心，受不受一次次被伤害到伤痕累累的经历的影响？会不会影响信任的产生呢？

前几天很冷的时候，几只小猫就在门口蹲着，身上披了一层雪，它们因打架而在脖子、耳朵上留下的伤口，此时血痂和冰痂完全混合在了一起。幸运的是一摸毛里面还是热的。大雪纷飞，它们几个就在门口蹲着，也不打架了，只要阿姨一开车库门，就瞬间躲开。可见一个系统内的矛盾，当遇到系统外更大的冲突时，内矛盾很自然地暂时化解了。

正浮想联翩，隔壁传来了悠扬的音乐，闭目静听，乐声伴着海浪，若有若无。我们扬起的土都是星尘，故而每一声中，我们呼应的是整个宇宙。我思绪飘忽，每一声都感觉体内有生命在涌动，清晰地与我同在。好想某一天，某种力量突破层层枷锁从天而降来到我身边……感应，有感必有应。能感的是心，能应的是念，由念而行，凡有动皆由感，感则必有应，所应之形复由感，所感之念复应形，所以循环不已出。

许多年以来的记忆，都在每一个梦中间；许多年以后的生活，都在每一个念里面。春风绿着谁了，春风曾绿过谁？无论我们愿不愿意，都服从着它的颜色。一念一念就成就了缘，一天一天就攒成了年，一年一年就画出圆。愿每一念会有落点、愿千年的召唤能在心底团圆。

初五

年初五，所谓接财神的日子。来到温州，阴雨绵绵，不过放眼望去，财神爷刷屏了，怎么居然没几个能免俗？唉呀呀，凌晨的鞭炮齐鸣，看来大家对金钱的渴望溢于言表、垂涎欲滴、争先恐后、声色俱厉……于是，今天谈谈修行。

大士涉俗，小士求真，欲求佛道，岂离红尘。

财色、权柄、荣耀当然都是好东西，然而它们还都是心的修行。跑去深山庙宇里，搞个两耳不闻窗外事，谁不会？

南公怀瑾小时候，妈妈带着他逛庙。他问：妈，为什么菩萨的眼睛好像没睡醒似的？回答是：菩萨要是全睁开眼，这世上看不到一个好人，只好半闭着眼了。

这话虽然说得有点绝对，但琢磨一下自有它的道理。确实没有绝对的好人、坏人，昨天觉得好的，今天恨不得咬死他；明天十恶不赦的，后天也许就感激涕零了。再如一个人把所有贪污的钱都拿去建希望小学了，一个黑社会无恶不作的人却行侠仗义，救了某人……这算是好人还是坏人？爱因斯坦说过，时间和空间都是我们的错觉。

释迦牟尼佛也说，众生和佛不二，佛魔不二，不二就是一体不二，无法切割分界。佛、魔是一回事，觉悟叫佛，迷惑叫众生，干破坏自己觉悟和他人觉悟的事叫魔，魔往往傻了吧唧地迷惑人干迷惑事，害人而不自知。

再往浅了解释，我们有时笨得像头小猪，有时聪明得还不如一头小猪。多好啊，这才是活色生香的众生态。

今天一下午听到的全是惊心动魄的故事，让人不禁唏嘘，世事无常，无常到超出想象。但是如果自己足够清醒，足够有定力，足够有慧眼，足够警觉，有什么不能避免的呢？何至于搭进去几十年的功力去被为你量身定做的圈套所蒙骗？你能在真正的陷阱面前止步，就是知止的功夫到了，能风雨不动、心如止水，才叫真本事。

止不是不要，而是知道自己的能力，知道该要怎么要，知道自己能要多少。修行不是剃头出家，躲进深山不问世事，修行是修正自己的起心动念，让人迷恋的地方在于，修行根本不是叫你不做什么，而是时时刻刻地提醒你，去做吧！去创造、去行善、去积累、去体悟，去好好享受人生，去多一些大开眼界，只是别贪恋就好。不贪恋的那个瞬间，才是真享受，也才能真享受。

李白说，千金散尽还复来。

初六

累了一天，昏睡了一会儿，感觉像一个世纪那么长。

酣梦里，有你。

我先是觉得有一块墨在脑海里研开，黑汪汪的，有个猫狞笑着在墨池里泡爪子、到处乱跳、把雪白的床单变成了壁画。你从前面缓缓走来，有一种气流在涌动，看着你满眼笑意地靠近，混乱的世界瞬间复归安静。

我就从床上腾飞起来，没有一丝重量，飞落到你身边。我们于是就一起飞了起来，从一个个新的、旧的、喧闹的、无人的街区掠过，看着下面来来往往，红男绿女无数。有的缠绵，有的凄苦，有的傻笑，有的急迫，形形色色，我却连一个面孔、一个片段都记不住。

我们像夜游者，在不知名的城市上空飘荡着，俯瞰着烟火气息扑面而来的人世间。我突然感觉一丝寒意，你紧紧把我的手抓在你温热的手里，一种酥酥软软的电流通过手指，导入进入体内，它在游走，在疏导，在闪烁，在激发。

突然，一窝狗出现在脚下，仰头对着我们狂吠，地下通道里又钻出一群老鼠，在阴暗的街上夺命奔串，几个流浪汉在路灯下看着我们冷笑，灯光冥冥，衬得他们的脸鬼里鬼气的，幽幽的眼光里尽然是一层层的荒凉。

我看着你，你看着我，目光对接的那刻，在这新旧交汇，生死杂居，阴阳不分的边界，时间停了。

你的身下有一颗大树，好像是一棵苍老的、倾斜的黄槐，槐树上结满了槐花，地上也有碎落一地的落花，隐隐的暗香浮动，我突然就明白了暗夜的甜蜜是什么滋味。

黑夜在拥抱着我们，在诉说着黑夜的故事，一股奇特的湍流由下至上涌升起来，隔着手，你开始传导你的心了，开始影响我的念了。

在意识极尽奔腾后，我软软地毫无力量。我知道，穿过肩膀能看见回家的路。我也知道冰雪在我们的体内聚集，封锁了原本山花灿烂的原野。我还知道，尽管日出的时间还遥远，但它依然会如约而至。

这冬夜再漫长，我们也必须启程，不是吗？

然而，你是谁？你在哪里？

初七

冬天到法桐，还有一条街的距离。法桐在冬天不再摇曳，街道和树一样沉默，风嘚瑟的没边儿。风不来，街道一直由法桐主宰。风都直抒胸臆，法桐也无可奈何。这是杭州西湖边上的一条街，昔日游人如织如今清雅幽静的西子湖边。

小时候的修车铺不见了，修自行车的生意不好，不是自行车质量提高了。掉链子的一代人，都开车出行了。面馆变得高大上，冬天里空调暖暖的，吃的人如同盛夏一般一样的汗流浃背。短短几十年，汽车进入了家庭，更快的高铁，缩短了距离。缺少了距离，人与人变得拥挤。未来触手可及，昨天与明天汇聚在了今天。却唯独缺了当下。

我放眼望去，看不见你。见一个人比想一个人容易，想一个人却比见一个人深远。寒蝉凄切，对长亭晚，风凉了。见不得雨，一场清凉一场相聚。

晨风零雨，到了和记忆说再见的时候。台阶一直沉默，它用心记录呢。都有谁，从这里到那里，春天到夏。新鞋子旧鞋子，这条路，这趟街。缄默如我，忘不了昏暗昏黄的路灯，

平房都不在了。我还是喜欢平房和那浓密的苔藓。某一个角落、曾安睡过我的念想。那角落没名字，我却想念着。

没有内容的日子，人潮汹涌，人来人往。熙熙攘攘皆为利往。忙忙碌碌，昏昏暗暗。什么芙蓉蒹葭、梧桐凤凰，那都是诗人的秘密，与人潮无关，与西湖也无关。

我正一个人走在街上胡思乱想，胡同口向南左转，再转就到了酒店。曾经那个书包在自行车车筐里面的女生，变成了谁？是谁从天而降，兜兜转转，转不回来，也转不回去了。

我笑了，不如一叶知秋，不若一场秋雨。也不去刻意，那等了许久不见的故意。诗意的年华，我们错过了，疫情肆虐，我们又重逢了。世事轮回，秋风吹不去，伊人在水一方。我们一直都擦肩而过，种下冥冥之中的天意。在关心与忽略里，给彼此留下重逢的痕迹。

爱，当如婴儿。它飘散出不愿割舍的若即若离，是你渴望我坚强，又唯恐我委屈的矛盾。

我见青山多妩媚，料青山见我应如是。

初八

今天一个人坐高铁，看着图形想，如果人叉开双腿，使身高降低十四分之一，分别举起双臂使中指指尖与头顶齐平，链接伸展的四肢的末端组成一个外接圆，肚脐恰巧在整个圆的中心位置。而两腿当中的空间恰好构成一个等边三角形。身子中心就是一直线。

数学从哪里来？数型从哪里来？圆相是什么？中心怎么测量？引力怎么运作？哦，低下头看自己就知道了

数学家广中平佑曾说："看似复杂的现象，其实只是简单事物的投影。"这句话非常重要，因为我们都知道二维是三维的投影，三维是四维的投影。换句话说简单是比复杂高一个维度的存在，能量级别完全不在一个层面。

数学家说这样的话，其实有感而发，先人们在用理论验证几千年前智者的智慧，无论佛家还是道家，都是以大道至简作为理论根基的。宇宙万物的本质是万法归一，也是做人和工作要恪守基本的常识，比如诚信、感恩、善良、利他、坚持、重义、仁爱、活在当下等，一切的事物，甚至包括打网球和炒股票，最终能走多远其实都是由简单常识决定的。

简单，看似容易，但一般人就是不明白何为简单。总是把简单的事情复杂化，看不懂一团乱麻中万千变化的症结所在。

生命的归途是什么？不就是越活越简单，越活越纯粹，越活越天真烂漫，无忧无虑地享受着这份宁静。

初九

昨晚一夜大雨，雨声恢宏壮观，伴着雨声入眠，醒来就念及庄子的三条鱼。排第一的王者之鱼当然是北冥之鱼,《逍遥游》云："北冥有鱼，其名

为鲲。鲲之大，不知其几千里也；化而为鸟，其名为鹏。鹏之背，不知其几千里也；怒而飞，其翼若垂天之云。是鸟也，海运则将徙于南冥。南冥者，天池也。《齐谐》者，志怪者也。”

这条名为“鲲”的鱼啊，不仅体型巨大，主要是还能变化啊，你看，一瞬间就能能化为鹏鸟呢，展翅一飞扶摇直上青云数千里。谁能看出这是鱼变来的吗？谁能从鸟身看出原来的鱼身？鲲鹏之变化，慧眼才能看出。因为能变、所为无所不为，所在广阔无边，所行无拘无碍，所以自在逍遥，没有不能化解的烦恼和忧愁。

李清照曾说“九万里风鹏正举，风休住，蓬舟吹取三山去”。三山是哪三座呢？是不是贪嗔痴？是不是权色名？问问鲲鹏去。

雨，还在下，我又想起庄子的濠上之鱼，出自《秋水》，他与好朋友惠子用鱼来进行的一场有趣辩论：

庄子曰：“儵鱼出游从容，是鱼之乐也。”

惠子曰：“子非鱼，安知鱼之乐？”

庄子曰：“子非我，安知我不知鱼之乐？”

惠子曰：“我非子，固不知子矣；子固非鱼也，子之不知鱼之乐全矣！”

庄子曰：“请循其本。子曰‘汝安知鱼乐’云者，既已知吾知之而问我。我知之濠上也。”

这二位是在抬杠吗？非也，看似荒唐的话里实在是饱含哲理，当然是最经典的莫过于那句“子非鱼，安知鱼之乐？”我走到阳台，天色微明，念头里就在想第三条鱼出自哪里呢？哦，《大宗师》，对啊，每个人都要是大宗师才对，那句话怎么说？“泉涸，鱼相与处于陆，相呴以湿，相濡以沫，不若相忘于江湖。”鱼在水中不知水，鸢飞戾天不知天。相忘于江湖，不正是众生融为一体，血浓于水之时？

初十

今天在路上，看到工人修剪树木。于是想树木要一边生长一边修剪枝条，人也是一样啊，虽然看起来剪掉的枝条也不错，但如果影响主线生长，过于混乱繁杂，那这种犹豫或者不忍心，换来的就是无序的耗散，无法有序走向稳定的发展，保证主线集中力量。所以聚焦有多么重要？无论是事业还是家庭，无论是学习还是交友。无论是看似不懂事的小娃娃，还是看似懂事的成人，谁又能不经修剪而有规整的主线力量呢？

看清方向，就是找到人生的主线，恋爱、事业、学业、规划，不经过修剪，去除不必要的耗散，谁能保持自己持续茁壮的成长下去呢？舍得舍得，舍即得，舍的对才是大得。

初十一

远去者的亲历变成老年人的记忆，老年人的记忆填补中年人的想象，中年人的想象沦为年轻人的传说。

北京的早晨，这吆喝正在，或者其实早已绝尘而去。

初十二

今天在机场看到许多机器人，就想：资本主义末期的特征是机器主宰人类、制度主宰人类，而非人类主宰机器和制度。更多人会因此变得懒惰而迟钝，变得玩世不恭，陷入宿命论。嘲弄一切，嘲弄自己，嘲弄别人，却逃避和担当不起任何应负的责任。于是，低俗的喜剧盛行，喧闹的综艺锣鼓喧天，大家闹哄哄一天天互相说着废话，干着莫名其妙的事，赚钱花钱，再赚再花，追求着却不肯实践，现实与虚幻的边际越来越模糊，迷糊中的人被各种信息、幻想推着在幻觉里虚度光阴。

憎恨浪漫的人，因为缺乏生活的热情；憎恨现实的人，因为没有正视的勇气；这些人不断地逃，却又无处可逃，宁可为一片残墟而感慨，却也不愿奋起重建。

力，本从运动中来！不从逃避中生。只有在事物、物体的变化中，才能寻觅到力的存在、方向、轨迹、变化，才能体会到力度和力量。一部分人，自作聪明，肢解物体以求论证力与运动的关系，却也不知道力与运动之综合发展乃是物体、事物之不断存在，以不断存在而有不断变化，以不断动态变化而到达各种微妙平衡。

我们了解时间、空间、人生、关系，总得立个坐标，以便于观测和计算。爱因斯坦的相对论精密地确立了坐标，依据坐标把握事物的距离、角度、尺度和变化。然而，到了量子力学呢？人们总是忘了坐标是相对的，相对的怎么会是真的？就像，“我”不过是坐标而已，相对你，才有我。不是吗？

一切人文必须依靠宣传，因为需要共鸣。人文是为了温暖人心，校正人的过激行为，给予人前进的动力和方向。培养人的情感温度而生的文明意识，对社会起到了拾遗补缺的作用，它当然不是高大上的道理。

现代人爱看明朝的作品，仿佛看这些都算是有文化了。其实明朝岂能如潇洒魏晋？巍巍大唐？锦绣二宋？现代人好色的，不少羡慕《金瓶梅》里西门大官人无厌的肉欲，放纵自己多爽啊？而士人清流，有梦想的则不少喜欢张岱《陶庵梦忆》式的感觉，这种是对生活只有留恋而无追求勇气的逃避。消极情绪被清妙的文字巧妙掩盖，文以饰非，大多数人看不见这沾沾自喜的情调文字背后没落的忧郁。文人墨客还有的喜欢袁中郎的散文，曹雪芹的红楼；而喜爱世俗文化的人则偏爱《水浒传》《西游记》《三国演义》。甚至学国学的，奉《弟子规》为经典，实在是令人扼腕。

其实人文是不能欺瞒的，吝啬者写不出大气的文字，胆怯者生不出浩然的正气。中国文化，明净与繁复，雄伟与平易，险折与安详，宏大与空灵，所表现的都是有情，有温度的人情。有情才有气分、有风格、有情怀、有韵律，这样才不怕遗漏和缺憾，因为遗漏和缺憾也是圆满的一部分，留待后人补回来。

生生不息，这就是时代性。

初十三

这一刹，是百千万亿年只有一回的这一刹。

这几天，我读着古书，屡次触电一样地被文字打动。那怎么是文字啊？明明闪现的都是祖师先贤每一丝每一缕的心音。我看得见，他们就在天空上自由飞翔。

那次清晰地梦见，他们拉着我手俯览人间，笑容就像赤子一般。醒了，不复寻踪，我恍恍惚惚，付诸文字与祖师们重聚。

那些诘屈聱牙的思想，当然难不倒我，我看到他们站在那里如大将军，跃马横刀向天笑。当他们以思想的深邃去征服生命的悲哀时，我试图以无量的功德去瓦解宿命的悬崖。

我菲薄的流年里，曾有大唐熊熊的烈火，曾有天山雪莲的秘密，曾有十二只白鹭飞过冬夜的湖泊……

难得的是，近日花园里有这一池清许。碧水龙庭，绿树成荫、汀芷弄仕。有的时候，我就爱读完书一个人来这里发呆，寂静与喧嚣恰似相知，天空与水面相映成趣，思念与牵挂如影随形。嘈杂声里有孩子欢笑、老戏迷偶尔亮嗓、宠物狗小吠着……

这些天的夜晚，我常在这里，在寒风里瑟瑟发抖地望月，寒冷、能让我清醒，给我发烧的感觉降温。让我清楚地看到月亮里面的故事。天上的人儿啊，你是否也在望我？若得你隔空相望，也可罗列天空、与月儿一同合唱。

这些天的梦，一直在畅游四季，有春花秋月，有春风十里，有夏日粼粼波光，有秋日窃窃私语，还有冬日暖阳晖晖里的背影依稀。沁人心脾的腊梅和如水月光淘气地合影，从这里跳到那里，从北京遥望天空。

嘘！

一梦到昆仑，你可是闯进梦里那个翩翩起舞的唐儿？生活本来沉闷，但跑起来就有风。

初十四

你与春风皆过客，

我携秋水葬星河。

雨毫无悬念地，日日夜夜毫无节制地下。

很小的时候，就喜欢下雨。小时候的记忆里总有很多这样的雨，还有遍地的野花，每个时节的花色和香味不同，雨帘把整个世界轻轻地隔在了阶前，看出去一片朦胧不清，模糊了眼前的世界，哗啦啦的雨声，听不清远近更多的声音，世界就剩下我了，莫名中有种静气。

想说说静寂，从雨声潺潺始到寂寥长空万里，终于沉默。我以为的闲暇时光，时间还是嘀嗒嘀嗒过。宁静，是梦魇也无法到达的地方。青青子衿，悠悠我心。

庭前梧叶雨晴后，江上荻花风起时。我的心意，片片流苏般滴滴答答。在我顾及不到的里，或清晨，或沉思，与浅睡里。鸟儿有它的殷勤，落叶风中舞蹈，思念之外，都是忘却。

螟虫势微，嘶鸣渐短。风有积蓄力量的嫌疑，它们与万物和解，也未可知。

枝头，凋零干枯。心，已随遇而安。春花的影子，便是光的样子，被季节收藏起来。一间没有窗子的房子，样子在南墙留下里子。

道路，平坦坎坷，曲折挺直，上抑或下，有爱便不孤独。心门之下，都是月光。甚喜欢《流光飞舞》中的歌词：“与有情人，做快乐事，别问是劫是缘。”这人间啊，世事变幻，得一人而足，住一隅而安，心意相通而合一。

月光是一封长长的书笺，记录着雨霁初晴的阳光，浓荫下秋千的踟蹰，翠篁婉若碧波幽绿一池的荷香。蝉鸣与蛙声在竹椅边缠绕嬉笑。晨曦的爽朗在写满青春的光芒里，飞扬。

不期而遇，缓缓走来的白色衣裳，邂逅匆匆那年未知画面的远方。微风吹散的离别是戈壁渐行渐远的牧笛声声。故事的扉页早已落笔，在那雨季深处青苔蔓草、悠长清扬的时光里，安放。

新雨初霁时满月当空，月下面平铺着皓影，上面流转着亮银，月色和夜色之间，你是第三种色，色不异空的色。步雨后的莲花，翩翩，你翩然而至，像一首小令，从盛世白莲里走来。那就折一些阔一点的荷叶，包一片月光回去，回去夹在唐诗里，扁扁的，像压过的海棠。

他说：“你路过，人间已无我。我的心是七层塔檐上悬挂的风铃，叮咛叮咛咛，敲叩一个人的名字，此起彼落，永无止息。”

她说：“茶入肚中，七分化作灵感，三分化作文字，笔下呼啸而过就是你家的李唐。”

在雨里唱，唱到可见青山纵马的时候，不禁动情，意气风发，热血沸腾……接着又低声吟唱，亢奋不减，激情依旧。那是心中所扬起的光中尘埃，其实是少年时“那山、那水、那人”的种种纯真情怀，而纯真情怀如大河源头的松间初泉，奔腾出山无法回头。

凌晨睡了一小时，梦里看见茶园漫天的流萤飞舞，想起少年时空中飞着流萤……的夜半歌声。一眨眼，算不算少年。一辈子，算不算永远。

心中无挂碍，人乃有所安。尘世纷扰，充满着未知与不确定。人如纸鸢，我们总想紧紧抓住手上那一根线，但风起时，下一刻又不知身居何处，前路何方。人之所以心不安，无非总有未得到，总有舍不得。

来，跟我一起嗅摩诃池的风满暗香，看窥帘而入的一点月光，在这个夜里荡漾……浅蓝色的夜溢进窗来，小猫咪在做着梦。

能与天地合一，是何等的福报，如水合水、似空应空。还有什么放不下？还有什么舍不得？幸福便是，岁月已成诗，一念便永恒。

初十五

今天元宵节。下午驱车来老友的茶寮，试试他新得的这套豌豆黄盖碗和杯子。天然色釉经柴窑的出品就是比气窑的清透、润泽。再选 2013 年的高山春茶，啊，是春天的味道、气息和色彩……

他的茶寮看上去像姑娘的香闺，布满了各种花。这是个花香入骨的雅人，比起我来，他的衣着举止似乎更佛系些。他指着一瓶桃花对我说：那天出门正巧赶上工人在修剪树枝。地上零零星星散落着不少剪下来的枝条，就顺便捡了几枝回家。腾出水缸，把枝条放进去，没想到，芽蕾竟真的慢慢绽放，开出了粉嫩粉嫩的花朵来。顿时，感觉满屋都荡漾着浩荡的春风。他就开心说：这一刻，我走进了春天。

我看着春意盎然的他，看着他亲自下地拔一篮萝卜给我吃，不觉哑然失笑。怪不得春天这个季节，总能引出文人们平平仄仄无数的诗词歌赋。春日春泥，春夜春心，春雨春耕……如此茂盛的春，怎么能在心中不洞开一个新世界？葳蕤出一片幽远的诗意……

柳绿桃红，那是春之色；鸟语莺歌，那是春之声；播种希望，那是春之颂。春日在即，希望不泯；往日已矣，来日可期。仿佛一段崭新的人生已经铺展在眼前，过儿，你怎么就不会挥挥衣袖，拂去旧日灰尘，轻盈地再次上阵呢？

酒醉人，茶醒人。友独居数年，自视极高，诸事挑剔，凡人凡事难入其眼。整日茶妻花子地风花雪月，过着神仙一般的避世的日子。我常笑他修行修的自己产生幻觉，这样日子于人何补？于己何益？出门见谁都感觉不顺眼，属于典型的不死于俗却丧于雅的“雅士”。不过这些人是听不进他人言的，说啥，他就有一大堆理由等着。背佛经？那更是强项，出口成章。哈哈哈，打坐也标准，看起来真的好像一尊佛一样。唉，今天懒得与他理论。不过，蒙他诚心邀约，偶然来叨扰他几杯清茶，听他说说疯话，却也不失为一件趣事。

他泡茶独具一格，其茶泡法清秀可人，取义寂静，淡然不近尘俗，品之兼闻吟啸，切磋谈谐之乐，堂奥清凉，好风如水，不知不觉已天色渐暗，暮色苍茫。席间，宾主尽欢，从容闲雅之趣，油然而生。又，一起尝试唐人团茶，煮而食之，辅之姜盐，也是别有一番滋味。友言后人不知团茶真味，唯师其形而已，我点头赞同。

明清时期，中国人饮茶，乃取闽中“老人茶”之法，参差变化之，渐而普及。闽中茶道之精髓，恐闽人自己也少有知者，故近年论茶，闽风亦不能免俗。附风文雅的，攀缘鸣高的，编排各种历史故事、文化名人、传说故事附会的，皆赋文化之名，而实皆治丝益棼，去之弥远，观之未免虚张声势，张皇作态，斯下矣。要知闽茶兴起虽晚，然却后来居上，包括今天台湾传回的茶艺，亦是闽人老人茶泡法，影响士庶可谓大矣。其法不求其雅，得闲中静摄之乐。不刻意于雅，便以安雅，不刻意于定，早已淡定。

此时，友人手中的茶，既有文人茶之风流儒雅，又有禅茶之云水悠悠，还有闽茶之回味无穷。茶的内涵是什么？我想，就是品味人生吧。让一种清甜和温暖经舌而入心，在火中涅槃，阅尽沧桑的茶叶，经由活水的泡发，入身入心，和着情感一起慢慢发酵，以供反哺人生之路。所以，我们与其说是在品茶的滋味，茗饮沉思时不如说我们在品心的百态。

此刻，人闲，茶暖，微醺，意足……

道紀

闲话端午

所以懂气的人，
差旅时一定会自带香，
一住进旅店就先焚上一两支，
因为你不知道这房间有多久没住过人了
或者曾经住了一些什么人，
是不是积湿积邪很严重。

中国传统节日的起源与上古原始信仰、祭祀文化及天象、历法等人文与自然文化内容息息相关。我们弘扬传统文化，就要理解文化的源头和变化发展的过程。

节，本来是指竹节，就是约束着竹节的那个坎坷。竹子不是木本植物，是草本，也就是说竹子其实是一种草。草要想长得那么高大，有两个条件：一个是根深，一个是有节。因而，竹子又叫：拂云叟、凌云志，都是用来形容竹子高。而竹子之所以能够如此，很重要的一个原因就是有节。

节，约也，约，就是自我约束。不膨胀，不过度，竹子一节一节生长，这样就比较强韧。天地运行也相似，天地运行到一段时间之后，要迈一个小坎坷。就像竹节一样，古人为了约束无节制的欲望，又为抵御气节的变化带给人的各种警告，故“过节”。别忘了，我们说和谁过不去，也叫“过节”。我们说的是传统的中国节。西方的节，叫作 festival，来自拉丁语

fesum，表示同神和宗教相关的东西。然而中国的节，本意不是为了欢乐，而重点在人对天地运行规律的敬畏和自我约束。

比如二十四节气，十二节，十二气。很明显的，过一个节，气便会明显改变。除了节气，还有我们民俗中各种节，拟人化一下，就相当于人行进过程中，各种大大小小的坎，或者说，量变到质变的关口。所以，过每个节，都是一次机会。或成长或衰老。

端，一个意思是开端，就是事物冒出头了；另一个，是表示直。午，表示阴阳之气走了一轮了，两个㐅字相交，一二三四五，是第一轮。午，按照说文的解释，也是对的："五月，阴气午逆阳，冒地而出。"意思就是午月一阴生，逆阳气而出。忤逆，也从午这个意思延伸来。

午月，即五月，四月纯阳之气，五月阳气盛极，阴气便生。五月自古被视为忌月，称为恶月或毒月。古来素有五月"九毒日"之说：也就是农历五月初五、初六、初七、十五、十六、十七以及廿五、廿六、廿七，此九天为"九毒日"，而唯有五月十四为天地交泰日。端午这天是九毒日之首，也为一年中最毒。《奉天通志》上说："五月属午，五日为端午，二午相属为火旺之相，过旺则为毒。"这句话的意思是：端午，阳气升至最高的那个点。九五之尊，如日中天，巅峰之位，"初九，潜龙勿用"，就需要明白潜藏、蛰伏的道理。

民间会说，这天会有鬼邪，所以用艾叶、菖蒲、佩兰、藿香、丁香、厚朴……每一种都有自己独特的香气和功效，集齐6种用来祛毒。然而在我们看来，毒虫也好，鬼邪也好，都是阴气的具象化。天地气机运行如此，那么天地间则必然会有相应的事物出现，如毒虫等，属于正常的自然现象。

我们有时候出差去外地，难免要住一些不太干净的旅店，"凡官舍旅馆，久无人到，积湿积邪容易侵入，制此热之，可以远此"。所以懂气的人，差旅时一定会自带香，一住进旅店就先焚上一两支，因为你不知道这房间有多久没住过人了或者曾经住了一些什么人，是不是积湿积邪很严重。

香气是阳气很足的东西，焚香，开窗，邪气就能驱一些，人会舒服很多。

在最毒的端午节，需要我们养的是最清正的阳气，阳气生发就能对峙阴毒。端午又值暑日，暑热厉害，不能养住正气就必然产生噩梦啊、情绪啊，各种精神状态不如意。清正、凛冽、芬芳，端午就是要养这种正气才能抵御阴邪节，本来是指竹节，就是约束着竹节的那个坎坷。

如何用饮食提高阳气呢？其实这和逆生长也有关系。有一种食物通神明、通四肢关节，开五脏六腑，这就是姜。关节如此刁钻之地，姜也能温通，身体还有什么地方，是它不能通达的？

借着夏天气血、老寒气往外透散的这股劲儿，请在端午开始每天吃一些姜食。吃姜，是个通散阳气到全身的办法，阳气通畅，就能通堵、能畅血脉，姜是暖而不辣的，有温通脾阳之力，最好的抗衰，就是充沛而通畅的阳气。

除了姜，还有大家想不到的一种又香又臭，爱的人爱死，恨得人恨死的食物也是发阳气的宝物，它就是榴梿。这种天生天养的臭腐味，它是可以通肾的。所以榴梿不仅是水果之王，还是阳性食物之王，它的味道直冲脑仁，吃完觉得全身很舒服的人，都能直接补到肾阳。这种天生气味霸道的食物，很适合气场弱、阳性能量偏低的人吃。五臭（臊、焦、香、腥、腐）入五脏，不同的气味通不同的脏器，其中腐属肾。调治肾病，提发肾阳，古代常用腐臭的味道做药引子，而榴莲的这种臭腐味就是通肾的好药引子。榴梿的补，对虚寒体质的人来说，是不用忌口的，它的温性刚好可以活血散寒。榴梿的温热是直接对症心腹冷气的，它的腐臭味能通补关元到肾俞这一带的阳气。

人类文明最原始的信仰有两种：一是天地信仰，二是祖先信仰。古老节日多数形成于古人择气候变化、阴阳相交的特殊时节，感恩天地神灵、感念祖先恩德、祈祷风调雨顺物阜民安的祭祀。节日反映的本是先人崇拜自然、饮水思源的人文精神。通过一系列的祭祀，以文之、歌之咏之、舞之蹈之，敬之仰之，礼之仪之，在各种祗敬感德的礼乐文明中，中国祖先赋予祭祀深邃的文化内涵。节日的起源和发展是一个逐渐形成，潜移默化地完善与逐渐向民间普及的过程。

端午节在古时是和春节同等重要的大节日，它源自天象崇拜，由龙图腾祭祀演变而来，古称“龙节”。先民们在端午这一天主要是为了祭龙，龙有善恶两面。善者，行云布雨，润泽万物；恶者，称霸天地，万物不宁。

仲夏端午是“飞龙在天”的时候，这条龙如何降伏，是善是恶？节日又是劫日，何为劫？怎么节？这是发起祭祀的主因。

端午的苍龙的主星名“大火”，也就是心宿二高悬正南中天。注意“大火”不是指太阳系的火星，火星古时叫“荧惑”。心宿，是黄道二十八宿之一。古人把太阳东升称为“辰”，早辰是日出之时，即后人说的早晨。太阳、月亮、北斗、水星以及多种恒星星座，都是“辰星”。“大火”是观星测时的坐标，亦是“辰星”。

中国的星象文化源远流长，古人很早就演绎出了一套完整的观星方法。人们定天之象、法地之仪，根据日月星辰的运行轨迹和位置，将黄道和赤道附近的区域分作28组星宿，即“黄道二十八宿”。按东南西北四方，各有七宿，即为“四象”；东方的“角、亢、氐、房、心、尾、箕”龙形星象，即苍龙七宿。苍龙七宿的出没周期与一年四时周期相一致，春季于东方抬头，夏季于南方腾升，秋季于西方退落，冬季隐没于北方地平线下。

端午时节，苍龙七宿高悬于正南中天。大火，是龙星之心，是夏季第一个月应候的星宿。龙心古称之为大火，它是西方星相学天蝎座的一颗一等红超巨星，英文名Antares。Ares是希腊神话中的战神与火星的名字。心宿二虽是恒星，但它的亮度和颜色和太阳系的火星相似，而且两星的运行轨道都在黄道，当火星运行到天蝎座时，两颗红星一起闪耀天空，心宿二由此得名。

《易经》“乾卦”爻辞中所言的“龙”，实质是对苍龙七宿一年四时运行的阐发。端午对应的爻位是九五，在天地人中属于人之极，故而意义非同凡响。

端午节两个最主要的活动吃粽子和竞渡，全都与龙相关。例如，吴越先民以“龙”为图腾，有“断发纹身”以“像龙子”的习俗。在端午这天还要举行盛大的图腾祭，其中一项活动便是在急鼓声中以刻画成龙形的独木舟，在水面上竞渡祭龙神。从越王勾践开始，龙舟竞渡不仅是游戏取乐，也是练兵、阅兵的形式之一。端午祭龙的原始信仰，与干支历法以及东方苍龙七宿正处南中的天象等皆有关。中华文明的源头在《易》，位和干支时间就是“时中”，这和八卦九宫是不可分割的，以后有机会再和读者们详细说说八卦九宫的奥秘。

先天八卦以乾坤定南北，天南地北为序，上为天为乾，下为地为坤；正南为先天八卦的乾位，即为“天”。苍龙群星一年四时的运行情况及事象规律，在“乾卦”的爻辞里写得很清晰。仲夏端午苍龙运行至正南中天方位，午月午日午时对应乾卦第五爻“飞龙在天”。

在《易经》中，以八卦为基础又两两重合构成六十四重卦。重卦乾由上下两个乾卦重合而成，卦形由六根阳爻组成。爻是要从下往上数，阳爻以“九”代称，故从下数第五爻称“九五”。

九五之爻在上乾卦中居于中的位置，称“得中”，而且从总卦来看，它处于奇数的位置，阳爻处于奇位称“得正”。此时苍龙七宿运行至正南中（乾）方位，是龙升天的时机，此刻龙星处在天空最“中正”之位，既“得中”又“得正”，从其所处位置来看，是无上大吉之位。

大约在公元前 7 世纪，古人采用土圭测日影，最早确定的节气是“夏至”，后来陆续发展出二十四节气。我们要知道二十四节气是按阳历制定的，并不是阴历。中国古代的阳历，与现行的公历有区别。

现在说的阳历是公历，这只是阳历的一种，起源于西方。中国古代阳历指的是太阳历，与之相对应的是太阴历，古人以天干地支来作为载体，天干承载天之道，地支承载地之道，设天干地支以契天地人事之运。纪年、纪月、纪日、纪时通用天干地支。

用地支配二十四节气的历法就叫阳历，因与各个节气和地球绕太阳运动的轨道位置有关。与朔望月有关的历法叫阴历。最早的时候，夏至节即端午节，是阳历的节日。

但是人们由于纪月纪年又要顾及到朔望月的变化规律，因为月相变化关乎潮汐的变化，与航海、捕鱼、繁殖、作息等等生活相关。汉字“月”是月亮、月相、月份的称谓。根据月相变化的纪日规则叫阴历、月历。于是商朝时人们以二十四节气为基础的太阳历同以朔望月为基础的太阴历逐渐结合起来。

夏至日是全年日照时间最长的一天，从这一天起日照时间开始忤逆了，这是“端午”的本意。现在许多人热热闹闹地过节就是图个喜庆，根本也不去思考本意是什么。

例如春节本指“交子”的冬至。子月的卦象是一条阳爻在下，其上是五条阴爻，这是阴极阳生（交子）的表示，与午月的卦象恰恰相反。交子是子月的开端，是新的一岁的开端。

由“子”月到“午”月相隔六个月（半岁），这是日照的时间由短（冬至）到长（夏至）的半岁。这半岁，换算为太初历是由年前的 11 月到年后的 4 月末（5 月初），这样一来午月与五月就很接近甚至碰到一起，所以“端午”与“端五”就逐渐混为一谈了。

夏至日一过日照由长变短，古人把这个日照由长变短（由阳变阴）的关键，叫作“交午”，从“午”开始的半岁叫阴年。端午本是指“午”月的开端，是由阳变阴的开始，是白昼开始变短的转折点。“午”在十二地支的序位是第七位，即十二地支的一半刚过的时刻。

“端”是开端、开始、初始，那么是什么的开端呢？即午的开端，“午”的本意就是逆反、忤逆。这与我们现在说的阴历五月初五节（重五、重午）并非同一天。按十二地支顺序推算，第五个月即“午月”，午月午日谓之“重午”，阴历五月初五是重五（午）节，与它类似的有重阳节（阴历九月初九）。

中国传统历法为阴阳合历，因为二十四节气对于农业生产有重要意义，因而把汉历也称为“农历”。二十四节气是根据太阳在黄道上的位置而决定，故而它属于太阳历部分，把汉历称为阴历是不恰当的。汉历是唯一既照顾到阳历，又照顾到阴历的历法。

纪月纪日采月亮周期，节气则属于太阳周期。二十四节气中序数奇为“节”，偶数为“气”。如立春为正月节，惊蛰为二月节，芒种为五月节等等。由于阴阳步调不同，节气在各月序数日期中漂移不定。

部分地区在由干支纪日向序数纪日的转换过程中对节的选取做了简化：一个朔望月取 29.5 日，一个太阳月取 30.5 日，两者相差恰好一日，若正月初一日为正月节立春，则二月节恰为二月二,三月节恰为三月三，依次类推，九月节为九月九,十月节为十月初十等等，对于民间这样方便好记，也成就了中国的“重节”传统二月二龙抬头、三月三上巳、七月七乞巧、九月九重阳，五月初五端午也在这一体系内。这种节的设置源自阴阳历相互迁就，体现了阴阳调和的内涵。

古人设置节日主要是基于气候变化、阴阳变化，对于民生、民情的影响，故而节日从《易》出。《易》所表现的是日月五星运转状态，五月（午月）在《易》用“天风垢卦”为表述，卦象是一阴在下，五阳在上，这表示阳极阴生。此后阴气越来越旺，直到冬至为止。

从十二消息卦象看，“姤卦”是仲夏之时，一阴始生，其势自壮的含义。姤，是女加后。后之意，古时候不特指女人，皇帝也可称后。姤则指后中之女，意为阴气有慢慢生长，逐渐壮盛的趋势，一阴在内而为主，五阳在外反为客，所以阴在下而进，阳在上而退。虽是一阴看似微弱，然而进则势盛，阴长则阳消，所以说女“壮”。

我们再来看看，“端”字的甲骨文，左边为立，右边为一长发女人，立为渐渐长大，右边加长发女人表示正在渐渐长大健壮的女人。五月为阴气始生、天地交泰、五气混乱时。我们前面说九毒，其实五月有十毒，其中天地交泰日是最后一毒。

再参考甲骨文的“午”，字形是上下两个相等的圆相，表示一天之中上午下午时间相当的中间点，也就是取其中，日当中天的时机。这个交界处就是“端午”。

那么为何在这一天要食粽子呢？这源头真和屈子无关。午月正阳，午时当中首日即夏至，又称“天中节”。周代时已有“冬至”祭天，“夏至”祭地的仪式。夏至，是黍成熟的季节，黍是是五谷之主，又叫黄米、黍稷，穄、糜。

在殷商时期，冬至祭天的方法是唱诵、舞蹈、音乐、火供；而夏至祭地则是煮龟和用黍。龟和黍，一为动物之灵主，一为植物之谷王。龟，龙物也。黍，人食也。以天人合一来祭祀大地母亲的赐予。祭地刚开始只是用黍米后改为角黍，古人取牛角祭祖之寓意发明了角黍，这是粽子的原型。

黍乃稷之黏者，有赤白黄黑等种类，所谓“角黍”是敬献土地神的供品。这种粽子是牛角形，取牛角之形寓意似“且”。“且”为男性阳具，又称“火谷”，性正阳。包裹以宽叶，寓意为“荫”，性阴。宽叶分多种，常见的芦苇叶、箬叶、菰叶、荷叶等。叶多水生，属寒阴，阴阳包裹同食，乃取男女和合，相生交融、子孙繁衍、福荫延绵之意。

到了汉代，许慎《说文解字》将之解释为“芦叶裹米也”。东汉末年以草木灰水浸泡黍米，因水中含“碱”，用菰叶包黍米成四角形，类似现在的广东碱水粽。到了晋代正式定粽子为端午节的节庆食品。

那么古人的粽子是什么样子的呢？古人吃粽子，不仅能吃到花、草、叶的本真香气，还能顺手清一清刚刚升起来的暑热、湿浊。完全草木系的粽子清火热、解小毒，不是现在流行那些肥肉、腊肉、火腿馅，都太腻太荤了。例如，古人吃的黄色米密蒙花染的粽子，能清肝的虚热，明目。还有黑紫色米枫香叶染的粽子，入络、利水除湿。当然还有红色米紫兰草染的粽子，凉血、解热。所以，古人吃粽子可以除烦热，吃得人心里微微清凉，舒服敞亮。清灵的粽子能滋养脾胃之气，吃它不用担心积食、内热、生湿。还有草木灰粽子，你吃过吗？草木灰水是天然弱碱水，是用滚水浸泡草木灰之后，过滤出来的水。用这个灰水泡糯米，能把糯米的大分子分解成小结构，煮的粽子更好消化，还带着一股植物清香。

用草木灰水做粽子，是很古老的方法。西晋《风土记》注云："俗，先以二节日，用菰叶裹黍米，以淳浓灰汁煮之，令烂熟，于五月五日夏至啖之"。灰水粽是清散火热的，能消散端午到夏至这段时间我们体内的火邪热毒。如果我们吃得过多，胸膈饱闷，舌苔厚腻，恶寒发热，什么也吃不下时，这样一枚不腻不滞的灰粽子，能消积化滞，清热除烦。

古人吃粽子，不只是端午，一直到夏至，都是吃粽子的时候。以糯米固护肾气，以草木调畅气机。南方湿气重，用草灰和布棕灰做粽子，再加入青花椒汁，不仅增加了粽子的层次感，还可去湿，避免了消化不良。古人的这些粽子，把植物的清火热之性和清香统统煮进了米里，带着草青气息、山川灵气。清清白白不那么荤、那么杂，夏至前固肾气，你吃过吗？

自魏晋南北朝时开始，把夏至祭地而产生的习俗与阴阳哲学对五月的认识，以及生存过程中总结的养生保健，都集中体现在集众多特征于一身的夏至和端五之中，各种习俗，如祭神求福、驱邪送瘟、龙舟竞渡、节日食俗等都在民间逐渐融合到了一起，最终完成了由"节气"（夏至）到"节日"（端午）的转变过程。

"端午"二字首次出现在西晋的《风土记》："仲夏端午，烹鹜角黍。端，始也，谓五月初五日也。"由此可见从商周、两汉至隋唐这千年是夏至节与端午节的相融期。

现在许多人误认为端午节起源于战国，是为了纪念楚大夫屈原的节日。据《史记》"屈原贾生列传"记载，战国时期楚怀王的大臣屈原，名平，字原，实际上他姓“芈”，并不姓“屈”。在《史记》之前，也就是从司马迁至战国屈原所在时期百多年时间里，对屈原这个人的记载是空白的，也就是只有在《屈原贾生列传》里，才首次出现屈原。把屈原和端午节捆绑在一起是源于南朝时期的民间小说，这个时间离屈原跳江自尽已经间隔了七百五十年。我们可以从南梁吴均的神话志怪小说《续齐谐记》里看到：“屈原五月五日投汨罗而死，楚人哀之，每至此日，竹筒贮米，投水祭之。”

又，东汉蔡邕在《琴操》中云：“介子推遂抱木而烧死，文公令民五月五日不得发火。”按照这个说法，介子推就比屈原早三百多年。又，《史记·孟尝君列传》：“五月子者，长与户齐，将不利其父母。”孟尝君生于公元前346年，这比屈原自杀早了近70年。可见端午节的各种民间传说，屈原只是其中之一。介子推的传说，因为行文较长，涉及面广，我们以后再分享。

民间各种起源说法甚多，大多数是由于某些历史人物碰巧与该日有关联，或于该日出生，或于该日死亡，便产生了各种“纪念说”，其中端午节又以纪念屈原的说法影响最广泛。其他的如纪念伍子胥、孝女曹娥、介子推、廉吏陈临、越王勾践等说法也都在当地传播。

端午节的种种民俗，其实都是在取一种气息，就是能够祛除阴邪之气的气息。那么这种气息到底是什么样的呢？例如，端午节总是和屈子沉江联系在一起，实际上在屈子之前，国人也过这个节日的，端午节又叫“沐兰节”或“浴兰节”，屈子的诗中就写道：“浴兰汤兮沐芳华。”古代一般是重大的事情，宾客至或盛典，才会强调沐浴。沐兰汤，则是指用芳香的草药烧汤沐浴，这是非常郑重的表达了。所用的草药，也都是清香芬芳的。

那么，后世为什么把端午节和屈子如此紧密地联系在一起？恰是因为屈原的气节，清正风骨，宁死不屈。“举世皆浊我独清，众人皆醉我独醒”，这种清正刚烈之气，恰恰契合于端午节所需要的正气。清而正，刚而直，壮而烈。所以真正过端午，需要的内核是具备这样的气息，自然能够完美辟邪，而不仅仅是喝雄黄酒、挂艾草等。了解民间习俗、礼仪，应先明白其基本内涵的表达、引申、发散的根本意境。

端午节有的地方还有女儿回娘家的习俗，这是从明代开始流传的，出嫁女亦各归宁，因呼为女儿节，也是不忘根本之意。所以，端午节，其根本就在于自我约束而养清正的阳气。尤其在这个时代，更加需要养气、养心，清正、凛冽、芬芳，要养这种气息。习俗在，根就在，到底生活方式是最重要的载体。在历史发展演变中，传统节日大多数被民间附会上某些传说、某种历史作为“文化起源”，但有趣的是这些传说远远晚于节日诞生，多数是后世文人构建出来的想象。

五月是凶月的古老观念却并非传说。凶不是不利，龙是神兽，四方加中位有五龙，其上天入地，无所不能。凶，说文解字说“恶也。象地穿交陷其中也”。凶是恶之兆，然而，逢凶亦是能化吉，否则何谈九五之尊？这说明身为人皇是最尊贵的，亦是最凶险，能化解凶恶之险，便是无上大吉利。

因凡夫懵懂，所见固执，故而以为五月是凶月，就是不吉的时辰，是毒发、是多病、是相克，故而多了许多无谓的禁忌。

五月为凶月不假，然而相克才有相生，中国古代的智慧向来是辩证的，最险处才有无上吉，最大的凶里有无数宝，最大的危里有无限机。其中之转机如何破解，才是修行人过端午的意义，否则只会是人云亦云，随波逐流的风俗文化。

端午是恶鬼猖獗之日，然而亦是降龙伏虎之时。禅门语录《古尊宿语录》卷二十八云：“龙门若为作端午，打动众人涂毒鼓。”《云门颂》也说：“一挝涂毒闻皆丧。”唐代禅门端午也有龙舟竞渡，不过区别在于击鼓所用鼓上浸满毒药，以增鼓声的力量，达到镇龙伏魔的目的。

古人忌重，五月五日重五和重阳等，在民间一律被视为不吉。《抱朴子》：“或问辟五兵之道，答曰：以五月五日，作赤灵符，着心前。”《艺文类聚》卷四载：“五月五日，朱索五色、柳桃印为门户饰，以止恶气。”

有的人不理解，说这些所谓的梦境、毒气、恶气、托梦、祭祀、阴阳等，是不是属于迷信？其实凡事都不能一概而论。心迷的人，信什么都是迷信。文化的目的就是以文化之，以教感之。中国传统，讲究天人合一，感而遂通，古往今来能感应天地者甚众，不能一律斥之为迷信。

我们需要深入学习，加深理解。正本清源的目的，就是为了让凡夫俗子亦是能从开正见，不道听途说。所谓开正见，就是明心，明心是见性的基础，明心之人，什么都迷不住信，有了信，则心自清。

在端午基础上还产生了“天中节”。天中，就是正五月，上古十月为一年，五月就在年中，天中和端午源头一致。

宋代陈元靓《岁时广记·趁天中》:“《提要录》: 五月五日，乃符天数也，午时为天中节。”五月、五日、午时，是三“五”重叠之时，故名“天中节”。古人发现夏至后天气炎热，湿气闷心，易生百邪，如中暑、痢疾等，会用沐浴兰汤、喝雄黄酒、熏艾等方法解毒。

《风俗通》云“五月五日以五彩绳结续命缕，俗说以益人命”，这也是“中国结”的起源。以夏至或端午为岁首之俗，在少数民族中仍可见遗风。例如彝族太阳历岁首又称“星回节”,“星回”指的是北斗星回转了，这时正是谷子成熟的时候，全族人在这一天点起火把，故也称“火把节”。火把节至今仍是东南、西南一带的民俗大节。

端午还与“五”有着密切的关系。汉字是世界上使用时间最长的古老文字，在长期的流传和形体演变过程中，依然保留了象形文字所包含的丰富的文化信息和语义密码，不仅忠实地记录下中华民族 5000 年悠久灿烂的文化发展史，而且为汉族文化心理的阐释提供了系统的依据。

在汉语词汇中,“五”不单单具有表示数目的功能，而且构词能力非常强。在众多的数字中，中国人对数字“五”特别偏爱,“五”这个数字在中国古代便有着神秘的象征意义。“五”为满掌之数，古人学会掐指计数，至满掌的五而止，或许就此产生“五”这个数字“圆满”“具备”的语义。中国古人从远古时期就经常使用“五”来计算，有学者认为中国古代曾经流行过五进制的计数方法，其中,“五”是最大数，也是吉数，所以古人对“五”有着一种特殊的感情。

“五”,《说文解字》云:“五行也。从二，阴阳在天地间交午也。”按照许慎的解释,“五”就是五行的意思，它是阴阳二气在天地间交会而形成的。何谓“五行”? 古人认为整个宇宙是由阴阳二气对立统一形成的和谐整体，它们相互排斥又相互依存，因而生成万物。“五行”表现在天就是阴、阳、风、雨、晦、明六气，表现在地上就是金、木、水、火、土五种物质。宇宙内部存在着必然的结构规律，只要阴阳二气符合规律地运动变化，双方处于和谐统一之中，自然界和社会就会呈现一种和谐美好的状态。

“五行”的金、木、水、火、土是自然界的产物，它们的产生离不开阴、阳、风、雨、晦、明六气的变化，故由“六气”产生“五行”。“五行”不仅与古代人民的生产生活密不可分，其对方位、味道、颜色、声乐的感觉也同样不可能脱离这五种物质，同“五行”相对应，产生了“五方”“五味”“五色”“五声”的观念。

在中国古人的心目中，整个世界是以土地为中心的，东西南北四方等长。这种天圆地方的观念决定了中国人对土地的崇拜，尊土地神为“福德正神”，祭祀最多。故“土”居五方之中，以土地的颜色“黄”为至尊。在古代只有帝王的龙袍是黄色的,“青衣小帽”则成为平民百姓的代名词。土地上可以种植庄稼，故其味“甘”。在古代先民的记忆中，海水是咸的，颜色黑暗不透，充满神秘和不可预知性，带给人一种恐惧感，故“水”与五色中的黑、五味中的咸相对应。金与白、木与青、火与赤的对应也是出于古代先民对事物的认识之后而得出的结论，至于“五声”，同乐器的制作和演奏分不开，而乐器的制作材料又可以分为金木土丝竹等几大类，所以，“五声”也同“五行”相对应。古人认为土地是万物之源，水是地之血气，所以“五味”不仅同“五行”相应，也同人的五脏相关。中国传统医学中医认为，酸主脾，咸主肺，辛主肾，苦主肝，甘主心。以五味主五脏，可见，在古代已开中医学运用五行学说解释人的内脏性能之先河。

由此可见，五行是古人在特定历史条件下物质生产和生活所不能离开的五种物质，同时又被看作是构成世间万物的五种基本要素。所以，世界上的一切事物，不论自然还是社会的事物，在当时的许多思想家看来，都与五行分不开，人们仿造五行所在的方位把世间万物划分为五，以五分物，正源于这种阴阳五行宇宙观。

端午，是重五，故而被古人尤为重视。“五”不仅和五行密不可分，也与“贵和尚中”的审美心理分不开，其符合中国传统儒学的最高道德标准——中庸精神。

中庸的意思是折中、适当，不走极端。中国人做事所遵循的中庸之道主要包含以下三个方面的内容：第一是反对过头和不及。孔子曾说：“过犹不及。”“过”和“不及”都不符合中庸之道。第二是主张持中，任何事情都要讲究一个“度”，过度的享乐和悲伤都会伤害人的身体，所以做事要“允持其中”。第三是力戒片面。孔子说：“我扣其两端而竭焉。”做事情要从不同的角度思考问题。这种调和持中的文化精神深深根植于民族灵魂深处，成为一种集体无意识，潜移默化地影响着人们对客观事物的审美观照，中国人以中庸为德，以中和为美，凡处于中间位置的事物，在中国人看来就是美的。而在众多的数字中，只有“五”符合这种以中庸为德、以中和为美的原则。我们从一数到九，然后就开始重复了。故一最小，九最大，一与九之间正是五。也就是说，五是一和九的中间数，不大不小，位居正中。这种思想在《周易》中也能看出。《易》卦六爻的位次是这样的：第二爻居下卦中位，第五爻居上卦中位，两者象征守持中道，阳爻居中，象征“刚中”之道，阴爻居中，象征“柔中”之德。若阴爻处二位，阳爻处五位，既中且正，成为“中正”。《同人》卦《彖传》云：“文明以健，中正以应，君子正也，唯君子能通天下之志。”根据易理，“中正”是吉亨爻位，是至善至美的象征。

再有，奇数代表阳，偶数代表阴，“五”既代表阳又位居中正，“九”为至阳，因此人们常常用“九五之尊”称谓权势最大、地位最显赫的人世间的统治者——皇帝。由此可见，中华民族传统的调和持中的中庸文化精神赋予了汉字“五”许多美好的象征意义。

数字在中国传统文化中并非单纯的序号，而是同世界上的一切事物都密不可分，并构成了一个系统，以隐喻、描述人和世界的各种关系，每个数字，都有它特定的语义。如：“1”起源于对太阳的崇拜，是“完美”、“同一”的形象；“2”起源于上古二方向定位的观念，是分与合的表征，又是这两者谐和同源的吻合；“3”是数系列的发段，是至善、至草的形象，是宇宙及社会体制的基本常数，是动态完美生生不息的象征；“4”则是静态完美之意象，被用于表达方位和时间，如四方、四极、四域、四季等；“5”则是大宇宙和小宇宙种种关系组合的代码，如五元、五方、五金、五行等。

“五”是自由数，古埃及的数字五是写成三上面加上二，或写成一颗星星，这样的选择有着强而有力的根本理由，五融合了二（二元性）的法则和三（和解）的法则，所有现象的本质都具极端性，且原则上土是三种性质的。因此五是了解有形宇宙的关键。二与三之间的关系，在调和的比例中，呈现出来的音调并不像一，但却与一有着崭新而有力的关系，也因此五被称作第一个宇宙性数字。毕达格拉斯派将 5 视做最神圣的宇宙数字，是融合了 2 和 3 的法则。5 的诞生也代表着突破数字 4 的诸多限制，从衣食安全上升为寻找心的方向。

五行，是中华文明贡献给人类的智慧，数千年间深刻地影响着中国人的政治、经济、文化、军事和生活。我们说的“五美”人格是：惠而不费、劳而不怨、欲而不贪、泰而不骄、威而不猛。

“五”包含了一个中心，是宇宙的第五个方向。不仅存在人们的日常生活中，而且存在于人类社会的人文精神领域，以及社会科学、自然科学的领域。

龍門

雨水

人往往容易对自己高估，
特别容易膨胀，也特别容易遗忘，
我们每个人也都有高估自己的倾向，
不注意克制也会膨胀，
不反思就会遗忘。

雨水标示着降雨开始，万物开始萌动。

《月令七十二候集解》记载：雨水，正月中，天一生水。谓之雨水。春始属木，然生木者必水也，故立春后继之雨水。

春属木，春雨的珍贵之处在于润木、生木、养木。

雨水一到草木萌动。

惊蛰之后蛰伏的昆虫开始苏醒，草木也就正式开始发芽，人体的筋脉也才会完全舒展。

人如果不练功，身体就是一个背叛的状态。后天的习惯背叛先天的自在。后天由大脑意识自作主张，背叛的最粗浅的表现就是四肢背叛脊柱。脊柱不苏醒，谈不上后天转先天。这条路径是不可避免的，属于逆向工程。

人的日常活动，是少有人主动关心脊柱的，都是四肢自作主张，随心所欲地乱动。注意，这里的心是大脑意识，跟着习惯走、欲望走、越走越偏离先天。时间长了，人的身体就散漫了。

你看练家子，其实一眼就看出来，为什么？精气神不散，双目炯炯有神这是神聚集，内敛沉稳这是气足，骨正身轻这是精强。

西方人的运动和东方不同，强调肌肉发达，这股气是外发的。而普通人因为长期散漫，气场本来混乱。如果只懂运动，那么就容易肌肉发达而经脉淤堵。灵活四肢是没错的，然而，东方修养的四肢运动不是四肢主动，而是力由脊发，由中轴带动气，气带着四肢随动。四肢本是脊柱的下属，现在下属觉得自己厉害不由自主感觉自己成了领导，脊柱就失去了指挥权，无法指挥四肢乃至全身经络百骸，那么脊柱周围的筋膜也就逐渐毫无生气。恢复主导地位的第一步，就是找到四肢的根节，去主动激活它们。只要四肢的根节动起来了，四肢就不会乱动了，这是人先天的本来面目。婴儿怎么动的？仔细去看，上肢的根节是肩胛骨，下肢的根节是骨盆。我们再看看大拇指根节在哪里？很多人会以为是虎口，其实在手腕，同理四肢的根节在肩胛骨和骨盆。

练功如果姿势标准，是件极累的事情，每一刻都在和自己较劲。不过也一定要姿势正确较劲才不枉费心思。如果没有明师做正确引导，走偏的可能性就很大。你看那些走火入魔的，哪一个不用功？只不过用功的方向错了，加上自以为是，就极其容易入魔了。

练功就会脱胎换骨，然而脱胎换骨能是容易的事情吗？要和自己死磕！和懒惰成性的习气死磕。我们终其一生都要和自己的懈怠做斗争，领导者更要和组织的懈怠做斗争，个人和自己身体、思想的懈怠做斗争才能励精图治，否则，就是“靡不有初，鲜克有终”。

人活一口气。“鼻祖”，为啥只有鼻子可以叫“鼻祖”呢？为啥没有耳祖、口祖之说呢？人活一口气，就是说气的重要性。生命有生气，大人有大气，要争气，不是在物质上比高低。气，在古代有所谓“天子气”“王气”“成气候”“气数”。项羽平定了东方，“力拔山兮气盖世”的楚霸王，浩浩荡荡杀向秦地。军师范增劝说项羽一定要杀刘邦。为啥？范增说刘邦有王者气象：“吾令人望其气，皆为龙虎，成五彩，此天子气也。急击勿失！”范增认为有“天子气”的人，怎么能让他“成气候”？而项羽却不懂这些。

有的人有王气、天子气，有的人却气数已尽。英雄辈出的三国时代，当西晋兵分五路，大将王濬的楼船猎猎东下，轰轰烈烈的三国就快演完了，金陵的王气黯然收场了。锁江的铁链在熊熊大火中熔断而沉进江底，吴国的孙皓举起了降幡走出了石头城。吴国就是“气数已尽”的，奈何英雄也无力回天。

气，既是生命的核心也是国家的核心，人生的根本在于气，打仗打的就是“士气”！“夫战，勇气也。一鼓作气，再而衰，三而竭。彼竭我盈，故克之。”曹刿的话言犹在耳。孙子兵法里说得再清楚不过了，打仗就是“治气”，要“夺气”、避“锐气”。“三军可夺气，将军可夺心。是故朝气锐、昼气惰、暮气归。善用兵者，避其锐气，击其惰归，此治气者也”。辛弃疾说“想当年，金戈铁马，气吞万里如虎”。天下万物概莫能外！动物园里的老虎和野生虎的差别就是气概！

啥叫“气质”“气度”“气量”？我们为何仰慕竹林七贤？您看嵇康，气质出众、气宇轩昂、玉树临风、龙章凤姿，风仪俊美、天质仙姿、鹤立鸡群。平时就如挺拔的孤松独立，醉时就如同一座玉山倾倒。“为人也，岩岩若孤松之独立；其醉也，巍峨若玉山之将崩”，还“能属词，善鼓琴，工书画”。

苏东坡说士大夫的气度是即使身上包裹着粗衣劣布，但“腹有诗书气自华”，气从哪里来？从不懈怠来！从有追求来！没有一番寒彻骨，哪得梅花扑鼻香？这次五一假期，讲一讲魏晋风流里，流动的那股气。

有的人做生意赚钱积极，怎么玩都不知道累，吃喝玩乐可以玩到凌晨也不停，可一到修炼了就不行，为什么？感觉无聊呗。无聊空虚的根本是什么？没有生气！生命没有活力了，所以就找不到根，漂浮不定。

练功可以唤醒根节，但是这个过程是枯燥、无趣、难受、无聊，也不好玩，很难看到速效。恢复先天，能用脊柱去指挥根节，然而脊柱本身已经不习惯了，于是练功的过程中身体各种不适，心理障碍，有的人连走路都变得摇摇晃晃的。根节苏醒，脊柱慢慢才会苏醒，之后脊柱发力会主动去启动丹田来帮忙，后天找后天的，先天找先天的。

物以类聚人以群分么，所以四肢这些后天在发力时是自己找不到丹田的，丹田和它们不属于一群，四肢属于肌肉群，所以肌肉发达的人难以进入内气修炼。但脊柱不同，只要捆绑脊柱的筋膜松下来，脊柱在发力时自然就会去找丹田帮忙。一次找不到就多次，于是发力的方式慢慢变了，四肢的傻劲僵劲就越来越小，快肌走向慢肌，丹田的劲就逐渐升起了，发达的肌肉就慢慢圆润了。之后，丹田总被脊柱呼唤去帮忙，却发现丹田有力使不出。丹田的力走三条脉，带脉、冲脉、任督脉。注意任督是一条脉，许多人练不好功夫，就是人为意识强行把任督二脉分开，任督可不是两回事！一气周流，任督是阴阳二面。明白了，慢慢地，丹田会自然去疏通，使之相连。

我们看看“人”和“天”两个字的关系，纵向，是人，横向，是天。人能有横力，就是合天。当人丢弃脊柱变成四肢带动身体的时候，所谓横力都是假的，那时候的横力，其实只是脊柱被动转动而已，仍然是纵向力为主。此时所谓的横力，不过是纵向的附属作用。

修养到涨功的时候，要克服身体酸麻肿胀，此时大脑就会用各种念头来抗拒，找出各种借口逃避。有的功夫修炼脊柱拧转极大，拧到脊柱没法发挥作用了，弹性就出来了。因为这种情况下后天只有撒手，忍无可忍时，后天不再死抱着先天。脊柱的作用，是把丹田里的先天精气，源源不断地运输到心脏和大脑。这就是后天支取先天的资源。功夫必须从脊柱转到丹田，丹田才是真正的先天，能自己发挥作用，此时必然骨正筋柔。《黄帝内经·素问》曰："是故谨和五味，骨正筋柔，气血以流，腠理以密，如是则骨气以精，谨道如法，长有天命。"

春天练功最怕"火烧肺"！今天给大家介绍几种植物：如出现喉咙不适、干咳、睡眠不好，可以尝试食疗。

一、牛蒡性温、味甘无毒，通十二经脉、除五脏恶气，久服轻身耐老。

现代药理研究牛蒡有明显的降血糖、降血脂、降血压、补肾壮阳、润肠通便和抑制癌细胞滋生、扩散及移弃水中重金属的作用。如出现咽喉干燥伴有喉咙痛，发热汗出，可用牛蒡百合冰糖粥来疏散邪气。

取牛蒡 15g、百合 15g、粳米 100g，冰糖适量，将牛蒡子、百合、粳米熬煮至黏稠，拌入冰糖稍煮片刻即可食用。

二、如果干咳无痰，鼻干眼燥，喉咙发痒，无汗头疼，多为感受凉燥所致，需暖中焦。

可用黑芝麻生姜红糖粥来温养调理。即取炒熟黑芝麻 50g，核桃 50g，粳米 100g，生姜 5 大片，红糖适量；黑芝麻、核桃碾成细末，放入锅内熬即可。

三、如果上火出现口干、口苦、口臭、牙龈肿痛、大便干等，多是胃里有火，推荐吃莲藕百合芡实粥。

生藕性寒，有清热除烦之功，煮熟后由凉变温，可以养胃滋阴，适合脾胃虚弱、气血不够而表现为皮肤干燥、面色无华的人。藕段间的藕节是一味良药，具有健脾开胃、养血、止血的作用，更能改善气色。

春暖燥伤肺，也就是"温邪上受，首先犯肺"，别看春季主木，其实真明白的人知道此时养肺的重要性不亚于养肝。这几年春行冬令，会有倒春寒，会令膀胱经寒，心火弱。气温该温反寒时人体容易受寒，形成"外寒内热"，冰包火，使得抵抗力下降。

所以练功是帮忙扶正固本，充足元气，使得营卫二气充足很重要。春天是修养的好季节，此时的修养法中以早上排浊气、晚上排寒气为要。早上排浊气的时间以六点至八点为佳，此时诵读、茶熏、唱诵等修养法可以提高血液中氧气含量，清除肺部浊淤。晚上排寒气宜选择晚九点至十一点，也就是正常人睡眠前两小时，配合先泡脚后拉伸筋膜，之后静坐、默背经典，困意起了马上入眠。

不过修行好的人，睡眠少，浊气、寒气也少，几乎不存在时间问题，通常会选择子时、卯时修养，不过这和排毒、排浊、排寒关系不大，每日修养主要是增加定力，帮助观想更加深入。

这几年暴发的新冠肺炎疫情是伏邪，疫病有伏邪就严重，流感没有伏邪，而非典和新冠都有，新冠伏邪是“燥邪”，伤脾和肺，所以发病时，太阴阴虚极重，病机为“胃肠寒湿，脾肺燥热。”增强免疫力就更加要配合要点，元修养中茶熏、站桩、打坐是养阴；唱诵、读书、凌波书法、圆相舞是扶阳，这些都是适合现代人的修养法。

此时最忌心神不宁，忧虑不安、暴饮暴食、情绪激动、作息紊乱。人往往容易对自己高估，特别容易膨胀，也特别容易遗忘，我们每个人也都有高估自己的倾向，不注意克制也会膨胀，不反思就会遗忘。此时，我们要从疫情中形成一个共识，就是病毒、危险如果未来还会来，我们怎么办呢？

必须要改正生活习惯，要开始注重提炼内功，这样才能不急、不惧、不惑、不忧。

宗茶

小满未满，夏至已至

生命中的那些失落，婚姻失败，公司破产，身体重病，亲人早逝，朋友背弃，一切看似绝望的时刻，有些人却能绝处逢生。

“四月维夏，六月徂暑”，《诗经》中早就告诉我们夏天的酷热与无情。然而每个人的心中都有一个不一样的夏天。

今日夏至，农历五月是午火之月，夏至的“至”是天地之间阳气达到极致，然而物极必反，此时一阴开始滋生。从今天开始进入三伏天，真正炎热的伏夏即将来临。

伏，表示蛰伏。天地之间阴气滋生，逐渐壮大，大多数生物都开始避暑，动物喜欢找有阴气的地方蛰伏。人也一样，过去是树下纳荫，现代人是躲进空调房。

然而自然的阴是天地的恩赐，和空调房决然不同，空调房输送的是冷气，唯有自然的阴凉才能得一丝清凉，得一寸宁静和滋养。故而，手摇蒲扇树下纳荫的生活才有益于夏天生命的养护。

宣泄和生长是夏至过后的主要外在表现形式，天地热气越来越强，地表温度持续升高，植物和生物都继续壮大，瓜果开始迅速成长，暑天的应季瓜果都为大寒水果，因而都是不宜多吃的。就人体来说，夏至过后，皮肤腠理迅速打开，出汗是与天地同频，人体在此时虽格外易流汗，然内在却悄悄地开始滋阴。

对于阳气不旺的人来说，夏天，人还特别容易受凉，容易拉肚子，容易感冒。不过，夏天也是冬病夏治的好时机，滋阴流汗是顺应自然最恰当的养护法，多艾灸，多修养，多打坐，多给自己充电。

其实所谓二十四节气，最重要的是“二至”，也就是冬至、夏至。冬至一阳生，夏至一阴生。冬至，阳能从地心向上走，一阳生起，对应的卦象为“地雷复卦”。夏至，阴气慢慢从地心往上走，一阴初生，对应的卦象为“天风姤卦”。所以冬至是阳生，夏至是阴生。

例如，冬天天气很冷，地球的表面冷，这个时候热能就向里收缩，所以冬天的井水是暖的。夏天呢？水就是凉的，这是地球的物理。同理，我们的身体和地球是同频的，冬天消化力很强，吃啥都容易消化，所以可以吃火锅，吃大鱼大肉，到夏天，胃是寒的，不容易消化。

对于阳气足的人，无所谓，而阳气不足的人在夏天就食欲不佳，因为脾胃是寒的，故而需要多艾灸，温补正阳。不仅因为内部寒气重吃东西容易肚子痛，其实因为内寒，也容易烦躁、多梦、不安，这就是天地阴阳和人体阴阳同步的道理。

首先，我们需要理解的是现代大多数人的精神紧张、压力大而产生多梦甚至梦魇，梦魇是什么？就是做梦做到心烦意乱，无法呼吸，辗转反侧，夜不能寐。这是一种精神焦虑疾病，源于心神不定。而夏天炎热，则更容易多梦。为什么于梦境者总是能真真实实地感受梦境呢？这就是“一切法由心生”的道理。越是自我意识强烈的人，越容易做梦，也就是“坚固妄想”，它们产生的根源都是心识。心魔的关键是“妄想”，妄想本身是心识的颠倒梦想。

夏至也叫作长至，许多人误以为这一天是夏天的到来，这是不理解“至”的含义。实际上“夏至”两字含着更深邃的古天文内涵。

夏至是上古时代最先确立的节气，在北半球，如果你正午将一根木棍立起，它的影子是一年中最短的。如果你恰好在北回归线上，你会惊讶地发现，木头居然没有影子，太阳直接照在木头顶端，这叫“日中天”。古人是以夏至为始，从而再划分其他节气的。夏至的至，不是夏天的到来，而是太阳行径在北半球的极限、极致。意味着过了夏至这个节点，太阳将往南行。因此，古人极为重视夏至，周天子会和百官祭神，尤其是太阳神，这是王权的象征。

从“阴”和“阳”的角度来看，“阳”是一种生命的展现，是花朵的盛开，是婴儿从母体生出，是宇宙的大爆炸，是灵感的爆发，或者一个梦想的实施。

“阳”是“天行健，君子自强而不息”的强而有力的行动，但这种行动力从何而来？由“阴”生。所谓“阴”，其实就是阳的蛰伏部分。如果没有阴能作为推动力，“阳”就发挥不出来作用。这就像我们的人生，凡人只看到显现出来的部分，其实起关键作用的恰恰是那些隐而未显。一个人的成功，背后的因素是不为人知的。

人生的路取决于自己每一步的选择，这些选择都源于隐伏的部分，所有的习性、认知、感知、真知、灵性、智慧、慈悲与爱都是隐藏的，也是起决定性作用的。“阴”、“阳”相生相克，“阴”从“阳”得到力量，“阳”又从“阴”得到支持，二者此消彼长，互为依靠从而生生不息。就像白天跟黑夜，阴阳循环延伸至白天与黑夜，阴平阳秘，醒时与做梦又延伸至自我与心灵。

对于心灵而言，自我就相当于“阳”。我们要让自我意识臣服，慢慢让它从容和放松，这就需要阴的力量。然而阴的力量太大，也会压制阳，又产生噩梦、杂梦和梦魇。

臣服不是认输，而是一种接纳，如同大地一般，让自我从饱满回到虚空，让顽固的妄想空下来，体会“真空生妙有”的归零态。这时人才能从自我大脑的意识幻想中回归心灵，才能重新吸取整个宇宙饱满的能量。

夏至，是人回归的那一刻，从整天的忙碌回归到慎独，从不停的劳作回归到淡泊。现在开始做，直到功德圆满，回归到阴阳平衡的新境界里去。

我们这个时代的人们，过分地喜欢张扬自我，标榜自我的正确，而不太会欣赏蛰伏之美。不断证明自我的正确又如何？当我们真的沉静下来，回首过往，你会发现其实是委屈喂大了格局。

生命中的那些失落，婚姻失败，公司破产，身体重病，亲人早逝，朋友背弃，一切看似绝望的时刻，有些人却能绝处逢生。这是在蛰伏中觉醒，蛰伏其实是一种转机，以退为进，告诉你这段婚姻是错误的，这个事情不可持续，这个身体不堪重负，这个亲人缘分已尽。

痛苦是生命中化了妆的祝福，它是人生路上的一个不同状态。而重点是，在这个化了妆的祝福中，你能解读多少？是因为悲伤而沉沦？还是因为抑郁而失智？真的有心人，在这个过程中能去读取密码，让生命从高处平稳下降，让心从虚空再回到饱满，然后再出发。这是夏至带给我们的启发。

而当我们的自我越来越骄傲，庞大到蒙蔽了整个身心，自我陶醉在一些微不足道的收成里，没有重新再建构新境界的念头，日子也就只能不死不活，不好不坏地能混下去。

在二十四节气里，很多节气是相对的：有小暑就有大暑，有小雪就有大雪，有小寒就有大寒。只有一个例外，那就是，只有“小满”而没“大满”。可以说“大满“并不是中国古人所追求的境界。《说文解字》说：“满，盈溢也”，正所谓“水满则溢，月盈则亏”。一切达到极致后必然走下坡路。而“小得盈满”，是麦子将熟未熟的时机，一切还有向上的空间，还可以继长增高，这才符合中国人谦虚标准。所以，人生凡事不能骄傲，不能固执己见，满则招损。这是我们老祖宗用“芒种”代替“大满”的智慧。

酒足饭饱，蝇营狗苟地生活属于满足现状的自我麻醉，一次次的自我逃避只能让你失去勇气。事实上，生命的创造力是来自于自我沉潜到心灵的阴能。

很多人平庸度日是因为他们在睡觉时没有把“阳”顺利地转为“阴”，也没有滋阴养气。每个晚上都是噩梦、春梦、杂梦不断，比白天还忙还乱，这时候自我顽固意识是在被不断喂养，大脑无法修复，身心无法饱吸能量。

心平气和的最直接表现其实就是夜晚，只有在夜晚中能安然入睡，大脑才能真正放松和休息，顽固的堡垒才得以松懈，身心才能回归到虚空态。白居易的《思归时初为校书郎》写道：“夏至一阴生，稍稍夕漏迟。块然抱愁者，长夜独先知。悠悠乡关路，梦去身不随。坐惜时节变，蝉鸣槐花枝。”

白居易是得道者，他非常巧妙地用夏至一阴生表达他的思念。是，处在长安天子脚下，锦衣玉食，但为什么此刻他却另有种挥之不去的幽思呢？因为锦绣前程，却没有他要的那种踏实。

夏至，是白天最长的时段，这一年最短的夜，他却写成长夜，“青青子衿，悠悠我心”。他焦灼地等待着变化，那幽幽的思念在夏至的太阳里从心底浮起，这是人生极致追求的一种微妙的表述，平庸是种对生命的犯罪。

王安石在《东城》里写道：“昔予出东城，初见垄上耕。忽忽日北至，岁月良可惊。虽云一草死，万物尚华荣。谁能当此时，叹息微阴生。”

古人其实也和现代人一样，常常忘了今天是几月几日。王安石在诗里写自己有天出城，看到田野里青青稻苗，一片夏色葱翠，农民们都在忙着插秧耕田。他一问日子，才发现原来是到了夏至啊，太阳在北方顶点的日子。他于是叹了口气，唉……一岁一岁真是快呀！虽然自小满节气就有靡草死的说法，靡草就是苔藓，小的附着泥土浅表的小植物会不耐太阳的直射和水分蒸发而死，但像禾苗这样健壮的植物却在太阳的照耀下欣欣向荣。他想，谁能和我此时一样，站在这广袤的夏天的原野上，却在感叹时光的流逝？太阳虽好，它也会逐渐由盛而衰，阳气虽盛，也有微阴出生。这是一种时光之叹，这是一种太极之思。子在川上云，逝者如斯夫。

王安石无疑是忙碌的，忙于实现自己的抱负，然而他的无奈是他只知道自己在想什么，却不知道他人在想什么。上至帝王，下至同僚，再至对手，他的秉性刚烈，他的理想主义，他的出淤泥而不染，使得他只能以壮志未酬为结果。他珍惜时间，不惜一切代价努力变法，也不怕得罪人，无非想要宋朝的繁华和自我价值的体现。然而，他同时也知道盛极而衰的道理，因此，他坦然接受了自己的不通人情带来的失败。担当生前事，无惧他人评。王安石是书生气的，也是磊落的，纯真的，他活得透彻，这一天，他的感慨恰如夏至一般，他奉献自己，也承受命运。

夏至，是伴随着声音而来的。有雨声、雷声、蛙声、鸟鸣及蝉唱。茂盛的草、黛色的树、火红的太阳、麦浪翻滚的田野、迸发活力的秧苗以及紧张劳碌的人们。从夏至这一天开始，整个夏天充满了紧张、热烈、急促。

蝉唱是夏至的标志，峻青的夏天是幽美的，动人的。然而在快乐的童年里，我们不会感到蒸笼般夏天的难耐与难熬，孩子们唯有在此后艰难的人生里，才体会得到苦夏的滋味。它不是无尽头的暑热的折磨，而是我们顶着酷暑默默又坚忍的生活本身。

酷热的夏天和浪漫的春天不同，可以使人们根基具有承受力，并因承受而迸发出生命的动能。

什么是青春？是与七个自己相遇：一个活力，一个忧伤，一个安静，一个冒险，一个倔强，一个柔软，剩下的那个正在成长。当然，所谓成长，是要付出代价的。

已是许久，未去倾听蝉唱。耳朵忙着听工作汇报，听抖音，听各种抱怨、附和柴米油盐。我想，应该找一条清澈洁净的河水洗洗我的耳朵。烟火，梅酒，杜鹃花汇成的海洋，动感单车经过的小镇。夏至，我在想念生活的味道。

今天，我一个人来到温榆河边，这是一年中北京最热的一个下午，阳光用它的笑脸告知我：夏至已至。

夏天是阳光下的橘子皮，是清甜的蜜桃，是一杯爽口的果茶；是星河浩瀚、是雨后彩虹的夜晚；是灌满风信子香味的屋子，是不肯落下的夕阳，是一日之初的声响。

我看过春风十里，想过夏至未至，试过秋光潋滟，爱过冬日暖阳，而这一切全都抵不过你漂洋过海，月亏月盈，复又月亏，夏至冬来，复又夏至，终得归。

微风吹过小树林，盛夏骄阳下流浪的心情，是你那天穿着黑衣，出门转头对我一笑，从此烙在了心里的那个回眸。河边很安静，突然鸣金击鼓一般，所有的蝉都同时叫了起来，把我吓了一跳。啊！那么多动人的小歌唱家，把我的心击穿，就像铁砂冲向磁铁那样，我瞬间被这巨大的声音吸引了。但当我屏气凝神正听得起劲的时候，它们又调皮地不约而同地全都住了嘴，这蝉，这么顽皮啊！

就像一个音乐会，突然在毫无警告的情况下熄了灯，熄了音，于是，我在安静里漫无目的地寻找，找不到，而一颗心就毫不费劲地松了下来。

再毒的阳光也会被微风抚慰，风是什么？是天地的手，用来轻抚你紧张的身心。蝉们是合唱团，有领唱、有合唱、有配音，它们以优美的音色，明朗的节律，在天地间吟唱。风是音响，把它们的吟唱送给我，在我的耳边余音缭绕。

这声音旷达飘逸，尤其当它们不约而同地收声时，我觉得它们似乎吟唱的是夏天的故事。“夏天夏天悄悄过去留下小秘密……”夏日黏稠又轻盈，蝉却孜孜不倦地唱着情歌，蝉该是有翅族中的隐士吧！它高踞树梢，餐风饮露，不食人间烟火。那声在晨光朦胧之中分外轻逸，在午后骄阳中分外高洁，似远似近，似有似无。

若你是夏至中第一声蝉唱，那我便是穿梭于天地间的捕声之人。是啊，它们不需要指挥也无须歌谱，更无需歌词，天生的歌者啊，用生命歌唱，歌声如行云如流水，让人幽游其中，拍打着盛夏的酷暑与苦闷。而在最高涨的音符处突地戛然而止更像是曼陀罗在最美的瞬间散落，散落一地的铿锵字句，掷地如金石声，徒留给人一些回忆和想象。这难道不是一种“何处惹尘埃”的了然？

对啊，人生怎么选都有遗憾，何不妨大胆一点？远山与烟波，霁月与清风，温柔与月光，都在夏至这一天走近你。

新的故事会从夏至微风荡漾中傍晚的落日开始。书上说，夏至是鹿角解，蜩始鸣，半夏生。我说，夏至是我们在一起奔赴梦想，让所有的情感注入生命。

期待，夏至过后热情如火的夏天不再苦闷；期待，酷热中那一丝适意的微风和少年一般的满眼星光能够温暖你的心。时光荏苒，愿你我都能向阳而立，拥抱无限生机。

今年的夏至特别惬意，傍晚时的天空是橙色的，外面有清爽舒服的风，河对面是茂密的树林，连流浪猫都在这里变得慵懒和温柔，这不就是生活吗？夏天总会有雨，催着心花盛开，花开，青梅熟，人生还漫长。

我们还会在无数个夏天的风里相遇，无论是喜欢还是不喜欢。人生何处不相逢？不相识的人与人之间，也能有沟通。在最人迹罕至的地方，也会有想望！

终会有一人，陪你走十方。

八

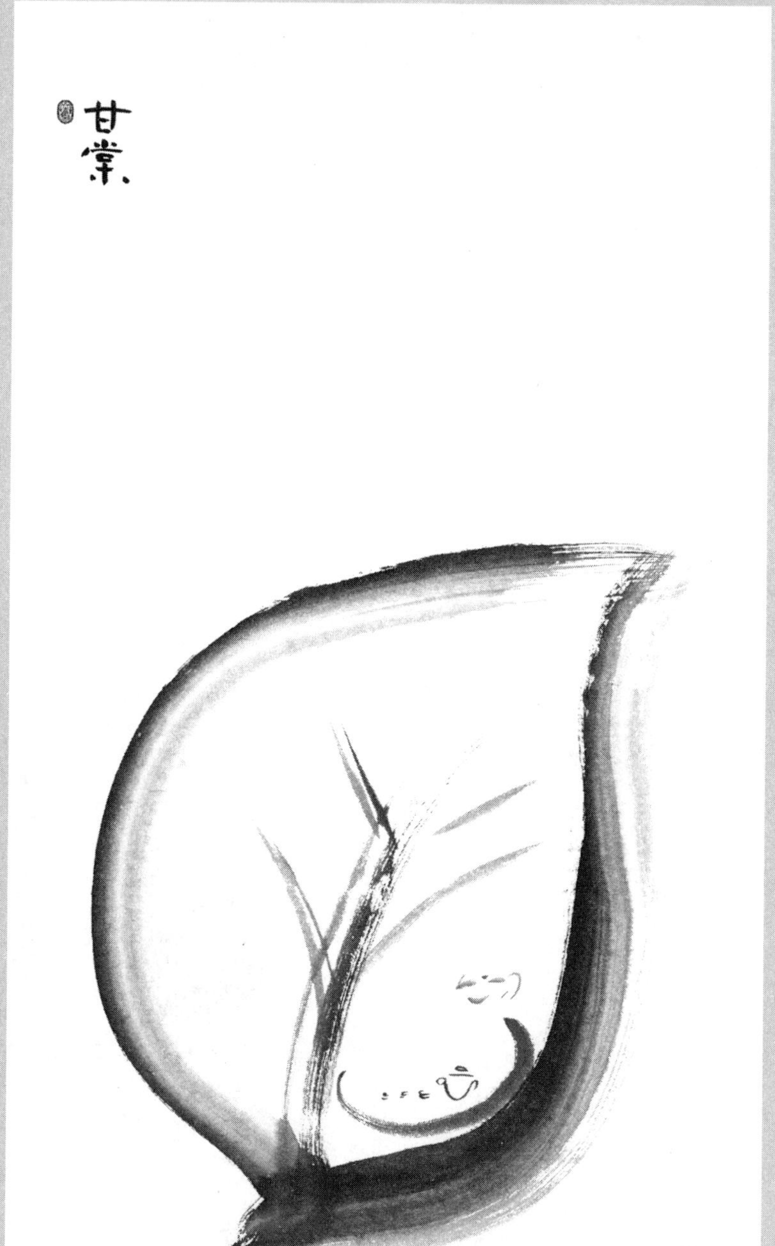
甘棠

仲夏梦

现世上人所拥有的时间有限，
让生命找到归途才是迫切的事情。
生命就像窗外的一池荷花，
能一心一意地开放，
如是活着，便是最美。

我看见一片废墟。

从一个缺口进入后，看见城壕已经全然被埋没了，斑驳的城墙上如同缺齿的老人，依稀可见“负函”二字。

整个废墟被残破的城墙围绕。

我顺着宽大的城墙往里走，墙角下有一簇簇颜色古怪的荒草，一直蔓延到无穷尽的天边。其间，荒地里点缀有几许疏柳、枯槐，看得出这里曾经有过繁华，但早已覆满砂砾，片瓦不存了。

突然，一只雄鹰从我头顶盘旋而过，它忽高忽低，在天空中潇洒自在地飞舞着。我顺着雄鹰飞去的方向极目展望，陡然间，猛见天地变色，狂风呼啸，飞沙走石。

我匆忙地顺着城墙跑起来，想找个地方避雨。大雨瞬间即至，雷电交加，我正慌不择路时，突然发现宽大的城墙里似乎有个洞。急急忙忙钻进洞里，摸索着往里走，这是一长段黑漆漆的隧道。阴暗、潮湿，处处散发着腐朽的气味。

我强压着心惊继续往里探寻着，突然看到了隧道尽头有一柱昏暗的光。忙循着光的方向奔去，到了头，却被雨墙挡住了。我，躲在洞里看雨，每一次闪电，铺展在眼前的废墟就从昏暗里浮现出来。

天空，仿佛被闪电劈开、雷声轰开一个缺口般，每一次猝不及防的巨大雷电都让人心惊肉跳，我该如何回去？这破旧的城墙能支撑住狂风骤雨吗？我忍不住地胡思乱想，东张西望。

又一道闪电略过，奇怪的是我的左边升起一股白色的烟柱，隐隐约约在烟柱里能看到几个人影，等我正想仔细端详时，非比寻常的雷声像是战场上的战鼓一般，震耳欲聋，令人心惊。天地在我的惊悚里复归于黑暗，我迷迷糊糊地无望地蜷缩在雨墙内。

在豪雨寒风、雷电轰鸣下，一股切实的孤独和悲伤的情愫扑面而来。突然，又一道闪电从天而降，我急忙瞪着眼睛看过去，果然在左边城墙的一隅，发现了几个清晰的人影！奇怪的是，他们几个衣冠整齐，端端正正地坐在地上，没有遮风挡雨，甚至没有表情。啊！这几位是谁？

刚才笼罩着我的那些悲伤全部烟消云散，我一刻也不停地在每一次电光乍隐乍现时仔细地观察着那几位。他们的脸部逐渐清晰起来，可他们为何不思避雨？不图保身？他们只管端坐在雨里，不知其何所思，不知其何所为。真是令人费解啊！就在这风雨中端坐。

哦！“堕肢体，黜聪明，离形去知，同于大通”说的就是他们吧？坦然迎接这狂风暴雨的到来，不对！在他们那里，没有狂风暴雨与风和日丽之别，他们与天地是合二为一的。这景象无从想象，它是何等强烈？何等殊异？何等令我羞愧？闪电中，他们的身影明亮起来，我的心也沸腾起来。我认出来了，他们是流亡中的孔门师徒啊！

五十五岁那年，孔子不得不离开故国。那里有他与母亲相依为命的阙里，有妻儿家小，有父母长眠的墓地，有他设教授徒的杏坛和众多学子。他徘徊复徘徊，回望再回望。城门外暮色四笼，灯火依稀，跟随他流亡的颜回、子路、子羔、子贡催着老师：夫子！该走了，总得走呀！

鲁定公十年，五十二岁的孔丘意气风发，护持定公赴“夹谷之会”。他堂堂正正，直面强大的齐景公寸步不让，谁说儒者羸弱？在国与国的抗衡上，在强敌环伺的春秋时期，能与孔子相抗衡者放眼天下能有几人？

夹谷之会胜利后，孔子出任鲁国大司寇，掌管刑讼大权。然而正在大展宏图之际，不得不面对孟孙、叔孙、季孙这三桓当权的局面，三桓强势得足以胁主。他们超越周礼，拥兵自重，自建的都城俨如三个国家。孔子说服定公支持其毅然“堕三都”，恢复公室正统。然而保守势力的强大亦非孔子所能想象。虽堕了二都但功亏一篑，终只有被迫流亡外邦。

那是个春天的夜晚，孔子与他的学生们依依不舍，走到了鲁国边境上的一个叫屯的地方。那是谁呢？在夜里赶来送行？噢，原来是乐师师己。夜暮已经将是非、对错、强弱都抹得混沌了，唯有道义在他心里清晰如朗日照耀。

师己知道孔子经历着什么，但他不知道该怎样去抚慰，他来只是为了说：先生，您没有做错！孔子叹了一口气，他知道不仅是眼前的师己，不愿他离开的，一定还有鲁国的百姓和那个傀儡一般的鲁定公。

夜风带着故国泥土与花草的气息拂面而来。孔子对师己说：唱一首歌吧！于是歌声在这春天的夜里荡漾：“彼妇之口，可以出走；彼妇之谒，可以死败。优哉游哉，维以卒岁！”

子路随着歌声拔剑起舞，只是，谁能够听懂这歌声里的忧伤与愤懑呢？《孟子·万章下》说：“孔子……去鲁，曰：‘迟迟吾行也，去父母之道也。’”“迟迟”二字既说出了孔子对故国难以割舍的情感，又预示着他流亡列国的艰难。是啊！迟迟吾行也，迟迟吾行也……

从 55 岁到 68 岁，孔子在卫、曹、宋、郑、陈、蔡、楚诸国周游了十四年！十四年啊！在各国几乎受到的都是冷遇。那是一个动荡不已、变化频仍、礼崩乐坏、裂变与整合交互的时代，同时又是一个思想激荡、百花齐放、名士辈出的时代。

孔子周游列国，当然不仅是为了“求仕”，否则在第一站卫国就可以安然度日。卫国可以栖身，但卫灵公却不是个可共谋大业之人。在卫居住十个月后，孔子除了失望还是失望，于是有了去晋国的想法。

孔子要的是弘道，不是谋生。可惜的是晋国与鲁国有相似之处，国君形同虚设，皆是卿大夫掌握实权，不同的是鲁国掌权的是三桓，晋国则是赵氏。

孔子一行到了黄河边，向晋国方向望了望，正准备渡河北上，却听到了赵氏杀害晋贤大夫窦鸣犊、舜华的消息。孔子临河感叹曰:“美哉水，洋洋乎！丘之不济此，命也夫！”

他知道，要解救充斥着不公的人世间，拯救苦难的众生，首先需要转化的是当政者的心，他和弟子们怀抱着这种理想，无论救几人，即便只能救一人，使命也不容懈怠。

然而强晋已经开始内乱，这是天命乎？晋国去不得，那么就转向陈国，由陈入楚吧，想办法觐见英明的楚昭王。他们不远千里奔赴陈国，一待就是三年，没想到最后等来的却是楚昭王薨逝。

得知昭王薨逝的那一夜，是在陈国负函的一个不见星辰的暗夜，哦？这片废墟就是负函啊！是不是就在这里？那个夜晚，孔子踽踽独行，一个人走了很久很久，多年的等待一朝破灭，他的想法无从知晓。

只知道回到驿站后，他站在漆黑的夜里对着颜回、子路、子贡说出了“归与！归与！”不过，说出这话的不会是一个失败者，而是一位指挥若定的大元帅，在下达部队返程的命令。公元前 484 年（鲁哀公十一年），孔子终于回到了睽违十四年的鲁国。

孔子讲学的私塾曾群英荟萃，众善云集，弟子们各有各的特长，各有各的观点。他们聚集在一起，从没有家长里短、柴米油盐，他们汇聚在一起就是为了肩荷时代的使命。讨论关乎仁、关乎义、关乎道、关乎生、关乎礼、关乎德、关乎耻，围绕天下至道而各自阐述和抒发着不同的看法。虽常争执得面红耳赤，一转眼却又情同手足。

这里面有形形色色的人，不尽相同。例如，出生市井无赖的子路，出生赤贫寒门的颜回，有能和国君分庭抗礼的子贡。从头至尾始终跟随夫子流亡列国的中坚力量，便是这三位。

子路在遇到孔子前，是个能说会道的混混。他初见孔子是企图驳倒孔子，不想事与愿违，竟为孔子伟大的人格和博学而折服，从此鞍前马后一路相随。

陈蔡之厄时，子路痛苦烦躁，他饿得受不了，步履踉跄地走向离群独自抚琴的孔子，脱口而出:“君子亦有穷乎？”其愤愤然的语气，好似天下最大的不公允就在眼前。孔子不答，继续抚琴，子路便加重语气重复问:“君子亦有穷乎？”

孔子搁下琴，铿锵有力地回答说:“君子固穷”，远处众人闻言不免身子一震，无不正身肃然倾听。接着，孔子又说:“小人穷斯滥矣！”

是啊！君子贫而不困，一箪食，一瓢饮，人不堪其忧，而颜回为何能不改其乐？小人遇到艰苦和困境，马上心志动摇，怨天尤人。孔子对子路这般轰然快语，棒喝告诫，如雷声轰鸣般惊醒了他。子路闻言躬身深施一礼，之后张开双臂，随着孔子的琴声韵律舞动起来，除此之外他又能以何方式回应师尊之苦口婆心？

此时，舞者子路，眼中是否饱含泪水？一种宏大的、光明的、朗朗的、温暖的东西正在传入心田。“君子固穷，小人穷斯滥矣！”受苦受难，忍饥挨饿是什么大不了的事情？为何孔子能临危不惧，坦然自若？饥而不滥，死而无惧，君子之风，浩浩荡荡也！这流亡之路是否溽热难挨，不正是自己的心决定的吗？子路俊敏侠义，激情四射，他的心性里始终保存着一份令人神往的纯粹。

孔子是音乐高手，擅长弹琴、击鼓、吹笙、击磬。甚至在手头没有任何乐器时，拿着枯树枝子也能击打出音乐来。在陈蔡被困时，众学生一个个饥饿病倒，孔子却依然弦歌不绝。到了后来，连他也饿得没有力气了，已经七日不食，奄奄一息，却仍然扶着枯树站着，《庄子·山木》说："左据槁木，右击槁枝，而歌炎氏之风，有其具而无其数，有其声而无宫角，木声与人声犁然有当於人心。"这是何等震撼人心？

遥想孔子形容枯槁，扶枯树而立，握枯枝而击，用枯老衰弱的声音苍凉歌唱，木头的声音与老人的声音一般苍茫空旷，荒原、枯树、老人、古歌，最枯槁的组合却迸发出最蓬勃的力量，诚可谓惊天地，泣鬼神，何等悲壮！

孔子钟爱子路，也一直尽心护着子路。为何？他是护着这份难得的纯粹啊。子路自己太不把命当命，遇到事情容易冲动，容易被人言祸害，被仁义绑架，随时愿意舍身，愿意慷慨赴义，这实在让孔子难以放下心，不得不像个带着一个自以为是的孩子一样，时刻特别留意。

要不是孔子这么多年特别关照，幸而他投身孔门，如以自力涉入红尘，以其性情，有多少命，也不够他舍的。他随时会像个烟花一样绽放，然而放烟花的人谁会记着自己放过的烟花呢？孔子晚年因颜回离世而黯然神伤，稍稍未及留意子路，他就去了卫国，终因卫国内乱而为义赴死了。他明明可以不死，和同在卫国的子羔一起全身而退，周遭众人劝他离开时，他说："食其食者，不避其难。"这就是子路，独一无二的侠义子路。

《列子·说符》中说："察见渊鱼者不祥，智料隐匿者有殃。"这句话，是个大"象"。察见渊鱼者不祥，眼睛好到能够看到深渊里的鱼的人，是不祥的。智料隐匿者有殃，心智精明到能够洞察别人隐私的人，是会遭殃的。这其中的不祥，有三层。世人看到的往往只是第一层，以及最浅的一层。

《列子》这句话背后是有个故事的，这个故事就是这句话的反面例证。

晋国由于盗贼太多而深为所苦，而有个叫郄雍的人，能从人的眉宇之间就看出谁有猫腻。晋侯于是派他去查看，千百人里无一遗漏。晋侯非常高兴，跟赵文子说我有了这个人，全国的盗贼都不用担心了。赵文子却说："盗贼不但不会尽，郄雍也一定不得好死。"果然不久，盗贼们就聚在一起商量，我们之所以落到这个地步，就是因为这个郄雍。于是一起抓住了他并把他残杀掉了。晋侯听说后大为惊骇，立刻召见赵文子，赵文子于是说了"察见渊鱼者不祥，智料隐匿者有殃"这句话。

《韩非子·说林上》也讲了一个故事，则可以作为正面例证。春秋末年，齐国田氏势力渐大，田常为齐相时，暗中图谋以田氏取代公室。齐臣隰斯弥有次拜见田常，两人一同登上田氏家中的高台，举目四望，但见三面畅通无障，而向南望时，却见隰斯弥家的树遮蔽了视线，田常变得一言不发。隰斯弥知道田常不高兴了，回家后便让人砍掉那些树。但斧子刚砍了几下，隰斯弥又急忙制止了。管家问他为什么改变主意，隰斯弥回答说，古语说"察见渊鱼者不祥"，田常正在筹划篡国大事，这是他不想让人知道的，我如果表现出察觉了，那就危险了。

颜回是孔子最钟爱和最优秀的弟子，却正因为此而早早夭折，40 岁出头就病逝了，因为他不仅生活贫苦、营养不良，还用神过度，如此榨耗之下怎会不早衰。如《论衡》所言："盖以精神不能若孔子，强力自极，精华竭尽，故早夭死。"察见渊鱼者不祥，还包括着精神内藏不外露，才是养生之道的内涵。所谓"智过圣哲者不寿"，不是圣哲智不足，而只是懂得保有一份最珍贵的收敛意。人越聪明、知识越多，便越容易思虑过度、烦恼无尽，这是个定势。而思虑用神，是最耗精元的。那么是否就不要动脑子了呢？心力不够，还是傻乐呵为好。心力要够，还是要超越这一困境，才能进入更深的进境，不受其伤而应用无碍。超越之道，就在寻个打底的东西，这个东西还是如《论衡》所说，是孔子那样的心性修为。从事脑力劳动的人要尤其注意这点，这几年过劳死的事情屡发，死者虽少而枯槁者无数，是拾起这个功夫的时候了。

老子言："道之为物，惟恍惟惚。"恍惚是道之态，所谓糊涂的心性修为，就是进入这道态。聪明劳神则是把一切清楚化，所以是悖道的。如果要摆脱这悖道的困境，使之成为用，就只能靠这恍惚打底，然后才能达到老子所说"惚兮恍兮，其中有象；恍兮惚兮，其中有物；窈兮冥兮，其中有精；其精甚真，其中有信；自今及古，其名不去，以阅众甫"。恍惚中的象、物、精、真、信，便是万事万物真相的端倪，以此而"以阅众甫"——明见万事万物因果渊源的始终。这才是大用，取之不尽、用之不竭，而不伤精神分毫的用。

孔子 68 岁回到鲁国时，先是儿子伯鱼撒手人寰，两年后是颜回亡故，次年子路继之赴义。伤心事接踵而至，孔子于子路亡后第二年也驾鹤西去。归鲁的这一段时间，看上去是孔子最悲伤、最孤寂的时间，然而这却是他一生创作的巅峰，是开花结果的佳期。修《诗》《书》《礼》《乐》，序《易经》十翼，撰《春秋》。后人合称之为《六经》，正是流亡的十四年，成就了非凡的孔夫子。《易经》提出了八卦，阐发变易的道理。天下事随时随地，每一分钟、每一秒钟都在变，宇宙物理在变、万物在变、人也在变；自己的思想在变、感情在变、身心都在变，没有不变的事物。我们想求一个不变、固定的，不可能。孔子深通这个道理，所以他"毋必"，就是能适变、能应变。

离卫去陈国那一年，孔子正好六十岁，是耳顺之年。赴陈的旅途并不平坦。经过曹国，曹国不接待。路过宋国时，就在众人在一棵大树下习礼的时候，宋国司马桓魋指使一批强人涌来伐树，不仅态度强硬，嘴里还骂骂咧咧。

桓魋是个小人，他曾为自己造了一口石椁，花了三年时间还没完工。孔子就批评说：这样浪费，死了还倒不如快些烂掉好。桓魋于是记恨孔子，孔子来了宋国，他便派人一路威胁，赶他们快些离开。

可能仁义的弟子们在这批混混面前有些失态，孔子感慨道：“天生德于予，桓魋其如予何？”也就是说，上天将复兴文化的责任放到我身上，桓魋等又怎能伤害我呢？然而恶人就在眼前，感慨不能解决问题，师徒们在冲击下彼此走散了。等逃到郑国，落魄的孔子一个人站在郑国一座城门外，东张西望地寻找着失散的学生。子贡也在四处寻找老师，有人告诉他：东门有个老头，额头像唐尧，脖子像皋陶，肩膀像郑子产，可是从腰部以下比禹又短了三寸，一副狼狈不堪、没精打采的样子，像极了一条丧家之犬。

一条颓丧憔悴的找不到家的狗，真是把孔子的窘态形容得活灵活现。子贡在复述时不免有种悲壮凄凉的味道，一个充满着智慧和抱负的六十岁老人，却在世俗社会里到了这般走投无路的地步，怎能不悲壮凄凉？

但是，让子贡想不到的是，孔子听了却出人意料地欣然笑曰：是啊是啊！说我像一条丧家狗，说得太对了！太对了！哈哈哈！在这样的情景之下，还能有着欣然心情，幽默笑着的人，是何等的伟大？世风之靡颓，世俗之无奈，并没有打垮孔子，也没有动摇坚定不移跟着老师流亡的几位学生。

说起子贡，这是一个将自己人生意义和孔子紧密联系在一起的弟子。孔门三千学子，他负责供应道场的一切开支，有的学生家贫，拿着几条脯肉就来上学。孔子笑而纳之，只要好学上进，一律接受。然而背后供应所有开支的，却是子贡。

在居无定所的流亡生涯中，子贡不仅每到一个地方都亲自安排食宿、料理对外应酬。还在这个过程中不断遣人往返各国，遥控着巨大的、繁琐的、变化多端的商务，从事着各种大宗交易。

若不是他头脑清晰，调度得当，牟利颇丰，孔子又怎能随心所欲地行走各国？他虽比孔子年少三十一岁，却少年老成，平稳笃定，默默无闻守护着老师，用实际行动去帮助老师实现难为人理解的伟大理想。

孔子之于他，是父亲、是老师、是圣人、是天道。孔子离世后，他举办了世人几难想象的盛大丧礼，且毫无怨言地承担了七十多位学生守灵三年的一应开支。不仅如此，他人在三年服丧期满后便离开，他自己又独自再服守三年。这份情，这份义，也是子贡所以为千古一人的原因。

他和孔子之间的师生之情，以请益始，以请益终，他愿意为了请益，甚至为他人请益而被师尊呵责。他从不彰显自己，不以财富谋取特殊对待。他清楚地明白自己该做什么，在学问上抢眼的明星是颜回，在行为上有趣的先锋是子路，而子贡一直都愿意静坐一隅，不时环顾左右注意着各项事务有何疏漏，他明白补漏才是自己该做的。子贡做起事来，从不依赖他人，因为他明白求人是求不得的。即使求人无多大帮助，唯有身体力行。事实上他不仅这么想，也一直就在这么做！这是子贡可敬之处，亦是他可畏之处，故而孔子亡故后独挽狂澜者非子贡莫属。这样的巨贾本可以出将入相，在外交、在商业、在人世间各处过得莺歌燕舞，得意春风。何必十四年给老师驾车，陪老师露宿荒野？在多年看不到希望的流亡岁月里，在几乎处处受人冷眼的日子中，若无坚定的信念，逸然忘我的情怀，有几人能熬过来？

再说说颜回吧，谁都知道夫子独宠颜回，因为他身上有着无比的珍宝，就是非凡好学的精神和纯真无比的心性。颜回虽家贫，但他安贫乐道，淡泊达观，不慕富贵，长于深思。他跟随孔子倾心于学，也致力于学，其短暂的一生全然倾注在学习上，毫无保留，勤勉精进。他是懂孔子的人，毫无折扣地践行着孔子之学。

颜回字子渊，“回”与“渊”都是漩涡激流中的水，这名字寄寓了在动荡不安的社会中要保持急流勇进的处事态度。孔子在匡地受到当地人围困时，颜回在最后面护着大家逃离，一行人逃到郊外等他出来，左等右等看不到颜回的身影，孔子担心不已。最后终于看到颜回逃出来时，不禁落泪，说：回啊！我以为你已经死了。颜回答：夫子尚在，弟子我岂敢先死呢？

师生间短短的对答，却道出了堪比父子的深厚情谊。夫子尚在，传道授业解惑的生涯未尽，颜回不敢死！夫子尚在，我对老师尽孝和求学日笃的职责也还没尽到，颜回不敢死！夫子尚在，复兴礼治的大业未成，颜回不敢死！回不敢轻身赴斗，不敢以命相搏，所以不敢，非贪生怕死，乃因老师尚在人世也！大道的传承肩负于夫子身上，因此颜回不敢轻生。

颜回是如何看待孔子的？谓之曰："仰之弥高，钻之弥坚。瞻之在前，忽焉在后。夫子循循然善诱人，博我以文，约我以礼，欲罢不能。既竭吾才，如有所立卓尔，虽欲从之，末由也已。"

陈蔡之厄，比之心浮气躁的子路，唯有颜回又一次让孔子感怀。孔子问他："诗云'匪兕匪虎，率彼旷野'。吾道非邪？吾何为与此？"颜回曰："夫子之道至大，故天下莫能容。虽然，夫子推而行之，不容何病？不容然后见君子！夫道之不修也，是吾丑也。夫道既已大修而不用，是有国者之丑也。不容何病？不容然后见君子！"

孔子喜极而泣："有是哉颜氏之子！使尔多财，吾为尔宰。"姓颜的小子啊！如果你有很多钱财，我愿意给你当管家。

在前途渺茫的"吾道不行"中受困，子路以世人之认可为体现自己价值的标准，故而他一直活在他人的眼光里，崇尚侠义、赞扬、清名。子贡也有想不明白的时候，故而他劝谏孔子降低一下身段，可否迎合一下世人的趣味？故而此二人虽跟随孔子一路同行，但依然于困顿时不解孔子独立不迁、不为外物左右之价值观。

对于孔子提出的问题，子路是自信不足，子贡是想着降低自己的主张去适应各国诸侯，孔子是这样回答子贡的：好的农夫虽然善于耕种，但却不一定有好收成。好的工匠虽有高超手艺，但是作品却未必能使大家都称心如意。

君子坚定地提升自己的学说，就像结网一样，纲举目张，依次进行，但却不一定会被人接受。现在你不去深化自己，坚守信念，反而要我降低标准来苟合取悦。子贡啊，你的志向太不远大了。

唯有颜回的回答切中要害:“吾道不行”是因为“道大难容”，所以受到困厄不是问题，而是骄傲之所在。“不容何病？不容然后见君子”！孔子听后大笑。知音难得啊！孔子曾说:“岁寒，然后知松柏之后凋也。”四处碰壁本就是一个考验人心的过程。受困之际，疑惑是必然的，但看到弟子们的成长欣慰也是自然的。

十四年的流亡，让孔子从知天命走上耳顺并逼近随心所欲不逾矩的高远境界。对于学不厌诲不倦的孔子来说，这十四年，是他一生中最好的“学”与最有成效的“教”。而对于弟子们，便是得到了最好的“师”与“范”。

十四年的时间与列国流亡的空间，是他们师生之间最难得的学校。他们的思想、精神、品格与理想，在这种丰富的遭遇与多闻、多问、多见、多识中，得到着陶冶与逐渐成熟。

曲折多难的流亡之旅，不也是播种之旅吗？那么多的国家，那么多的君主、大臣与百姓，因此认识了儒者的坚韧与坚持。艰难之旅被传扬，嘉言被记录，这期间学生的队伍出人意料地在不断壮大，这是后继有人的可喜之事。

此外，还有曾参！孔子虽然门生众多，谁能想到后续重要的传播者竟然是在《论语》中出场较少，连“孔门十哲”都没有挤进去的曾参。孔子离开鲁国时曾参八岁，他是孔子最小的学生，比孔子整整小了四十六岁。十七岁时，他投奔了正在流亡，处处受冷遇的孔子。然而年龄从不会是障碍，他懂老师，他能说出:“士不可以不弘毅，任重而道远。仁以为己任，不亦重乎？死而后已，不亦远乎？”这样的话。得天下英才而教育之，不正是孔子一生最大的欣慰吗？

曾参资性鲁钝，举止稳重，为人谨慎，待人谦恭，孔子曾说:“参也鲁”。在三千学生里，他不算天资聪慧的，地位也不高。但他却曾说:“可以托六尺之孤，可以寄百里之命，临大节而不可夺也。”

这种能在面临生死存亡的紧急关头不动摇的，算得上真君子！伟丈夫！

说这话的曾参自己也没有料到，冥冥中自有天意，他的这番话也昭示了自己未来的命运。返回鲁国后，孔鲤、颜回、子路相继作古，夫子面临的一抔黄土未干，六尺之孤何托的处境了。早年招收的学生已大部分先师而去，颇合他心意的弟子零落各方。在这种情况下孔子将孔鲤的遗孤：子思，托付于曾参。

返回鲁国第二年的初春，这一日春和景明，阳光普照。尚未奔赴卫国的子路、冉有、公西华和曾点几位围绕在私塾的庭院里。曾点独自在靠近回廊的地方鼓瑟，孔子见了几位，临时起意，问：如果尔等有缘出仕掌政，首先要做什么？

子路当仁不让地回答：若有千乘之国，倘由我来治理，不出三年，必可使其百姓有勇，且自得安身立命。冉有答：若由弟子来治理五六十里乃至六七十里的邦国，则三年之内可使百姓丰衣足食。至于礼乐教化，则可委诸君子为之。接下去，公西华陈述了关乎宗庙祭祀的寄望。

只有曾点在鼓瑟，一言不发，夫子对着他问：点，你呢？

曾点听到老师问他，瑟音渐稀，接着鼓瑟的手指在弦上一拢，瑟弦发出“铿”的一声。他离瑟站起来，答：夫子，我和他们三位不一样。我想我会在暮春三月，穿上了春天的衣服，和五六位成年人，六七个少年，去沂河河畔戏水，在舞雩台上吹吹风，大家优哉游哉尽兴之后，一路快快乐乐地欢唱而归。”

孔子听了以后，感叹说：我希望的和你一样。

为政的目的，不过是社会富强康乐，人人生活的安心自在，怡然自得。为学的目的不是一定要人悬梁刺股，皓首穷经，苦不堪言。子路、冉有、公西华走后，曾点向老师请教三位师兄志向的长短，孔子说子路不谦、冉有不实、公西华则过谦。

由“千乘之国”的子路到“方六七十”的冉有，再到“宗庙之事”的公西华，可以说他们一个比一个说的谦虚，但话里透出的是不切实际，孔子是何人？唯有曾点说出的是心里话，没有粉饰，没有取悦，故而嘉许之。

鲁国大夫季武子死，曾点去往吊唁时“倚其门而歌”，世人称之为鲁狂人。他表现出的就是最真实的自己，自然而然，春风化雨。为人真实才是孔子的理想，子曰：“饭疏食饮水，曲肱而枕之，乐亦在其中矣。不义而富且贵，于我如浮云。”

曾点的儿子，便是曾参。曾参是孔子孙子子思的老师，子思是孟子的老师。

我恍恍惚惚地从梦里醒来，这是在九华山潮湿的仲夏子夜。一轮明月挂在窗前，月光如水像笼着轻纱的梦，越过窗棂散落一地，梦境如真如幻，有的时候，我们的所见过于沉重，才无法和梦境相连相通。其实外界和他人如何想，与我们的内心并无关联，互联网上的各种信息蜂拥而至，我们修炼自心不是被消极的外境所牵绕，人世间多有无奈，却又分明是生活的组成部分。

现世上人所拥有的时间有限，让生命找到归途才是迫切的事情。生命就像窗外的一池荷花，能一心一意地开放，如是活着，便是最美。

蛙声四起的荷塘上，晚风送来缕缕清香，月色下光与影顽皮地互相捕捉着，捕捉着人生里永不停息的梦。

茶

小暑，夏安

春有百花秋有月，
夏有凉风冬有雪。
若无闲事挂心头，
便是人间好时节。

今天是小暑。

暑，表示炎热的意思，小暑则是小热，意指天气逐渐开始炎热，但还没到最热。小暑是农历二十四节气之第十一个节气，夏天的第五个节气，表示季夏时节的正式开始，此时的太阳到达黄经 105 度。

小暑有三候："一候温风至"，昨儿的风啊还不算太热，可是今日开始，风就有点烫了。"二候蟋蟀居宇"，小蟋蟀生出来后要在穴中面壁，不能出穴，到了农历七月后才出穴，活跃在草丛间求偶，到了八月天凉会聚到院中，令小院鸣声鼎沸，天越凉离人越近。"三候鹰始挚"，鹰预先感知到肃杀之气将至，开始练习搏击长空了。据史书记载，小暑前后正好是农历六月初六日"天贶节"，"贶"即"赐"，也就是"天赐节"。这一天，是龙王在龙宫晒龙袍的日子。

在民间，由于这一天日照时间比较长，阳光辐射也很强，又赶上江南出梅，所以家家户户也会不约而同地选择这一天来“晒伏”，本意是把存放在箱柜里的衣服晾到外面暴晒，去潮去湿，防霉防蛀。伏日，古人认为是“隐伏”，伏日祭祀，远在先秦已见着录。伏日所祭的是“其帝炎帝，其神祝融”。

炎帝是中华文明传说中的太阳神，祝融则是炎帝的玄孙，是火神。传说炎帝叫太阳发出足够的光和热，使五谷孕育生长，从此人类不愁衣食。人们为了感谢他的功德，便在伏日祭祀纪念他。

相传这一天也是“小白龙”回家的日子。“小白龙”因为犯了天条，被龙王父亲囚禁在很远的一个小岛上，唯有六月六这一天，龙王恩准儿子回家探母。

“小白龙”由于归家心切，所以一路上昼夜兼程，带来了惊雷闪电，狂风暴雨。这也被认为是小暑雷雨多发的原因，当然这些都是民间传说。

唐代诗人元稹有首《小暑六月节》，写道：“倏忽温风至，因循小暑来。竹喧先觉雨，山暗已闻雷。户牖深青霭，阶庭长绿苔。鹰鹯新习学，蟋蟀莫相催。”

突然之间，暖暖的热风就到了，原来是循着小暑的节气而来的啊。竹子在雨中的喧哗声告诉我大雨来临，山色灰暗，是否听到天上隆隆的雷声正在轰鸣？正因为炎热季节的一场场雨，才有了门户上潮湿的青霭和院落里蔓生的小绿苔。

鹰啊，最具灵性，它感到了阴气，乃生杀心，飞翔在高高的天上学习击搏之事；而蟋蟀，至七月则在野矣，肃杀之气初生，它们在野而斗。

小暑之于我，是一个个遥远的记忆。那时候的夏天，没有手机电脑，却有嬉戏的伙伴、玩耍的秋千，那时候的夏日，总是咯咯笑个不停；那时候的夏天，总喜欢把香甜的西瓜和红色的杏子放入井底，然后在雨后的晚上，摇着蒲扇斜靠在凉床上，看萤火虫忽闪忽闪的，那清凉和清甜的夜色啊；那时候的夏天，银河璀璨，星光收藏了一个个淳朴的笑脸。

夏天，是眼馋的冰棒，是清凉解暑的绿豆汤，是过了水的炸酱面，是一杯接一杯的“透心凉”，是鲜嫩多汁的荔枝，恰此时光，雨声潺潺，草长莺飞，绿肥红瘦，云卷云舒；恰此时节，风暖昼长，绿遍山原，蜂飞蝶舞，万物并秀。

小暑，是藏在树叶的间隙里的美，漫步在晚霞满天的黄昏下，这美住在如画的诗词中。

它是立体的，有雷声隆隆，雨声淅沥，树叶沙沙，水流潺潺，蛙声呱呱，蜜蜂嗡嗡，鸟儿啾啾，蝉声绵绵……还有烈日饮冰的畅快，剖瓜爽目的清凉，清风抚面的惬意，树影细密的斑驳，雨后飞虹的乍现，街边果香的弥漫……在人间烟火盛处，我们逐渐长大，在满是笑声的五彩斑斓间，童年也一去不复返。

然而有些故事，尽管久远却从未消散。“绿槐高柳咽新蝉。薰风初入弦。碧纱窗下水沈烟。棋声惊昼眠。微雨过，小荷翻。榴花开欲然。玉盆纤手弄清泉。琼珠碎却圆。”你可还想，那时的夏天？小荷初露，蜻蜓飞过，悄然停驻，恰似人生里最美好的初见。

此时快乐此时天，无事赛神仙。

立夏之后，正式进入孟夏时节。在印度，佛弟子一直有“夏安居”的习惯。从每年的四月十六日至七月十五日，专心坐禅修学。因为印度在热带，入夏早。我国大部分地区在温带，入夏晚。所以中国的佛子夏安居，从小暑开始最合适。

夏天的雨季长达三个月，虫蚁繁殖迅速，草木生长繁茂。“安”有摄心一处之意，“居”是居于一处。因为夏天炎热，正是内修、内省、内观的好时节。把燥热的心放到清凉处，人间无处不春风。

对于现代人来说，夏季暑湿难耐，然而我们又没有那么多时间像古人一样闭关内省，那怎么才能真正让自己在炎热的酷暑里从内而外感到清凉呢？

热不是用冷来对峙的，要以热引热，热心、热血、热情似火地投入，身心才能真正地感到清凉。

小暑，上无纤云，下无微风，本是痛苦难熬、充满抱怨的天气，然而内心的阳光越灿烂，生命就可以越顽强，就越有平常心，内心阳光才能应对不可预知的未来，才能应对外界环境的潮湿酷热、变化无常。

用修养去寻一处清凉，得一份心静，将煎熬化做享受、炙热化为温柔，把艰难的日子过得其乐无穷，让朴实的生活充满欢声笑语。这是东方生命修养的生活方式。身未动，心已远，在最难熬的时节，我独认为它不足烦恼。

修养的人没有焦虑和抑郁，心中有的是无处不在的绿槐、高柳、新蝉，微雨、小荷、榴花和红尘滚滚里的安心；换上了轻薄夏衣的你会无时无刻不漫游到天边，常能从云上看新雨后挂在天空的一轮骄阳。烈日薰风里神奇的都市丛林，是藏着神仙的清凉洞府。只要你善于发现，处处藏着惊喜。胸有浩然意，千里快哉风。何以销烦暑，生命飞扬中。在人世间，都市丛林就是你的桃花源，也唯有脑力充盈的时候，心才能宁静，心灵里才没有了繁琐和嘈杂。修养的悠然，会让你不知不觉走进一片清明爽朗的绝美意境。使生如夏，所经之处，无不盎然。

从今天起去拥抱最热烈的季节，迎接最热情的生活，有光有热地过好每一天吧。

“春有百花秋有月，夏有凉风冬有雪。若无闲事挂心头，便是人间好时节”。

推窗望夕

秋思

风来波浪起，
日出光明生。
秋是雪山的秋，
雪山却不仅是秋的雪山。

谁？奔走在无梦的山脊上看着如梦的山峦，叠嶂。

雨夹雪，不知疲倦地下着，秋的诗意。

秋有秋本身的样子，在这一树树绝美的红叶里，在这一脚脚踏着的落叶中，看着一步一步深深的脚印，我思索着，我在哪里？我在哪里？思索着，变化着的风雪山川，变幻着的古今时空，变动着的色空无常，变革着的应机方便。

在雪山的皲裂中绽放的是什么？清澈的秋思随着明净的秋雨，是否也曾飘落到旧时的小窗？窗棂有没有记忆之痕？过往有没有真实所在？以无梦的心观如梦的人生，跃然眼前的是什么？

禅心亘古亘今，无门之门常开不闭。

头顶的大鸟传来威音那畔的消息，不远的水流奏着曹溪涓涓细流汇入大海的乐章。雨雪后的天空，彩虹桥万般常自在，复含三际的沉浮轮回里，豁然如闻六道众生之大音希声。

当不胜倦怠的脚，穿越一座座不见尽头的山峦时，突然发现，拼命寻找所谓的意义却使得人生找不到意义。而沉重的脚也同沉重的身心一样，在豁然开朗中，能返照而神会，会悠然而自得。休去歇去，妄念涤尽后的寂然欢喜在哪里？

当，山路，不再泥泞坎坷，水流，不再奔流叹息，雨雪，不再潮湿寒冷，腿脚，不再举步维艰。不知何时不知何方，蓦然间，山，有了巍峨挺拔，云，有了秀色欢颜，雨，有了妙音庄严。这个当下，便是全然。

知冷知暖而心非有冷暖，知动知静而心本无动静。知有念起而知心不随念往，禅者啊，偕着秋雨秋风秋雪，向着神圣的梅里雪山，长啸，致敬。

烦恼业障，本来空寂。一切因果，皆如梦幻。无三界可出，无菩提可求。快乐无忧，故名为佛。

风来波浪起，日出光明生。

秋是雪山的秋，雪山却不仅是秋的雪山。

翱翔

掬水月在手

人生就是一连串的选择，
决定我们成为什么样人的，
其实不在于我们的能力，
而就在于一次次的选择。
每一个选择都藏着命运的巨变。

这是多么可怕的事情？她突然发现，身边的每个人的表情都一样，每个人的想法都一样，声调、观念、姿态如出一辙，大家都是一个模子里刻出来的。她惊恐地想：这样的人生还有什么意思？

人生这个舞台耐人寻味，你把自己丢进人群中，合群才是安全的，所以各种俗话都在教育你要和谐，要听话，要出人头地，要多做好事，不要太有个性，不要只顾自己。

她从小就发现自己是个异类，不合群，也不愿意合群。孤独的人的洁癖是在灵魂上，而不在身体上。她不愿与愚蠢的人相伴，所以她和俗人无法一起生活；也不屑为了别人的期待而成家立业，生儿育女。享受孤独的人，本身就是清风明月，朗朗乾坤。

当别人尽情在他们的人生火宅里为柴米油盐而操劳，养家糊口时，她却常常躲在云层里哈哈笑，尽力演出逍遥。风雨与晴朗为什么不能同台？

天空和大地为什么不能相亲？她认真又任性，真率也真心。与其说她天马行空，不如说她常常放纵自己的情感波涛。她是孤独的又是快乐的，无论生活多么亏欠她，无论遭遇过多少次背叛和打击，她的生活也一直都是无忧无虑的。直到遇见他，她的轨迹突然急转弯。他与她来自不同时空，性格迥异。她的悠扬在他那里变成了散漫，她奋力演出着喜，他奋力演绎着悲。

作为一个人，无法真的独立于人世之外。这是生命的无奈，也是生命的游戏。如果漫长的一生毫无遗憾，那人生也就无趣了。苦是一分提醒，让你看清生命的实相，不再执著，而非让你为苦而真正受难，让你觉得持续自己的苦才是人生。明白苦的意义，是为了解脱，这就是历代圣人们不懈告诉民众的真相：人生苦的源头在痴，痴心妄想，望子成龙，痴心不改，一错再错，灭痴才能灭苦。

由于痴在，苦就不断集结，变成一个个苦，一阵阵苦，一片片苦，一层层苦，苦不堪言，行尸走肉一样赚钱养家，毫无生机。凡夫俗子的特质就是会将自己未能实现的梦想传递给孩子，自己的人生没有希望时，便放弃成长，转而将希望寄托给孩子。然而当逐渐发现孩子长大并不能如自己所愿，而自己那时已然老去、病去的时候，唯有抱憾终身，毫无意义地痛苦死去。

灭苦之道，是修养的根本，知无常，知止，知放下，方能解脱。

因此真相是，人生受苦不是命，也不是目的，是一次次提醒，提醒你的愚痴，提醒你走错了路，让你看清生命实相的方法就是苦。一个没有经历过苦的人，心性难以成熟，一个被苦淹没，只会认命的人，就是没有心性的愚民。

苦是生命的礼物，它的存在只为唤醒你，要能当下觉醒，离苦得乐，要有脱离苦海的勇气和行动，你才有救。一次次的苦是信号，只为了让你清醒，而不是让你沉沦在苦海里，习惯了苦这个角色。

有人问，那苦海里的众生怎么办？总要有人救啊！亲爱的，当你还没有菩萨的能量时，你其实连自己都救不了！众生是在不同时空里扮演不同的角色，一个演员有不同角色，你从苦海里脱离是更换角色，至于停留在苦海里的角色不是永久的，自己觉醒就有机会，自己愚痴就是无缘。自己没有追求的人只能被命运戏弄，毫无主见和主观意识。如果一个演员一辈子只在一个角色里，他就不是演员，而是苦不堪言的苦工。你是演员还是苦工，完全取决于自己的心。是认命顺从还是放下解脱，全在一心。

白先勇先生说："所有的成熟都是从失去开始。只不过，有的失去是被动地，有的失去是人心性成熟后的主动放下。"

脱离苦海的时候，人会发现，过去以为顶破天的大事，必须坚持的所谓原则，原来在别人眼里是毫无价值，你用生命去换取的、承担的，对他人是那么微不足道，对自己不过是人生旅途的一段风景。人生路走得那么难，是因为踩得太实！真正的高手，游戏人间没有一个不是虚实相间的。如果只会当好人，只懂负重前行，那么你的路必然举步维艰，你踉踉跄跄的只会被道德、规定、自以为对的那一切压死。不懂得做减法的人不是聪明人，而是傻瓜。放下不是不要，而是不再有任何力量能遥控你牵绊你，将身上的重担卸下，才向上腾飞得轻盈。

在浮夸的末世荒野里，她像是一只伤感的老鹰。停栖在暗夜的一棵枯木上，眺望远处，梳理毛发，搜寻航飞的伙伴。总会有一人，出现在身边，带她一起迈过世纪的门，提灯一样，在新世纪安顿。

说自己聪明需要勇气，承认自己笨，需要智慧。

她承认自己笨，并有着越来越深刻的认识。她发现自己笨的那刻，居然笑出声来，太聪明，是很危险的。太要强，是会受伤的。得到的仅仅是一个虚幻的泡影，而都能承认自己笨，相处起来才有乐趣。笨，有三种：能力欠缺，心理恐惧或心不在焉。她知道自己绝不是能力欠缺，也不是心不在焉，她的笨，来自于心理恐惧，她缺乏的是安全感。

一个老师问弟子：天空大吗？学生说：大！老师问：树叶大吗？学生说：不大！老师问：天空能挡住人的眼睛吗？学生答：不能！老师问：树叶能挡住人的眼睛吗？学生答：能！老师说：所以，挡住人们视线的、迷失人们心智的、阻碍人们前进的，往往是生活中你看不上眼的一小片“树叶”、历史上的一个小污点、几个微不足道的小人物、几件不值得一提的小事。

我们的两只耳朵，是为了采集雄厚的天音；两只眼，是为了测量时空的广域；而作为发声的嘴，乃为了传播欢愉和福音，抚慰那些有缘成长的同路人。

不是色灭空，是色相本来空。

花好看，和花没关系，是你自己着迷。

人可怜，和人没关系，是你自己享受被依赖的感觉，死不放手，自己觉得他人可怜，最后可怜的只有你自己。

人生不是为了在泥潭里挣扎求生，谋口饭吃的，当我们能将悲与喜，爱与恨，内向和开朗，世俗和超然，过去和未来，无碍融合，真正交融，那么心声到达的地方一定比翅膀更远。那时候放下的担子再提起来就不会那么沉重。人生如同香料，捣得越碎越细，香得越浓烈。

作为一个人。她对人生有一个天真的梦，梦想有朝一日，众乐齐响，清扬的唱诵随风飘摇，融化银白的雪峰，润泽柔嫩的草原。就这么一直唱下去，忘了疲倦，融化他坚冰一样固执的心念，让心灵回归家乡的树荫，让绝望的慢慢人生路转向，一起在原野放歌，“点点蒹葭，可见青山纵马；处处孤烟，许谁沧浪归家？”

她的梦想，其实极其简单，有星月相伴，有数尺之地安眠，有墨水丰沛的笔在几张白纸上书写日升月沉的故事，有爱人同心，人生就是幸福美满的。

她心中常常会浮出这样的景象，在昏沉沉的午后，一列列车呼啸，鸣笛声提醒旅客前方的旅途是未知的旅程，还有未知的同伴。要去的地方可能是繁花似锦的净土，空气中处处是花香。也可能是荒烟蔓草，空气中只有烧焦的糊味。坐在车厢内，看着窗外倒退的风景，回想过去的人生，他和她都是一次次搭错车。她想有一天，他告诉她：就是这里！就是这里！看着窗外苍茫的景色，再看看他，她知道，有他的地方就会是旅途的终点。

旅途的景色如何不重要，重要的是陪你一起看风景的人。

当梦占据耳朵，镶嵌眼眶，林野里有许多交缠的树木，背后隐藏的是一种难以磨灭的深情。刚与柔，男与女，内于外，交缠一起，产生一种和谐的美。交缠的意义，是在自己安全的臂弯里，是自己安身安神之后，给对方一种抚慰和温存，就像芒草丛的秋瑟不掩朝颜花的艳丽。交缠是多出一份余地和你共存，是无形和有形，炙热与清凉的融合。

单一，多么狭隘？

雾霭沉沉，她垂帘焚香，满殿氤氲的芬芳，她坐于其中，如在云雾里面，望去如仙神一般。此刻，或许因为昨天晚上的梦，梦里看见茶园漫天的流萤飞舞，想起少年时空中飞着流萤……的夜半歌声。一眨眼，算不算少年。一辈子，算不算永远？有一股暖流从脚趾缝升起。心中无挂碍，人乃有所安。尘世纷扰，充满着未知与不确定。人如纸鸢，我们总想紧紧抓住手上那一根线，但风起时，下一刻又不知身居何处，前路何方。人之所以心不安，无非总有未得到，总有舍不得。

常嗅摩诃池的风满暗香，常看窥帘而入的一点月光，在这个夜里荡漾……浅蓝色的夜溢进窗来，夏斟得太满，萤火虫的小宫灯做着梦。

爱，是生命最不可思议的礼物，神秘而炙烈。凡是相爱的人一起经历过的，都将成为一生珍藏。过去常要求以己身为炼炉，于熊熊烈火中淬炼其锋芒，将毕露无疑的菱角磨平。然而淬炼之后，江湖已是破败之江湖，知音难觅，彼时才赋反成镣铐，遂无罪而一生飘零。好在现在有了她，他眉毛里都笑开了花，毛孔里抖落的都是花一般的笑容。

每个人寻求的家，其实不是房子，而是心，这股子心力能用以抵御变幻无常的世间坎途。家，是一片土壤，让爱的种子扎根发芽。把自己交给对方，这是生生世世的承诺，如水合水、似空应空。人生本没有遗憾，费尽心思做出来的一切，只为邂逅世上最好的遇见。现在，他能够恬然地坐下来，在语言的世界里，在娓娓道来里释放出爱的意义。在无知中来到这个世界，曾遇见更深的无知，越发汗颜。无知的本能中间：熙熙攘攘还是从家到家，出门就走在回家的路上……家，不过是有爱，或爱的心意所在。幸福便是，但凡相遇，岁月便已成诗，一眼便是永恒。

白昼被日光偏爱有加，夜晚为月华贪恋不够。日晷勤奋矢初，嘉量从来公平。人心这杆秤，让历史一度都懂得谨小慎微；世态几经炎凉，人间正道是沧桑。我们用“上善若水”的轻柔，连接起高山仰止的磅礴。霓虹灯下，这一方土地的守护者赋予了长夜相思，从这里到那里，从那时到今朝。时空映照的荣光不朽，一脉相承着，华夏中国生生不息的根与魂。看不尽清明上河图，述不完东京梦华地。

这个世界上，情感在一个人身上的反应离不开环境，它始自洪荒，穿越幽暗，为风雨颂，为日月歌，与善为邻，与信为伴……无论身在何方，还不都是地球人？爱，无需技巧；情，没有剧本。情爱翕张，遍野人间烟火。

她明白了万物生长的道理，理解了人与人之间，友情升华爱情到最后，都是和合。和合的种子开出生命的花朵儿，开在每个人心中。

心花怒放的地方，是每个黎明如期而至。

这个世界还是温暖的，尽管疫情肆掠，尽管寒冬已至。我知道，我怎么不知道？文明进步的兜兜转转，疫情的恐怖贻害，战争的生离死别，资本家的虚伪狡诈，无所事事者的尖酸刻薄，一时之间，喧嚣无两。可是，人生不仅如此，我们得一寸静谧，便能生一寸欢喜。微风吹来细雨，夕阳唤来雪光，此一寸温暖，就有彼一寸欢喜。

生活的列车在城市里呼啸而过，装满故事，比悲伤更悲伤的故事看得到开始，却想不到结局。飞鸟对天空失望，像极了雨中没有带伞的路人。大家的行动都小心翼翼。她觉得自己是无用的，不能为鸟儿挡风遮雨，也不能为需要者排忧解难。只会一任无用，在世间摇摇晃晃。无用的表达方式简单：一个是我，一个是自己；我和自己，很多时候也不是一个人。他人强大无可厚非，自己无用才黯然伤神。

春风很快就会荡漾，冬季必然过去了，理解每多一分，自由便长一分，只此青绿，开出一寸欢喜。光阴如昨天，希望在脚下，自觉与自律本该共进步，我们都是人世间没有归程的旅客，只有耕耘，不敢再问收获。一切都应是我们的欢喜，喜欢却不在此列。

活在这个世上，我们不知不觉把书中所有的词汇经历了一遍。这大约就是人生。

《杀鹌鹑的少女》中有一段话："当你老了，回顾一生，就会发觉，什么时候读书，什么时候做第一份职业，什么时候选定了对象而恋爱、什么时候结婚，什么时候生孩子，什么时候离婚，其实都是命运的巨变。"

人生就是一连串的选择，决定我们成为什么样的人的，其实不在于我们的能力，而就在于一次次的选择。每一个选择都藏着命运的巨变。有人负重几十年，有人雀入樊笼，有人在黑暗中茕茕踽踽，走了很久很久，但心中还是充满希望，不过是她相信世间总有星辰开道，所以荆天棘地，也不枉此行。

人生，一岁有一岁的味道，一站有一站的风景，经历应该成为生命的勋章而不是伤感的理由。命运之神没有怜悯之心，泥潭里的长夜没有尽期。我们对世间的失望只是时光，不停流逝的时光，而她，不过是每一个孤独的瞬息。在爱的人面前，我们要学会热爱生活。在不爱的人那里，我们要去看清自己，就这么简单。从今以后，她是锦瑟，他为流年。

她和他回首告别。方向吗？南京以南。出门的温度与人的表情一致。

路灯明灭，车呼啸而过，思念厚厚一地。她步行过马路，小区里的水果铺子，也不卖苹果或橙。至于后面的小店，卖茶叶的没有蛋。忽有爱人心上过，乃是文君与相如。

回眸岁月，不是所有的相遇都会相知，也不是所有的相知都会永恒。人生悲欢离合都是情，聚聚散散都是缘，还在想什么？想的时候时间走了。还在问什么，问的时候时间在路上。

时间连着心，梦想连着真，心情踩着落叶，沙沙啦啦。

总 策 划：悟　剑
总 顾 问：李任芷
责任编辑：王佳慧　高　辰
责任印制：冯冬青
封面设计：张丽英　中文天地

图书在版编目（CIP）数据

掬水月在手 / 悟义著 . -- 北京 : 中国旅游出版社，2022.12
ISBN 978-7-5032-7078-9

Ⅰ. ①掬…　Ⅱ. ①悟…　Ⅲ. ①散文集—中国—当代　Ⅳ. ① I267

中国版本图书馆 CIP 数据核字（2022）第 232665 号

书　　名：掬水月在手

作　　者：悟　义　著
出版发行：中国旅游出版社
（北京静安东里 6 号　邮编：100028）
http://www.cttp.net.cn　E-mail: cttp@mct.gov.cn
营销中心电话：010-57377108，010-57377109
读者服务部电话：010-57377151
排　　版：北京中文天地文化艺术有限公司
印　　刷：三河市灵山芝兰印刷有限公司
版　　次：2022 年 12 月第 1 版　2022 年 12 月第 1 次印刷
开　　本：720 毫米 × 970 毫米　1/16
印　　张：22.25
字　　数：300 千
定　　价：68.00 元
I S B N　978-7-5032-7078-9
